EIN HELD FÜR SIERRA

Delta Team Zwei, Buch 8

SUSAN STOKER

Besuchen Sie Susan im Netz!
www.stokeraces.com
facebook.com/authorsusanstoker
twitter.com/Susan_Stoker
bookbub.com/authors/susan-stoker
instagram.com/authorsusanstoker
Email: Susan@StokerAces.com

Zuflucht für Henley
Zuflucht für Reese
Zuflucht für Cora
Zuflucht für Lara
Zuflucht für Maisy
Zuflucht für Ryleigh

Die SEALs von Hawaii:
Die Suche nach Elodie
Die Suche nach Lexie
Die Suche nach Kenna
Die Suche nach Monica
Die Suche nach Carly
Die Suche nach Ashlyn
Die Suche nach Jodelle

Die Delta Force Heroes:
Die Rettung von Rayne
Die Rettung von Emily
Die Rettung von Harley
Die Hochzeit von Emily
Die Rettung von Kassie
Die Rettung von Bryn
Die Rettung von Casey
Die Rettung von Wendy
Die Rettung von Sadie
Die Rettung von Mary
Die Rettung von Macie
Die Rettung von Annie

Mountain Mercenaries:
Die Befreiung von Allye
Die Befreiung von Chloe
Die Befreiung von Morgan
Die Befreiung von Harlow

2

Die Befreiung von Everly
Die Befreiung von Zara
Die Befreiung von Raven

Ace Security Reihe:
Anspruch auf Grace
Anspruch auf Alexis
Anspruch auf Bailey
Anspruch auf Felicity
Anspruch auf Sarah

SEALs of Protection:
Schutz für Caroline
Schutz für Alabama
Schutz für Fiona
Die Hochzeit von Caroline
Schutz für Summer
Schutz für Cheyenne
Schutz für Jessyka
Schutz für Julie
Schutz für Melody
Schutz für die Zukunft
Schutz für Kiera
Schutz für Alabamas Kinder
Schutz für Dakota

Eine Sammlung von Kurzgeschichten
Ein langer kurzer Augenblick

KAPITEL EINS

Fred »Grover« Groves lag im Dreck in der provisorischen Zelle, in die Shahzada und seine Kumpane ihn gesperrt hatten, nachdem sie ihn mit großer Freude zusammengeschlagen hatten. Seine Nase und sein Lippe bluteten und er wusste, dass er schrecklich aussehen musste. Aber er war in seinem Leben schon schlimmer verprügelt worden. Als Soldat bei der Delta Force hatte er schon eine Menge Fäuste ins Gesicht geschlagen bekommen. Ehrlich gesagt war er im Vergleich dazu diesmal glimpflich davongekommen.

Als Grover nach Afghanistan gereist war, hatte er nicht wirklich einen Plan gehabt. Er hatte nur gewusst, dass er mehr tun musste, als auf dem Stützpunkt in Texas herumzusitzen und darauf zu warten, dass andere die Informationen beschafften, die er brauchte.

Seit er den Brief von Sierra Clarkson erhalten hatte, war er unruhig und besorgt gewesen.

Als er sie vor über einem Jahr hier in Afghanistan getroffen hatte, war er von der zierlichen rothaarigen Frau angetan gewesen. Sie war eine zivile Angestellte und hatte in der Kantine gearbeitet. Etwas an ihr hatte ihn fasziniert. Sie schien vor Glück zu sprudeln und leuchtete wie ein

Sonnenstrahl in der ansonsten mürrischen Atmosphäre. Die meisten Soldaten wollten nicht in Afghanistan eingesetzt werden. Die Hitze, der Sand und die Trennung von ihren Lieben machten selbst den professionellsten Soldaten zu schaffen.

Sierra hatte jedem, der in der Schlange gewartet hatte, ein Lächeln geschenkt. Dass sie auf einer Kiste stehen musste, um ihre Arbeit erledigen zu können, schien sie nicht gestört zu haben. Sie war freundlich zu jedem – egal ob Soldat, ziviler Angestellter oder Übersetzer. Obwohl Grover sich ein wenig Sorgen über ihre Naivität gemacht hatte, hatte er sich sofort zu der kontaktfreudigen, rothaarigen Frau hingezogen gefühlt. Er hatte sie davon überzeugen können, nach Ende seiner Mission mit ihm in Kontakt zu bleiben.

Danach hatte er nie wieder etwas von ihr gehört.

Keine E-Mail.

Kein einziges Wort.

Er hatte angenommen, dass sie ihn abgewiesen hatte. Das war Mist, aber Grover war nicht der Typ Mann, der einer Frau nachlaufen würde, wenn sie nicht interessiert war. Nachdem einige Monate vergangen waren und sein Delta-Team immer öfter Berichte über vermisste zivile Angestellte in der Region erhalten hatte, war Grover zunehmend unruhiger geworden. Zumal Sierra selbst spurlos verschwunden war. Und genau wie bei den anderen Angestellten war ihr gesamtes Hab und Gut mit ihr verschwunden. Bedingt durch diese Tatsache hatten die Behörden nur langsam reagiert, da sie davon ausgingen, dass einige der Angestellten einfach genug von den harten Arbeitsbedingungen hatten und abgereist waren.

Diese Erklärung hatte Grover und seinem Team von Anfang an nicht gefallen. Es war höchst unwahrscheinlich, dass sich alle Vermissten einfach aus dem Staub gemacht hatten, ohne ihren Vorgesetzten oder Freunden auf dem

Militärstützpunkt etwas zu sagen. Obwohl es keine Beweise dafür gab, dass Sierra und die anderen entführt worden waren, waren den Behörden die Hände gebunden.

Vor einem Monat hatte Grover dann schließlich einen Brief von Sierra erhalten, der ungefähr eine Woche nach seiner Abreise aus Afghanistan datiert war. Sie hatte ihm geschrieben. Sie hatte ihn kennenlernen wollen. Der verdammte Brief war fast ein Jahr lang in der Post verloren gewesen.

Grover wusste ohne Zweifel, dass etwas Schlimmes passiert war.

Aber allein mit seinem Bauchgefühl hatte er die verantwortlichen Beamten nicht davon überzeugen können, dass eine Rettungsaktion notwendig war. Es war bereits ein SEAL-Team in der Gegend, das die Geschehnisse untersuchen sollte. Kurz nach ihrer Ankunft waren die Soldaten aber einer anderen Mission zugewiesen worden, die ihre Vorgesetzten für wichtiger hielten.

Für Grover gab es nichts Wichtigeres als ein halbes Dutzend vermisster amerikanischer Bürger.

Die sporadischen Informationen, die sie aus Afghanistan erhalten hatten, sickerten nur langsam durch und waren schon veraltet, sobald sie den Stützpunkt in Texas erreichten. Die Deltas hatten sich bereits darauf vorbereitet, den Fall selbst zu untersuchen. Aber als Docs Frau Ember beinahe von einem Stalker getötet worden war, hatte das die Mission weiter verzögert. Grover hatte ihren Kommandanten überzeugt, ihn allein nach Afghanistan reisen zu lassen, um zu sehen, was er herausfinden konnte.

Er hatte nicht vorgehabt, etwas Unüberlegtes zu tun.

Er hatte nicht vorgehabt, alle Verfahrensregeln über den Haufen zu werfen, die ihm seit seinem ersten Tag bei der Armee eingehämmert worden waren.

Aber hier war er nun, gefangen.

Grover wusste, dass Trigger sauer sein würde. Genauso

wie der Rest der Männer im Team. Aber es war ihm egal. Er hatte genau das erreicht, was er sich erhofft hatte.

Er hatte Sierra gefunden.

Die meisten Leute waren davon ausgegangen, dass die Frau schon lange tot war. Shahzada eilte der Ruf voraus, rücksichtslos zu sein. Er hielt seine Entführungsopfer nicht monatelang gefangen, geschweige denn ein Jahr. Er holte sich die Informationen, die er brauchte, von seinen Gefangenen und tötete sie dann.

Aber sie war hier. Grover konnte sie von seiner Zelle tief im Berghang aus nicht sehen, aber die Stimme der Frau in der Zelle neben seiner war eindeutig ihre.

Sein Gesicht schmerzte, aber Grover spürte es kaum. Adrenalin schoss durch seine Adern und er lächelte erleichtert.

»Wie kann es sein, dass du hier bist?«, fragte Sierra schockiert.

Grover wünschte, er könnte sie sehen. Aber die Löcher, die in die Berghöhle gegraben worden waren, gewährten ihm diesen Luxus nicht. Er wünschte sich auch, dass er sie berühren und ihr versichern könnte, dass er sie hier rausholte, selbst wenn es das Letzte wäre, was er in seinem Leben tat. Da er bezweifelte, dass er sie erreichen konnte, würde er mit seinen Worten so viel Trost spenden, wie er konnte.

»Das ist eine lange Geschichte«, sagte er.

Sie schnaubte irgendwie und Grover konnte nicht anders, als erneut zu lächeln. Es schien, als hätte sie ihren Mut noch nicht vollständig verloren.

»Hast du gerade etwas anderes zu tun?«, fragte sie sarkastisch.

»Nun, ich wollte eigentlich mit ein paar Einheimischen Poker spielen, aber das wird wohl nichts«, gab er zurück.

»Und mein Maniküre-Termin wurde abgesagt, also kann

ich ein bisschen mit dir abhängen und plaudern«, erwiderte Sierra.

Grover schloss die Augen, als seine Gefühle ihn zu überwältigen drohten. Er war sich nicht sicher gewesen, ob er die Frau finden würde. Und selbst wenn, hatte er erwartet, dass sie nur noch eine Hülle der Person war, die er kennengelernt hatte. Aber wie durch ein Wunder klang sie ... okay. Ihre Stimme war rau, aber sie weinte nicht hysterisch oder schien wahnsinnig verängstigt zu sein. Er hatte keine Ahnung, was sie im letzten Jahr durchgemacht hatte, aber es war offensichtlich, dass es sie nicht gebrochen hatte.

Er kannte erfahrene Soldaten, die nicht so gut durchgehalten hatten wie Sierra.

Die Worte des Generals des Stützpunkts gingen ihm durch den Kopf. Er hatte sich mit ihm getroffen, nachdem er ins Land gekommen war. *Wir müssen der Tatsache ins Auge sehen, dass sie wahrscheinlich nicht mehr am Leben ist. Und falls sie noch lebt, arbeitet sie mit ziemlicher Sicherheit inzwischen mit Shahzada zusammen.*

Grover weigerte sich, das zu glauben. Er kannte Sierra nicht, aber praktisch alles an ihrer Persönlichkeit schrie »Güte«. Sie würde sich nicht freiwillig einer Terrorgruppe anschließen, nicht einmal, um am Leben zu bleiben. Er hätte sein eigenes Leben darauf verwettet.

Tatsächlich hatte er genau das getan.

»Ich bin gekommen, um dich zu finden«, sagte Grover unverblümt.

Schweigen traf auf seine Aussage, also wartete er.

»Woher wusstest du, wo ich bin?«, fragte sie. »Verdammt, ich weiß selbst nicht einmal, wo ich bin.«

»Ich wusste es nicht«, gab Grover zu. »Dass so viele zivile Angestellte vom Stützpunkt verschwunden sind, war kein Zufall. Aber es gab keine konkreten Hinweise, wohin du und die anderen entführt worden waren. Alle eure Habseligkeiten wurden ebenfalls mitgenommen, was einige Leute dazu veranlasste zu glauben, ihr wärt freiwillig gegangen. Welcher Entführer packt schon alle Sachen seines Opfers mit ein?«

»Shahzada«, murmelte Sierra.

»Genau. Nachdem mein Team und ich keine Antworten auf unsere Fragen bekommen hatten, war ich fertig mit dem Warten.«

»Also bist du allein gekommen? Kannst du das einfach so tun?«

Grover lachte leise. Es schmerzte in seiner Brust, aber er ignorierte das Stechen. »In gewisser Weise. Mein Kommandant hat es genehmigt und mein Team sollte in weniger als einer Woche nachkommen. Wahrscheinlich eher, sobald sie das Video sehen, das diese Arschlöcher aufgenommen haben.«

»Du scheinst geradezu ... glücklich darüber zu sein, dass du hier bist.«

»Das bin ich«, bestätigte Grover, ohne zu zögern.

»Du bist verrückt«, sagte Sierra zu ihm.

»Mein Plan hat besser funktioniert, als ich gehofft hatte.«

»Dein Plan?«

»Ja, mich entführen zu lassen, um mit anderen Geiseln zu sprechen und hoffentlich herauszufinden, wo du bist«, antwortete Grover.

»Warte, du hast dich absichtlich entführen lassen?«

»Ja.«

»Das ist verrückt!«

»Aber es hat funktioniert. Ich habe dich gefunden.«

»Okay, aber was jetzt? Du hast mich gefunden und nun sind wir beide Gefangene.«

»Wir warten.«

»Worauf?«, hakte Sierra nach.

»Dass meine Teamkameraden das tun, was sie am

besten können ... den Entführern in den Arsch treten und uns hier rausholen«, sagte Grover voller Zuversicht.

»Sicher ...«

Grover hörte den Unglauben in ihrem Tonfall, aber es störte ihn nicht. Er konnte verstehen, dass sie nach so langer Zeit weniger zuversichtlich war, und musste auch zugeben, dass das, was er getan hatte, rücksichtslos und übertrieben war ... aber es hatte funktioniert. Er sprach tatsächlich mit genau der Frau, die er nicht aus dem Kopf bekommen konnte. »Sie werden kommen«, versicherte er ihr. »Wir müssen nur schlau sein und uns unauffällig verhalten, bis sie hier sind.«

Sierra schnaubte noch einmal.

»Was?«, fragte Grover.

»Willst du wissen, wie die nächsten Tage verlaufen werden?«, fragte sie.

Grover spannte sich an, aber sie ließ ihm keine Zeit zu antworten.

»Sie werden sich abwechseln, auf dich einzuschlagen. Schließlich müssen sie den neuesten Mitgliedern ihrer Truppe die Chance geben, ihre Foltertechniken zu üben. Du wirst hart bleiben und dich zunächst weigern, ihre Fragen zu beantworten. Dann werden sie mit den Spielchen aufhören und zu extremer Folter übergehen. Waterboarding oder auf die Fußsohlen schlagen, sodass du tagelang nicht gehen kannst. Auspeitschen, dich mit Benzin übergießen und drohen, dich in Brand zu setzen.«

Grover ballte die Hände zu Fäusten. Er hatte keine Angst vor Folter. Das hatte er schon einmal durchgemacht und er hatte eine hohe Schmerzgrenze. Er wusste auch, dass Trigger und der Rest seines Teams ihn finden und früher oder später hier rausholen würden.

Aber er konnte nicht aufhören, darüber nachzudenken, warum ihr Shahzadas Foltertechniken so vertraut waren ...

»Haben sie das mit dir getan?«, fragte er mit leiser, knurrender Stimme.

»Ja.«

Das war alles, was sie sagte, bevor ihre Stimme resignierte.

Dieses eine Wort ließ in Grover so schnell Wut aufsteigen, dass es fast beängstigend war. Er würde alle Männer töten, die sie berührt hatten. Sie würden einen langsamen, qualvollen Tod sterben.

Er war sich nicht sicher, was er sagen könnte, um sie zu trösten, bevor sie fortfuhr.

»Aber seit einer Weile nicht mehr. Ich glaube, ich war ihre erste Gefangene und sie haben an mir geübt. Ich habe ziemlich schnell gelernt, dass sie umso schneller aufhörten, je eher ich brach. Ich hätte nie gedacht, dass mir das Psychologiestudium hier draußen etwas nützen könnte, aber ich habe mich geirrt.«

Sie kicherte leise, aber Grover konnte keinen Humor darin erkennen.

»Tränen haben bei ihnen überraschend gut gewirkt, zumindest in meinem Fall. Sie lieben es, ihre Gefangenen hilflos und weinend zu sehen. So habe ich ziemlich schnell gelernt, auf Abruf zu weinen. Aber das Wichtigste ist, dass du sie niemals wissen lassen darfst, was dir wichtig ist. Sie werden sich darauf konzentrieren und es gegen dich verwenden. Wenn es dich zum Beispiel besonders stört, nackt zu sein, werden sie dir die Kleidung wegnehmen und nicht wieder zurückgeben. Es gefällt ihnen, ihre Gefangenen leiden zu sehen.«

Grover war über keine ihrer Aussagen überrascht. Das waren Dinge, die seinem Team schon früh während ihrer Ausbildung beigebracht wurden. »Was haben sie gegen dich verwendet?«, hakte er sanft nach.

»Nachdem sie mich entführt hatten und ich es noch nicht besser wusste, bat ich sie, mich einen Ring behalten zu lassen, den meine Großmutter mir gegeben hatte. Sie starb, als ich fünfzehn war, und ich habe ihren Ehering geerbt. Diesen Ring habe ich geliebt. Als sie wussten, wie viel er mir bedeutete, haben sie mich monatelang damit gequält. Sie haben versprochen, ihn zurückzugeben, wenn ich ihnen Informationen über den Stützpunkt gebe. Anfangs habe ich ihnen geglaubt und sagte ihnen, was ich wusste – was nicht viel war. Ich habe ja nur in der verdammten Kantine gearbeitet. Aber sie hatten natürlich nicht die Absicht, mir diesen Ring jemals zurückzugeben. Sie haben ihn nur benutzt, um mich weiter zu foltern.«

»Das tut mir leid«, sagte Grover zu ihr.

»Es ist in Ordnung. Die Erinnerungen an meine Grandma können sie mir nicht nehmen, also scheiß auf sie.«

Grover dachte schweigend über ihre Worte nach. Zumindest teilweise hatte er sich geirrt. Sierra war zwar nicht gebrochen ... aber die sanfte, süße Frau, die er einst kennengelernt hatte, war verschwunden, möglicherweise für immer.

Sie war ersetzt worden durch eine härtere, stärkere Frau, die alles tun würde, um zu überleben.

Obwohl er es verabscheute, wie es dazu gekommen war, störte ihn diese Veränderung nicht. Ironischerweise war sie ihm dadurch ähnlicher. Er hatte Dinge gesehen und erlebt, die ihn härter und stärker gemacht hatten ... und letztlich kam es darauf an, was man selbst aus diesen Veränderungen machte. Ihre Gefangenschaft hatte sie offensichtlich härter gemacht, aber das hieß nicht, dass sie gebrochen war.

Sie hatte das Schlimmste erlebt, was einem Menschen widerfahren konnte, und es auf die einzig mögliche Weise zu ihrem Vorteil eingesetzt ... indem sie dadurch stärker geworden war.

Die Verbindung, die er zu dieser Frau spürte, war bereits stark gewesen, aber mit jeder Minute, die verging, schien sie intensiver zu werden.

Sie befanden sich in einer prekären Situation. Er konnte sie nicht einmal sehen, aber er konnte nicht leugnen, dass er beeindruckt von ihr war. Gleichzeitig blutete sein Herz. Er konnte sich nicht einmal ansatzweise vorstellen, welche Hölle sie das letzte Jahr durchgemacht hatte. Sie hatte hart werden müssen, um nicht wahnsinnig zu werden.

»Mein Rat ist es, ihnen zu geben, was sie wollen. Ich sage nicht, dass du ihnen irgendwelche Informationen geben sollst, mit denen sie anderen schaden, sie entführen oder töten könnten, aber je schneller du zu brechen scheinst, desto eher wird die Folter enden.«

»Okay«, stimmte Grover zu. Nichts, was sie sagte, war eine Überraschung für ihn. Sie zu beruhigen war sein einziges Ziel.

»Und wenn sie mich benutzen, um dich zu einer Reaktion zu bewegen, musst du davon unberührt bleiben«, sagte sie.

Ihre Worte schienen von den Felswänden ihrer Zelle widerzuhallen.

»Was?«, fragte er, nicht sicher, ob er sie richtig verstanden hatte.

»Sie werden mich vor deine Zelle zerren und auf mich einprügeln, um zu versuchen, dich zu einer Reaktion zu bewegen. Wenn du auf irgendeine Weise reagierst, werden sie es nur hinauszögern. Es zu ignorieren ist die beste Option.«

»Schweinehunde!«, fluchte Grover. Es war eine weit verbreitete Taktik von Entführern, Gefangene gegeneinander einzusetzen. Aber der Gedanke daran, dass sie direkt vor seinen Augen gefoltert würde und er nichts dagegen tun könnte, ließ seine Wut wieder entfachen.

»Ich meine es ernst«, sagte Sierra. »Je mehr du protestierst, desto mehr werden sie mir wehtun. Und wenn ich nicht reagiere, wenn sie dir wehtun, nimm es bitte nicht persönlich. Es ist das Beste. Es wird ihnen langweilig werden und sie werden schneller aufhören, wenn ich nichts sage oder tue, um sie zum Aufhören zu bewegen.«

»Hör mir zu, Sierra. Hörst du?«

Grover wartete auf ihre Antwort, bevor er fortfuhr. Es dauerte eine Weile, aber schließlich sagte sie sehr leise: »Ja.«

»Ich kann einstecken, was sie austeilen. Aber ich kann nicht damit umgehen, dass sie dir wegen etwas wehtun, das ich getan habe. Ich verspreche dir, nichts zu tun, was deine Situation hier noch schlimmer machen könnte.«

»Versprich nichts, was du nicht halten kannst«, erwiderte sie emotionslos.

»Ich nehme ein Versprechen niemals zurück«, sagte er entschlossen.

Er hörte sie seufzen. »Das haben die anderen auch gesagt, aber am Ende konnten sie nicht verstehen, warum ich nicht versucht habe zu helfen. Warum ich nichts dagegen unternommen habe, wenn diese Arschlöcher sie verprügelten.«

»Ich bin nicht wie die anderen«, gab Grover schlicht zurück. Er verstand wirklich, was sie gesagt hatte. Die anderen entführten zivilen Angestellten verfügten nicht über Grovers Hintergrund und Ausbildung. Und da Sierra Psychologie studiert hatte, verstand sie ihre Entführer auch besser. Sie hatte offensichtlich gelernt, wie sie sich zu verhalten hatte, um das letzte Jahr zu überleben. Sie war klug, belastbar, entschlossen ... und seine Bewunderung für sie stieg eine weitere Stufe.

Grover bewegte sich, bis er an der Seite seiner Zelle lag, die an ihre grenzte. Dadurch fühlte er sich der Frau näher. Er hatte so viele Fragen, aber jetzt war weder der richtige Zeitpunkt noch der richtige Ort dafür. Er hoffte, dass er die Chance bekommen würde, sie kennenzulernen, sobald sie hier rauskamen. Im Moment musste er sich ausruhen. Er zweifelte nicht daran, dass seine Gefängniswärter bald zurückkamen, um ihre Prügel fortzusetzen.

»Bist du okay?«, fragte Sierra.

Allein die Tatsache, dass sie nach ihm fragte, obwohl sie selbst so verdammt lange gefangen war, verriet ihm alles, was er über Sierra Clarkson wissen musste.

Und er würde alles tun, um sie hier rauszuholen.

KAPITEL ZWEI

Sierra hielt den Atem an, während sie auf Grovers Antwort wartete. Sie hatte gehört, wie er sich bewegt hatte, und fragte sich, was er tat. Es war ein paar Monate her, seit sie mit jemandem hatte reden können. Obwohl sie es einerseits hasste, dass eine weitere Person entführt worden war, war sie trotzdem erleichtert, Gesellschaft zu haben.

Sierra hatte vor langer Zeit die Entscheidung getroffen, sich von ihren Entführern nicht brechen zu lassen. Und bisher hatte es funktioniert. Aber während der langen und dunklen Nächte in der Höhle nagte die Einsamkeit an ihr. Gelegentlich hatte sie immer noch Angst ... aber zum Glück hatte die Wut während all der Monate den Großteil ihrer Angst überwogen.

Sie wusste, dass Grovers Anwesenheit ihr das Leben für eine Weile zur Hölle machen würde. Sie würden sie benutzen, um Informationen aus ihm herauszubekommen. Und wenn er ihren Rat ignorierte, würde ihr Schmerz länger anhalten als nötig.

Guy, einer der zivilen Angestellten, hatte sie angefleht, Sierra nicht mehr zu schlagen, was sie nur weiter angetrieben hatte. Es hatte ihnen gefallen, Guy leiden zu sehen.

Um ganz ehrlich zu sein, wusste Sierra, dass ihre Entführer sie nicht einmal so hart schlugen, wie sie konnten. Anfangs hatten sie sie wirklich übel zugerichtet. Aber jetzt zog sie jedes Mal ihre beste Show ab, und die meiste Zeit funktionierte es. Ihre Schläge wurden halbherziger und sie schubsten sie nur herum. Es schien ihnen mehr Vergnügen zu bereiten, die Männer, die sie entführt hatten, leiden zu lassen.

»Mir geht es gut«, sagte Grover. Seine Stimme war leise und grollend und Sierra stellte sich vor, wie er bei ihrem letzten Treffen ausgesehen hatte. Dunkelblondes Haar und warme braune Augen. Er war mindestens einen Kopf größer als sie ... und als sie zu ihm aufgesehen hatte, hatte sie das seltsame Gefühl gehabt, dass er alle ihre Dämonen töten könnte.

Sierra erinnerte sich noch genau daran, wie sie sich gefühlt hatte, als sie ihm den Brief geschrieben hatte. Ihr war schwindelig gewesen und sie hatte sich darauf gefreut, ihn besser kennenzulernen. Was natürlich nicht passiert war.

Und jetzt war er hier. Er hatte sich tatsächlich absichtlich entführen lassen, um sie zu finden. Wer machte so etwas?

Anscheinend knallharte Soldaten einer Spezialeinheit, wie er.

Sierra wusste, dass er bei der Delta Force war. Sie hatte nicht wirklich verstanden, was das bedeutete, bis sie ein wenig recherchiert hatte, nachdem er Afghanistan verlassen hatte. Es war eine der geheimnisvollsten Spezialeinheiten. Es gab viele Spekulationen darüber, an welchen Missionen sie teilnahmen, aber nur sehr wenig Konkretes. Damals war ihr das komisch vorgekommen, weil sie Grover und seine Freunde nie als Teil einer Art supergeheimen Elite-Militäreinheit gesehen hatte. Sie hatte sich solche Typen immer als arrogante Macho-Idioten vorgestellt. Aber das waren sie nicht. Die Teamkameraden, die sie kennengelernt hatte, waren lustig, freundlich und offensichtlich beschützend, aber sehr bodenständig.

»Sprich mit mir, Sierra«, sagte Grover, nachdem sich das Schweigen zwischen ihnen zu lange hingezogen hatte.

»Worüber?«, fragte sie.

Sie glaubte, ihn keuchen zu hören. »Alles. Bist du verletzt? Wirst du laufen können, wenn mein Team auftaucht? Es ist okay, wenn du es nicht kannst. Ich kann dich tragen. Wenn ich mich recht erinnere, bist du nicht größer als ein Käfer.«

»Ein Käfer? Meine Güte, Grover. Ist das deine Art, das Selbstwertgefühl einer Frau zu vernichten?«

»Tut mir leid. Ich meinte mich daran zu erinnern, dass du zierlich bist.«

Zierlich. Das gefiel Sierra irgendwie. Sie war schon klein, untersetzt, kurz ... sogar Zwergin genannt worden. *Zierlich* klang so viel besser als alles andere. »Ich kann laufen«, antwortete sie selbstsicher auf seine Frage.

Grover antwortete einen Moment lang nicht. Dann hörte sie ihn seufzen.

»Das kann ich wirklich«, beharrte sie. »Aber ich habe keine Schuhe.«

»Keine Sorge, meine Männer werden Stiefel für dich dabeihaben.«

»Werden sie das? Woher wissen sie, dass ich hier bin?«

»Vertrau mir, sie wissen es«, sagte er zu ihr.

»Eigentlich komme ich immer noch nicht darüber hinweg, dass du wusstest, wo ich bin«, sagte sie.

»Ich wusste es nicht wirklich. Aber ich hatte ein Gefühl«, erklärte Grover.

»Ein Gefühl? Du weißt schon, wie verrückt das klingt, oder?«, fragte sie müde.

»Ja, das tue ich. Aber ich wurde das Gefühl nicht los, dass du noch am Leben bist. Und ich hatte recht.«

Die letzten vier Worte waren etwas selbstgefällig und Sierra konnte nur den Kopf schütteln. »Ja, das hattest du.«

»Also, mein Team wird uns finden und die Jungs werden Wechselkleidung und Stiefel für dich haben. Beschönige deine Umstände aber nicht. Kannst du wirklich gehen? Und laufen?«

»Ja«, antwortete Sierra zuversichtlich.

»Verdammt ... ich wünschte, ich könnte dich sehen.«

Sierras Selbstvertrauen stürzte in den Keller. Sie fuhr sich verlegen mit der Hand über den Kopf. Auch ohne Spiegel wusste sie, dass sie mitgenommen aussah. Sie hatte in den vergangenen Monaten viel an Gewicht verloren und nicht mehr geduscht, seit sie aus ihrem Zelt auf dem Stützpunkt entführt worden war. Kalt abgespritzt zu werden zählte nicht, obwohl sich das Wasser immer verdammt gut anfühlte. »Es ist wahrscheinlich besser, dass du es nicht kannst«, erwiderte sie.

»Sierra?«, fragte Grover.

»Ja?«, flüsterte sie.

»Die Tatsache, dass du nicht tot bist, ist ein Wunder, ein verdammtes Wunder. Ich erwarte nicht, dass du aussiehst, als würdest du gerade aus einem Schönheitssalon kommen. Du bist durch die Hölle gegangen und hast es bis hierher geschafft. Es ist mir scheißegal, wie du im Moment aussiehst. Du bist hier und am Leben. Und so wie es sich anhört, hast du verdammt gute Arbeit geleistet, um bei Verstand zu bleiben. Ich hole dich hier raus, so wahr mir Gott helfe.«

Sierra spürte ein Kribbeln im Hals. Sie wollte weinen, aber die Tränen wollten nicht kommen. Sie konnte nur noch weinen, wenn sie versuchte, ihre Entführer zu manipulieren. Ihre echten Tränen hatten sie ihr bereits genommen, möglicherweise für immer. »Vielleicht werde ich diejenige sein, die dich hier rausholt«, scherzte sie nach einem Moment.

»In Ordnung«, sagte er, ohne zu zögern. »Ich werde mich gern von dir retten lassen.«

»Ich bin mir sicher, dass deinem knallharten Delta-Team das gefallen würde. Deine Kameraden würden dich den Rest deines Lebens damit aufziehen.«

»Das würde ihnen mit Sicherheit gefallen«, bestätigte Grover. »Wahrscheinlich sind sie im Moment alle sauer auf mich, weil ich mich habe entführen lassen.«

»Das verstehe ich immer noch nicht«, sagte Sierra. »Wie hast du das überhaupt geschafft?«

»Das war überraschend einfach«, antwortete Grover.

Im Dunkeln zu sitzen und seiner tiefen, ruhigen Stimme zu lauschen war das Beste, was ihr seit einem Jahr passiert war. Natürlich hatte Sierra mit den anderen Häftlingen gesprochen, aber es war oft einseitig gewesen. Sie hatten ihr viele Fragen gestellt. Wo waren sie? Was wollten ihre Entführer? Was würden sie ihnen antun? Niemand war so ruhig gewesen, wie Grover es offensichtlich war. Und niemand hatte so zuversichtlich geklungen. Zugegeben, er war ein Soldat einer Spezialeinheit und die anderen Männer waren Zivilisten gewesen, aber trotzdem.

»Als ich auf dem Stützpunkt ankam, habe ich ziemlich schnell die Nachricht verbreitet, dass ich die Geschichten darüber, dass die Angestellten entführt wurden, für Schwachsinn hielt. An den ersten beiden Abenden habe ich so getan, als wäre ich betrunken, und habe Mist darüber erzählt, wie dumm die Einheimischen seien. Dass sie niemals in der Lage dazu wären, einfach Leute vom Stützpunkt zu entführen, ohne dass jemand etwas davon mitbekam. Ich benahm mich allgemein wie ein Arschloch und sorgte dafür, so ziemlich jeden auf dem Stützpunkt zu beleidigen, angefangen bei den rangniedrigsten Soldaten bis zum General selbst. An den beiden darauffolgenden Abenden habe ich dasselbe außerhalb des Stützpunktes getan. Ich habe Männer gesucht, die Englisch sprachen, und alles und jeden beleidigt – angefangen beim Land über das Militär bis hin zu den Terroristen. Am dritten Abend in der Stadt tat ich wieder so, als wäre ich betrunken, und bat einen Einheimischen, mich zurück zum Stützpunkt zu bringen. Aber genau wie ich gehofft hatte, brachte er mich nicht dorthin zurück.«

Sierra hörte mit Ehrfurcht und Entsetzen seiner Geschichte zu. »Wird das alles nicht deinem Ruf schaden? Wirst du keinen Ärger mit der Armee bekommen?«

»Das ist mir verdammt noch mal egal«, erwiderte Grover hitzig. »Niemand sonst hat irgendetwas getan, um dem Verschwinden von dir und den anderen nachzugehen. Als ob es ihnen egal wäre und sie sich keine Sorgen machen würden, dass eine ganze Reihe von zivilen Angestellten sich in Luft aufgelöst hat.«

Sierra schluckte schwer. »Ich habe geschlafen, als sie in mein Zelt kamen«, sagte sie zu ihm. »Ich habe sie nicht gehört und sie haben mir den Mund zugehalten, bevor ich überhaupt aufgewacht bin. Sie zwangen mir einen Rucksack auf den Rücken und sagten, es sei eine Bombe. Sie würden den ganzen Stützpunkt in die Luft jagen, wenn ich nicht kooperieren würde. Also tat ich, was sie verlangten.«

»Mistkerle.«

Er hatte das Wort leise ausgesprochen, aber Sierra hörte es trotzdem. »Sie brachten mich in ein Haus in der Stadt und sagten mir, dass ich entführt worden sei, damit Shahzadas Männer ihre Foltertechniken üben könnten. Die ersten paar Monate waren … schlimm«, sagte Sierra und spielte die Schmerzen, die sie in dieser Zeit erlitten hatte, drastisch herunter. »Sie haben alle meine Sachen vom Stützpunkt mitgenommen, damit es so aussah, als wäre ich desertiert. Sie wussten, was sie taten. Anscheinend hast du recht, dass sich niemand sonderlich dafür interessiert, dass ein paar Zivilisten verschwunden sind. Wenn es Soldaten gewesen wären, hätten die USA bestimmt einen riesigen Aufriss daraus gemacht.«

»Mich hat es interessiert«, sagte Grover leise.

Sierra schluckte schwer. »Irgendwann habe ich die Zeit aus den Augen verloren und vermutlich wurde es ihnen langweilig mit mir. Also haben sie mich hierhergebracht. Es war nicht so, dass sie ein Problem damit gehabt hätten, eine Frau zu töten, aber sie dachten, dass sich die Gelegenheit ergeben könnte, mich als Druckmittel einzusetzen. Und das haben sie mehr als einmal getan. Nichtsdestotrotz ... ich hatte Glück.«

Anstatt ungläubig zu schnauben, wie sie es vielleicht erwartet hatte, stimmte Grover zu. »Ja, das hattest du.«

Sierra wusste, dass viele Leute sie für verrückt halten würden, wenn sie glaubte, sie hätte Glück gehabt nach allem, was sie durchgemacht hatte. Aber sie war noch am Leben und die anderen entführten Angestellten waren es nicht. Solange sie noch einen Hauch Leben in ihrem Körper hatte, würde sie darum kämpfen.

Sie musste das Thema wechseln oder sie riskierte, depressiv zu werden. »Woher werden deine Teamkameraden wissen, wo sie nach dir suchen sollen?«

»Sie sind einfach die Besten in dem, was sie tun. Sie werden uns finden.«

Grover klang so zuversichtlich, dass Sierra ihm glauben wollte, aber ihre Hoffnungen waren schon zu oft enttäuscht worden. Einmal hatte sie direkt vor dem Haus, in dem sie in der Kleinstadt gefangen gehalten worden war, Soldaten auf Englisch sprechen hören. Sie konnte nicht schreien und riskieren, die Wache direkt vor ihrem Zimmer zu alarmieren, aber sie hätte darauf geschworen, gerettet zu werden.

Stattdessen waren sie einfach weitergegangen und hatten nicht einmal an die Tür geklopft. Es hatte Wochen gedauert, diese Enttäuschung zu überwinden, die Verzweiflung darüber, diese Stimmen zu hören, die sich dann entfernten und schließlich verschwanden.

Die Wahrscheinlichkeit, aus diesem Loch gerettet zu werden, war wesentlich geringer.

»Wir werden auch herausfinden, wer dieser Shahzada ist, und ihn töten«, sagte Grover. »Dieses Arschloch muss gestoppt werden. Wir werden dafür sorgen, dass er nicht mehr die Gelegenheit bekommt, andere zu entführen.«

Sierra blinzelte überrascht. »Wie meinst du das?«

»Wie meine ich was?«, fragte Grover.

Sierra hätte gelacht, aber sie war zu überrascht, dass er die Identität von Shahzada nicht kannte. »Shahzada war vorhin hier. Er war unter den Männern, die dich verprügelt haben.«

Schweigen traf ihre Aussage.

»Grover?«

»Welcher?«, knurrte er.

»Ich habe nicht gesehen, wie sie dich geschlagen haben, aber ich habe ihn gehört.«

»Würdest du ihn wiedererkennen, wenn du ihn siehst?«, fragte Grover.

»Na sicher. Und du auch. Du bist ihm schon einmal begegnet, Grover.«

»Wann?«

»Vor einem Jahr auf dem Stützpunkt. Er ist dort unter dem Namen Muhammad Qahhar bekannt. Er ist einer der Übersetzer, die die Armee angeheuert hat.«

»Verdammt, ich wusste es!«, fluchte Grover.

Sierra hörte laute, pochende Geräusche aus der Zelle neben sich und sie zuckte zusammen. Als es wieder still war, sagte sie: »Ich dachte, das wüsstest du.«

»Nein«, erwiderte Grover. »Als die Typen auf mich eingeschlagen haben, habe ich niemanden wiedererkannt, und niemand hatte den Mann bisher beschreiben können. Er war wie ein Geist. Aber ich hatte so ein Bauchgefühl, dass er eine Verbindung zum Stützpunkt haben musste. Das machte einfach Sinn. Ich vermute, einige der anderen Übersetzer gehören ebenfalls zu seiner Bande.«

Sierra sagte nichts. Sie hatte das auch vermutet, aber niemanden wiedererkannt, mit dem sie während ihrer Gefangenschaft in Kontakt gekommen war.

»Ich werde ihn töten.«

Grovers Worte waren umso kraftvoller, weil dahinter keine Emotionen steckten.

»Okay.«

»Das werde ich«, versprach er. »Jetzt erklär mir bitte, wie der Zeitplan hier in der Regel aussieht. Werden wir mitten in der Nacht geweckt, damit sie uns verprügeln können?«

Überraschenderweise schien sein Themenwechsel Sierra ein wenig zu entspannen. Sie erzählte ihm alles, was sie während der letzten Monate erfahren hatte. Sie beschrieb, welche der Männer weniger begeistert davon zu sein schienen, die Gefangenen zu foltern, und wer am härtesten zuschlug und es am meisten genoss. Sie erklärte, dass es Tage gab, an denen sie niemanden sah und allein in der Höhle war. Sie beschrieb auch die Mahlzeiten, die sie bekam, wenn sie sich überhaupt die Mühe machten, ihr etwas zu bringen. Sie bemühte sich auch, alles aufzuzählen, das sie als Nachlässigkeit ansah, wenn es um die Sicherheitsvorkehrungen ging.

Im Gegenzug erklärte Grover ihr genau, wo sich die Höhle befand, wie weit der Berg vom Armeestützpunkt entfernt war und wie viele Wachen er gesehen hatte, als er hineingebracht worden war.

Für die nächste Stunde oder so tauschten sie Informationen aus und Sierra hatte sich noch nie so wertgeschätzt gefühlt wie während ihres Gesprächs. Grover behandelte sie nicht, als wäre sie schwach oder bemitleidenswert. Er wusste jede Information, die sie ihm geben konnte, zu schätzen, und langsam begann ein winziger Hoffnungsschimmer in ihr aufzusteigen. Es war gefährlich für ihre Psyche, diese Hoffnung zuzulassen, aber sie konnte nicht anders.

Grover war sich so sicher, dass sein Team kommen würde und dass sie beide bald frei sein würden.

Frei.

Sie hatte öfter davon geträumt, aus dieser Höhle herauszukommen, als sie zählen konnte. Wieder auf der Veranda ihres Elternhauses in Colorado zu sitzen und den Schnee zu sehen. Wieder zu frieren, anstatt die ganze Zeit zu schwitzen. Aber es waren nichts als Träume. Sie hatte zu viel Angst, um wirklich daran glauben zu können, dass die Freiheit in greifbarer Nähe war.

»Ich verspreche es dir«, sagte Grover, als könnte er ihre Gedanken lesen. »Wir werden hier rauskommen. Außerdem sollte ich dich wahrscheinlich vorwarnen, dass ich dich besser kennenlernen möchte, wenn wir in die Staaten zurückkehren.«

Sierra blinzelte. Hatte er etwa gerade … »Bittest du mich um eine Verabredung?«, platzte sie heraus.

Grover lachte leise. Es klang ein bisschen rostig, aber sie bekam trotzdem eine Gänsehaut auf ihren dreckigen Armen. »Ja.«

»Ähm … nichts für ungut … aber … ich bin mir nicht sicher, ob das eine gute Idee ist.«

»Es ist so«, antwortete Grover leise, »du hast mich schon fasziniert, als ich dich das erste Mal gesehen habe, Sierra. Und jetzt, da ich dich wiedergefunden habe und sehe, wie verdammt stark du bist – und das musstest du sein, um zu überleben –, interessiere ich mich noch mehr für dich. Ich habe keine Ahnung, was passieren wird, wenn wir wieder zu Hause sind. Verdammt, ich weiß nicht einmal, wo du lebst. Aber ich möchte da weitermachen, wo wir vor einem Jahr aufgehört haben. Uns wurde die Chance genommen, uns richtig kennenzulernen, und das kotzt mich an.«

Sierras Herz hämmerte in ihrer Brust. Was Grover sagte, klang zu gut, um wahr zu sein. Dann erinnerte sie sich an ihre Reaktion auf ihn, als sie sich kennengelernt hatten, und stellte fest, dass sie von seinem Selbstvertrauen und seiner Durchsetzungskraft nicht allzu überrascht war.

»In Ordnung«, sagte sie und versuchte, so stark zu klingen, wie er es von ihr anzunehmen schien. »Falls wir hier rauskommen, lasse ich mich von dir zu den üblichen drei Verabredungen ausführen, die ich jedem Kerl gebe, bevor ich entscheide, ob wir zusammenpassen. Aber wenn es scheiße läuft, war es das.«

»Abgemacht«, sagte Grover sofort.

Für eine Sekunde fragte Sierra sich, was sie gerade zugestimmt hatte, aber er sprach weiter, bevor sie es sich noch einmal überlegen konnte.

»Und es ist *wenn*, nicht *falls* wir hier rauskommen. Woher kommst du, Bean?«

Sierra runzelte die Stirn. »Wie hast du mich gerade genannt?«

»Mist ... ähm ... vergiss es. Tut mir leid.«

Grover so verlegen klingen zu hören war irgendwie hinreißend. »Ernsthaft, was hast du gesagt?«

»Bean«, murmelte er. »Ich hatte erst an Flame gedacht, wegen deiner Stärke und deiner roten Haare, aber Bean ist einfach herausgerutscht. Weil ... oh Gott ... weil du einfach so süß bist. Verdammt, ignoriere mich einfach.«

Amüsiert schüttelte Sierra den Kopf. Sie hatte noch nie einen Spitznamen gehabt, und obwohl Bean ein wenig kindlich klang, konnte sie nicht leugnen, dass sie es Flame vorzog. »Schon okay«, sagte sie. »Ich weiß, dass ihr Soldaten es nicht lassen könnt, Spitznamen zu vergeben.«

»Zumindest ist meiner von meinem Nachnamen abgeleitet und kommt nicht daher, dass ich der Puppe aus der Sesamstraße ähnlich sehe.«

»Bist du dir da sicher?«, neckte Sierra ihn.

»Scheiße, da bin ich wohl direkt ins Fettnäpfchen getreten, oder?«

Sierra kicherte und ihr wurde klar, dass sie schon sehr lange nicht mehr über irgendetwas gelacht hatte. Selbst wenn in den nächsten Tagen das Schlimmste passieren sollte, würde sie Grover immer dankbar dafür sein, dass er in diesem Moment ein wenig Leichtigkeit in ihr Leben gebracht hatte. »Meine Eltern leben in Colorado, oben in den Bergen. Sie haben ein großes Haus mit einer fantastischen Aussicht. Ich schwöre dir, man kann kilometerweit sehen. Es ist aber sehr weit ab vom Schuss und es gefiel mir nie, so weit entfernt von der Aufregung der Stadt entfernt zu sein. Und die Winter sind lang und kalt. Aber im Moment klingt es nach dem Himmel auf Erden.«

»Du wirst es wiedersehen«, versprach Grover.

»Ich frage mich immer, wie es meinen Eltern geht«, sagte Sierra leise. »Manchmal denke ich, es muss für sie schlimmer sein als für mich. Ich kann mir nicht vorstellen, wie es sein muss, nicht zu wissen, was mit meinem Kind passiert ist. Es muss herzzerreißend sein.«

»Nur du kannst glauben, dass deine Eltern es schwerer haben, als selbst eine Kriegsgefangene zu sein«, stellte Grover fest. »Aber du musst noch ein bisschen durchhalten, dann kannst du sie wiedersehen. Und ... glaub mir ... du wirst es hassen zu frieren.«

»Werde ich das?«, fragte sie.

»Ja, nachdem du so lange hier in der Wüste warst, wird dir selbst bei milden Temperaturen schnell kalt werden. Texas ist genauso schön, ist aber wärmer«, sagte er lässig. »Es gibt nicht so viele Berge, es sei denn, man lebt im äußersten Westen des Bundesstaates, aber es ist auf seine eigene Art schön.«

Sierra blinzelte. Natürlich nicht weil es heller in der Höhle wurde, aber sie musste missverstanden haben, was Grover andeutete ... oder nicht?

»Es wird schwierig werden, dich zu einer Verabre-dungen einzuladen, wenn ich in Killeen lebe und du auf einem Berg in Colorado sitzt«, fuhr er fort.

Sierra hatte keine Ahnung, was sie darauf sagen sollte.

»Erinnerst du dich an Aspen? Sie war die Sanitäterin des Ranger-Teams. Sie hat mit meinem Team und mir gegessen.«

Sierra brauchte einen Moment, um ihr Gehirn dazu zu bringen, den Gang zu wechseln. »Oh ja, ich erinnere mich an sie. Wieso? Geht es ihr gut?«

»Ja, es geht ihr gut. Sie und Brain haben geheiratet und vor ein paar Monaten einen kleinen Jungen bekommen.«

»Heilige Scheiße, wirklich?«

»Ja, sie hat die Armee verlassen und arbeitet jetzt als Sanitäterin für einen Rettungsdienst in Killeen. Die anderen Männer sind auch alle sesshaft geworden. Lucky hat tatsächlich meine Schwester geheiratet.«

Sierra war sich nicht sicher, was sie darauf sagen sollte. »Ähm ... Glückwunsch?«

Grover lachte. »Vielen Dank. Die Frauen stehen sich alle sehr nahe. Sie sind füreinander da, egal was gerade mit dem Team vor sich geht. Du hättest sie sehen sollen, als der Neffe und die Nichte von Oz verschwunden sind. Sie haben sich zusammengeschlossen wie nichts, was ich je zuvor gesehen habe ... natürlich abgesehen von meinem eigenen Team. Bevor ich hierher aufbrach, waren sie gerade dabei, Mahlzeiten für Ember, die Frau eines anderen Teamkame-raden, zu organisieren, nachdem sie angeschossen worden war.«

Sierra verstand, was Grover versuchte. Es war ... süß. Obwohl es unrealistisch klang. »Ich bin mir sicher, dass ich nichts mit ihnen gemein habe«, sagte sie.

»Das würde ich nicht sagen. Du kennst Aspen bereits. Und ich glaube, du würdest überrascht sein. Verdammt, Ember Maxwell ist eine der berühmtesten Frauen des

Landes ... wenn sie dazu passt, weiß ich, dass du es auch tust.«

»Moment, Ember Maxwell? *Die* Ember Maxwell?«

Grover lachte wieder. »Ja, sie und Doc sind jetzt ein Paar. Sie ist nach Killeen gezogen und hat dort ein Fitnessstudio für Kinder eröffnet, um ihnen den modernen Fünfkampf nahezubringen.«

»Oh scheiße, ich habe ganz vergessen, dass die Olympischen Spiele stattfanden, während ich hier war. Hat sie es ins Team geschafft?«, fragte Sierra.

»Ja, aber am Abend vor ihrem Wettkampf gab es einen Terroranschlag und sie hat sich die Schulter ausgerenkt.«

»Oh nein!«

»Sie hat es trotzdem geschafft, Fünfzehnte zu werden.«

»Das ist erstaunlich«, sagte Sierra.

»Sie erinnert mich an dich.«

»Ja, klar.«

»Das tut sie. Sie ist süß und freundlich und hart. Sie weiß auch über dich Bescheid und war so besorgt, dass sie ein Bild von dir auf ihrem Profil in den sozialen Medien veröffentlicht hat, in der Hoffnung, dass sich jemand meldet, der dich gesehen hat.«

Sierra schnappte nach Luft. »Das war sie?«

»Was meinst du?«

»Vor nicht allzu langer Zeit waren meine Entführer ganz aufgeregt, weil mein Bild plötzlich überall im Internet war. Sie hatten Angst, jemand könnte etwas sagen.«

»Verdammt! Es hat funktioniert«, sagte Grover und lachte leise.

»Ich kann nicht glauben, dass Ember Maxwell mein Bild gepostet hat. Dass sie weiß, wer ich bin.«

»Jeder weiß, wer du bist, Bean«, sagte Grover. »Zumindest in meinem Umfeld. Die anderen haben sich genauso Sorgen um dich gemacht wie ich. Okay, das stimmt wahrscheinlich nicht ganz ... aber sie wissen von dir und sie würden alles dafür tun, damit du dich in Texas wohlfühlst … falls du dich entscheiden solltest, es für eine Weile zu deinem Zuhause zu machen.«

»Hat dir schon mal jemand gesagt, dass du nicht gerade sehr subtil bist?«, fragte Sierra.

»Ich versuche nicht, es zu sein.«

Ein Geräusch von irgendwo aus dem Höhlensystem erregte ihre Aufmerksamkeit, und als Grover fortfuhr, war sein Ton wieder sachlich und ernst. »Ich kann einstecken, was sie auszuteilen haben«, sagte er zu ihr. »Unsere einzige Aufgabe ist es durchzuhalten, bis mein Team eintrifft.«

»Okay.«

»Versuche, etwas zu schlafen«, sagte Grover.

Sierra nickte, obwohl er sie natürlich nicht sehen konnte. Allein bei dem Gedanken, dass er auf der anderen Seite der Felswand war, fühlte sie sich besser. Sie hatte keine Ahnung, ob sein Team sie finden und retten könnte, aber zum ersten Mal seit einer Ewigkeit dachte sie, vielleicht … und nur vielleicht … würde es dieses Mal anders sein.

KAPITEL DREI

Grover schluckte das Stöhnen hinunter, bevor es ihm über die Lippen kam. Jeder Muskel in seinem Körper schmerzte, aber er ignorierte es. Er hatte mehrere Male das Überlebens-, Ausweich-, Widerstands- und Fluchttraining absolviert. Das gesamte Team hatte das. Das war nichts, was ihm Spaß machte, aber es war notwendig. Die Lektionen über Folter waren besonders brutal, aber im Vergleich zu dem, was ihm echte Terroristen angetan hatten, kam ihm das Training wie ein Kinderspiel vor.

Grover hatte gewusst, was auf ihn zukam, als er sich absichtlich gefangen nehmen ließ, aber er würde es wieder tun, wenn es bedeutete, Sierra zu finden. Er war immer noch ein wenig überrascht, dass ihm das gelungen war.

Herauszufinden, dass Shahzada als Übersetzer auf dem Militärstützpunkt arbeitete, war eine Überraschung und inakzeptabel. Der Mann war rücksichtslos und hatte die Einheimischen fest im Griff. Grover schwor, den Mann zu töten, bevor er das Land verließ.

Was Sierra anging, war es viel zu früh, sie um eine Verabredung zu bitten, geschweige denn zu versuchen, sie davon zu überzeugen, nach Texas zu ziehen. Aber er hatte sich nicht zurückhalten können. Alles, was er über sie erfahren hatte, seit er in seiner Zelle gelandet war, hatte seine Bewunderung für sie nur gesteigert. Die Tatsache, dass sie noch am Leben war, war an sich schon bemerkenswert, aber dass sie über all die Zeit die Nerven bewahrt hatte, bewies, wie unglaublich belastbar sie war.

Grover fühlte sich zu ihr hingezogen. Schon vor über einem Jahr hatte er sie für hübsch gehalten und ihren Mut, ihr strahlendes Lächeln und ihre kleine Statur gemocht. Zu wissen, dass sie ihre Entführer austricksen und ihr Psychologiestudium gegen sie einsetzen konnte, zog ihn umso mehr an. Und Sierra schien nicht abgeneigt zu sein, ihn besser kennenzulernen.

Es war jedoch zu früh, davon auszugehen, dass beide ohne ernsthafte Konsequenzen aus diesem Höllenloch entkommen würden. Und auch wenn es so schien, dass Sierra das, was ihr widerfahren war, gut im Griff hatte, nahm Grover sich dennoch vor, sich mit einer Einrichtung in New Mexico in Verbindung zu setzen, die auf posttraumatische Belastungsstörungen bei Veteranen, Frauen und Kindern, die häuslicher Gewalt entkommen waren, und so ziemlich jedem anderen spezialisiert war, der einen Rückzugsort brauchte, um wieder zu sich selbst zu finden.

Er wusste nicht, ob Sierra es in Anspruch nehmen würde, aber wenn sie es tat, würde er dafür sorgen, dass sie die Hilfe bekam, die sie brauchte.

Trotz seines Wunsches, ihr zu helfen, schüttelte Grover den Kopf über seine eigene Arroganz.

Was machte er? Sierra wollte die Erinnerung an das, was mit ihr passiert war, vielleicht verbannen und Grover würde mit Sicherheit eine große Erinnerung daran sein.

Wahrscheinlich war er der erste Mensch, mit dem sie seit einer Weile kommuniziert hatte. Sie sehnte sich sicherlich verzweifelt nach menschlichem Kontakt jeglicher Art.

Er würde sie hier rausholen oder bei dem Versuch sterben, aber das bedeutete nicht, dass sie ihm etwas schuldete. Er hatte es ernst damit gemeint, sie ausführen zu wollen. Aber wenn er auch nur das geringste Anzeichen von Zweifeln bemerken sollte, würde er sich – wenn auch widerwillig – zurückziehen.

Er hatte keine Uhr mehr, da seine Entführer ihm alles außer seiner Hose abgenommen hatten. Aber seine innere Uhr sagte ihm, dass es wahrscheinlich schon Morgen war. Er zwang sich, in der kleinen Zelle auf und ab zu gehen und seinen verletzten Körper zu strecken.

Sie waren tief in dem Höhlensystem, sodass kein Licht von draußen hineindrang. Als er jemanden mit einem Licht in ihre Richtung kommen sah, spannte sich jeder Muskel in Grovers Körper an.

Er hätte es vorgezogen, wenn die Terroristen sie in Ruhe ließen, aber das schien heute nicht der Fall zu sein. Verdammt.

Er wollte Sierra beruhigen und ihr sagen, dass alles in Ordnung käme, aber er hatte keine Gelegenheit dazu.

»Es ist schon eine Weile her«, sagte einer der Männer, als er direkt auf Sierras Zelle zuging. Grover wollte brüllen, sie sollten sie in Ruhe lassen, aber als er sich an sein Versprechen erinnerte, unterdrückte er alle Emotionen und hielt den Mund. Er sollte verdammt sein, wenn er irgendetwas tun oder sagen würde, das sie noch mehr verletzen könnte.

Ein Mann stellte vor seiner Zelle einen Stuhl auf, damit Grover sehen konnte, was sie Sierra antun würden. Zwei weitere Männer zerrten sie aus ihrer Zelle und zwangen sie, sich hinzusetzen.

»Was habt ihr vor?«, fragte Sierra mit einer Stimme, die Grover von der vergangenen Nacht nicht kannte. Sie klang zittrig und hoch und nicht mehr wie die starke Frau, mit der er sich unterhalten hatte.

Grover dachte jedoch nicht lange über ihre Stimme

nach. Er war zu sehr damit beschäftigt, ihre physische Erscheinung wahrzunehmen.

Ihr wunderschönes rotes Haar war abrasiert worden. Ein paar klägliche Reste waren in ungleichmäßigen Flecken auf ihrem Kopf zurückgeblieben. Sie sah mager aus. Er schätzte, dass sie mindestens fünfzehn Kilo abgenommen haben musste, seit er sie das letzte Mal gesehen hatte. Sie war bereits zuvor zierlich gewesen. Jetzt sah es so aus, als könnte sie von einem starken Windstoß umgeworfen werden. Sie trug nur einen Slip und ein zerrissenes T-Shirt. Zudem war sie voller Dreck. Sowohl ihre Haut als auch ihre Unterwäsche waren bedeckt von dem Schmutz, der jeden Zentimeter ihrer Zelle bedeckte.

Grover wurde übel. Er wollte sich am liebsten übergeben. Er hasste es, sie so zu sehen. Ihre Schultern sackten nach vorn und sie jammerte weiter und flehte ihre Entführer an, sie in Ruhe zu lassen und nicht zu berühren.

Gerade als Grover dachte, sie hätte in der Nacht vielleicht einen Nervenzusammenbruch erlitten, dass sie unmöglich schauspielern könnte, begegnete sie für den Bruchteil einer Sekunde seinem Blick.

Bei dem, was er in ihren Augen sah, spannte sich jeder Muskel in Grovers Körper an.

Wut, Entschlossenheit, Hass auf ihre Entführer und eine Willenskraft, die selbst er unterschätzt hatte.

Diese Frau sah unterjocht und geschlagen aus, obwohl sie alles andere als das war. Jedes Wort aus ihrem Mund war überlegt und auf ihre Entführer gerichtet. Sie schauspielerte und war absolut großartig darin.

Er hasste die leichte Scham, die er in ihren Augen bemerkte. Wenn sie glaubte, dass er von ihrem Zustand angewidert war, lag sie vollkommen falsch. Niemand hatte ihn jemals mehr beeindruckt als Sierra in diesem Moment. Als sie sich das erste Mal getroffen hatten, hatte er sie für zu vertrauensselig und unschuldig gehalten. Sie war erst kurze

Zeit in Afghanistan gewesen und hatte sich sehr darauf gefreut, ihrem Land zu dienen. Auch wenn es nur als zivile Angestellte in der Militärkantine war.

Die Frau vor ihm hatte diese Naivität verloren und sie mit einer harten Schale aus Stahl ersetzt.

Grover wusste, dass es scheiße war, aber er fühlte sich zu dieser Frau noch mehr hingezogen als zu der fast leichtgläubigen Frau, die er kennengelernt hatte. Was etwas zu sagen hatte, denn er hatte sich vor all den Monaten bereits sehr für Sierra interessiert.

Ihre Augen füllten sich mit Tränen, als sie die Männer weiter anflehte, sie in Ruhe zu lassen, zurück in ihre Zelle zu bringen und ihr nicht wehzutun.

Bevor die Männer mit ihrer Folter begannen, kam eine vierte Person den schmalen, unebenen Höhlengang hinunter.

Shahzada.

Grover verzog unwillkürlich das Gesicht.

Er erkannte den Mann jetzt, nachdem Sierra ihm gesagt hatte, wer er war. Als Grover ihn vor über einem Jahr in der Kantine gesehen hatte, war er arrogant und nervig gewesen. Nichts schien sich daran geändert zu haben.

Der Anführer der Taliban-Organisation in diesem Teil des Landes blieb vor seiner Zelle stehen und ignorierte Sierra.

»Willkommen zurück in meinem Land«, sagte Shahzada.

»Nicht gerade ein herzliches Willkommen«, kommentierte Grover.

Der Mann grinste.

»Und ... es ist schön, *dich* wiederzusehen«, sagte Grover.

»Du hast es also herausgefunden«, sagte Shahzada.

»Dass du Muhammad bist, einer der Übersetzer, den die Armee angeheuert hat? Dass du auf dem Militärstützpunkt fast freie Hand hast und seit einem Jahr zivile Angestellte entführst? Ja, das habe ich herausgefunden.« Grover gab ihm keine Gelegenheit, etwas zu erwidern. »Ich habe auch herausgefunden, dass du ein verdammter Feigling bist. Du hast keine Soldaten entführt, weil du wusstest, dass du uns nicht gewachsen wärst. Nur mit ungeschulten Männern und Frauen kannst du es aufnehmen. Es ist erbärmlich«, spottete er und wollte den Zorn des Mannes auf ihn lenken und weg von Sierra, wenn das überhaupt möglich war.

Wie er gehofft hatte, wurde Shahzadas Gesicht rot vor Zorn. »Du wirst diese Worte bereuen«, sagte er in tödlichem Tonfall.

Grover öffnete den Mund und gähnte gelassen. »Was auch immer«, sagte er nach einem Moment und tat sein Bestes, gelangweilt zu wirken.

Shahzada knurrte und drehte Grover den Rücken zu. Ohne zu zögern, nahm er den langen, dicken Stock einem der Männer neben Sierra aus der Hand und schlug damit auf ihre Oberschenkel.

Grover wollte auf der Stelle von dem staubigen Boden aufspringen, als Shahzada zuschlug, aber er rührte sich nicht vom Fleck.

Sierra schrie so laut auf, dass es ihm in den Ohren schmerzte, aber Grover behielt einen ausdruckslosen und stoischen Gesichtsausdruck.

Mit jedem Schlag auf ihren Körper winselte Sierra stärker um Gnade. Wenn sie ihn letzte Nacht nicht gewarnt hätte, hätte Grover seinem Wunsch, sie darum zu bitten aufzuhören, vielleicht nachgegeben. Es kostete ihn alles stillzubleiben.

Objektiv gesehen konnte er erkennen, dass Shahzada nicht viel mehr tat, als ihr Blutergüsse zuzufügen. Er verletzte nicht ihre Haut, was ihm ein wenig über das Ausmaß der Schmerzen verriet, die sie ertragen musste. Aber keiner der Schläge war dazu bestimmt, sie zu töten. Sie hatte recht gehabt – es war eine Show nur für ihn. Aber das bedeutete nicht, dass er gern zusah, wie sie misshandelt wurde.

Nach wenigen Minuten warf Shahzada den Stock zur Seite und sah sie finster an. Tränen liefen ihr übers Gesicht und sie hatte nicht aufgehört zu betteln.

»So erbärmlich«, spottete Shahzada. »Ich habe es satt.« Er drehte sich zu Grover um. »Bringt ihn zu mir.«

Grover wusste, was dieser Ausdruck in den Augen des Mannes bedeutete. Ihm stand eine weitere lange, schmerzhafte Sitzung bevor. Aber wenn es bedeutete, dass er Sierra in Ruhe ließ, würde er es bereitwillig hinnehmen.

Zwei der Männer zerrten Sierra auf die Beine – sie hatte immer noch nicht aufgehört zu jammern – und warfen sie zurück in ihre Zelle. Grover atmete erleichtert auf, als er hörte, wie das Schloss einrastete.

Ihre Prügel waren vorbei, seine würden gleich beginnen.

Shahzada grinste, als seine Männer das Schloss an seiner Zelle öffneten. »Ich habe lange an all diesen ›untrainierten Männern und Frauen‹ geübt und viel darüber gelernt, was der menschliche Körper aushalten kann. Darauf freue ich mich.«

Grover holte tief Luft. Er konnte mit allem fertigwerden, was dieses Arschloch und seine Kumpane auszuteilen hatten. Trigger und der Rest seines Teams würden bald hier sein. Er musste nur Shahzadas Aufmerksamkeit auf sich und weg von Sierra lenken und am Leben bleiben.

Anstatt ihn auf den Stuhl zu setzen, auf dem Sierra gerade gesessen hatte, wurde Grover den dunklen Pfad hinuntergeschleift, weg von den Zellen. Er wusste, dass das kein gutes Zeichen war. Er konnte Schläge einstecken, aber wenn sie irgendwo in der Höhle elektrische oder andere extreme Folterinstrumente hatten, könnten die Dinge erheblich schwieriger werden.

Bevor er seinen Verstand abschaltete, kam ihm kurz der Gedanke, dass er froh war, dass Sierra nicht zusehen musste, wie er gefoltert wurde. Sie hatte genug durchgemacht und ihre Albträume müssten nicht noch schlimmer werden.

Komm schon, Trigger. Beweg deinen Hintern hierher und hol uns hier raus.

Sierras Tränen stoppten in dem Moment, in dem ihre Entführer ihr den Rücken zukehrten. Sie war sehr gut darin geworden, auf Kommando zu weinen. Ihre Oberschenkel schmerzten, aber das war nichts, was sie nicht schon zuvor durchgemacht hatte. Genau wie sie Grover gesagt hatte, hörten ihre Entführer mit den Prügeln auf, je mehr sie weinte und flehte. Shahzada und seine Anhänger waren sehr berechenbar. In der Vergangenheit hatte sie es genossen, sie zu manipulieren, und es als kleinen Sieg gefeiert. Aber heute hatte sie Angst um Grover.

Er hatte keinen Laut von sich gegeben, als Shahzada auf sie einschlug, wofür sie dankbar war. Sie hatte das Gefühl, dass es an sich schon eine Form der Folter für ihn war, einfach nur zuzusehen und nichts tun zu können, während eine Frau misshandelt wurde. Aber er hatte sich ihre Worte vom Vorabend zu Herzen genommen, was sie zu schätzen wusste.

Sie hatte jedoch nicht gewollt, dass er sie sah. Sierra wusste, dass sie mitgenommen aussah.

Nun ... das war eine Untertreibung. Sie konnte ihre Hose nicht mehr tragen, weil sie zu weit geworden war und sie keinen Gürtel hatte, um sie oben zu behalten. Sierra hatte so viel Gewicht verloren, dass sie nur noch ein Schatten ihres früheren Ichs war. Bereits vor längerer Zeit hatte sie aufgehört, ihre Periode zu bekommen, und so sehr sie auch versuchte, etwas Muskelmasse zu behalten, indem sie sich streckte und in ihrer Zelle herumging, hatte sie kaum noch Kraft.

Dann war da noch ihr Haar.

Sie war so stolz auf ihre langen kastanienbraunen Locken gewesen, die sicher eine ihrer besten Eigenschaften gewesen waren. Nach wochenlanger Gefangenschaft war ihr Haar jedoch mehr zu einer Belastung geworden. Sierra hatte gespürt, wie nachts Käfer durch ihr Haar krabbelten, und es war so dreckig, dass sie jedes Mal zusammengezuckt war, wenn ihr eine Strähne ins Gesicht fiel. Ganz zu schweigen davon, dass ihre Entführer sie häufig daran herumgezerrt hatten.

Am Ende hatte sie einen Plan entwickelt. Jedes Mal wenn ihre Entführer sie folterten, hatte sie sie angefleht, ihr Haar nicht zu berühren. Sie wurde hysterisch und weinte, wenn sie es taten. Es hatte ein paar Wochen gedauert, aber schließlich hatten sie ihre Haare abrasiert, um sie zu quälen. Sie hatten sie festgehalten und sie hatte wie eine Wildkatze gekämpft, als sie zuerst die langen Strähnen mit einem Messer abgehackt und ihr dann schließlich mit einem alten, stumpfen Elektrorasierer den Rest abrasiert hatten.

Sie hatte eine Show abgezogen, die sie wahrscheinlich nie vergessen würden. Ihre Entführer hatten die ganze Zeit gelacht und sie verspottet, bevor sie schließlich ihre Zelle verließen, während Sierra auf Knien über einem Haufen abgeschnittener Haare geschluchzt hatte.

Sie hatten genau das getan, was sie gewollt hatte. Sierra fühlte sich so viel besser ohne ihre schmutzigen Haare, die sich bereits verknotet und an ihrer Kopfhaut gezerrt hatten. Sie fühlte sich leichter und sauberer. Letzteres war ein Witz, da ihre letzte Dusche auf dem Stützpunkt vor ihrer Entführung gewesen war. Dennoch war die Erleichterung immens und der Vorfall hatte bestätigt, wie leicht sie ihre Entführer beeinflussen konnte.

Zweimal hatten sie sie seitdem festgehalten, um ihr den

Kopf zu rasieren, und jedes Mal hatte sie ihren Auftritt wiederholt ... sie hatte um sich getreten und gekämpft und sie angefleht, sie in Ruhe zu lassen. Und Gott steh ihr bei, es fühlte sich *gut* an, ihre Entführer zu manipulieren, selbst in kleinen Dingen. Allerdings wusste sie, dass sie nicht versucht hatten, ihr Haar gleichmäßig zu schneiden. Was übrig blieb, waren Büschel von unterschiedlicher Länge, und sie konnte sich nur vorstellen, wie schrecklich das aussah. Obwohl es sich rasiert so viel besser anfühlte, wusste Sierra, dass sie wie ein Freak aussehen musste.

Und so eitel und dumm es auch war, sie *hasste es*, dass Grover sie so gesehen hatte.

Sie wusste, dass es unvermeidlich sein würde. Wenn er recht hatte und sein Team irgendwann auftauchen würde, würde er sie früher oder später sehen, aber es bedrückte sie trotzdem.

Die Minuten vergingen wie im Flug, obwohl Sierra nicht wusste, wie lange sie in ihrer Zelle saß und ungeduldig auf Grovers Rückkehr wartete. Sie betete, dass er überhaupt zurückkehren würde, denn normalerweise ließ Shahzada seine Gefangenen eine Weile am Leben und quälte sie in regelmäßigen Abständen, bevor sie endgültig verschwanden. Sie konnte nur hoffen, dass er das auch mit Grover tun würde.

Als sie Stimmen hörte, die auf sie zukamen, verkrampfte sie sich. Sie wusste, dass es besser war, nicht aufzuspringen und sich an den Gitterstäben ihrer Zelle festzuhalten, aber ach, wie gern hätte sie das getan. Die Lichter, die ihre Entführer bei sich trugen, waren nicht die hellsten, aber sie gaben genügend Helligkeit ab, sodass sie Grover sehen konnte.

Er war kaum in der Lage zu gehen, selbst mit den Männern rechts und links von ihm, die ihn an den Armen festhielten. Er stolperte über seine Füße, die im Schmutz schleiften. Shahzada war nirgends zu sehen, aber die anderen Männer grinsten, als hätten sie gerade außerordentlich viel Spaß gehabt.

Grover trug jetzt nur noch Boxershorts, und sie konnte dunkle Stellen an seinen Beinen und seinem Oberkörper sehen. Blut. Auch sein Gesicht war ein blutiges Durcheinander. Er war offensichtlich wiederholt geschlagen worden, und das ließ Sierras Wut unter ihrer Haut brodeln, obwohl sie sich ruhig verhielt und kein Wort sagte, als ihre Entführer die Zelle öffneten und Grover hineinwarfen.

Sie drehten sich um und gingen ohne ein Geräusch, und erst als sie und Grover wieder allein in der Dunkelheit waren, verließ sie ihren Platz an der gegenüberliegenden Wand ihrer Zelle. Sierra kroch auf die andere Seite und legte sich hin. Sie steckte ihre Hand und ihren Arm zwischen die Gitterstäbe und beugte ihren Ellbogen. Die Position war unbequem, aber wenn Grover näher käme, könnte sie ihn berühren. Und das brauchte sie mehr als alles andere, was sie je gebraucht hatte.

»Grover?«

Er grunzte.

»Rutsch hier rüber. In Richtung meiner Stimme. Ich habe meine Hand durch die Gitterstäbe gesteckt, ich sollte dich berühren können, wenn du nahe genug dran bist.«

Sie hörte langsame Bewegungen in der Zelle neben der ihren und hielt den Atem an, als er näher kam. Sie zuckte bei der ersten Berührung seiner Finger mit den ihren zusammen und hielt sich fest, als er mit seiner Hand die ihre ein zweites Mal berührte. Sie spürte den Schmutz des Fußbodens auf ihrer eigenen Haut und die Nässe auf Grovers Haut, von der sie wusste, dass es wahrscheinlich Blut war. Aber all das spielte keine Rolle. Er war lebendig und warm, und sie konnte spüren, wie sein Puls in seinem Handgelenk hämmerte.

Sie war sich nicht sicher, was sie sagen sollte. Sie wollte nicht fragen, was passiert war; sie wusste bereits, dass es schlimm war. Sierra dachte an alles, was *sie* im letzten Jahr durchgemacht hatte, und wusste, dass er wahrscheinlich genauso viel – oder noch mehr – erduldet hatte wie sie in der Vergangenheit.

»Mir geht es gut«, sagte Grover leise.

Seine Worte waren leicht entstellt und Sierra drückte seine Hand. »Du klingst gerade ein bisschen wie dein Namensvetter.«

Er lachte leise, und das Geräusch lief ihr die Wirbelsäule hinauf und erwärmte ihr das Herz. Sie zermarterte sich das Hirn, um etwas zu finden, worüber sie reden konnte, irgendetwas, das ihn von den Schmerzen ablenken würde. »Sah mein Haar so schlimm aus, wie es sich anfühlt?«

»Nein.«

Sie nahm an, dass er sie veralbern wollte. Trotzdem erzählte sie ihm während der nächsten fünfzehn Minuten leise die Geschichte, wie sie ihre Entführer so lange manipuliert hatte, bis sie tatsächlich dachten, es sei *ihre* Idee gewesen, es abzuschneiden. »Ich weiß, dass es schrecklich aussieht, dass ich schrecklich aussehen muss, aber es fühlt sich so viel besser an.«

»Schlau«, sagte Grover.

»Wenn es dich beruhigt, kann ich dir sagen, dass sie dich jetzt wahrscheinlich ein paar Tage in Ruhe lassen. Sie wollen, dass wir relativ gesund und stark sind, bevor sie wieder versuchen, uns zu brechen.«

Grover grunzte erneut.

»Das gibt deinem Team mehr Zeit hierherzukommen.«

Sie hörte, wie er etwas vor sich hinmurmelte.

»Was kann ich tun, um zu helfen?« Sie fühlte sich nutzlos, wenn sie nur so dalag. Seine Hand zu halten fühlte sich nicht annähernd genug an.

»Du hilfst doch schon«, antwortete er. Dann fragte er: »Haben sie dir das angetan?«

»Nein«, sagte Sierra schuldbewusst. »Als sie mich entführten, hatten einige von Shahzadas Anhängern noch nie jemanden gefoltert. Ich war eine Übung. Zumindest wurde mir das so gesagt. Sie haben wirklich schreckliche Sachen gemacht, besonders das Waterboarding. Aber sie haben mich normalerweise nicht zum Bluten gebracht. Vielleicht liegt es daran, dass ich eine Frau bin. Oder vielleicht, weil ich keine Soldatin bin und keine wirklich nützlichen Informationen hatte. Ich weiß es nicht. Aber ich habe ein schlechtes Gewissen, weil sie mich anscheinend vergleichsweise so leichtfertig behandelt haben.«

»Das musst du nicht«, sagte Grover. »Sie haben dir die Freiheit genommen. Das ist schon schlimm genug.«

»Ich denke schon. Hast du getan, was ich dir gesagt habe?« Sie konnte sich die Frage nicht verkneifen. »Hast du ihnen gesagt, was sie wissen wollten?«

»Sie haben keine Fragen gestellt«, sagte Grover. »Sie haben einfach auf mich eingeschlagen. Vor allem Shahzada.«

»Arschlöcher«, murmelte sie, und der Hass war in ihrer Stimme deutlich zu hören. »Er ist eifersüchtig auf dich. Wahrscheinlich erinnert er sich daran, wie sehr dein Team respektiert wurde. Nach dem Wenigen zu urteilen, was ich im letzten Jahr mitbekommen habe, scheint er sauer zu sein, dass er im Taliban-Netzwerk nicht besser Fuß fassen konnte, und lässt das an seinen Gefangenen aus. Ich glaube, er will schneller aufsteigen, aber er entführt die falschen Leute, um das zu erreichen.«

Grover keuchte.

»Ich sage nicht, dass seine Anhänger gute Menschen sind, aber sie sind nicht so blutdürstig wie Shahzada. Sie haben Familien. Ehefrauen und Kinder. Ich habe den Eindruck, dass ihnen der Gedanke gefällt aufzusteigen, aber sie sind nicht bereit, so gewalttätig zu sein wie Shahzada, um das zu erreichen.«

»Sie werden trotzdem sterben.«

Sierra nickte. »Ich weiß. Und ich fühle mich nicht schlecht dabei. Ganz und gar nicht. Ihr Schicksal war besiegelt, als sie sich auf die Seite von Shahzada stellten.«

Grover antwortete nicht, und nach einigen langen Sekunden spürte sie, wie seine Hand in ihrer erschlaffte.

Sierra ließ nicht los. Sie wusste, dass ihr Arm durch die ungünstige Position irgendwann einschlafen würde, aber das war ihr egal. Sie musste diese Verbindung zu Grover aufrechterhalten. Sie hatte ein schlechtes Gewissen, dass er so schwer verletzt worden war. Während des vergangenen Jahres war sie kein einziges Mal so sehr gequält worden, wie es Grover offensichtlich heute ergangen war.

Sie strich mit dem Daumen über seinen Handrücken. Irgendwann würde sie loslassen müssen. Zurück auf die andere Seite ihrer Zelle gehen, damit ihre Entführer, wenn sie hoffentlich am Morgen mit Nahrung zurückkehrten, nicht wussten, dass sie und Grover eine Verbindung hatten. Wenn sie es wüssten, würde Shahzada das sicherlich gegen sie verwenden.

Aber im Moment blieb sie an den Rand der schmutzigen Wand ihrer Zelle gekauert und hielt Grovers Hand, während er schlief. Zumindest hoffte sie, dass er schlief und nicht ohnmächtig geworden war. Es bestand immer die Möglichkeit, dass Shahzada Grover so fest geschlagen hatte, dass etwas in seinem Körper zerbrochen war.

Sierra ließ einen Finger nach unten gleiten, um den Puls an seinem Handgelenk zu fühlen, und seufzte erleichtert über den gleichmäßigen Schlag.

Zuvor hatte sie Angst gehabt, Grover zu glauben, als er ihr gesagt hatte, dass sein Team sie finden würde, aber jetzt betete sie so intensiv wie seit einem Jahr nicht mehr.

Findet uns. Grover braucht euch.

KAPITEL VIER

Trigger, Lefty, Brain, Oz, Lucky und Doc saßen ungeduldig um den Konferenztisch auf dem Militärstützpunkt in Afghanistan herum. Der General, der für den Standort verantwortlich war, sprach darüber, welche Schritte in der Vergangenheit unternommen worden waren, um die zivilen Angestellten zu finden, und was die anderen Teams der Spezialeinheit herausgefunden hatten, als sie vor Ort waren.

Äußerlich hörte Trigger zu, aber innerlich konzentrierte er sich auf die Informationen, die er und der Rest des Teams zusammen mit Grovers Habseligkeiten gefunden hatten. Er hatte eine verschlüsselte Datei auf seinem Laptop abgespeichert, in der er detailliert erklärte, wie er geplant hatte, in der Stadt in der Nähe des Stützpunktes Unruhe zu stiften.

Aber es war die kurze Notiz, die er kurz vor seiner Festnahme hinterlassen hatte, die ihre Aufmerksamkeit am meisten erregte.

Ich habe keine Beweise, aber ich denke, dass es sich um einen Insider-Job handeln muss. Jemand auf diesem Stützpunkt arbeitet entweder mit Shahzada zusammen oder er ist selbst hier.

Das Team hatte darüber gesprochen und war sich mit seinem vermissten Teamkameraden einig. Die mangelnden

Fortschritte bei der Suche nach Shahzada oder den vermissten zivilen Angestellten mussten bedeuten, dass der Taliban-Anführer schon vor den Razzien und Suchaktionen Informationen erhielt.

»Stimmt's, Trigger?«, fragte der General.

Trigger blinzelte und blickte zu Lefty hinüber. Er sah, wie sein Freund den Kopf leicht senkte. »Ja«, sagte er zu dem Offizier, obwohl er keine Ahnung hatte, worum es ging.

»Es tut mir sehr leid um Ihren Teamkameraden, aber Berichten zufolge war er außer Kontrolle, als er hier war. Er hat sich sehr untypisch verhalten, zu viel getrunken und war streitlustig.«

Trigger wollte den anderen Mann am liebsten zur Rede stellen. Ihn fragen, ob Grover es seiner Meinung nach aufgrund seiner Handlungen verdient hatte, entführt zu werden.

Denn natürlich war das nicht der Fall. Genauso wie eine Frau, die aufreizende Kleidung trägt, es nicht verdient hat, angegriffen zu werden. Und es war beleidigend, dass der General nicht einmal die Möglichkeit in Betracht gezogen hatte, dass Grover sich aus einem bestimmten Grund unangemessen verhalten hatte.

Aber niemand kannte Grover so gut wie sein Team. Und sie alle wussten, wie verzweifelt ihr Freund Informationen über Sierra Clarkson suchte.

Sie hatten jedoch nicht erwartet, dass er zu solch extremen Maßnahmen greifen würde.

»Wir wissen, dass es Regeln gibt, die befolgt werden müssen«, erklärte Trigger dem älteren Mann. »Aber wir werden tun, was getan werden muss, um nicht nur unseren Teamkameraden zu finden, sondern auch dem Verschwinden von zivilen Angestellten auf diesem Stützpunkt ein Ende zu setzen. Shahzada und seine Bande von Terroristen müssen gestoppt werden. Ich möchte Sie bitten, den Stützpunkt abzusperren, bis wir unseren Mann gefunden haben. Keiner kommt rein oder raus. Das heißt, keine Übersetzer, niemand von der afghanischen Armee, keine einheimischen Ehegatten oder Kinder.«

Der General sah überrascht aus. »Das ist leichter gesagt als getan.«

Trigger lehnte sich vor. »Wir glauben, ebenso wie Grover, dass es einen Verräter auf dem Stützpunkt gibt. Wir wissen nicht, ob er oder sie ein Einheimischer ist oder ob es einer von uns ist. Aber wenn keine Informationen nach draußen oder drinnen dringen, gibt uns das einen Vorsprung. Es wird dafür sorgen, dass es Shahzada unbehaglich wird. Das wird Druck auf die Organisation ausüben. Wir werden unseren Teamkameraden finden. Und hoffentlich auch alle anderen vermissten zivilen Angestellten, die noch am Leben sind.«

Trigger konnte sehen, dass der General skeptisch war, aber er nickte. »Wie lange?«

»So lange es dauert«, entgegnete Oz.

Jeder im Team wusste, dass das nicht passieren würde. Sie hätten bestenfalls eine Woche Zeit; sollte es länger dauern, müsste der General zur Tagesordnung übergehen. Aber eine Woche würden sie nicht brauchen. Nichts würde sie daran hindern, Grover zu finden.

Nach weiteren zwanzig Minuten war die Besprechung beendet und Trigger und sein Team begaben sich zu dem ihnen zugewiesenen Zelt. Während sie ihre Ausrüstung überprüften, erläuterte Trigger den Plan. »Ich denke, das Beste ist, wenn wir das tun, was Grover getan hat ... in die örtlichen Kneipen gehen. Brain, du musst lauschen, ob jemand über Grover spricht. Wenn du etwas hörst, folgen wir der Person zu zweit. Keiner geht allein irgendwohin, kapiert?«

Alle waren sich einig.

»Und wir haben alle unsere GPS-Tracker, richtig?«

Wieder nickten alle. Trigger hatte von Ghost, dem Leiter

eines anderen Delta-Teams auf dem Stützpunkt, erfahren, dass ihr gemeinsamer Freund Tex sein Team mit den praktischen Geräten ausgestattet hatte. Trigger war nie ein Fan von Peilsendern gewesen, aber er war nicht bereit, einen weiteren seiner Freunde zu verlieren, während sie nach Grover suchten. Er bedauerte, dass er Grover nicht dazu gezwungen hatte, einen mitzunehmen, bevor er die Staaten verließ.

Trigger machte sich auch Vorwürfe, weil er Grover allein nach Afghanistan hatte reisen lassen. Er hatte gewusst, wie verzweifelt er während des letzten Jahres versucht hatte herauszufinden, warum Sierra einfach verschwunden war. Seit dem Auftauchen des Briefes, den sie geschickt hatte und der in der Post verloren gegangen war, machte er sich nur noch mehr Sorgen. Er hätte wissen müssen, dass Grover etwas Drastisches tun würde. Aber sich absichtlich gefangen nehmen zu lassen war noch verrückter als alles, was Trigger sich hätte vorstellen können. Er hatte keine Ahnung, ob Sierra noch am Leben war, aber er hatte keinen Zweifel daran, dass Grover alles tun würde, um sie in diesem Zustand zu halten, bis Hilfe eintraf.

»Wir werden ihn finden«, sagte Lucky und unterbrach Triggers Gedanken.

»Ich weiß.«

»Haben wir eine Liste mit allen Einheimischen, die auf dem Stützpunkt arbeiten?«, fragte Oz.

»Der General sollte sie uns besorgen.«

»Gut. Bilder auch?«

»Ja.«

»Wir können sie den Einheimischen in der Stadt zeigen und fragen, ob sie jemanden wiedererkennen und was sie uns sagen können.«

»Glaubst du wirklich, dass Shahzada auf dem Stützpunkt arbeitet?«, fragte Lefty.

»Ja«, antwortete Trigger. »Das macht am meisten Sinn.

Das würde es ihm leicht machen, die Besitztümer der zivilen Angestellten zusammenzupacken und sie verschwinden zu lassen, zusammen mit den Angestellten selbst.«

»Und wahrscheinlich hat er auch mit anderen zusammengearbeitet«, fügte Doc hinzu.

»Scheiße. Kein Wunder, dass die SEALs kein Glück hatten, sie aufzuspüren. Shahzada wusste wahrscheinlich, dass sie hier waren, und kannte sogar ihre Pläne«, sagte Brain angewidert.

»Wenn Grover entführt wurde, weil er sich betrunken benommen hat, weiß jemand etwas. Er ist ein großes Arschloch, sie würden nicht einfach in die Nacht verschwinden können, ohne gesehen zu werden«, sagte Lucky.

»Allerdings«, stimmte Trigger zu. »Nehmt euch die nächsten paar Stunden Zeit, um mit euren Frauen und Kindern zu reden ... und seid dann bereit, euch heute Abend um neunzehn Uhr auf den Weg zu machen. Wir werden sehen, ob wir jemanden finden können, der zugibt, ihn gesehen zu haben, und der uns erzählen kann, mit wem er zusammen war. Wir kommen erst wieder hierher zurück, wenn wir Grover haben ... und hoffentlich auch Sierra.«

Trigger musste mit seiner Frau sprechen. Er musste Gillians Stimme hören. Er mochte gar nicht daran denken, dass er es nicht zu ihr zurückschaffen würde ... aber er schwor sich in Gedanken, dass er das Land nicht verlassen würde, bis Grover wieder bei ihnen war.

Grover hatte das Zeitgefühl verloren. Sierra hatte recht gehabt, nach der ersten Tracht Prügel war er ein paar Tage in Ruhe gelassen worden, aber die dritte Sitzung mit Shahzada war noch schlimmer gewesen als die zweite. Der Mann war ein Sadist und vergnügte sich damit, ihn nur um des

Schmerzes willen zu verletzen. Wieder hatte er ihm keine Fragen gestellt. Er hatte nicht versucht, Informationen zu bekommen. Er genoss es einfach, ihn bluten zu lassen.

Shahzada hatte ihn wissen lassen, dass er nicht erfreut war, dass der Militärstützpunkt abgeriegelt worden war. Niemand konnte rein oder raus, was ihn sehr verärgerte. Er leitete routinemäßig Informationen an jemanden weiter, der bei den Taliban höher angesiedelt war, was jetzt, da er den Stützpunkt nicht mehr betreten durfte, nicht mehr möglich war.

Grover erkannte schnell, dass Shahzada *alle* in die Irre geführt hatte. Das US-Militär dachte, er sei ein wichtiger Akteur bei den Taliban. Dass er viel mehr Macht hätte, als es tatsächlich der Fall war. Wie sich herausstellte, hatte Sierra wieder einmal recht – er war nur einer von Hunderten von Männern, die in der Organisation aufsteigen wollten. Er hatte Gerüchte über seine Macht in die Welt gesetzt, um sowohl die Stadt als auch die auf dem Stützpunkt stationierten Weststaatler in Angst und Schrecken zu versetzen.

Während er Grover schlug, prahlte Shahzada damit, wie oft er während seiner Tätigkeit als Übersetzer falsche Informationen weitergegeben hatte. Anstatt den Einheimischen mitzuteilen, dass das Militär bei der Reparatur von Abwassersystemen und der Wasseraufbereitungsanlagen helfen würde, sagte er ihnen, dass die Amerikaner nicht die Absicht hätten, auch nur einen Finger zu rühren, um zu helfen. Dass sie auf sich selbst gestellt seien. Er tat alles, was er konnte, um Zwietracht zwischen den Soldaten und den Einheimischen zu säen. Er nutzte seine Position, um den Schwächeren zu drohen, und warnte, dass ihre Familien dafür bezahlen würden, wenn sie mit den Soldaten zusammenarbeiteten.

Alles in allem war Shahzada im wahrsten Sinne des Wortes ein Schulhofschläger. Er war ein großer Fisch in einem kleinen Teich, der davon träumte, in der Hierarchie der Taliban aufzusteigen. Er versuchte, dies mit Schall und Rauch zu erreichen.

Ja, er hatte ein halbes Dutzend zivile Angestellte vom Stützpunkt entführt, aber er hatte nicht den Mut gehabt, einen echten Soldaten zu entführen. Bis zu ihm.

Und Grover sollte ihm zum Verhängnis werden. Er musste nur durchhalten.

Er sog scharf die Luft ein, als er sich zu schnell bewegte, und seine Rippen schrien vor Schmerz. Wenigstens ein paar waren angeknackst, schätzte er. Seine Nieren waren sicherlich geprellt. Und bei der heutigen Foltersitzung waren seine Arme hinter seinem Rücken gefesselt worden und sein Körper hing an den gefesselten Händen von der Decke. Seine Schultern schmerzten, und Grover wusste, dass sie während der Folterung ausgekugelt worden waren. Shahzadas Männer hatten ihm sogar einen Gefallen getan, indem sie ihm auf die Schultern getreten hatten, als sie ihn endlich losgelassen hatten. Es hatte verdammt wehgetan, als die Gelenke an ihren rechten Platz zurückgedrückt wurden, aber auf lange Sicht war es das Beste.

Jetzt lag er im Dunkeln auf dem Rücken in seiner Zelle. Ein Arm lag durch die Gitterstäbe über seinem Kopf und Sierra hielt wieder seine Hand. Erstaunlicherweise trug das Gefühl, ihre Handfläche an seiner zu spüren, sehr zur Linderung seiner Schmerzen bei.

»Ich hasse sie«, sagte sie, nachdem einige Minuten des Schweigens vergangen waren. »Ich meine, ich habe es schon gehasst, dass sie mich hier festhalten, ohne einen klaren Plan zu haben, was mit mir geschehen soll. Aber jetzt? Ich möchte sie am liebsten alle töten. Langsam. Sie so verletzen, wie sie dich verletzen.«

»Es ist vor allem Shahzada«, fühlte sich Grover verpflichtet, darauf hinzuweisen.

»Es. Ist. Mir. Egal. Die anderen stecken alle genauso tief

mit drin. Sie halten mich gegen meinen Willen hier fest. Sie schlagen mich, wenn Shahzada es ihnen befiehlt. Es ist mir egal, wenn sie mich nicht so hart schlagen, wie sie es könnten; schlagen tun sie mich trotzdem. Sie lachen, wenn ich so tue, als würde ich wegen meiner Haare weinen. Sie *genießen* es, mich betteln zu sehen. Sie sind alle schuldig – und ich hoffe, sie sterben einen langsamen, schrecklichen und schmerzhaften Tod!«

Grover konnte das Lächeln nicht unterdrücken, das sich auf seinem Gesicht ausbreitete. Es war verdammt unangebracht, aber er war so erleichtert, dass Shahzada und seine Gefolgsleute ihr Feuer noch nicht ganz gelöscht hatten, dass es ihm egal war. »Das werden sie«, versprach er ihr.

Er hörte, wie sie vor Aufregung ausatmete.

»Was willst du als Erstes essen, wenn du nach Hause kommst?«, fragte er, um sie von den Arschlöchern, die sie gefangen hielten, abzulenken.

»Ernsthaft?«

»Klar, warum nicht?«

»Weil ich seit Monaten nur geschmacklose Haferflockenscheiße esse«, beschwerte sie sich.

Grover erkannte, dass seine Frage ziemlich taktlos gewesen war. »Tut mir leid. Vergiss, dass ich gefragt habe.«

»Früher habe ich nie viel über Gerichte nachgedacht. Ich meine, ich habe versucht, darauf zu achten, was ich esse, denn bei meiner Größe würden mich schon fünf Pfund viel dicker aussehen lassen. Aber ich hatte nicht wirklich ein Lieblingsessen oder so etwas. Jetzt, da ich seit Monaten nichts Gutes mehr gegessen habe, merke ich, wie sehr ich es vermisse, etwas anderes zu schmecken als den Mist, den ich hier bekomme.«

»Es gibt eine Pizzeria nördlich von Austin, in der es meine Lieblingspizza gibt«, sagte Grover. »*DeSano Pizzeria Napoletana.* Der Name ist superschick, und ich schwöre, ich habe noch nie etwas Besseres gegessen. Man könnte

EIN HELD FÜR SIERRA

meinen, dass alles im Herzen Italiens und nicht in Texas hergestellt wurde.«

»McDonald's Pommes frites«, sagte Sierra. »Das Salz an meinen Fingern hat mich immer geärgert, aber jetzt läuft mir schon bei dem Gedanken an Salz das Wasser im Mund zusammen.«

»Du könntest alles auf der Welt haben und entscheidest dich für Fast-Food-Pommes?«, stichelte Grover sie.

»Hey, verurteile mich nicht«, beschwerte sich Sierra.

»Tut mir leid«, entgegnete Grover. »Was noch?«

»Frisches Gemüse. Eine Tomate direkt von der Rebe. Ein großer Salat mit gehacktem Gemüse und Käse. Und mit einem Ranch-Dressing darüber.«

»Klingt gut. Was noch?«

»Ein mit Creme gefüllter Donut.«

Grover lachte leise und ignorierte das Aufblitzen des Schmerzes in seinen Rippen. »Du hast eine Schwäche für Süßes, was?«, fragte er.

»Ja«, antwortete Sierra unumwunden. »So ziemlich alles würde im Moment fantastisch schmecken. Ich ... ich habe eine Menge Gewicht verloren.«

Er hasste die Scham, die er in ihrer Stimme hörte. »Du wirst es zurückgewinnen. Ich werde dir helfen.«

Ihre Hand umschloss seine für einen Moment, bevor sie sich wieder entspannte.

Er redete weiter. »Bei unserer ersten Verabredung besorge ich uns eine Pizza von *DeSano Pizzeria Napoletana*. Ich bereite dir einen riesigen Salat mit frischem Gemüse zu, das ich auf dem Bauernmarkt besorge. Gurken, Tomaten, Paprika, Käse ... was immer du willst, ich füge es hinzu. Wir gehen auf den Dachboden der Scheune, die kürzlich auf meinem Grundstück fertiggestellt wurde. Von dort oben kann man kilometerweit sehen. Wir werden essen, bis wir satt sind, dann lassen wir es sacken, während wir uns unterhalten, und essen dann noch mehr. Wir werden so satt sein, dass wir nicht mehr hinunterklettern können, um ins Haus zu gehen, also werden wir dort oben schlafen müssen.«

Sierra lächelte. »Jetzt ist aus unserer ersten Verabredung also schon eine Übernachtung geworden?«

»Klar, warum nicht? Wir haben hier schon miteinander geschlafen, warum also nicht auch zu Hause?«

Es herrschte einen Moment lang Stille, bevor Grover das schönste Geräusch aller Zeiten hörte. Sierra kicherte.

»Du gehst einfach davon aus, dass ich dich in Texas besuchen will«, sagte Sierra, als sie sich wieder unter Kontrolle hatte.

»Das tue ich«, stimmte Grover zu.

Eine weitere Minute des Schweigens, bevor sie wieder sprach. »Du bist anders als alle Männer, die ich kenne. Du bist herrisch und zu selbstsicher. Du glaubst, du bekommst deinen Willen, nur weil du etwas willst.«

Als sie nichts weiter sagte, fragte Grover: »Und?«

»Und was?«

»Ich habe irgendwo zwischen den Zeilen ein Aber gehört.«

»Ja. Aber ... aus irgendeinem Grund kann ich dir dafür nicht böse sein.«

»Ich bin ein offener Typ«, erklärte Grover ernst und hasste es, dass er ihr nicht in die Augen sehen konnte, während er sprach. Er drückte ihre Hand fester. »Als ich dir vor einem Jahr zum ersten Mal begegnete, fühlte ich mich sofort zu dir hingezogen. Du warst wie ein Sonnenstrahl in einer sonst ziemlich dunklen Welt. Als ich nichts von dir hörte, war ich zugegeben sowohl sauer als auch enttäuscht. Aber auch als ein Monat nach dem anderen verging und ich immer noch nichts von dir hörte, gingst du mir nicht aus dem Kopf. Und als ich herausfand, dass du mir doch geschrieben hattest? Da war ich verloren. Ich wollte mir die Chance, dich kennenzulernen, nicht von einem Arschloch-Terroristen nehmen lassen.«

»Du bist also den ganzen Weg hierhergekommen und hast dich gefangen nehmen lassen, damit du eine Verabredung mit mir bekommst?«, fragte Sierra.

Grover schnaubte. »Hey, ich bin der Letzte aus meinem Team, der noch eine Frau finden muss, und ich werde auch nicht jünger.«

»Also bitte. Ich bin mir sicher, dass die Frauen sich um dich reißen. Falls es dir entgangen sein sollte, du siehst ziemlich gut aus, Grover.«

»Ich bin dreiunddreißig, nicht zwanzig, Bean. Ich würde gern glauben, dass ich nicht so oberflächlich bin, jede Frau mit nach Hause zu nehmen, die mit einem Soldaten schlafen möchte. Ich leugne nicht, dass ich diese Phase durchgemacht habe, als ich der Armee beigetreten bin, aber das ist nicht mehr das, was ich will. Schon lange nicht mehr. Und nicht so viele Frauen, wie du vermutest, wollen sich mit einem Berufssoldaten wie mir einlassen. Jemandem, der manchmal auf der Stelle wegmuss und nicht sagen kann, wohin er geht oder wann er zurückkommt.«

»Dann sind sie dumm«, sagte Sierra leise. »Ich sage nicht, dass es einfach ist, mit jemandem vom Militär verheiratet zu sein, aber ich glaube, ich wäre stolz auf das, was mein Freund oder Ehemann tut. Ich habe aus erster Hand erfahren, wie wichtig es ist, die Tyrannen davon abzuhalten, die Welt zu erobern.«

Grover war eine Weile still. Er wusste nichts Grundlegendes über Sierra. Zum Beispiel, ob sie ein Morgenmensch war. Ob sie ihre Sachen auf dem Badezimmertisch verteilte oder alles fein säuberlich auf ihrer Seite aufbewahrte. Er kannte nicht ihre Lieblingsfilme oder -bücher. Doch die Dinge, die er wusste, waren viel wichtiger, und er mochte sie alle. Und zwar sehr. Sie war praktisch. Klug. Bodenständig. Mitfühlend. Loyal. Ein bisschen blutdürstig.

Er wusste, dass Letzteres für die meisten Menschen keine gute Eigenschaft war, aber er wollte eine Partnerin, die verstand, dass das Töten zu seinem Job gehörte. Die Deltas töteten natürlich nicht bei jeder Mission, aber wenn sie es taten, war es absolut notwendig.

Grover bewegte sich auf dem Boden und zuckte erneut. Verdammt, das tat weh. Shahzada war ein bösartiger Mistkerl, und es würde ihm nicht leidtun, ihn tot zu sehen.

Als könnte sie seine Gedanken lesen, fragte Sierra: »Glaubst du wirklich, dass dein Team uns finden wird? Ich meine, inwiefern werden deine Kameraden anders sein als alle anderen, die in der Vergangenheit gesucht haben?«

»Sie werden uns finden«, versicherte Grover ihr. »Und ich weiß es, denn wenn einer von ihnen vermisst würde, würde ich nicht aufhören, bis ich herausgefunden hätte, wo er festgehalten wird, und ich würde Höllenfeuer auf jeden regnen lassen, der es wagt, mich von ihm fernzuhalten. Außerdem habe ich ihnen Notizen über alles hinterlassen, was ich auf dem Stützpunkt getan habe und was ich an dem Abend, an dem ich entführt wurde, vorhatte. Sie werden dem nachgehen und uns hier rausholen.«

»Ich verstehe nicht, warum Shahzada so ... hart zu dir war«, sagte Sierra.

»Er hat wahrscheinlich einen kleinen Penis«, sagte Grover.

Es herrschte einen Moment lang Stille, dann brach Sierra in Gelächter aus. Wieder einmal musste Grover über den schönen Klang grinsen.

»Also gut«, sagte sie, als sie sich wieder unter Kontrolle hatte.

»Um ehrlich zu sein, bin ich mir selbst nicht hundertprozentig sicher«, sagte Grover ernster. »Ich weiß, dass er sauer ist, dass der Stützpunkt abgeriegelt wurde. Und wie du schon sagtest, ist er frustriert, dass er bisher keine Gelegenheit hatte aufzusteigen. Er sitzt immer noch hier in dieser Stadt fest. Er will mehr. Und weil er so viel Zeit auf dem Stützpunkt verbracht hat, ist er wahrscheinlich neidisch oder verärgert über Männer wie mich.«

»Über die Spezialeinheit?«, fragte Sierra.

Grover zuckte mit den Schultern und vergaß den Schaden, den die Aufhängung an seinen Schultern angerichtet hatte. Er unterdrückte ein schmerzhaftes Stöhnen und holte tief Luft, bevor er fortfuhr: »Über Männer, die stärker und größer sind und die sich nicht auf Angst und Einschüchterung verlassen müssen, um mächtig zu sein.«

»Erzählst du mir von deinen Freunden?«, fragte sie.

Manche Leute hätten ihre Frage für einen abrupten Themenwechsel gehalten, aber Grover folgte ihrer Logik. Ihm gefiel, dass sie ihn und den Rest seines Teams als das Gegenteil von Shahzada betrachtete. Als ehrenwert.

Also erzählte Grover ihr alles über sein Team. Er erzählte von einigen ihrer Einsätze – ohne Einzelheiten darüber zu nennen, wo sie gewesen waren oder was sie dort getan hatten. Er erwähnte ein paar ihrer Einsätze, die gerade noch gut ausgegangen waren, und erklärte, wie sehr sie sich aufeinander verlassen konnten.

Er erzählte ihr die Geschichte, wie Trigger und Gillian sich kennengelernt hatten, als ihr Flugzeug entführt worden war. Er beschrieb, wie am Boden zerstört Lefty gewesen war, als Kinley in das Zeugenschutzprogramm aufgenommen wurde, aber wie er nie den Glauben verloren hatte, dass er sie wiedersehen würde. Er erzählte von Brains erstaunlicher Fähigkeit, so viele Sprachen zu sprechen und zu lesen, und wie sehr sie sich im Laufe der Jahre als nützlich erwiesen hatte. Er erzählte die Geschichte von Sergeant Spence, der versucht hatte, Brain und Aspen zu töten, und wie erleichtert die andere Frau war, nicht mehr in der Armee zu sein.

Er sprach lange über Logan und Bria, Oz' Neffe und Nichte, und erklärte sein eigenes, nicht so gutes Verhältnis zu seinem Bruder, nachdem Spencers Aktionen fast zum Tod ihrer Schwester Devyn geführt hatten. Er erzählte

Sierra von ihren Aufgaben bei der Olympiade und davon, wie er Ember kennengelernt hatte und er wie in Bezug auf sie anfangs misstrauisch gewesen war, sie jetzt aber wie eine Schwester liebte.

Nachdem er scheinbar stundenlang über seine Freunde gesprochen hatte, war Grovers Kehle trocken, aber er konnte nicht aufhören. Er ertappte sich dabei, wie er über sein Zuhause sprach. Darüber, wie er die baufällige Scheune auf dem Grundstück abgerissen und sein Team beim Bau einer neuen Scheune geholfen hatte. Er erzählte ihr von den schönen Scheunentoren, die er wiederverwendet und in sein Haus eingebaut hatte. Er erzählte ihr, wie sehr er es liebte, nach dem Aufwachen auf seine Terrasse zu gehen und in der Stille des Morgens zu sitzen. Er scherzte über das Medienzimmer, zu dem Devyn ihn überredet hatte. Es gab einen merkwürdigen Raum an einem Ende seines Hauses, der keine Fenster hatte, also hatte sie beschlossen, dass er sich perfekt für ein Heimkino eignen würde. Er hatte dort eine riesige Leinwand mit einem Projektor aufgestellt, sodass er wie im Kino auf einer Leinwand mit Reihen von superbequemen Stühlen fernsehen konnte.

Grover merkte schließlich, dass er ununterbrochen geredet hatte, ohne Sierra zu Wort kommen zu lassen. Er runzelte die Stirn. »Entschuldige. Ich wollte nicht ununterbrochen plappern«, sagte er ein wenig verlegen.

»Es muss dir nicht leidtun. Ich … ich glaube, ich liebe deine Freunde, und ich kenne sie nicht einmal«, sagte Sierra leise.

»Sie sind alle gute Menschen. Keineswegs perfekt, aber zusammen scheinen wir einfach zu funktionieren. Wir finden es toll, dass die Frauen alle so gut miteinander auskommen. Dadurch fühlen wir uns besser, wenn wir im Einsatz sind. Wir wissen, dass sie füreinander da sein werden, egal was passiert«, sagte Grover.

»Es klingt so. Und du hast gesagt, Aspen hat einen kleinen Jungen, richtig?«

»Ja. Chance. Und Riley hat vor nicht allzu langer Zeit ein Mädchen zur Welt gebracht. Amalia.«

»Wow. Nach dem zu urteilen, was du gesagt hast, sind sie und Oz noch nicht so lange zusammen, richtig?«

Grover lachte leise. »Genau. Aber als Oz die Freuden der Vaterschaft mit seinem Neffen und seiner Nichte erlebte, beschloss er, dass er mehr Kinder wollte. Und zwar unverzüglich.«

»Gut, dass Riley zugestimmt hat«, sagte Sierra trocken.

»Willst du Kinder?«, fragte Grover und verpasste sich dann selbst einen Tritt für diese intime Frage. »Tut mir leid ... das war unhöflich.«

»Nein, das ist schon in Ordnung. Es ist ja nicht so, als wäre dies eine normale Situation. Wenn wir in den USA eine erste Verabredung hätten und du fragen würdest, würde ich wahrscheinlich einer Freundin eine SOS-Nachricht schicken und sie bitten, Operation ›Hol mich hier raus‹ in Gang zu setzen.«

»Möchte ich wissen, was das ist?«, fragte Grover. »Ich meine, ich kann es anhand der Bezeichnung erraten, aber trotzdem ...«

»Ich kann nicht glauben, dass du es nicht schon weißt. Und ja, es ist genau das, wonach es sich anhört. Eine Frau und ihre Freundin vereinbaren ein Notfall-Ende für eine Verabredung. Die Freundin ruft an oder schickt eine SMS mit einem vorgetäuschten Notfall, damit die Frau früher gehen kann, wenn es nicht gut läuft.«

»Wirklich?«

Amüsiert stieß Sierra einen Atemzug aus. »Ich kann mir nicht vorstellen, dass dir das jemals passiert ist.«

»Doch, das ist es tatsächlich. Aber mir war nicht klar, was zu diesem Zeitpunkt geschah«, sagte Grover.

»Oh mein Gott, ernsthaft? Was ist passiert? Warum sollte dich jemand abservieren wollen?«, fragte sie.

»Nun, zunächst einmal danke für den Vertrauensbeweis, aber deine Vorstellung, dass ich jedes Mal, wenn ich irgendwohin gehe, von Frauen belagert werde, ist vollkommen falsch. Ich bin unbeholfen und trete ständig ins Fettnäpfchen ... wie meine unelegante Frage vorhin bewiesen hat. Wir waren beim Abendessen – ich hatte sie in ein Steakhaus eingeladen – und während wir uns die Speisekarte ansahen, fand ich heraus, dass sie Veganerin ist.«

»Autsch«, sagte Sierra kichernd.

»Allerdings. Wir sollten von dem Freund eines Freundes eines Freundes verkuppelt werden. Offenbar wusste sie auch nicht, dass ich beim Militär war. Und sie war vehement gegen jede Art von Gewalt. Sie war eine Pazifistin.«

»Fettnäpfchen Nummer zwei«, scherzte Sierra.

»Genau. Ich glaubte, ich könnte die Verabredung noch retten. Sie war hübsch und nett. Ich dachte, wir würden uns trotz der anderen Sachen eigentlich ganz gut verstehen. Das dritte Fettnäpfchen war meine Schwester.«

»Devyn? So heißt sie, richtig?«

»Ich habe eigentlich drei Schwestern, aber an diesem Abend war es Devyn, die mich ins Verderben geritten hat. Sie war mit ihren Freundinnen in einer Kneipe und lebte zu dieser Zeit noch in Missouri. Da war ein Typ, der vorgab, ein Militärveteran zu sein. Sie wusste genug über die Armee, um zu wissen, dass er nur Scheiße erzählte. Also schrieb sie mir immer wieder eine SMS mit dem Zeug, das er zu einer ihrer Freundinnen sagte, als er versuchte, sie abzuschleppen. Es war lächerlich und übertrieben, aber jedes Mal, wenn mein Handy mit einer SMS vibrierte, runzelte meine Verabredung die Stirn. Ich glaube, sie dachte vielleicht, ich hätte eine Frau oder mehrere Frauen an der Seite und sei ein Aufreißer. Wie auch immer, nicht lange danach ging sie auf die Toilette. Als sie gerade wieder am Tisch saß, klingelte ihr Telefon. Es war ihre Nachbarin, die sagte, dass der Hund meiner Verabredung weggelaufen sei, als sie ihn rausgelassen hatte. Ich bot ihr an, sie bei der Suche nach dem Tier zu begleiten, aber sie lehnte ab und ging.«

Sierra verschluckte sich fast an einem Lachen, und Grover hätte alles dafür gegeben, sie in diesem Moment sehen zu können. »Ich nehme an, ihr hattet keine zweite Verabredung.«

»Nein«, sagte Grover.

»Wow, okay, also ja, du warst ziemlich ahnungslos. Gibt es irgendetwas, das du in der gleichen Situation heute anders machen würdest?«, fragte sie.

»Ja, als ich erfuhr, dass sie Veganerin ist, hätte ich sie woanders hingebracht.«

»Das wäre wahrscheinlich klug gewesen.«

»Ich hätte nichts gegen meinen Job tun können, aber ich hätte mein verdammtes Handy in der Tasche lassen sollen, anstatt es auf den Tisch zu legen.«

»Ein Mann, der aus seinen Fehlern lernt. Erstaunlich«, scherzte Sierra.

»Trotzdem trete ich immer wieder ins Fettnäpfchen«, sagte Grover zu ihr.

»Ich denke, unsere derzeitige Situation entspricht nicht den allgemein üblichen Regeln der Gesellschaft, wenn es darum geht, worüber man bei seiner ersten Begegnung reden darf und worüber nicht. Außerdem kennen wir uns technisch gesehen schon seit einem Jahr«, sagte Sierra.

Grover strich mit dem Daumen über ihre Hand. Seine Schulter schmerzte, weil er den Arm über dem Kopf hatte, aber er weigerte sich, sich zu bewegen. Er brauchte diese Verbindung mit jemand anderem, genauso wie er dachte, dass sie es auch brauchte. »Ich möchte alles über dich wissen«, gab Grover zu.

»Die Antwort auf deine Frage nach Kindern ist ... Ich weiß es nicht. Ich habe noch nicht so viel über Kinder nachgedacht. Ich meine, ich weiß, ich bin fast dreißig und meine Eltern erinnern mich immer wieder daran, dass ich älter werde, aber ehrlich gesagt bin ich gern allein. Ich war in der Lage, den Job hier in Afghanistan anzunehmen, weil ich mich nicht um Kinder kümmern musste. Und jetzt, da ich es laut ausgesprochen habe, klingt das verdammt egoistisch«, sagte sie leise.

»Keineswegs. Nur weil du eine Frau bist, heißt das nicht, dass du Kinder haben musst«, beruhigte Grover sie.

»Vermutlich. Vielleicht denke ich anders, wenn ich mich verliebt habe.«

»Vielleicht, vielleicht auch nicht. Aber ich glaube nicht, dass man egoistisch ist, wenn man keine Kinder will.«

»Was ist mit dir?«, fragte Sierra und drehte den Spieß um.

»Ich bin wie du, ich bin mir nicht sicher. Ich bin gern mit Logan und Bria zusammen, aber sie sind keine Babys. Logan ist elf und geht geistig auf fünfundzwanzig zu, und Bria ist fast sieben. Sie sind keine Säuglinge mehr, was es für mich angenehmer macht, in ihrer Nähe zu sein.«

»Die meisten Leute würden das nicht zugeben«, sagte Sierra zu ihm.

»Vielleicht nicht. Bist du schon bereit, deine Freundin anzurufen, um diese Verabredung zu beenden?«, scherzte Grover.

Wie er gehofft hatte, lachte sie.

»Glaubst du, dass es funktionieren würde? Wenn ja, würde ich es sofort tun. Diese Verabredung ist irgendwie scheiße, Grover. Das Essen ist schrecklich, das Restaurant ist dreckig und die Beleuchtung ist Mist.«

Ohne nachzudenken, brach Grover in Gelächter aus und stöhnte dann, als die Bewegung seine Schmerzen verstärkte.

»Geht es dir gut?«, fragte Sierra ihn sanft.

»Ja. Ich habe nur für eine Sekunde vergessen, dass Shahzada mir ein Spanking verabreicht hat.«

Mit ihrer Hand hielt sie seine fest umklammert. »Wenn er wiederkommt, werde ich versuchen, seine Aufmerksamkeit auf mich zu lenken, damit du eine Pause bekommst«, sagte Sierra.

»Nein!«, knurrte Grover schärfer, als er es beabsichtigt hatte. Er holte tief Luft und sagte etwas ruhiger: »Nein, es geht mir gut. Ich weiß, was mein Körper aushalten kann. Wenn er sich an sein Muster hält, wird er uns morgen in Ruhe lassen. Das gibt meinen Teamkameraden einen weiteren Tag Zeit, um zu uns zu gelangen. Aber wenn sie nicht hier sind, bevor Shahzada beschließt, dass er noch ein bisschen spielen will, musst du genau das tun, was du schon einmal getan hast. Tu so, als gäbe es mich nicht. Hörst du mich?«

»Ich habe das Gefühl, dass es meine Schuld ist, dass du verletzt wurdest«, gab sie leise zu.

»Das ist es nicht. Mir wird wehgetan, weil Shahzada ein Tyrann ist. Ein machthungriges Arschloch. Ein Mann, der den Leuten unbedingt weismachen will, dass er ein harter Kerl ist, obwohl er in Wirklichkeit nur ein weiterer Feigling ist, der nur mutig ist, wenn er den Knüppel in der Hand hält«, sagte Grover zu ihr und machte sich eine mentale Notiz, nie wieder ein Stöhnen oder Ächzen über seine Lippen kommen zu lassen, solange Sierra ihn hören konnte. Auf keinen Fall wollte er ihr noch mehr Kummer bereiten. Sie hatte im letzten Jahr schon genug durchgemacht, er wollte ihre Psyche nicht noch zusätzlich belasten.

»Du hast recht«, sagte sie nach einigen Augenblicken.

»Ich weiß.«

»Ach ja, da ist ja wieder diese Sache mit dem Selbstvertrauen«, stichelte sie.

»Ist es dir lieber, wenn ich unentschlossen bin?«, fragte Grover.

»Nein«, rief sie sofort aus. »Ich mache nur eine Beobachtung.«

Sie lagen ein oder zwei Minuten schweigend da, bevor Grover sagte: »Es ist schon spät. Wir müssen etwas schlafen.«

»Ich weiß.«

Als keiner von beiden sich bewegte, lachte Grover leise. »Jemand muss den ersten Schritt machen und zuerst loslassen.«

Sierra drückte mit der Hand erneut die seine. »Ich werde das nicht sein.«

»Sie werden kommen«, sagte Grover. »Und schon bin ich wieder zuversichtlich. Sie werden kommen. Ich kenne meine Freunde, sie werden mir den Arsch aufreißen wollen, dass ich mich habe entführen lassen. Das werden sie nicht auf sich beruhen lassen können. Also werden sie hier sein.«

Er hörte, wie Sierra ein kleines Lachen von sich gab. »Ich glaube dir. Wenn du willst, stehe ich sogar zwischen dir und ihnen und beschütze dich vor ihrem Zorn.«

»Oh, *das* will ich sehen«, sagte Grover und stellte es sich in seinem Kopf vor.

»Danke, dass du mich nicht vergessen hast. Ich saß hier Tag für Tag im Dunkeln, so lange, dass ich dachte, ich sei es nicht wert, dass jemand versucht, mich hier rauszuholen.«

»Ich habe dich nie vergessen, Sierra Clarkson. *Niemals.*«

»Ich habe dich auch nicht vergessen«, sagte sie mit einer so tiefen Stimme, dass Grover sie fast nicht hörte. Dann drückte sie noch einmal seine Hand und ließ dann los.

Es war beängstigend, wie beraubt er sich fühlte, als ihre Haut nicht mehr an seiner eigenen lag.

Grover bewegte sich langsam und schob seinen Arm durch die Gitterstäbe zurück, und er biss bei dem Schmerz, den die Bewegung verursachte, die Zähne zusammen. Aber anstatt sich umzudrehen und zu schlafen, stand er langsam auf.

Er musste sich dehnen, um seinen Körper zu testen. Denn wenn sein Team sie hier rausholte, musste er bereit sein. Mobil.

Grover konnte nicht hören, wie Sierra sich in der Zelle neben ihm bewegte, aber allein das Wissen, dass sie da war, gab ihm die nötige Motivation, seinen zerschundenen und ramponierten Körper bis zum Äußersten anzustrengen. Er würde nicht eher zufrieden sein, bis sie beide diesen Ort verlassen hatten, Shahzada tot war und sie das Land verlassen konnten.

KAPITEL FÜNF

Drei Tage später setzte Sierra sich in ihrer Zelle auf, blinzelte und versuchte, durch die Dunkelheit zu sehen, die sie vierundzwanzig Stunden am Tag umgab ... es sei denn, ihre Entführer brachten ihr etwas zu essen oder wollten sie verprügeln und brachten ein Licht mit. Sie war sich nicht sicher, was sie geweckt hatte, aber dann hörte sie es wieder.

Schüsse.

Der Schrei hallte in der Höhle um sie herum wider und sie rappelte sich auf. Wie sie es mit Grover besprochen hatte – und wie er es ihr befohlen hatte –, drückte sie sich gegen die Rückwand ihrer Zelle, kauerte sich hin und machte sich so klein wie möglich.

»Sierra?« Grovers Stimme klang angestrengt, als er ihren Namen rief.

»Ich bin unten«, rief sie.

»Egal was passiert, rühr dich nicht«, befahl er.

Sierra wollte ihm sagen, dass er sich ebenfalls hinkauern sollte, aber sie wusste, dass das nichts bringen würde.

Shahzada war gestern wiedergekommen, um ihn zu verprügeln, aber dieses Mal hatte er ihn nicht aus der Zelle geholt. Sierra hatte jeden Schlag gehört, der auf seiner Haut landete, das Grunzen und Stöhnen, das er nicht unterdrücken konnte. Es kostete sie all ihre Beherrschung, in ihrer Zelle zu sitzen und sie nicht anzuschreien, damit aufzuhören, aber sie hatte sich geschworen, nichts zu tun, was Grovers Situation verschlimmern würde.

Shahzada hatte seinen Männern befohlen, auch sie zu schlagen. Sobald sie nach ihr gegriffen hatten, war sie in Tränen ausgebrochen und hatte angefangen zu betteln. Ihre erbärmliche Schauspielerei bewirkte meist das, was sie sich erhoffte. Entweder angewidert von ihrer vermeintlichen Schwäche oder vielleicht auch nur gelangweilt, gaben sie es noch schneller auf, sie zu foltern, als in der Vergangenheit.

Sie und Grover hatten sich unterhalten, nachdem ihre Peiniger gegangen waren, und er hatte verschiedene Szenarien durchgespielt, wie ihre Rettung ablaufen könnte. Er war fest davon überzeugt, dass seine Freunde kommen würden. Und zwar bald. Er hatte ihr gesagt, sie solle hinten in ihrer Zelle bleiben und sich so klein wie möglich machen, für den Fall, dass Shahzadas Männer versuchten, sie zu töten, bevor sie gerettet werden könnten.

Dieser Gedanke erschreckte Sierra zu Tode. Nachdem sie gefangen genommen worden war, hatte sie jeden Tag Angst davor gehabt, umgebracht zu werden. Aber im Laufe der Monate hatte sie die Vermutung aufgestellt, dass sie eine Art Ersatzplan für die Gruppe war. Die Terroristen setzten sie nicht nur gegen andere ein, sondern behielten sie auch als Verhandlungsmasse, falls es nötig werden sollte. Zuerst war sie eine Übungspuppe für Foltermethoden gewesen, aber schließlich wurde sie zu einer zweiten und dritten Option.

Aber sie konnte sich nicht vorstellen, so lange überlebt zu haben, nur um Sekunden vor ihrer Befreiung zu sterben. Also hatte sie zugestimmt, genau das zu tun, was Grover verlangte.

Jetzt klang es so, als könnte ihre Rettung unmittelbar bevorstehen.

Sierra wusste, dass sie zu schwer und zu schnell atmete, aber sie konnte nicht anders. Ihr Herz schlug rasend schnell und sie dachte, sie würde ohnmächtig werden. Sie drückte ihr Kinn auf die Knie und presste die Augen zu, als sie laute Stimmen hörte, die sich den Zellen näherten.

Es dauerte einen Moment, bis sie merkte, dass sie Englisch hörte und nicht die Sprache ihrer Entführer.

Sie hob den Kopf und blickte direkt in einen starken Lichtstrahl.

»Scheiße!«, rief sie aus und hob einen Arm, um das Leuchten abzublocken.

»Verdammt, tut mir leid«, entgegnete eine männliche Stimme. »Ich wollte nur sichergehen, dass du außer Reichweite bist. Halte durch, Sierra, wir haben dich bald da rausgeholt. Bleib, wo du bist.«

Sierra nickte und hielt die Augen geschlossen. Sie konnte ohnehin nur helle, schwebende Punkte sehen. Sie hörte einen lauten Knall, dann ein gewaltiges Krachen.

Sie konnte die Augen nicht mehr geschlossen halten und hob den Kopf.

Dieses Mal blinzelte sie überrascht. Die Gitterstäbe ihrer Zelle waren vollständig aus dem Felsen geschlagen worden, an dem sie befestigt waren, und ein großer Teil lag nun im Schmutz. Sie blickte auf und sah drei Männer vor ihrer Zelle stehen. Einer hielt ihr die Hand hin.

»Sofern du deinen Aufenthalt hier nicht verlängern willst, ist es Zeit zu gehen.«

Sierra stand so schnell auf, dass sie das Gleichgewicht verlor. Sie streckte eine Hand aus, um nicht auf den Boden zu fallen, und taumelte auf die Männer zu. Einer von ihnen hielt eine sehr starke Taschenlampe nach oben, sodass ihr Strahl von den Felsen über ihnen abprallte und die ganze Gegend ausleuchtete. Der dritte Mann ließ einen Rucksack von seinem Rücken fallen und begann, ihn zu durchwühlen, während sie sich vorwärtsbewegte.

»Ich bin Trigger. Das sind Oz und Doc«, sagte der Mann mit der Lampe. »Wir haben nicht viel Zeit, aber ihr könnt so nicht einfach in der Wüste herumstolpern.«

Zum ersten Mal seit einer Weile erinnerte sich Sierra daran, wie sie aussah. Sie trug nur ein zerrissenes T-Shirt und Unterwäsche und war völlig verdreckt, und sie hatte keine Ahnung, was diese Männer von ihr dachten.

»Sierra?«, sagte Grover. Dann war er da.

Grover sah selbst ziemlich mitgenommen aus. Er hatte wohl von einem seiner Teamkameraden eine Hose bekommen und sie bereits angezogen. Aber sein Oberkörper war immer noch nackt und mit Schnitten und blauen Flecken übersät. Er hatte die Gesichtsbehaarung einer ganzen Woche, und sein armes Gesicht war in schlechterer Verfassung als der Rest seines Körpers. Sierra hatte noch die Gelegenheit zu sehen, wie der Blick aus seinen großen braunen Augen auf sie gerichtet wurde, bevor ihr Gesicht an den Oberkörper gepresst wurde, den sie zuvor voller Sorge betrachtet hatte.

»Grover, wir müssen los, Mann. Dafür ist keine Zeit«, warnte Trigger hinter ihnen.

Für den Bruchteil einer Sekunde verkrampften sich Grovers Arme, als wollte er sie nicht loslassen, dann nickte er und trat einen Schritt zurück. Doch den Griff um ihren Bizeps lockerte er nicht.

»Hier«, sagte Doc und schob ihnen etwas Stoff zu. Grover drehte sich um und griff danach, dann ging er vor ihr auf ein Knie. Er tippte ihr auf den Fuß. »Anheben.«

Verwirrt tat sie, was er verlangte, und fand sich bald in der ersten Hose wieder, die sie seit Monaten getragen hatte. Es überraschte sie nicht, dass sie zu groß war, aber Grover fädelte schnell ein Seil durch die Gürtelschlaufen und band es vorn zusammen. Ein Paar Stiefel polterte neben ihm auf den Boden und, ohne aufzusehen, sagte Grover: »Halte dich an mir fest und heb den rechten Fuß.«

Sierra wollte ihm sagen, dass sie sich selbst anziehen konnte, aber sie war so überrascht, wie schnell alles ging, dass sie seiner Aufforderung einfach nachkam und sich mit einer Hand auf seine warme Schulter stützte. Sie konzentrierte sich auf seine schnellen, effizienten Bewegungen, als er ihr eine Socke über den Fuß zog und ihn dann in den Stiefel schob. Erstaunlicherweise passte er fast perfekt. Er half ihr, die zweite Socke und den zweiten Stiefel anzuziehen, bevor er sich ein T-Shirt schnappte, das Trigger ihm hinhielt, es sich über den Kopf zog und dann seine eigenen Socken und Stiefel anzog.

Sierras Erleichterung und Aufregung überwältigten sie fast – bis sie einen Schritt nach vorn machte. Ihre Füße fühlten sich an, als würden sie in den Stiefeln ersticken, und es war tatsächlich unangenehm, darin zu laufen. Es lag nicht daran, dass sie die falsche Größe hatten oder in irgendeiner Weise an ihr rieben; es lag einfach daran, dass sie seit über einem Jahr nichts mehr an den Füßen gehabt hatte. Es war schwer, sich wieder daran zu gewöhnen.

»Es wird besser werden«, sagte Oz neben ihr. Ihm war ihr Unbehagen nicht entgangen.

Sie nickte. »Ich weiß.« Sie wusste es zwar nicht, aber sie beschloss, dass es besser war, so zu tun, als jetzt eine Schwäche zuzugeben. Auf keinen Fall wollte sie jetzt eine Belastung sein.

Grover stand auf und Sierra sah zu ihm hoch – sehr hoch. Während der letzten Woche hatte sie nicht über die Unterschiede in Bezug auf ihre Körpergröße nachgedacht. Auf dem Boden zu liegen und seine Hand durch die Gitterstäbe zu halten fungierte als Ausgleich. Aber jetzt, da sie ihm in die Augen sah, kam sie sich einfach winzig vor.

»Hier«, sagte ein Mann, den sie noch nicht kannte, und

hielt ihr etwas hin. Sierra griff automatisch danach und sah, dass es eine hellbraune Baseballkappe war.

Sie sah erst die Kappe an, dann den Mann, und war verwirrt.

»Ich bin Brain. Ich denke, das wird deine Kopfhaut davor bewahren, in der Sonne zu verbrennen.«

»Danke«, sagte sie, wobei ihre Stimme nur ein wenig schwankte. Sie dachte, die Männer hätten sich an ihr langes rotes Haar erinnert und hätten deshalb die Kappe mitgebracht, um es zu verbergen. Aber da ihre Entführer es vor Kurzem wieder abrasiert hatten, war sie dankbar, die Kappe zu haben, um das Chaos zu verdecken, das sie wahrscheinlich angerichtet hatten.

»Es ist schön, dich zu sehen, Sierra. Du bist doch Sierra Clarkson, oder?«, fragte ein anderer Mann.

»Die bin ich«, gab sie zu.

»Können wir mit dem Geplauder aufhören?«, brummte noch ein anderer Mann. »Ich bin nicht wirklich glücklich darüber, so weit hinten in diesem Berg zu sein. Wir müssen uns beeilen.«

»Das sind Lefty und Lucky«, sagte Grover zu ihr und zeigte erst auf den Mann, der ihren Namen gesagt hatte, und dann auf den anderen. Er legte seinen Arm um ihren Rücken, seine große Hand ruhte auf ihrer Hüfte, und Sierra konnte nicht anders, als sich an ihn zu lehnen.

Sobald sie zu gehen begannen, spürte sie, wie Grover hinkte. Mit Verspätung erinnerte sie sich an die möglichen Rippenbrüche, von denen er ihr nach Shahzadas zweiter Prügelattacke erzählt hatte. Er tat zwar so, als hätte er keine Schmerzen, aber in Wirklichkeit mussten sie unerträglich sein.

Sie legte ihren Arm um ihn und hielt sich an seinem Hosenbund fest. Sie tat ihr Bestes, um etwas von seinem Gewicht abzufangen, aber sie wusste, dass sie wahrscheinlich gar nichts dazu beitrug.

Erstaunlicherweise schaute er auf sie herab und lächelte. »Meine kleine Bean – du bist wirklich hart im Nehmen«, sagte er.

Sierra rollte mit den Augen. »Der Name ist lächerlich.«

»Ich weiß«, entgegnete er ohne Entschuldigung.

Sie war froh, dass Trigger auf der anderen Seite von Grover Stellung bezog. Wenn er Unterstützung brauchte, war sie keine große Hilfe, aber sein Freund schon.

Sie bahnten sich vorsichtig ihren Weg durch den langen Tunnel in der Höhle in Richtung Eingang. Unterwegs kamen sie an ein paar Leichen vorbei, aber Sierra bemerkte, dass keine von ihnen Shahzada war.

Gerade als sie dachte, dass sie aus dem Höllenloch, in dem sie monatelang gefangen gewesen war, herauskommen würden, fielen erneut Schüsse.

Grover packte sie, hob sie von den Füßen und drückte sie mit dem Rücken gegen die Tunnelwand, wobei er sie mit seinem eigenen Körper schützte. Die Männer um sie herum schossen zurück, und Sierras Ohren klingelten vom Klang der Schüsse, die in der Höhle widerhallten.

»Sieht so aus, als wären sie nicht glücklich darüber, dass wir versuchen, ihre Gäste von der Party wegzuholen«, rief Oz.

Sierra spähte um Grover herum und sah, dass der andere Mann tatsächlich grinste.

»Schaltet sie aus! Erledigt sie alle!«, brüllte Trigger zurück.

Die nächsten zehn Minuten waren die längsten in Sierras Leben.

Grover zog sie weiter zurück in die Höhle und zwang sie, sich auf den Boden zu setzen. Dann ging er dorthin zurück, wo seine Kameraden aus dem Eingang feuerten, und schloss sich ihnen an. Sierra wusste, dass sie nichts tun durfte, was ihre Konzentration stören könnte. So sehr sie es auch hasste, sie war im Moment eine Belastung, und wenn sie auch nur einen von ihnen ablenkte, könnte er verletzt werden. Also setzte sie sich genau dort hin, wo Grover sie zurückgelassen hatte, schlang die Arme um ihre Knie und betete, dass niemand verletzt wurde.

Die Schießerei wurde unterbrochen und Brain rief: »Das war's. Zeit zu gehen!«

Grover war im Nu zur Stelle, zog sie auf die Beine und hielt ihren Arm fest, während er sie zum Höhleneingang zerrte.

Sierra war entsetzt. Sie wollte ihn fragen, ob es wirklich sicher war. Aber sie kam nicht dazu, bevor sie sich plötzlich draußen wiederfand.

Sie hatte von diesem Moment geträumt. Davon, als freie Frau aus der Höhle zu entkommen. So hatte sie sich das zwar nicht vorgestellt, aber sie wollte einem geschenkten Gaul nicht ins Maul schauen.

Überall um sie herum waren Männer, die bluteten und sich nicht mehr bewegten. Sie hätte Mitleid mit ihnen gehabt, wenn sie nicht mit Shahzada zusammengearbeitet und in der letzten Woche große Freude daran gehabt hätten, sie und Grover zu verletzen.

»Hat jemand Shahzada gesehen?«, fragte Grover.

Trigger lachte hämisch, als sie sich auf den Weg nach rechts machten und den Berg im Rücken behielten. »Als würde dieser Feigling tatsächlich an der Seite seiner Männer kämpfen.«

Sierra wusste nicht, wo sie sich befanden, da ihr die Augen verbunden worden waren, als sie in die Höhle gebracht worden war. Aber das spielte keine Rolle. Sie war jetzt draußen. Frei. Na ja ... fast.

»Der nächste Teil wird nicht einfach sein, Bean.«

Sierra sah Grover an. »Du meinst, das letzte Jahr war einfach?«, sagte sie etwas sarkastisch.

Selbst in der ernsten Situation, in der sie sich befanden, sah sie, wie Grovers Lippen zuckten. »Du hast recht. Also gut, dann wird der nächste Teil besonders schwierig. Wir müssen nach unten.«

»Nach unten?«, fragte Sierra mit einem Stirnrunzeln. »Wohin nach unten?«

»Dorthin«, antwortete Trigger und deutete über den Rand des Plateaus, auf dem sie gegangen waren.

Sierra sah verwirrt zu Boden.

»Wir gehen über den Abgrund«, bestätigte Lucky. »Shahzadas Männer können uns nicht so weit folgen. Nun, sie könnten es, aber ich bezweifle, dass sie es tun werden.«

»Richtig, denn sie wären ja bescheuert. Dort geht es praktisch steil in die Tiefe«, rief Sierra aus.

»Genau.« Doc klang fast aufgeregt.

»Ihr seid verrückt«, murmelte Sierra.

In diesem Moment ertönten Rufe von links.

Brain übersetzte: »›Da sind sie. Tötet die Männer und bringt mir die Frau.‹«

»Das hättet ihr wohl gern«, murmelte Grover.

Sierra schaute in die Richtung, aus der die Stimmen kamen, und entdeckte Shahzada, der mit einer anderen Gruppe von Männern dort stand. Natürlich stand er *hinter* den anderen und gab Befehle, anstatt den Angriff anzuführen.

»Das ist Shahzada«, sagte Sierra, bevor sie vor Überraschung aufschrie, als Grover sie in die Hocke drückte. Als sie sich umsah, erkannte sie, dass sie leichte Beute waren. Dort, wo sie am Berg kauerten, gab es nicht viel Deckung – und der einzige Ausweg aus ihrer misslichen Lage bestand buchstäblich darin, über den Abgrund zu springen, wie Trigger es angedeutet hatte.

Shahzada hatte die Oberhand. Er konnte von der schmalen Straße hinter ihm immer wieder Verstärkung heranholen, und irgendwann würde einer oder mehrere von Grovers Team verletzt oder getötet werden.

Sie waren immerhin ihretwegen gekommen, daher

musste sie etwas tun, um zu helfen. Sie war zwar keine knallharte Soldatin der Spezialeinheit, aber sie war auch kein Feigling.

Sie packte Grovers Bizeps. »Ich gehe auf sie zu und tue so, als würde ich aufgeben. Dann könnt ihr sie erschießen.«

Es war ein verrückter Vorschlag. Selbst Sierra wusste das, aber sie musste etwas tun.

»Nein.«

Ein Wort. Das war alles, was Grover von sich gab. Und das ärgerte Sierra. »Ich kann eine Ablenkung sein«, beharrte sie.

»Ich sagte *Nein*«, wiederholte Grover.

»Wir können hier nicht einfach sitzen bleiben!«

»Hab doch etwas Vertrauen«, sagte er ruhig, als erneut Schüsse fielen.

Sierra konnte nicht verstehen, wie in aller Welt Grover so gelassen sein konnte. Sie waren kurz davor, von Shahzada und seinen Anhängern überrannt zu werden. Wenn er dachte, dass das, was sie ihm zuvor angetan hatten, schlimm war, dann lag er falsch. Shahzada würde ihren Fluchtversuch nicht auf die leichte Schulter nehmen. Er würde seine Wut an Grover und seinen Freunden auslassen. Und an ihr.

»Atme, Bean«, befahl Grover. »Dies wird in einer Minute vorbei sein.«

Sie öffnete den Mund, um ihm zu sagen, dass das verrückt sei, doch dann bemerkte sie erstaunlicherweise, dass die Schüsse der Taliban-Kämpfer immer weiter nachließen.

Sie spähte um Grover herum – und blinzelte überrascht. Es lagen fast ein Dutzend Leichen im Dreck. Noch während sie zusah, fiel ein weiterer Mann auf die Knie, dann auf sein Gesicht.

»Sie sind nicht gut ausgebildet. Sie schießen blindlings und ohne Präzision. Bei uns zählt jeder Schuss«, sagte Grover.

Er schoss nicht, aber sein Team schon. Selbst wenn es schwierig für sie war, während sie versuchten, hinter dem Berghang in Deckung zu bleiben, schien es, als würde jeder Schuss, den Trigger, Doc oder einer der anderen abgab, sein Ziel treffen.

»Tötet nicht Shahzada«, sagte Grover. »Er gehört mir.«

Einen Augenblick lang dachte Sierra, er würde mit *ihr* sprechen.

»Weiterziehen in zehn Sekunden«, sagte Trigger.

Sierra spürte, wie Grover sich an sie drückte.

»Weiterziehen? Wohin weiterziehen?«, fragte sie.

»Um Shahzada ein für alle Mal zu erledigen«, entgegnete Grover schlicht.

Ihr Adrenalinspiegel war bereits außer Kontrolle, aber als sie das hörte, begann ihr ganzer Körper zu zittern.

»Ruhig, Bean. Es ist alles in Ordnung.«

Sie zitterte nicht vor Angst, aber sie konnte ihre Zähne nicht lange genug auseinanderbringen, um es Grover zu sagen. Sie war wütend. Regelrecht zornig. So verdammt sauer, dass sie ihre Muskeln nicht kontrollieren konnte.

»Ich gehe mit ihnen. Ich bin in einer Minute zurück. Bleib hier bei Doc«, sagte Grover zu ihr.

»Nein.« Jetzt war sie an der Reihe, ihre Antwort kurz und bündig zu formulieren. »Ich muss wissen, dass er tot ist.«

Sierra war bereit, mit Grover zu kämpfen, sollte er sich weigern, aber er begegnete ihrem Blick, und was immer er darin sah, brachte ihn zum Einlenken. »Okay, aber du bleibst die ganze Zeit hinter Doc, verstanden?«

Sie nickte, dankbarer als sie es ausdrücken konnte, dass er sie nicht zwingen würde zurückzubleiben. Sie brauchte das. Sie musste wissen, dass der Mann, der sie entführt hatte, wirklich tot war. Sie musste sehen, dass er nie wieder hinter ihr her sein konnte. Oder sonst jemandem.

Sie war keine Närrin. Sie wusste, dass es andere wie ihn geben würde. Mehr Menschen, die Hass in ihrem Herzen trugen und ihn an anderen ausließen. Aber die Gewissheit, dass Shahzada tot war, würde dazu beitragen, dass sie diesen ganzen Albtraum hinter sich lassen konnte, wenn sie nach Hause kam.

Und nur eine Sekunde lang war der Gedanke, in die USA zurückzukehren, plötzlich überwältigend.

Könnte sie zu ihrem normalen Leben zurückfinden? Was war ihr normales Leben überhaupt? Sie hatte den Job als zivile Angestellte angenommen, weil sie eine Veränderung wollte. Nun, die hatte sie bekommen. Sie war achtundzwanzig Jahre alt. Sie wollte nicht wieder bei ihren Eltern einziehen, aber sie hatte keine Ahnung, wohin sie gehen und was sie jetzt tun sollte.

»Los jetzt«, sagte Trigger in leisem Ton.

Sierra hatte keine Zeit mehr, über ihre Zukunft nachzudenken. Sie befand sich hinter Doc, hielt sich an seinem Rucksack fest und ging in die Richtung, in der sie Shahzada zuletzt gesehen hatten.

Als sie an toten und sterbenden Terroristen vorbeikamen, hob Doc Waffen auf und warf sie an den Rand der Bergstraße. Irgendjemand würde sie bestimmt irgendwann einsammeln, aber wenigstens würde ihnen auf ihrem Weg im Moment niemand in den Rücken schießen.

»Da ist er«, hörte Sierra Grover sagen.

Sie spähte um Doc herum und sah, wie Shahzada versuchte, von dem anrückenden Delta-Force-Team wegzukriechen. Trigger ging auf den Mann zu und drückte seinen Stiefel auf die Schusswunde in seinem Bein. Shahzada heulte vor Schmerz auf.

Lefty griff nach unten und riss ihm die AK-47 aus der Hand.

Brain, Oz und Lucky umringten sie und sorgten dafür, dass keiner der Männer, die im Dreck lagen, wieder zu Bewusstsein kam und versuchte, sich einzumischen.

»Wir haben nicht viel Zeit. Beende das, Grover. Schnell«, befahl Trigger.

Doc hielt Sierra davon ab, näher als etwa sieben Meter an das Geschehen heranzutreten, aber sie konnte den Blick nicht abwenden.

Grover zog ein Messer aus einem kleinen Holster an seinem Oberschenkel, das sie nicht bemerkt hatte. Sie nahm an, dass sein Team es ihm gegeben haben musste, als sie ihn aus seiner Zelle befreit hatten. Ohne ein Wort zu sagen, beugte er sich hinunter und schlitzte Shahzadas Hemd auf. Er sagte etwas, das Sierra nicht hören konnte, aber es ließ den Mann im Dreck heftig zusammenzucken. Er streckte einen Arm aus und versuchte, Grover zu schlagen.

Grover lachte nur humorlos und schlug Shahzadas Hand weg.

Dann schlitzte er ihm mit einer so schnellen Bewegung die Brust auf, dass Sierra es verpasst hätte, wenn sie nicht so genau hingesehen hätte.

»Vielleicht solltest du dir das nicht anschauen«, murmelte Doc und machte eine Bewegung, als wollte er sie von der Szene ablenken.

»Fass mich an und du stirbst«, zischte Sierra.

Doc erstarrte, und sie war dankbar, dass er auf ihre Warnung hörte. Sie wusste, dass sie den anderen Mann nicht überwältigen konnte, und sie würde nie versuchen, ihn zu verletzen, aber sie musste das sehen. Sie musste sehen, wie Shahzada starb. Wenn sie das blutrünstig machte, dann war es eben so.

Sie sah zu, wie Grover noch ein paarmal auf die Brust des Mannes einstach. Er spielte mit ihm. Er gab ihm ein wenig von dem zurück, was er anderen so lange angetan hatte. Grover sprach wieder, mehr leise Worte, die Sierra nicht hören konnte.

Die Zeit schien stillzustehen. Sierra konnte den Blick

nicht von Grover abwenden. Sie sollte angewidert sein. Entsetzt sein. Zu Tode erschrocken.

Aber das war sie nicht. Es war krankhaft erlösend, zu sehen, dass der Mann, der ihr so viel Schmerz, Schreck und Leid bereitet hatte, dieselben Gefühle empfand wie sie.

Ihn zu töten würde seine Taten nicht ungeschehen machen. Es würde die anderen zivilen Angestellten, die in der Gefangenschaft gestorben waren, nicht zurückbringen. Es würde ihr Haar nicht schneller nachwachsen lassen oder ihr das Jahr zurückgeben, das er ihr gestohlen hatte. Aber es würde ihr trotzdem ein besseres Gefühl geben.

Ein sehr viel besseres.

»Wir bekommen Besuch«, hörte Sierra Brain sagen.

Grover brauchte die Warnung nicht. Er hatte offensichtlich den Lärm der Verstärkung gehört, die die Bergstraße hinaufkam. Er griff nach unten, legte seine Hand in Shahzadas Nacken, zwang ihn, ihm in die Augen zu sehen, und stieß ihm dann das Messer in die Brust, direkt über sein Herz.

Der berüchtigte Terrorist – oder besser gesagt, der Tyrann, der für seine bösen Taten berühmt werden wollte – zuckte einmal zusammen und erschlaffte dann in Grovers Griff.

Ohne viel Aufhebens zog Grover seine Klinge aus Shahzadas Brust, wischte sie an der Hose des Mannes ab und steckte sie dann zurück ins Holster. Er nickte Trigger zu und alle sechs Männer drehten sich gemeinsam um und gingen zurück in ihre und Docs Richtung.

Sierra hielt den Blick auf Grover gerichtet. Als er an ihre Seite kam, gab er ihr das, worauf sie nicht einmal gewartet hatte. »Er ist tot und kann weder dir noch sonst jemandem mehr wehtun.«

»Danke.« Das Wort schien unzureichend für all das, was dieser Mann für sie getan hatte. Er war ihretwegen gekommen. Er hatte sich buchstäblich entführen lassen, in der

Hoffnung, dass er dorthin gebracht würde, wo sie gefangen gehalten wurde. Er wusste nicht einmal, dass sie am Leben war. Er wusste eigentlich gar nichts über sie, und doch hatte er Himmel und Hölle in Bewegung gesetzt, um sie zu finden. Soweit sie wusste hatte er dies innerhalb eines Monats nach Erhalt des Briefes getan, den sie ihm geschickt hatte und der in der Post verloren gegangen war. Sobald er die Bestätigung hatte, dass sie nicht einfach so verschwunden war, sondern wirklich entführt worden war, hatte er gehandelt.

Und obwohl sie wusste, dass Grover ein Hühnchen mit Shahzada zu rupfen hatte – schließlich war er während der letzten Woche auf grausame Weise gefoltert worden –, ging es hier nicht darum. Sie wusste es instinktiv.

Nein. Er hatte dafür gesorgt, dass der Mann nie wieder eine Bedrohung für *sie* sein würde.

Grover nickte, hob sein Kinn in Docs Richtung und die Gruppe ging den Weg zurück, den sie gekommen war. Zurück zum Rand des Berges, über den sie offenbar gehen wollten.

»Der Plan hat sich nicht geändert, was?«, fragte Sierra nervös.

»Ein Kinderspiel«, entgegnete Lucky und klang fast schon aufgeregt über die Aussicht auf das bevorstehende Abenteuer.

»Keine Seile?«, fragte Sierra.

»Die brauchen wir nicht«, antwortete Lefty. »Halte dich einfach an Grover fest.«

»Und woran soll *er* sich festhalten?«, murmelte sie.

Sie gingen eine Weile am Rand der Bergstraße entlang und Sierra war sich nicht sicher, wonach Trigger und die anderen suchten. Aber sie fanden es offensichtlich, als Oz sagte: »Hier.«

Ehe sie sichs versah, saß Sierra im Dreck und ihre Beine hingen über den Abgrund. Es war nicht so schlimm, wie es näher am Höhleneingang ausgesehen hatte, aber es sah immer noch nicht so aus, als wäre es einfach, auf diesem Weg hinunterzugelangen. Das Gelände hatte ein extremes Gefälle und die Landschaft war mit dürren Büschen übersät. Sie hatte keine Ahnung, wie weit der Hang nach unten reichte, aber sie konnte Bäume sehen, die kilometerweit unter ihnen zu liegen schienen.

»Dort unten ist ein kleiner Fluss«, informierte Trigger sie. »Und die Bäume werden uns Deckung geben. Deine Aufgabe ist es, langsam und gleichmäßig auf deinem Hintern zu rutschen. Um alles andere kümmern wir uns.«

Sierra nickte. Sie war sich nicht sicher, ob sie das tun wollte, aber noch weniger wollte sie wieder gefangen genommen werden.

»Sie werden uns nicht folgen«, sagte Grover neben ihr in einem beruhigenden Ton. »Seit Shahzada tot ist, haben sie niemanden mehr, der ihnen sagt, was sie zu tun haben. Einige werden vielleicht einen halbherzigen Versuch unternehmen, uns aufzuhalten, aber wahrscheinlich werden sie sich zerstreuen und versuchen, ihre Verbindung zu ihm und den Taliban zu verbergen.«

»Bis jemand anderes in seine Fußstapfen tritt«, murmelte Brain.

»Es ist Zeit zu gehen«, sagte Trigger, als sie Rufe von der Straße hörten.

»Schön langsam«, sagte Grover. »Ich bin direkt hinter dir.«

Sierra nickte und holte tief Luft. Ohne darauf zu warten, dass jemand anderes den ersten Schritt machte, oder auf eine weitere Bestätigung zu warten, schob sie ihren Hintern vom Rand der Straße und begann, bergab zu rutschen.

Überraschenderweise war es nicht wie auf einer Rutsche. Sie geriet nicht außer Kontrolle und ihre Visionen, den Berg hinunterzurollen wie der grausame Pirat Roberts in *Die Braut des Prinzen*, erfüllten sich nicht. Ihr Hintern schmerzte von all den Steinen und Stöcken, über die sie rutschte, aber die dürren Büsche gaben ihr genügend Halt, um ihren Abstieg zu kontrollieren.

Die Zeit hatte keine Bedeutung, als Sierra sich darauf konzentrierte, den Berg hinunterzukommen. An manchen Stellen war sie sich Grovers neben ihr, an anderen hinter ihr sehr wohl bewusst. In einem besonders steilen Abschnitt bewegte er sich so, dass er vor ihr war und sie davor bewahrte, außer Kontrolle zu geraten. Seine Teamkameraden waren ebenfalls in der Nähe, sprachen ihr leise Mut zu und achteten darauf, dass ihr niemand folgte.

»Das hast du toll gemacht, Bean. Denkst du, du kannst jetzt laufen?«

Sierra blickte auf und sah Grover neben sich stehen, der ihr eine Hand hinhielt. Blinzelnd stellte sie fest, dass sie sich so sehr auf das Rutschen konzentriert hatte, dass sie nicht bemerkt hatte, dass der Boden unter ihr seine starke Neigung verloren hatte. Die Bäume, zu denen sie gelegentlich einen Blick geworfen hatte, um den Abstand zu bestimmen, waren näher als je zuvor, und der Boden, auf dem sie saß, war nicht mehr so instabil.

Sie griff nach Grovers Hand und ließ sich von ihm auf die Beine ziehen. Sie schwankte, aber er war zur Stelle, um sie vor dem Sturz zu bewahren. Er begann, sie in seine Arme zu ziehen, hielt sich dann aber zurück. Sie blickte fragend zu ihm auf.

»Es tut mir leid.«

Sie runzelte die Stirn. »Was tut dir leid?«

»Dass du sehen musstest, wie ich da oben die Kontrolle verloren habe.«

Sierra hatte buchstäblich keine Ahnung, wovon er sprach. »Die Kontrolle verlieren?«

»Nach allem, was du durchgemacht hast, hättest du nicht sehen müssen, wie ich auf so eine Weise mit Shahzada spiele. Ich hätte Trigger bitten sollen, ihm einfach in den Kopf zu schießen, und die Sache wäre erledigt gewesen.«

Sierra schüttelte den Kopf. »Nein. Das wäre zu schnell für ihn gewesen. Mir tut es leid, dass du nicht mehr Zeit hattest, ihm genau das zu geben, was er verdient hatte.«

Jetzt war Grover an der Reihe, überrascht zu schauen. »Du bist nicht angewidert?«

Sierra griff nach oben und berührte einen Schnitt auf seiner Stirn. Es sickerte immer noch langsam Blut heraus und es war offensichtlich, dass eine Narbe zurückbleiben würde. Shahzada hatte das getan. Oder einer der Männer, denen er befohlen hatte, ihn zu schlagen. »Ich bin nicht angewidert«, versicherte sie ihm.

Grover griff nach ihrer Hand und drückte sie fest an seine Brust. Sein Blick war intensiv, als er sie musterte. »Du bist anders als alle anderen, die ich je getroffen habe, Sierra Clarkson.«

Sierra wusste nicht, was er damit genau meinte. Sie lachte nervös. »Ja, ich habe seit einem Jahr nicht mehr geduscht, ich bin kahl, hilflos und rieche wahrscheinlich wie eine Leiche, die seit Monaten im Wald verrottet.«

Er lächelte nicht einmal. »Ich hatte erwartet, dass ich wahrscheinlich nur noch die Hülle der Frau vorfinden würde, die mir in der Kantine auf dem Stützpunkt begegnet war. Dass du gebrochen und vielleicht sogar ein bisschen verrückt sein würdest, nachdem du so lange gegen deinen Willen festgehalten wurdest. Stattdessen fand ich eine Frau, die ihr Bestes tat, um *mich* zu trösten. Du warst schon seit Monaten dort und hast trotzdem versucht, mich zu trösten. Du hast meine Hand gehalten und mit mir gesprochen. Als die Kugeln anfingen zu fliegen, bist du nicht in Panik geraten. Du bist mir nicht in die Quere gekommen. Aber du bist nicht sanftmütig und mild. Du bist klug. Du bist mutig. Du weißt, wann du überfordert bist ... aber du bist nicht hilflos. Auf gar keinen Fall.

Schmutzig zu sein und zu stinken kann man ändern, Sierra. Dein Haar wird nachwachsen. Aber es ist schwieriger, zu ändern, wer wir im Inneren sind. Das, zu dem andere uns machen. Und du bist hundertprozentig, vollkommen und absolut erstaunlich. Lass dir von niemandem etwas anderes einreden ... nicht einmal von dir selbst.«

Sierra starrte Grover an und schluckte schwer. Sie war den Tränen nicht nahe, wusste nicht einmal, ob sie noch normal weinen *konnte*. Aber die Worte dieses Mannes bedeuteten ihr mehr, als sie je hätte ausdrücken können. Sie hatte sich so lange so verloren und allein gefühlt. Sie wusste nicht, ob sie jemals wieder das Tageslicht erblicken würde. Und hier stand sie nun, unter freiem Himmel, verletzt, müde und immer noch sehr unsicher, was ihre Zukunft anging, aber frei. Grovers Worte gaben ihr die Zuversicht, die sie brauchte, um weiterzugehen.

Sie nickte, dann lehnte sie sich langsam näher an ihn heran.

Er legte die Arme um sie und drückte sie sanft an sich. Er gab ihr nicht das Gefühl, gefangen zu sein. Sierra konnte jeden Moment zurücktreten, und sie wusste, dass er sie loslassen würde. »Kartoffelpüree, medium-rare Steak und heißes Knoblauchbrot direkt aus dem Ofen«, murmelte sie.

Als Beweis dafür, dass sie auf einer tiefen Ebene miteinander verbunden waren, spürte sie sein leises Lachen an ihrer Wange, dann sagte er: »Gegrillter Lachs mit grünen Bohnen und Maisbrot.« Er fragte nicht, was zum Teufel sie meinte. Er erinnerte sich und machte mit. Und sie war dankbar dafür.

Sierra lief das Wasser im Mund zusammen. Sie hob den Kopf und lächelte ihn an. »Mit einem großen Stück Schokoladenkuchen zum Nachtisch.«

»Warmer Pfirsichkuchen mit Eis«, sagte er.

»Hey, beeilt euch«, rief Lucky vor ihnen.

Sierra schreckte auf, da sie gar nicht bemerkt hatte, dass

der Mann an ihnen vorbeigegangen war. Grover beruhigte sie und ergriff ihre Hand, die er leicht drückte. »Er und Brain sind vorausgegangen, um die Lage auszukundschaften.«

Sierra erkannte, dass Grover sie wahrscheinlich absichtlich abgelenkt hatte, während seine Teamkameraden dafür sorgten, dass die Situation vor ihnen sicher war, und war erneut dankbar. »Wie weit sind wir vom Militärstützpunkt entfernt?«, fragte sie.

»Ich bin mir nicht sicher, aber ich weiß, dass Trigger inzwischen Kontakt aufgenommen haben wird. Sobald wir am Fuß des Hügels sind, werden wir unsere nächsten Schritte planen.«

»Hügel. Ach ja, richtig«, sagte Sierra mit einem Augenrollen.

Grover lächelte. »Du wirst es schaffen, Bean. Du wirst es schaffen.«

Es war schon komisch, wie viel so wenige Worte bedeuten konnten. Sierra war hungrig, durstig, verängstigt und völlig überfordert. Aber irgendwie hatte sie mit Grover an ihrer Seite das Gefühl, dass sie alles schaffen könnte.

KAPITEL SECHS

Grover war nicht glücklich. Er hatte gehofft, dass sie nach dem Abstieg direkt zum Stützpunkt fahren und Sierra medizinisch versorgen könnten. Er schätzte, dass sie nicht weiter als fünfzehn Kilometer von der Stadt und dem Stützpunkt entfernt waren, aber er konnte sich nicht sicher sein, wie weit es genau war. Fünfzehn Kilometer zu Fuß zu gehen, nachdem sie so lange gesessen hatte, würde eine Herausforderung für Sierra sein, aber seine Teamkameraden würden ihr helfen, sie zu tragen, wenn es nötig war.

Er hätte sie gern selbst getragen, aber er wusste, dass er nicht hundertprozentig fit war, und das machte ihn wütend. Seine Rippen taten weh, doch er hatte sich schon so oft die Rippen angeknackst und gebrochen, dass es nicht schwer war, den Schmerz zu ignorieren und zu tun, was getan werden musste.

Sierra konnte nicht mehr als fünfzig Kilo wiegen, aber Grover wollte nicht riskieren, sie zu verletzen, wenn sein Körper ihn im Stich ließ. Er hatte ihr Rückgrat gespürt, als er sie umarmt hatte, und er hasste es, wie gebrechlich sie geworden war. Aber auch wenn ihr Körper schwach sein mochte, ihre Entschlossenheit war so stark wie immer.

Ihr Aussehen war schockierend, sogar noch mehr als in der Höhle. Irgendwie hatte sie während des Abstiegs die Kappe verloren, und Büschel von kastanienbraunem Haar klebten überall auf ihrer Kopfhaut. Sie war mit Schmutz und Dreck bedeckt, und sie hatte recht ... sie roch nicht besonders gut. Aber das tat Grover auch nicht. Sie waren beide am Leben. Das war alles, was ihn interessierte.

Es stellte sich heraus, dass es nicht möglich war, noch heute Abend zum Militärstützpunkt zu gelangen. Trigger hatte den Kommandanten vor Ort kontaktiert und erfahren, dass die Bewohner der angrenzenden Stadt nach den Geschehnissen in den Bergen sehr nervös waren. Viele hatten Familienangehörige, die bei dem Überfall auf die Höhle getötet worden waren, und obwohl die Toten mit Shahzada und den Taliban zusammengearbeitet hatten, waren sie immer noch Brüder, Söhne und Ehemänner von jemandem. Die wenigen verbliebenen Anhänger Shahzadas hatten alle aufgebracht, und vor den Toren des Stützpunktes kam es zu Protesten und Ausschreitungen. Der General hatte den Stützpunkt zur Sicherheit aller abgeriegelt. Er empfahl Trigger, seinem Team und Sierra, sich für die Nacht zurückzuziehen und erst wiederzukommen, wenn sich die Lage beruhigt hatte.

Grover hatte gehofft, dass ein Hubschrauber kommen und sie abholen könnte, aber da die Taliban Zugang zu Panzerfäusten hatten, wollten sie wirklich nicht auch noch abgeschossen werden, bevor sie Sierra in Sicherheit bringen konnten.

Heute Abend würden sie sich also hinsetzen und warten, bis sich der Staub gelegt hatte. Morgen früh würden sie sich melden und sich über die Lage informieren, bevor sie eine Entscheidung über ihren nächsten Schritt trafen.

»Es ist okay«, sagte Sierra leise und legte ihre Hand auf Grovers Unterarm.

Er zuckte zusammen und machte sich Vorwürfe, weil er

auch nur eine Sekunde abgelenkt gewesen war. Sie hätte nicht so nahe an ihn herankommen dürfen, ohne dass er es bemerkt hätte.

»Verdammt, die Nacht hier draußen an der frischen Luft zu verbringen ist hundertmal besser als in dieser Höhle.«

Die Tatsache, dass sie versuchte, *ihn* zu beruhigen, war nur eine weitere Methode, wie sie immer wieder bewies, wie verdammt einzigartig sie war.

Obwohl sie sich ziemlich sicher waren, dass sie nicht verfolgt wurden, wollte niemand riskieren, ein Feuer zu machen. Als die Sonne endlich untergegangen war, war es stockdunkel, aber Sierra beschwerte sich nicht. Kein einziges Murren oder ein Protest kam über ihre Lippen. Sie aß, was sie konnte, von der Feldration, die Oz ihr anbot, trank das chemisch aufbereitete Wasser und erlaubte Doc sogar, einen Blick auf ihre Füße zu werfen, ohne ein Wort zu sagen.

Hätte Grover es nicht besser gewusst, hätte er gedacht, dass sie auf einem Campingausflug mit Freunden waren. Aber Lefty und Brain saßen etwas abseits vom Rest der Gruppe und hielten ihre Waffen bereit, und erinnerten ihn so daran, dass die Situation jederzeit eskalieren konnte.

Sierra saß neben ihm. Sie hatte die Beine gekreuzt und eines ihrer Knie berührte seinen Oberschenkel. Als Grover spürte, dass sie zitterte, sah er sie an. Sie hatten drei Leucht-stäbe zerbrochen und benutzten sie, um zu sehen, während die Nacht um sie herum hereinbrach.

»Kalt?«, fragte Grover sie.

»Ein wenig.«

Grover drehte sich um und kramte einen Moment lang in Docs Rucksack. Es fühlte sich seltsam an, keinen eigenen dabeizuhaben, aber er war dankbar, dass seine Teamkame-raden so gut vorbereitet waren. Er zog ein zusätzliches Uniformoberteil in Wüstentarnfarbe heraus. An Sierra würde es riesig sein, aber es sollte sie ein wenig wärmer halten.

»Hier. Es wird nicht passen, aber es ist besser als nichts.«

Sierras Augen weiteten sich und sie griff eifrig nach dem Oberteil. Er ärgerte sich, dass er nicht früher daran gedacht hatte, aber er musste grinsen, als sie das Kleidungsstück um sich wickelte und zufrieden seufzte.

»So kalt ist es hier draußen nicht einmal. Meine Eltern werden sich darüber ärgern, dass ich in Bezug auf die Temperatur so ein Weichei geworden bin«, sagte sie.

Lucky grunzte von der anderen Seite des Weges. »Ich nehme an, weder deine Eltern noch jeder andere, der deine Geschichte hört, wird dich für ein Weichei halten.«

»Du kennst meine Eltern nicht«, scherzte Sierra.

Grover konnte einen Hauch von ... Fröhlichkeit hören ... den er vorher nicht bemerkt hatte. Er nahm an, dass die Freiheit das bewirkte. Obwohl sie ihm hatte glauben wollen, als er sagte, sein Team würde ihnen zu Hilfe kommen, hatte er auch gewusst, dass es fast unmöglich war, bis es tatsächlich geschah.

Wieder einmal fiel es ihm schwer zu begreifen, dass die Frau seit einem Jahr in Gefangenschaft war. Ein paar Monate würden fast jeden brechen. Sierra lächelte leicht und verhielt sich relativ normal. Grover war erleichtert, dass sie nicht hysterisch war, obwohl er das Gefühl hatte, dass es noch lange dauern würde, bis sie wirklich über ihre Tortur hinwegkam, wenn überhaupt.

»Erzählst du uns von ihnen?«, fragte Trigger.

Grover war froh, dass seine Freunde da waren. Er war nicht der Beste, wenn es ums Plaudern ging. Er wollte alles über Sierra wissen, war aber dankbar, dass er nicht die ganze Zeit Fragen stellen musste.

»Sie sind beide in Leadville, Colorado aufgewachsen ... kennt ihr die Stadt?«, wollte Sierra wissen.

»Sie ist hoch gelegen, oder?«, fragte Lucky.

»Ja. Etwa dreitausendeinhundert Meter, um genau zu sein. Die durchschnittlichen Höchstwerte im Sommer liegen zwischen zwanzig und dreiundzwanzig Grad. Der durchschnittliche Tiefstwert im Winter liegt bei minus fünfundzwanzig Grad oder so. Es leben nur etwa dreitausend Menschen das ganze Jahr über dort.«

Trigger pfiff leise. »Verdammt, ist das kalt.«

»Allerdings.«

»Und du bist auch dort aufgewachsen?«, fragte Grover.

»Das bin ich. Und ich habe es dort geliebt. Skifahren war mein Ding. Von der Stadt aus kann man mehrere Viertausender sehen. Die Aussicht von der Terrasse meiner Eltern ist einfach unglaublich schön. Sie ist wie auf einer Postkarte«, sagte Sierra.

»Aber du bist weggegangen«, bemerkte Oz.

»Das bin ich. Ich liebe meine Eltern, und sie lieben mich, aber ich brauchte ... mehr. Ich wollte etwas aus meinem Leben machen. Ich besuchte das College in Denver und bekam dort nach meinem Abschluss einen Job, aber er war nicht erfüllend. Ich hörte mir einen Podcast des Unternehmens an, das mich schließlich als zivile Mitarbeiterin einstellte, und war fasziniert. Nach langem Hin und Her entschied ich mich, den Job hier in Afghanistan anzunehmen. Das Geld war großartig, ich werde nicht lügen ... aber vor allem hatte ich das Gefühl, etwas Gutes für mein Land zu tun.«

Sierra verstummte, und Grover konnte nicht anders, als nach ihrer Hand zu greifen. In dem Moment, in dem seine Finger sich um ihre schlossen, entspannte er sich. Er begegnete ihrem Blick, als sie ihn ansah, und konnte nicht anders, als die Tatsache zu lieben, dass seine Berührung auch ihr zu helfen schien.

»Wie auch immer, ich war an die Kälte gewöhnt. Als ich hier eintraf, dachte ich, ich würde sterben. Es war einfach so verdammt heiß. Versteht mich nicht falsch, auch in Denver, das als Mile High City bekannt ist, da es etwa eine Meile über dem Meeresspiegel liegt, wird es im Sommer heiß, aber nicht so wie hier. Und jetzt kann ich mir nicht mal mehr vorstellen, bei Minustemperaturen Skifahren zu gehen. Ich habe mich an das heiße Wetter gewöhnt, und ich habe das Gefühl, dass mir bei weniger als fünfundzwanzig Grad immer kalt sein wird.«

»Du wirst dich anpassen«, versicherte Trigger ihr. »Erinnert ihr euch an das Training in der Arktis?«, fragte er seine Freunde. »Gott, wir waren so unvorbereitet darauf. Doc hat sich Erfrierungen an den Zehen geholt und Lucky hätte fast die Spitzen seiner Ohren verloren. Wir haben eine Menge darüber gelernt, wie man mit der Kälte umgeht, aber verdammt, das war echt ätzend. Da ist mir Wärme lieber.«

»Ich weiß nicht, der Einsatz in Afrika war nicht gerade angenehm«, sagte Oz. »Es war Sommer, wir waren direkt am Äquator und die Luftfeuchtigkeit war so hoch, dass man kaum atmen konnte. Unsere Kleidung war während des gesamten Einsatzes durchnässt. Es war ein Wunder, dass Lucky der Einzige war, der einen Immersionsfuß bekam, denn unsere Socken waren ständig nass von Schweiß und Feuchtigkeit.«

Alle stöhnten auf und erinnerten sich an diese besondere Mission.

»Was sind deine Pläne, wenn du nach Hause kommst?«, fragte Doc nach einem Moment vorsichtig. »Gehst du zurück nach Leadville, um bei deinen Eltern zu wohnen?«

Grover versteifte sich und war gespannt auf Sierras Antwort.

»Nein. Ich meine, ja, ich will sie sehen. Ich bin mir sicher, dass sie sich selbst davon überzeugen wollen, dass es mir gut geht, aber ich bin fast dreißig. Ich will nicht mehr zu Hause wohnen. Und Leadville ist nicht gerade der Ort, an dem ich den Rest meines Lebens verbringen möchte.«

Sierra blickte zu ihm hinüber und Grover konnte nicht

anders, als seinen Freunden zu sagen: »Ich habe sie eingeladen, nach Killeen zu kommen.«

»Fantastisch.«

»Dort ist es definitiv nicht kalt.«

»Gillian würde dich gern kennenlernen.«

»Ember auch. Sie wird so erleichtert sein, dass es dir gut geht.«

Seine Teamkameraden unterstützten die Idee sofort, was Grover mehr als nur zu schätzen wusste. »Ich dachte, ich könnte sie in *Die Zuflucht* bringen«, fügte er hinzu.

»Das ist eine gute Idee«, stimmte Trigger zu. »Sie wird wahrscheinlich mit vielen Interviewanfragen konfrontiert werden. Brick und sein Team können ihr dabei helfen.«

»Ember kann das auch«, sagte Doc. »Sie hat schon mehr als genug mit Reportern, Paparazzi und Interviews zu tun gehabt.«

»Ich weiß, dass Riley bei Anfragen für Autobiografien helfen wird«, sagte Oz.

»*Die Zuflucht*? Brick?«, fragte Sierra, als sie endlich zu Wort kam.

Grover war einen Moment lang besorgt, dass sie sie mit ihrem Enthusiasmus überforderten, aber sie klang nicht gestresst, also erklärte er: »Ich glaube, ich habe dir davon erzählt, als wir in der Höhle waren, oder ich wollte es zumindest. *Die Zuflucht* ist ein Rückzugsort, der von ehemaligen Mitgliedern von Spezialeinheiten unter der Leitung von Brick geführt wird. Sie alle litten unter ihrer eigenen Form einer posttraumatischen Belastungsstörung, als sie entweder in den Ruhestand gingen oder aus dem aktiven Dienst entlassen wurden. Sie waren Navy SEALS, Delta Force, Night Stalkers, Mitglieder der Spezialeinheit der aktiven Küstenwache, Green Berets und SAS, das britische Äquivalent zu unseren Navy SEALs. Sie haben ein paar Hundert Hektar Land in der Nähe von Los Alamos in New Mexico gekauft. Nach allem, was ich gehört habe, ist es ein erstaunlicher Ort für Männer und Frauen aus aller Welt, die versuchen, nach einem traumatischen Erlebnis wieder ein Gleichgewicht in ihrem Leben zu finden. Und das nicht nur während des Militärdienstes. Es gibt viele Ereignisse, die zu psychischen Problemen führen können, und Brick und sein Team wollten einen sicheren Hafen für alle bieten, die ihn brauchen.«

»Das klingt fantastisch«, sagte Sierra leise. »Ehrlich gesagt fühle ich mich irgendwie verloren. Versteht mich nicht falsch, ich bin sehr froh, dass ich hier mit euch sitze und nicht in dieser verdammten Höhle. Aber ich weiß nicht, was ich jetzt mit meinem Leben anfangen soll.«

»Was hast du gemacht, bevor du hierhergekommen bist?«, fragte Trigger.

»Ich habe in einem Amazon-Versand-Center gearbeitet. Nicht gerade etwas, das die Welt verändert.«

»Hey, du brauchst dich nicht dafür zu schämen, einen Job zu haben. Ich gehe davon aus, dass du eine eigene Wohnung hattest, deine eigenen Lebensmittel gekauft hast, deine Rechnungen selbst bezahlt hast ... das alles gehört zum Erwachsensein dazu«, sagte Lucky zu ihr.

»Ja, aber deshalb habe ich den Job als zivile Angestellte angenommen, weil ich etwas bewirken wollte. Und die Arbeit in einem Lagerhaus war nicht das, was ich mir vorgestellt hatte.«

»Warum hast du dir nichts im Bereich der Psychologie gesucht?«, fragte Grover.

Sierra zuckte mit den Schultern. »Mir wurde klar, dass ich zwar Psychologie an sich mochte, aber nicht wirklich in den medizinischen Bereich wollte ... und die meisten Jobs, zumindest die, die gut bezahlt werden, erfordern eine höhere Schulbildung. Und ja, ich hätte mich wohl besser informieren sollen, bevor ich mich für Psychologie als Hauptfach entschied«, gab sie ein wenig verlegen zu.

»Du musst dich nicht sofort entscheiden, was du mit

dem Rest deines Lebens anfangen willst«, sagte Trigger zu ihr. »Zuerst musst du dich um dich selbst kümmern. Du hast alles hervorragend gemeistert, aber wir alle wissen aus erster Hand, dass ein Trauma manchmal aus dem Nichts auftaucht. Man kann sein Leben weiterleben, und dann taucht eine Erinnerung auf und tut ihr Bestes, um einen in den Abgrund zu reißen. Gillian hat auch zwei Jahre später noch gelegentlich Albträume. Sie wecken sie mitten in der Nacht auf und sie kann nicht mehr einschlafen.«

»Riley und ich wachen beide regelmäßig auf und müssen nach den Kindern sehen, um uns davon zu überzeugen, dass sie in ihren Betten liegen und schlafen«, fügte Oz hinzu.

»Für Devyn sind es die Vögel. Es geht ihr zwar schon viel besser, aber wenn sie einen Vogel zwitschern hört, ist sie mental manchmal wieder mitten in dem Wald, in dem sie zum Sterben zurückgelassen wurde«, sagte Lucky.

»Assistentin der Geschäftsleitung, Teilzeit-Tierarzthelferin, Korrekturleserin, Veranstaltungsplanerin, Rettungssanitäterin und ehemalige Olympionikin, die jetzt ein kleines Unternehmen betreibt«, sagte Grover leise. »Das ist es, was die anderen Frauen tun. Du kannst sein, wer immer du willst, und tun, was dir gefällt. Aber du musst dich nicht gleich jetzt entscheiden. Atme einen Moment durch, Sierra. Verschaffe dir einen Überblick. Iss etwas Gutes und feiere, dass du Shahzada nicht hast gewinnen lassen.«

Er hörte sie seufzen. »Du hast recht.«

»Ich weiß«, entgegnete er sofort.

Die Jungs lachten leise und Grover freute sich, als er ein Lächeln auf Sierras Lippen sah. »Keiner von euch leidet an mangelndem Selbstvertrauen, oder?«

»Warum sollten wir? Wir sind die Besten in dem, was wir tun, und wir haben Frauen, die uns aus irgendeinem verrückten Grund lieben«, antwortete Doc mit einem Grinsen.

»Und fürs Protokoll, Grover hat mir alles über eure Frauen erzählt. Sie klingen alle ...« Ihre Stimme wurde leiser.

»Erstaunlich?«

»Schön?«

»Bärenstark?«

Sierra lächelte. »Einschüchternd«, sagte sie nach einem kurzen Moment.

Doc lachte. »Das sind sie nicht, versprochen.«

Sierra schüttelte den Kopf. »Das sagt der Typ, der mit der berühmtesten Frau im Internet zusammen ist.«

»Ernsthaft«, beharrte Doc, »ich gebe zu, dass ich Ember nicht mögen wollte, als ich sie zum ersten Mal traf. Ich bin sehr verschlossen, und sie war alles andere als das – zumindest dachte ich das. Ich dachte auch, sie wäre verwöhnt und eine Diva. Aber sie ist überhaupt nicht so.«

»Übrigens war Shahzada nicht glücklich darüber, dass sie mein Bild auf ihrem Profil veröffentlicht hat«, erklärte Sierra ihm.

Grover machte es nichts aus, von der Unterhaltung ausgeschlossen zu sein. Er lehnte sich zufrieden zurück, hielt Sierras Hand und ließ sie die besten Freunde kennenlernen, die er je in seinem Leben gehabt hatte. Es war nicht einmal die Frage, ob die Jungs sie mögen würden, es war nur die Frage, wie lange es dauern würde, bis sie sie um den kleinen Finger gewickelt hatte.

»Ember wird begeistert sein zu hören, dass es funktioniert hat. Ich meine, sie hat gehofft, dass sich jemand bei den Behörden meldet, der weiß, wo du bist, aber wenn deine Entführer sich unbehaglich gefühlt haben, als sie dein Bild sahen, dann ist das wenigstens etwas«, sagte Doc mit Zufriedenheit.

»Ich kann immer noch nicht glauben, dass Ember Maxwell weiß, wer ich bin«, sagte Sierra mit einem leichten Kopfschütteln. »Ich meine, ich bin ein Niemand.«

»Du bist kein Niemand«, beharrte Grover.

Sierra zuckte mit den Schultern. »Ist schon okay, es macht mir nichts aus. Aber ich hatte im letzten Jahr eine Menge Zeit zum Nachdenken. Wenn ich ... ich bin mir nicht sicher, was das richtige Wort ist ... wichtiger gewesen wäre? Charismatischer? Lauter? Ich weiß es nicht. Aber ich kann mir nicht helfen, doch ich denke, wenn ich ... *auffälliger* gewesen wäre, hätte sich vielleicht jemand mehr Mühe gegeben, mich zu finden.«

Scham und Bedauern überwältigten Grover fast. »*Ich hätte mich mehr anstrengen müssen, um herauszufinden, was mit dir passiert ist. Ich hätte nicht warten sollen, bis dieser verdammte Brief zugestellt wurde.«

»Oh, ich habe nicht von dir gesprochen«, sagte Sierra sofort.

Doch Grover schüttelte den Kopf. »Aber es ist wahr. Ein Monat«, sagte er. »Nur einen Monat hat es gedauert, nachdem ich den Brief bekommen hatte, bis ich dich fand. Ich hätte dir elf Monate der Hölle ersparen können, aber ich habe es nicht getan.«

»Du kannst dir nicht die Schuld geben«, sagte Sierra.

»Aber das tue ich«, sagte er leise.

»Das ist total verrückt. Dumm. Lächerlich«, rief sie aus. »Grover, du *kanntest* mich doch gar nicht. Du kannst nicht für jeden Menschen, den du auf der Straße triffst, die Verantwortung übernehmen. Wenn du in der nächsten Woche jemanden triffst, der stolpert und auf die Nase fällt, willst du dann auch die Verantwortung dafür übernehmen?«

Er starrte sie an. Ihr Gesicht lag im Schatten, nur das leichte Grün der Leuchtstäbe erhellte den Bereich um sie herum. Ihre Haarstoppeln standen hoch und sie schaute ihn böse an.

Er hatte in seinem Leben noch nie eine schönere Frau gesehen.

Sierra warf einen Blick auf die Männer um sie herum. »Sagt ihm, dass er sich lächerlich macht.«

Trigger zuckte mit den Schultern. »Er hat dich gefunden, als andere versagt haben.«

»Und du bist mir aufgefallen«, sagte Grover zu ihr. »Mit Haarnetz und allem.«

Sierra rutschte so umher, dass sie neben ihm kniete. Das langärmelige Uniformoberteil, das sie angezogen hatte, verschlang ihren kleinen Körper fast, und selbst auf den Knien war sie nur Auge in Auge mit ihm. Sie wackelte mit dem Finger vor ihm herum. »Nein! Du darfst dich nicht schuldig fühlen. Wenn du das tust, dann fühle *ich* mich schuldig, weil ich nicht vorsichtiger war, wie du es mir vor all den Monaten geraten hast. Und wenn ich mich schuldig fühle, dann werde ich nicht so leicht darüber hinwegkommen, wie ich es gern würde. Ich werde jahrelang Albträume haben und wahrscheinlich Medikamente nehmen müssen, die mich in einen Zombie verwandeln. Ich werde nicht in der Lage sein, einen Job zu behalten, und werde im Keller meiner Eltern leben müssen, und ich werde erfrieren, weil ich keine fünfundzwanzig Grad Minus mehr ertragen kann.«

Sie atmete schnell und sie hatte die Stimme erhoben, als sie ihre Rede beendete – und Grover konnte nur noch lachen. Nicht über sie, niemals über *sie*, sondern über die Situation.

»Okay, Bean«, sagte er, griff nach oben und ergriff den Finger, mit dem sie vor seinem Gesicht gewedelt hatte.

»Okay was?«, fragte sie.

Verdammt, sie war schlauer, als selbst *er* ihr zugetraut hatte. Grover schnitt eine Grimasse. »Ich werde versuchen, mich nicht schuldig zu fühlen.«

»Nein. Nicht gut genug.« Sie wandte sich an die Jungs. »Sagt es ihm«, befahl sie.

Lucky, Oz, Doc und Trigger sahen verloren aus.

»Ihm was sagen?«, fragte Oz schließlich.

»Sagt ihm, dass er sich nicht schuldig fühlen muss, weil ich gefangen genommen wurde.«

»Du brauchst dich nicht schuldig zu fühlen, dass sie gefangen genommen wurde«, wiederholte Oz pflichtbewusst.

Dem konnte Grover zustimmen. Er bedauerte, ihr Verschwinden nicht ernster genommen zu haben. Er bedauerte, dass er nicht früher alles getan hatte, um sie zu finden. Und er bedauerte, dass er nicht die Zeit gehabt hatte, Shahzada so sehr zu quälen, wie er es eigentlich wollte. »Ich werde mich nicht schuldig fühlen, dass du gefangen genommen wurdest«, sagte er ehrlich zu ihr.

Sierra beäugte ihn misstrauisch. »Warum habe ich das Gefühl, dass du zu leicht nachgegeben hast?«, fragte sie.

Grover hatte nicht vor, ihr zu sagen, wie recht sie hatte. »Ich hatte zwar schon lange keine Freundin mehr, aber selbst ich weiß, dass man sich nicht mit einer Frau streiten sollte, wenn sie einem den Finger zeigt«, erklärte er ihr.

»Er hat recht«, sagte Lucky. »Das eine Mal, als Devyn das mit mir gemacht hat, hatte ich eine Scheißangst.«

»Setz dich«, beschwichtigte Grover sie und zerrte sanft an Sierras Hand. »Und du solltest noch etwas essen. Kleine, regelmäßige Snacks kräftigen dich schneller als drei große Mahlzeiten am Tag.«

»Ich weiß, dass du das Thema wechselst«, brummte Sierra, aber sie nickte.

Doc und Lucky standen auf, um Lefty und Brain beim Wachehalten abzulösen.

»Was habe ich verpasst?«, fragte Brain, als er sich zu ihnen setzte.

»Ihr seid eingebildet – zu Recht –, ihr habt tolle Frauen und Kinder, und Grover darf sich wegen meiner Gefangennahme nicht schuldig fühlen«, sagte Sierra, während sie den

Bissen Bananenbrot aus der Feldration, die sie vorhin geöffnet hatte, im Mund hatte.

Lefty lachte leise. »Also gut. Ich schätze, du hast alle Grundlagen abgedeckt.«

»Glaubst du, du kannst schlafen, Sierra?«, fragte Trigger. »Wir wissen nicht, was der morgige Tag bringen wird. Vielleicht müssen wir fünfzehn Kilometer zu Fuß gehen oder wir werden von einem Hubschrauber abgeholt oder irgendetwas dazwischen, aber wir müssen auf alles vorbereitet sein.«

»Ich glaube schon«, sagte sie mit einem Nicken.

Einige Minuten lang schwiegen alle und Sierra starrte nachdenklich auf den Boden, während sie das Brot aß. Als sie fertig war, spürte Grover, wie sie zitterte. Er öffnete den Mund, um ihr zu sagen, dass er eine der Notfalldecken holen würde, die sie immer dabeihatten, als sie sich zu ihm umdrehte.

»Glaubst du ...« Ihr Blick senkte sich wieder.

Grover streckte die Hand aus und neigte ihr Gesicht mit einem Finger zu seinem. »Was, Bean? Hab keine Angst, mich etwas zu fragen.«

»Ich habe mich gefragt ... Du bist groß und ich nicht ... Und du bist warm. Ich kann deine Körperwärme spüren, selbst wenn ich hier neben dir sitze. Es ist keine große Sache, und du kannst Nein sagen, wenn es zu seltsam ist ... Ach, egal. Es *ist* seltsam.«

»Was, Sierra? Zwing mich nicht, mein Wort zu brechen, dass ich mich nicht schuldig fühle«, drohte er.

Ihre Augen verengten sich. »Du wirst das immer wieder erwähnen, wenn du deinen Willen durchsetzen willst, nicht wahr?«

»Wahrscheinlich«, gab er zu. »Und jetzt spuck es aus.«

Als Sierra sich umsah, schien es sie zu überraschen, dass die anderen Jungs alle etwas weiter weg standen. Sie machten sich bereit, sich hinzulegen, benutzten ihre Rucksäcke als Kissen und verstauten die grünen Leuchtstäbe. Die einzige Beleuchtung war jetzt der einsame Leuchtstab, der vor Grover und Sierra lag. Er war erleichtert, dass seine Teamkameraden ihnen die Illusion von Privatsphäre gaben. Aus Erfahrung wusste er, dass sie immer noch alles hören konnten, was um sie herum geschah, aber Sierra war sich dessen nicht unbedingt bewusst.

»Ich habe mich nur gefragt, ob ich vielleicht auf deinem Schoß sitzen könnte«, sagte sie, ohne ihn anzusehen, da ihr diese Bitte offensichtlich peinlich war. »Du weißt schon, um etwas von deiner Körperwärme abzubekommen?«

Grover erstarrte. Er hatte den ganzen Abend damit zu kämpfen gehabt, seine Hände von ihr zu lassen. Als sie das erste Mal gezittert hatte, wollte er sie am liebsten an sich ziehen, um sie zu wärmen, aber er dachte, das wäre vielleicht ein bisschen zu viel für sie. Sie hatten noch nicht über all ihre Erlebnisse mit Shahzada und seinen Anhängern gesprochen. Er hatte keine Ahnung, ob sie nicht nur körperlich, sondern auch sexuell missbraucht worden war. Deshalb wollte er nichts tun, was schlimme Erinnerungen wachrufen könnte.

»Nun, ich habe dir gesagt, dass es dumm ist«, sagte sie und entfernte sich von ihm.

Verdammt. Grover war zu lange in seinen Gedanken versunken gewesen und sie hatte sein Schweigen fälschlicherweise für Ablehnung gehalten. Mit einer schnellen Bewegung streckte er die Hand aus und zog sie näher zu sich heran, dann hob er Sierra mit Leichtigkeit hoch und setzte sie sich auf den Schoß.

Sie zappelte und versuchte herunterzuklettern. »Ist schon gut, Grover. Da drüben bin ich sicher.« Sie deutete nach rechts, auf einen relativ freien Fleck Erde.

»Und hier wird es dir noch besser gehen«, sagte Grover zu ihr. Er schlang seine Arme um sie und war überrascht, wie perfekt sie sich an ihn schmiegte. Er rutschte ein Stück zurück, wobei er Sierra auf seinem Schoß hielt, bis er an einem Baumstamm lehnte. Steine gruben sich in seinen Hintern, seine Rippen protestierten und er hatte das Gefühl, dass seine Beine in weniger als zehn Minuten eingeschlafen sein würden, aber das war ihm egal. Er würde sich nicht bewegen. Auf keinen Fall.

Es dauerte ein oder zwei Minuten, aber schließlich entspannte Sierra sich an ihm. Er spürte, wie ihre Muskeln sich lockerten, als sie ihm mehr von ihrem Gewicht überließ. Sie hatte sich mit dem Rücken an seinen Oberkörper gelehnt, aber dann drehte sie sich um, legte ihre Wange an seinen Brustkorb und zog ihre Beine an, sodass sie fast auf der Seite in seiner Umarmung lag.

»Ich hatte recht. Du bist tatsächlich warm«, sagte sie sanft.

Grover spürte, wie ihr Atem über seinen nackten Hals strich, und wusste, dass er verloren war. Diese Frau hatte ihn in der Hand, und sie hatte keine Ahnung. Es machte wenig Sinn, aber er wollte es nicht infrage stellen. Er hatte schon andere Frauen gehalten, aber so etwas hatte er noch nie gefühlt. Es war, als würde er etwas sehr Wichtiges verlieren, wenn sie wieder aus seinem Leben verschwand.

»Wenn ich zu schwer werde, kannst du mich einfach zur Seite schieben«, sagte sie zu ihm.

»Du bist nicht zu schwer«, entgegnete er sofort.

»Sag mir das, wenn ich wieder zugenommen habe und noch ein Dutzend zusätzliche Donuts kaufen möchte.«

Grover notierte sich im Geiste, seiner Bean ein paar Donuts zu besorgen.

Gott ... *seiner* Bean.

Verflucht.

»Danke, dass du mich gefunden hast«, flüsterte sie, und die Worte umschmeichelten ihn wie eine warme Sommerbrise.

»Gern geschehen«, flüsterte er zurück, doch seine

Antwort war völlig unzureichend für das, was er innerlich fühlte.

Grover wollte sie nicht belasten. Wie heute Abend betont worden war, hatte sie ihr ganzes Leben noch vor sich, und er wollte sie auf keinen Fall unter Druck setzen, mit ihm zusammen zu sein, wenn es nicht das war, was sie wollte. Sie war gerade erst nach einem Jahr der Misshandlung aus der Gefangenschaft entkommen. Er durfte ihre Verletzlichkeit und ihre Dankbarkeit nicht ausnutzen. Er musste ihr Raum geben, um herauszufinden, was sie wollte, und zwar in ihrem eigenen Tempo.

Es wäre schlimm, aber noch schlimmer wäre es, wenn Sierra sofort zugesagt hätte, nach Texas zu kommen, nur um dann festzustellen, dass es ein Fehler war.

Er schlang seine Arme um sie, als sie sich bewegte, und wieder einmal staunte er, wie gut sie zusammenpassten. Grover stützte seinen Kopf gegen den Baumstamm und schloss die Augen. Er würde nicht schlafen, er war zu aufgedreht und zu sehr auf die Frau in seinen Armen eingestimmt. Aber er würde sich ausruhen. Seine Rippen pochten dort, wo Sierra sie berührte, und die Wunden in seinem Gesicht brannten, aber er war noch nie so zufrieden gewesen wie in diesem Augenblick.

Er wusste nicht, was die Zukunft bringen würde, er wusste nur, dass er alles Notwendige tun würde, damit Sierra sich wohlfühlte. Damit sie sich sicher fühlte. Er würde auch mit ihr in Kontakt bleiben, wenn sie wieder in den Staaten waren. Damit sie wusste, dass er mit der Einladung nach Killeen keinen Scherz gemacht hatte.

Er hatte sich schnell verliebt, genau wie seine Teamkameraden. Und wenn sie es mit ihren Frauen schafften, dann konnte er es auch. Es würde nur eine etwas größere Herausforderung sein, sie aus der Ferne zu umwerben. Sie war die Mühe wert. Daran hatte Grover keinen Zweifel.

KAPITEL SIEBEN

Sierras Verstand drehte sich. Sie hatte zwar gewusst, dass Delta-Force-Teams anders behandelt wurden als reguläre Soldaten der Armee, aber sie hatte nicht erwartet, dass sie so schnell wieder in die Vereinigten Staaten zurückkehren würde. Sie rechnete mit bürokratischen Hürden, Interviews, die sie über ihre Erfahrungen geben musste, und stundenlangen Besprechungen, nur um sich dann mit ihrem Arbeitgeber in Verbindung setzen zu müssen, um herauszufinden, wie kompliziert es sein würde, zu einem Flughafen und aus Afghanistan herauszukommen. Ganz zu schweigen davon, dass ihr Reisepass verschwunden war, zusammen mit ihren Habseligkeiten.

Aber von dem Moment an, als sie an diesem Morgen so ausgeruht wie seit einem Jahr nicht mehr aufgewacht war, hatten sich die Dinge mit Warpgeschwindigkeit entwickelt.

Sie dachte, sie hätte Grovers Lippen auf ihrer Stirn gespürt, aber als sie die Augen öffnete, hatte er sie nur angelächelt. Sie waren aufgestanden, hatten gegessen und waren dann am Fluss entlanggegangen. Sie hatten nur etwa zwei Kilometer zu Fuß gehen müssen – was gut war, denn Sierra hatte schon geglaubt, dass sie es nicht viel weiter schaffen würde. Sie hatte so viel Muskelmasse verloren und hatte null Energie. Eigentlich wäre es ihr peinlich gewesen, aber Grover und die anderen Jungs hatten ihr immer wieder versichert, dass es ihr erstaunlich gut ginge. Wenn sie noch mehr Zeit mit ihnen verbrachte, würde sie sicher noch eingebildet werden.

Dann war ein großer, lauter Hubschrauber aufgetaucht. Sie wurde an einer Strickleiter hochgezogen und sah dann zu, wie die sieben Männer, die sie gerettet hatten, ebenfalls heraufkamen. Innerhalb weniger Minuten landeten sie mitten auf dem Militärstützpunkt, von dem Sierra schon dachte, dass sie ihn nie wiedersehen würde. Sie wurde begrüßt, als wäre sie eine lang vermisste Verwandte. Es war beunruhigend, wie viele Fremde sagten, sie seien so froh, sie zu sehen.

Sie wurde in ein Zelt geführt und durfte sich duschen. Dort verlangsamte sich die Zeit kurz. Sierra wusste, dass sie viel zu lange brauchte und mehr als genügend heißes Wasser verbrauchte, aber sie hatte sich noch nie in ihrem Leben besser gefühlt. Sie wollte am liebsten noch mindestens eine halbe Stunde in der Dusche bleiben und sich schrubben, aber stattdessen war sie widerwillig herausgekommen.

Grover hatte ihr einen der Kampfanzüge gegeben, die alle Soldaten trugen. Sie wusste nicht, woher er ihn bekommen hatte oder woher er wusste, welche Größe die richtige wäre, aber sie nahm die Kleidung dankbar an. Aus irgendeinem Grund konnte sie sich immer noch nicht von dem Hemd trennen, das sie im letzten Jahr jeden Tag getragen hatte. Es hatte die Hölle durchgemacht, genau wie sie, und es fühlte sich falsch an, es einfach wegzuwerfen. Also packte sie es ein, zusammen mit der Hose, die Grovers Team ihr mitgebracht hatte, und den Toilettenartikeln, die ihr jemand gegeben hatte.

Als sie aus dem Duschzelt kam, hatte Grover schon

gewartet. Er hatte ihre Tasche genommen, ihre Hand ergriffen und war in Richtung des Zeltes gegangen, von dem Sierra wusste, dass es das Zelt des Generals des Stützpunktes war. Sie fragte sich kurz, ob er sich verpflichtet fühlte, ihre Hand zu halten; sie sah nicht viele Leute auf dem Stützpunkt, die öffentlich ihre Zuneigung zeigten, aber sie hatte keine Zeit, lange darüber nachzudenken.

Sie verbrachte die nächsten zwei Stunden damit, dem General alles über Shahzada und seine Operation zu erzählen, was sie konnte. Wo sie gefangen gehalten wurde, wie viele Entführer es gab, an welche Namen sie sich erinnern konnte und alles über die Waffen, die sie gesehen hatte.

Er hatte zwar sein Mitgefühl über die Geschehnisse zum Ausdruck gebracht, aber es war offensichtlich, dass es ihm mehr darum ging, Informationen über den Einfluss der Taliban in der Stadt zu erhalten, damit er aus Shahzadas Tod Kapital schlagen konnte. Auch die Tatsache, dass Shahzada als Übersetzer in den Militärstützpunkt eingedrungen war, gefiel ihm nicht. Die Soldaten, die dort arbeiteten, verließen sich auf die Männer, die für die Kommunikation mit den Einwohnern der Stadt angeheuert worden waren. Zu wissen, dass einer von ihnen Informationen gegen den Stützpunkt sammelte und aktiv Unzufriedenheit bei den Einheimischen säte, war eine bittere Pille, die es zu schlucken galt. Auf den Stützpunkt würden viele Veränderungen zukommen, und Sierra beneidete den General nicht um den Aufruhr, den Shahzadas – alias Muhammad Qahhars – Verrat noch verursachen würde.

Als sie das Gespräch mit dem General beendet hatte, war sie emotional völlig erschöpft. Sie war erleichtert, dass er sie nicht in Watte gepackt hatte, aber sie war auch bereit, einen Moment lang nicht an ihre Gefangenschaft zu denken.

Grover schien zu verstehen, und er brachte sie zum Kantinenzelt. Es war seltsam, wieder dort zu sein und auf der anderen Seite des Tresens zu stehen. Sierra war sich nicht sicher, ob sie überhaupt mit Grover und seinen Freunden essen sollte, aber sie war auch erleichtert, dass sie sich nicht überlegen musste, was sie mit ihrer Zeit anfangen sollte. Sie hatte keine Ahnung, wo sie schlafen würde oder was als Nächstes kam, aber sie würde die Dinge einen Tag nach dem anderen angehen.

Nachdem sie gegessen hatten und Sierra sich fühlte, als würde sie buchstäblich platzen – ihr Magen war im letzten Jahr offensichtlich stark geschrumpft –, nahm Grover erneut ihre Hand und führte sie nach draußen. Sie fragte sich nicht einmal, wohin sie gingen, bis er zu einem anderen Hubschrauber am Rande des Stützpunktes ging.

»Wohin gehen wir?«, hatte sie gefragt.

»Nach Hause.«

Nach Hause.

Gott, das hörte sich so gut an. Sierra wusste nicht einmal mehr, wo ihr Zuhause war, aber der Gedanke, aus Afghanistan herauszukommen und ihren schlimmsten Albtraum hinter sich zu lassen, war eine große Erleichterung.

Also ließ sie sich von Grover auf einen Sitz schnallen und beobachtete amüsiert, wie der Rest der Jungs hineinkletterte. Es gab nicht mehr viel Platz, nachdem sich alle niedergelassen hatten, aber anstatt sich klaustrophobisch oder unbehaglich zu fühlen, als sie zwischen Grover und Trigger saß, mit den Seesäcken zu ihren Füßen und den Gewehren, die jeder um den Oberkörper geschlungen trug, fühlte Sierra sich wohl.

Jetzt saß sie in einem Militärflugzeug auf dem Weg zurück in die USA. Es war fast nicht zu glauben. Sie hatte nicht viel gesagt, als sie vom Hubschrauber zum Flugzeug gegangen waren, aber das lag daran, dass sie so erleichtert war, dass sie ihre Gefühle nicht in Worte fassen konnte.

Sie hatte sich nie wirklich Gedanken darüber gemacht,

was die Soldaten in Übersee durchmachten. Da kein »aktiver« Krieg herrschte, hatte sie einfach angenommen, dass das Leben auf den Militärstützpunkten in Afghanistan ziemlich routinemäßig ablaufen würde. Das Unternehmen, für das sie arbeitete, hatte es so aussehen lassen, als wäre es wie auf jedem anderen Stützpunkt in den USA. Aber in Wahrheit war die Bedrohung für jeden, der im Einsatz war, immer noch sehr hoch.

Als sie Grovers Teamkameraden musterte, sah sie sie in einem neuen Licht. Sie brachten sich regelmäßig in Gefahr ... und wofür? Für die Genugtuung, die Welt sicherer zu machen? Für den Dank? Für den Stolz, der aus dem Dienst für ihr Land resultierte? Sierra war sich nicht sicher. Aber sie war trotzdem dankbar.

»Bist du okay?«

Die Worte waren leise und sanft.

Sierra sah Grover an. Er saß neben ihr und hielt ihre Hand, seit sie losgeflogen waren. Sie hatten nicht viel gesprochen, aber das Halten seiner Hand erinnerte sie daran, wie nahe sie sich ihm in ihren Zellen in der Höhle gefühlt hatte. Sie nickte. »Ein bisschen überwältigt, glaube ich«, erklärte sie ihm ehrlich.

»Das war zu erwarten. Deine Welt hat sich ziemlich dramatisch verändert. Kaum zu glauben, dass wir vor weniger als achtundvierzig Stunden noch im Dunkeln im Dreck gelegen haben, was?«

Sierra schnaubte. »Das ist die Untertreibung des Jahrhunderts. Was passiert als Nächstes, Grover?«

»Was meinst du?«

»Nun ... wenn wir in D. C. landen, fliegt ihr weiter nach Texas, richtig?«

»Ja«, sagte Grover leise. »Wir werden im Flugzeug eine Nachbesprechung abhalten, und wenn wir in Texas ankommen, können die Jungs direkt nach Hause zu ihren Familien fahren. Wir werden später noch eine gründlichere Nachbesprechung durchführen. Ich werde ins Krankenhaus gehen und mich untersuchen lassen. Gegen gebrochene Rippen kann man nicht viel tun, aber es wird alles für meine Akte dokumentiert.«

Sierra drückte seine Hand. »Ich hasse es, dass du verletzt wurdest.«

Grover zuckte mit den Schultern. »Ich wusste, worauf ich mich einlasse.«

Sie konnte immer noch nicht glauben, dass dieser Mann, jemand, den sie nicht kannte und der sie nicht kannte, sich absichtlich hatte gefangen nehmen lassen. So etwas gab es nur in Filmen, und doch war sie hier. Ihr schnürte sich die Kehle zu, aber es bildeten sich keine Tränen. »Und was ist mit mir?«

Grover fragte nicht, was sie meinte. Er wusste es. Das war Grund Nummer vierhundertdrei, warum sie sich so zu ihm hingezogen fühlte. »Dir wird eine militärische Eskorte zugewiesen, wahrscheinlich eine Offizierin. Ich bin sicher, dass du für eine umfassende Untersuchung in ein Krankenhaus in D. C. eingewiesen wirst. Dort wirst du wahrscheinlich die Nacht verbringen, mit mindestens einem Therapeuten sprechen und deine Geschichte noch einigen weiteren Generälen erzählen, bevor du und deine Begleitung nach Denver aufbrechen. Deine Eltern wurden über deine Rettung informiert und werden auf dich warten. Danach ... ist es deine Entscheidung.«

Sierra nickte. Nichts, was Grover sagte, war eine Überraschung. Alles in allem fühlte sie sich erstaunlich gut, aber sie würde eine vollständige medizinische Untersuchung begrüßen. Sie wusste, dass sie zu dünn war und viel Muskulatur verloren hatte. Sie hatte aufgehört zu menstruieren, und ihr Blutbild würde wahrscheinlich ein Chaos sein. Aber sie war am Leben. Sie konnte sich nicht beklagen.

Sie hatte überlegt, sich ein Telefon zu leihen, um ihre Eltern anzurufen, aber ehrlich gesagt war sie sich nicht sicher, was sie ihnen sagen sollte. Es ging ihr so viel im Kopf herum, dass sie dachte, es wäre am besten, wenn jemand anderes ihnen mitteilte, dass sie noch am Leben war, und sie ihnen dann alles erzählte, wenn sie sich persönlich sahen.

Obwohl sie ihre unmittelbare Zukunft kannte, fühlte sie sich immer noch irgendwie verloren. Außerhalb ihrer Komfortzone. Und das hasste Sierra. Sie war immer unabhängig gewesen und hatte keine Angst vor neuen Erfahrungen. Aber jetzt fühlte es sich überwältigend an, darüber nachdenken zu müssen, was sie tun sollte, nachdem sie ihre Eltern gesehen hatte.

»Damit das klar ist, das mit der Einladung nach Texas war kein Scherz«, sagte Grover leise.

Sierra biss sich auf die Lippe und sah ihn an. »Ich bin mir nicht sicher ... Wie soll das funktionieren?«

»Wie würde was funktionieren?«

»Wo soll ich wohnen? Ich habe etwas Geld gespart, aber ich bin mir nicht sicher, wie lange es reichen würde, wenn ich in einem Hotel wohnen und immer auswärts essen müsste.«

Grover schüttelte den Kopf und sah fast amüsiert aus. »Um Geld brauchst du dir keine Sorgen zu machen. Du hast mehrere Möglichkeiten, wo du unterkommen kannst. Ich weiß ohne jeden Zweifel, dass jede der Frauen dich gern bei sich aufnehmen würde. Gillian würde dich wahrscheinlich überreden, bei den Veranstaltungen zu helfen, die sie plant. Kinley würde wahrscheinlich innerhalb einer Woche einen Job für dich finden. Aspen wird begeistert sein, dass es dir gut geht, und sowohl sie als auch Riley würden sich über einen weiteren Erwachsenen freuen, mit dem sie sich unterhalten können, nachdem sie den ganzen Tag mit Kindern zu tun hatten. Devyn würde versuchen, dich zu überreden, drei Hunde und vier Katzen zu adoptieren, und Ember wäre überglücklich, wenn du nach Texas kämst. Sie hat das

Gefühl, dass sie dich bereits kennt. Sie haben sich alle Sorgen um dich gemacht.«

»Aber ... sie kennen mich doch gar nicht.«

Grover zuckte mit den Schultern. »Das mag stimmen, aber sie haben sich trotzdem Sorgen gemacht. Und sie sind sich meiner Gefühle für dich mehr als bewusst. Das wird für sie Grund genug sein, dich sozusagen in die Herde zu holen.«

Sierra starrte ihn nur an. Sie wollte ihn fragen, was genau diese Gefühle waren ... aber sie hatte zu viel Angst, dass er etwas sagen würde, wie zum Beispiel dass er sich für sie verantwortlich fühlte oder dass er sich immer noch schuldig fühlte, weil sie entführt worden war. Er gab ihr keine Gelegenheit zu einer Antwort.

»Glaub mir, du würdest niemandem im Weg stehen. Die anderen Jungs im Team würden dich gern bei sich wohnen lassen. Riley und Oz haben das größte Haus, aber sie haben auch drei Kinder, also wäre es dort ziemlich chaotisch. Aber wenn du nicht bei einem meiner Freunde wohnen willst, kannst du immer noch bei mir wohnen.

Du bist bei mir sicher, Bean. Ich schwöre es. Ich habe ein großes altes Farmhaus auf mehreren Hektar Land. Es ist ruhig, und ich habe ein paar freie Gästezimmer. Unten habe ich sogar einen Medienraum mit einem riesigen Bildschirm, vor dem du dich verlieren kannst. Ich weiß nicht, ob du ein Fernsehgucker bist, aber wenn ja, kannst du all die Serien nachholen, die du im letzten Jahr verpasst hast. Die letzte Staffel von *Stranger Things* war fantastisch, obwohl ich die erste Staffel immer noch für die beste halte. Aber wenn es dir zu unheimlich ist, in meinem Haus zu wohnen, kann ich auch ein Wohnmobil mieten und es neben der Scheune parken. Obwohl das nicht meine erste Wahl wäre, da du im Haus viel sicherer wärst ...«

Sierra bemerkte, dass Grover fast stammelte, so schnell kamen seine Worte heraus. Er hatte offensichtlich viel darüber nachgedacht, und die Tatsache, dass er sich Mühe gab, ihr alle Möglichkeiten aufzuzeigen, damit sie sich sicher fühlte, beruhigte etwas tief in ihr.

Sie legte ihre freie Hand auf seinen Arm und ließ ihn einen Moment innehalten.

»Entschuldige. Ich will dich zu nichts drängen. Aber wenn du dich entscheidest, nach Texas zu kommen, verspreche ich dir, dass es dich nichts kosten wird. Ich sorge dafür, dass du eine Unterkunft und etwas zu essen bekommst. Es kann schwer sein, sich an das Leben nach der Gefangenschaft zu gewöhnen, und ich möchte dir einfach einen Ort geben, an dem du das tun kannst, ohne dir Sorgen um einen Job, Geld oder die Meinung anderer machen zu müssen. In unserem Kreis gibt es keine Vorurteile, das kann ich dir versichern.«

»Danke«, sagte Sierra. »Dein Angebot bedeutet mir mehr, als ich sagen kann. Aber ich bin noch nicht bereit, jetzt eine Entscheidung zu treffen.«

»Ich verstehe. Und ... nur damit du es weißt, das Angebot, in *Die Zuflucht* zu gehen, steht noch. Du weißt schon, der Ort in New Mexico? Als ich das letzte Mal nachgeschaut habe, habe ich gesehen, dass Kriegsgefangene dort umsonst bleiben können. Ohne Fragen zu stellen, so lange man will oder es braucht. Es gibt dort eine Therapeutin und tägliche Aktivitäten, an denen man teilnehmen kann oder auch nicht. Der Ort sieht absolut fantastisch aus, und wenn man es braucht, ist er für einen da.«

»Du warst auch ein Kriegsgefangener«, sagte Sierra.

Grover blinzelte. »Ja, ich denke schon. Obwohl ich nicht sicher bin, ob ich mich dafür qualifizieren würde, da ich mich absichtlich in diese Situation gebracht habe ... und ich würde es wieder tun, wenn es bedeutet, dich da rauszuholen.«

Sierra fühlte sich überfordert, aber das Wissen, dass sie

Grover an ihrer Seite hatte, ließ alles ein wenig weniger ... beängstigend erscheinen.

Als wüsste er, wie schwer es war, über ihre Zukunft nachzudenken, wechselte Grover das Thema. Sie sprachen über nichts Wichtiges und er sorgte dafür, dass sie während des langen Fluges mehrmals etwas aß. Irgendwann wachte Sierra auf und ihr Kopf lag auf Grovers Schulter. Sie war eingeschlafen, und er hatte sie an seine Seite gezogen, sodass sie ihn als Kopfkissen benutzen konnte.

Er war rücksichtsvoll, freundlich, beschützend ... und Sierra wusste, dass sie sich bereits bis über beide Ohren in ihn verliebt hatte. Sie hatte keine Ahnung, ob es an ihrer Situation lag – an der Tatsache, dass er um die halbe Welt gereist war und sich in Gefahr begeben hatte, um sie zu finden. Das würde wahrscheinlich *jeden* dazu bringen, sich zu verlieben. Aber auf keinen Fall wollte sie sich an ihn klammern, nur weil er sie gerettet hatte. Das wäre für keinen von ihnen fair.

Als sie schließlich landeten, war Sierra ein Wirrwarr von Gefühlen. Sie war froh, endlich wieder in den Vereinigten Staaten zu sein, traurig, dass ihre Zeit mit Grover zu Ende ging, nervös, was die Ärzte zu ihrem Gesundheitszustand sagen würden, und völlig unsicher, was in ihrem Leben als Nächstes kommen würde.

Sie stiegen alle aus dem Flugzeug, und sobald sie in die frische Luft von Washington, D. C. traten, fröstelte Sierra. Ihr Gehirn wusste, dass es draußen nicht so kalt war, aber ihr Körper hatte sich an die extreme Hitze der afghanischen Wüste gewöhnt.

Sierra spürte, wie jemand ihr eine Jacke um die Schultern legte. Als sie aufblickte, sah sie Grover, der sie anlächelte.

»Ich dachte mir, dass dir vielleicht kalt ist, also habe ich sie bereitgehalten«, erklärte er.

Sierra hatte vor ihrem Job in Afghanistan viele Verabredungen gehabt. Sie hatte sogar ein paar Langzeitbeziehungen geführt, aber niemand war jemals so sehr auf ihre Bedürfnisse eingegangen wie Grover, und sie kannte den Mann erst ein paar Tage. Es war fast beängstigend.

Er nahm ihre Hand nicht, als sie auf das kleine Gebäude in der Nähe des Landeplatzes zusteuerten – offensichtlich nicht das Hauptterminal, was Sierra sehr recht war. Sie spürte jedoch den leichten Druck von Grovers Hand auf ihrem Rücken, was sehr beruhigend war.

Kurz bevor sie das Gebäude betraten, kam ein Mann heraus. Sierra hatte ihn noch nie gesehen, aber alle Jungs um sie herum kannten ihn offensichtlich.

»Tex! Was machst du denn hier?«, fragte Trigger.

»Schön, dich zu sehen, Mann«, sagte Lefty.

»Ich kann es nicht glauben. Tex höchstpersönlich«, stichelte Brain.

Alle schüttelten dem Mann die Hand, dann wandte er seine Aufmerksamkeit ihr zu. Sierra musterte ihn. Der Mann hatte etwas an sich, das Respekt zu gebieten schien. Er trat auf sie zu und sie bemerkte abwesend sein leichtes Hinken. Er streckte seine Hand aus und Sierra griff automatisch danach, um sie zu schütteln.

»Willkommen zu Hause«, sagte Tex leise.

»Danke.«

»Von jetzt an wird alles ziemlich schnell gehen«, sagte er zu ihr. »Ich empfehle, einfach mit dem Strom zu schwimmen. Denk nicht zu viel nach und sprich erst mit der Presse, wenn du bereit bist. Die Reporter können warten; deine geistige Gesundheit ist wichtiger als eine Story. Und wenn du überhaupt nicht mit ihnen reden willst, ist das auch in Ordnung. Ich kümmere mich gern für dich um sie, wenn du willst, aber du kannst mir später Bescheid sagen. Jetzt habe ich erst einmal etwas für dich.«

In Sierras Kopf drehte sich alles. Sie wollte nichts mit der Presse zu tun haben. Ganz und gar nicht. Vielleicht würde sie das Angebot des Mannes annehmen. Sie kannte ihn zwar nicht, aber wenn Grover und sein Team ihm vertrauten und ihn respektierten, würde sie es auch tun. Sie nahm automatisch das Objekt an, das Tex ihr hinhielt.

Als sie nach unten sah, erkannte sie, dass es ein Telefon war. Ein brandneues Spitzenmodell. »Ähm ... ich glaube nicht, dass ich das annehmen kann.«

Sie hörte Lucky neben sich leicht schnauben. »Sieh nur, wie süß sie ist, wenn sie versucht, ein Geschenk von Tex abzulehnen.«

Der Mann selbst grinste und fuhr fort, als hätte sie nichts gesagt. »Es hat ein unbegrenztes Datenvolumen. Es ist mit einem Konto verbunden, das mir gehört, aber lass dich davon nicht abschrecken. Wenn du wieder auf die Beine gekommen und bereit bist, über so banale Dinge wie Handyverträge nachzudenken, kannst du es auf dein eigenes Konto umstellen. Das ist nicht an Bedingungen geknüpft. Die Telefone werden durch Spenden an Veteranengruppen finanziert, ebenso wie die Konten selbst. Es gibt auch keine zeitliche Begrenzung für die Nutzung, also hab kein schlechtes Gewissen, weil du es benutzt, in Ordnung?«

»Aber ich bin kein Veteran.«

»Von wegen«, erwiderte Tex, ohne zu zögern. »Du bist vielleicht nicht beim Militär, aber du bist verdammt noch mal durch die Hölle gegangen, weil du deinem Land dienen wolltest. Ich habe bereits die Nummern all dieser Männer in das Telefon einprogrammiert, zusammen mit denen ihrer Frauen. Meine ist auch dabei, genauso wie die von Brick ... dem Typen aus der *Zuflucht*. Ich habe mir erlaubt, dort auch eine Reservierung für dich vorzunehmen.«

Sierra öffnete den Mund, um zu erklären, dass sie nicht glaubte, dass sie in ein Camp, auf eine Ranch oder zu einem Zufluchtsort für posttraumatische Belastungsstörung gehen müsse, aber Tex hob die Hand, um sie zu unterbrechen.

Seine Stimme wurde sanfter. »Du bist erst seit zwei, drei Sekunden frei, Bean. Glaub mir, wenn ich sage, dass Dämonen die unangenehme Angewohnheit haben, sich anzuschleichen, wenn man sie am wenigsten erwartet. Außerdem habe ich dafür gesorgt, dass Grover dir in Los Alamos Gesellschaft leistet.«

»Tex«, knurrte Grover.

»Fang du nicht auch noch an«, sagte Tex zu ihm. »Ich weiß, was ihr getan habt und warum, aber das ändert nichts an der Tatsache, dass ihr gegen euren Willen festgehalten und gefoltert wurdet. Ein Besuch in der *Zuflucht* und ein Gespräch mit Brick, Tonka, Spike und den anderen wird euch beiden guttun.«

Sierra blickte zu Grover auf, sah, wie er Tex anstarrte, aber dann, als spürte er ihren Blick auf sich, senkte er das Kinn, um ihr in die Augen zu schauen, und sie sah, wie die Verärgerung verflog.

»Ein Monat«, sagte Tex. »Geh nach Hause zu deiner Familie«, riet er Sierra. »Entspanne dich. Heile. Iss ein paar selbst gekochte Mahlzeiten. Dann fahr nach New Mexico. Ich verspreche dir, dass es gut für dich sein wird. Für euch beide.«

Sierra konnte nur nicken. Wie konnte sie dieses großzügige Angebot ablehnen? Sie konnte es nicht. Sie hatte keine Ahnung, was der nächste Monat für sie bereithalten würde, aber andererseits wusste sie auch nicht, was der morgige Tag bringen würde. Sie musste die Dinge einen Tag nach dem anderen nehmen, und zu wissen, dass dieser Mann sich genügend kümmerte, um zu versuchen, ihr zu helfen, fühlte sich gut an.

»Oh, und noch eine Sache. Meine Frau Melody hat mir gesagt, dass ich dir das erzählen muss, dass es nicht fair wäre, wenn ich es nicht täte, und dass es eine Verletzung der Privatsphäre wäre oder so ein Quatsch. Das Telefon hat einen Peilsender. Wenn du es bei dir hast, weiß ich immer, wo du bist. Ich habe über die Jahre gelernt, dass es besser ist, auf Nummer sicher zu gehen. Ich bin kein Psycho, ich werde dich nicht auf Schritt und Tritt verfolgen, aber wenn du verschwindest und das Handy bei dir hast, werde ich dich finden können, okay?«

Sierra starrte Tex in seine braunen Augen und schluckte schwer. Sie wusste, dass sie sich über das Eindringen in ihre Privatsphäre aufregen sollte. Aber die einfache Tatsache war, dass sie es nicht konnte. Sie war schon einmal verschwunden und es hatte ein Jahr gedauert, bis sie gefunden worden war. Wenn es wieder passierte, würde Tex wissen, wo sie war. Der Gedanke gab ihr ein Gefühl der Beruhigung, von dem sie gar nicht wusste, dass sie es brauchte. »Okay«, sagte sie leise zu ihm.

»Also gut. Ich muss los, und ihr alle müsst das auch. Ich habe mich sehr gefreut, dich kennenzulernen, Sierra. Pass gut auf dich auf. Und hab keine Angst, dich Grover und seinem inneren Kreis zu öffnen. Sie werden dich heilen, wenn du sie lässt.«

Tex nickte ihr und den Jungs zu, dann drehte er sich um und ging zum Ende des Gebäudes.

»Also ... das war Tex«, sagte Doc mit einem kleinen Lachen.

»Er ist ...«

»Heimtückisch? Ein bisschen unheimlich? Alles davon?«, fragte Lucky. Dann zuckte er mit den Schultern. »Man gewöhnt sich an ihn.«

»Wenn du das Telefon nicht willst, kann ich dir ein neues besorgen«, sagte Grover zu ihr.

Sierra hielt das Gerät fester in der Hand. »Nein«, sagte sie schnell. »Es ist okay.«

»Er meint es gut«, sagte Trigger sanft. »Er hat mehr Menschen geholfen, als ich aufzählen könnte. Er weiß so ziemlich alles, was es über jeden zu wissen gibt.«

»Wie den Spitznamen, den Grover mir gegeben hat?«,

fragte Sierra mit einem Augenzwinkern. »Woher kennt er *den*?«

Oz lächelte. »Wir haben gelernt, keine Fragen zu stellen, wenn wir wissen, dass wir keine Antworten bekommen werden.«

»Fürs Protokoll«, sagte Trigger zu ihr, »ich halte *Die Zuflucht* für eine gute Idee. Sowohl für dich als auch für Grover. Und selbst wenn du sie nicht brauchst, soll es dort oben wunderschön sein. Brick und sein Team haben tolle Arbeit geleistet, um diesen Ort zu errichten. Man kann den ganzen Tag über beschäftigt sein – wandern, angeln, reiten – oder man kann in einer Hängematte liegen und gar nichts tun.«

Sierra nickte. Je mehr sie über diesen Ort hörte, desto neugieriger wurde sie. Und zu wissen, dass Grover sich ihr dort anschließen könnte? Ja, auch darauf freute sie sich sehr ... falls er auftauchte. Sie wusste, dass er viel zu tun hatte, und ein Monat schien ihr eine sehr lange Zeit zu sein. Getrennt zu sein und mit ihrer beider Gefangenschaft fertigzuwerden könnte die Verbindung, die sie jetzt fühlten, verblassen lassen.

»Gebt ihr mir eine Sekunde mit Sierra, Leute?«, fragte Grover.

Alle nickten.

Bevor er ging, trat Trigger auf sie zu. »Darf ich dich umarmen?«, fragte er.

Sierra war beeindruckt, dass er gefragt hatte. Aber sie nahm an, dass sie das nicht hätte sein sollen. Er und die anderen Jungs schienen sehr gut zu wissen, was sie fühlte. »Das würde mir gefallen«, versicherte sie ihm.

Trigger trat vor und schlang seine Arme um sie, um sie kurz, aber herzlich zu umarmen. »Ich bin froh, dass es dir gut geht.«

Dann nahm Lefty seinen Platz ein. Und Brain. Einer nach dem anderen umarmten Grovers Freunde sie und sagten ihr, wie froh sie waren, dass Grover sie gefunden hatte. Für wie stark sie sie hielten. Wie sicher sie waren, dass ihre Frauen sie gern kennenlernen würden.

Es hätte unangenehm sein sollen, aber stattdessen hatte Sierra das Gefühl, als würde sie diese Männer schon ewig kennen. Schließlich gingen sie alle in das Gebäude und ließen sie und Grover allein draußen zurück.

Sie sah zu ihm auf, nicht sicher, was er sagen würde ... und plötzlich war sie verdammt nervös.

Aber er sagte kein Wort. Stattdessen zog er sie in seine Umarmung.

Sierra legte ihre Wange an seine Brust und hielt sich fest, während sie seinen Herzschlag unter seiner Uniform hörte.

»Ich weiß nicht, ob ich das schaffe«, sagte er mit angespannter Stimme.

»Ob du was schaffst?«, fragte Sierra, die den Kopf zurückwarf, sich aber nicht aus seiner Umarmung löste.

»Dich gehen zu lassen.«

Sie blinzelte daraufhin.

»Ich weiß, das klingt lächerlich. Wir kennen uns kaum. Deine Eltern warten auf dich. Du hast ein Leben, zu dem du zurückkehren musst. Trotzdem ... ich kann nicht anders, als dich an meiner Seite haben zu wollen.«

Sierra schluckte schwer. »Ich weiß«, flüsterte sie.

Grover seufzte, streichelte ihren Hinterkopf und drückte sie wieder an seine Brust. Sierra schmiegte sich fester an ihn. »Ich wusste nicht, dass Tex vorhatte, heute hier zu sein oder dir das Telefon zu bringen. Ich hatte natürlich vor, dir meine Nummer zu geben, zusammen mit der von allen anderen.«

»Es ist okay«, sagte Sierra zu ihm.

»Wenn es jemand anderes als Tex gewesen wäre, hätte ich ihm das Telefon an den Kopf geworfen und ihm gesagt, dass ich mich auch ohne seine Hilfe um dich kümmern kann.«

Sierra wusste nicht, wie sie reagieren sollte. Sich um sie kümmern? Was sollte das denn?

»Aber es *war* Tex, und dieser Mann kümmert sich mehr um seine Teams als jeder andere, den ich kenne. Also werde ich es auf sich beruhen lassen. Jetzt, da du meine Nummer hast, erwarte ich, dass du sie benutzt, Bean.«

»Das werde ich«, versprach sie.

»Es ist mir egal, ob es mitten in der Nacht ist und du nicht schlafen kannst, oder ob es ein Uhr nachmittags ist und dir etwas einfällt, was du mir sagen willst. Schreib eine SMS oder ruf an. Ich werde jedes Mal antworten, wenn es mir möglich ist. Es kann sein, dass ich in einer Besprechung oder beim Training bin, und wenn das der Fall ist, rufe ich dich so schnell wie möglich zurück, okay?«

Sierra wollte ihn fragen, was sie taten, wohin das führte, woher diese intensive Verbindung kam ... die, die sie schon vor ihrer Entführung gespürt hatte.

Stattdessen nickte sie ihm einfach zu.

»Wir sehen uns in einem Monat in New Mexico, aber wenn du bis dahin etwas brauchst, lass es mich wissen.«

Sierra atmete tief durch und trat einen Schritt zurück. Keiner von beiden ließ den anderen los. Grover ließ seine Hände zu ihren Oberarmen wandern und sie legte ihre auf seine Brust.

Es war an der Zeit, dass sie versuchte, ihre Tapferkeit wiederzuerlangen. Sie war es leid, ein Opfer zu sein. Sie wollte die aufgeschlossene, sorglose Frau sein, die sie einmal gewesen war. Diejenige, die sich nicht scheute, einen Job in Afghanistan anzunehmen, weil er sowohl nützlich als auch das Abenteuer ihres Lebens zu sein schien.

»Und wenn *du* etwas brauchst, sagst du *mir* Bescheid«, sagte sie etwas herrisch zu Grover.

Er lächelte. »Das werde ich, Bean.«

Sierra versuchte, nicht zu lächeln. »Dieser Spitzname ist lächerlich.«

»Stimmt.«

»Aber du wirst nicht aufhören, mich so zu nennen, oder?«, fragte sie.

»Nein. Er passt zu dir.«

»Wie auch immer«, entgegnete sie und rollte mit den Augen.

Grover ließ den Blick über ihr Gesicht huschen, dann über ihr Haar und an ihrem Körper hinunter. Sierra erwartete, dass sie sich peinlich berührt oder verlegen fühlen würde, wie in der Höhle. Sie wusste, dass sie unbedingt jemanden finden musste, der ihr Haar in Ordnung brachte. Es gleichmäßig rasieren, irgendetwas. Sie wusste auch, dass sie immer noch ein paar blaue Flecke im Gesicht hatte und dass ihr Körper es nicht wert war, angegafft zu werden. Sie hatte am ganzen Körper abgenommen, auch an der Brust. Aber irgendwie fühlte sie sich fast normal, als sie die Sehnsucht in Grovers Augen sah.

»Ich werde dich vermissen«, flüsterte er.

»Ich dich auch«, erwiderte sie.

»Als du mir in der Höhle zum ersten Mal die Hand gereicht hast, nachdem ich von Shahzada verprügelt worden war ... da wusste ich es«, sagte Grover.

Als er nicht weitersprach, fragte Sierra: »Was wusstest du?«

»Dass du die Eine für mich bist.«

Sie konnte ihn nur erstaunt anstarren.

»Du warst gerade selbst geschlagen worden. Du hattest keinen Grund, mir zu vertrauen. Du wurdest ein Jahr lang gefangen gehalten. Und doch warst du da und hast versucht, mich zu trösten. Niemand, Sierra, hat mich schon in dem Moment, in dem ich ihn kennenlernte, so sehr beeinflusst wie du. Angefangen bei der Enttäuschung, dass du dich nicht gemeldet hast, nachdem ich Afghanistan das erste

Mal verlassen hatte, über die Sorge, als wir hörten, dass du dich unerlaubt von der Truppe entfernt hast, über die Verzweiflung, als wir erfuhren, dass einige zivile Angestellte verschwunden waren, bis hin zu meiner Todesangst, als ich deinen Brief bekam. Ich habe noch nie so viel für jemanden empfunden wie für dich.«

Sierra wusste, dass sie schockiert sein sollte. Sie sollte sich fragen, was zum Teufel mit diesem Mann los war. Aber das tat sie nicht, denn sie fühlte dasselbe. »Du hast mich so wütend gemacht, als wir uns das erste Mal begegneten«, gab sie zu. »Du hast mir vorgeworfen, naiv zu sein. Wenn ich jetzt zurückblicke, weiß ich, dass ich tatsächlich naiv war. Ich war so versessen darauf, meinem Land auf jede erdenkliche Weise zu dienen und etwas zu bewirken, und sei es nur, indem ich den Soldaten, die sich jeden Tag einem Risiko aussetzen, Essen serviere, dass ich nicht einmal daran dachte, dass ich in Gefahr sein könnte. Das war dumm, wirklich. Aber ich musste daran glauben, dass es einen Grund gab, warum ich nach einem Jahr noch am Leben war. Ich musste glauben, dass eines Tages jemand über mich stolpern und mir helfen würde, da rauszukommen. Und dann ... warst du da. Du hast zugegeben, dass du dich absichtlich hast entführen lassen. Es war verrückt. Eher wahnsinnig. Aber in dem Moment, in dem ich deine Hand hielt, hatte ich nicht mehr so viel Angst.«

»Es wird schwer sein, dich von mir weggehen zu sehen, aber ich weiß, dass es dir gut gehen wird. Du brauchst mich nicht, um deine Hand zu halten oder dich mit meiner Beschützerhaftigkeit zu erdrücken. Du musst wieder auf die Beine kommen und dich selbst wiederfinden, ohne mich.«

Sein Glaube an sie war überwältigend.

»Wir sehen uns in einem Monat«, sagte er erneut, als wollte er sich vergewissern, dass sie in *Die Zuflucht* gehen würde.

»Das werden wir«, antwortete sie.

Die Erleichterung in seinen Augen war sofort zu erkennen. Er beugte sich zu ihr, und Sierra hielt den Atem an und wartete auf seinen Kuss. Doch seine Lippen berührten ihre Stirn, die Geste war so sanft, dass es ihr erneut die Kehle zuschnürte. Wie immer bildeten sich keine Tränen in ihren Augen.

»Ich bin stolz auf dich«, sagte Grover an ihrer Haut. »Ich bewundere dich so sehr. Lass dich von niemandem unterkriegen. Wenn jemand es versucht, sag ihm, er solle sich verpissen. Dass er mal versuchen sollte, in einer Höhle zu leben und verprügelt zu werden.«

Sierra konnte sich ein Kichern nicht verkneifen. »Das werde ich.«

Grover hob die Hand und strich ihr über den Kopf. Sie zuckte zusammen, als er die ungleichmäßigen Haarstoppeln berührte. »Das ist dein Ehrenabzeichen. Du brauchst dich für nichts zu schämen, was du zum Überleben getan hast, Bean. Keine einzige Sache. Hast du das verstanden?«

Sie nickte.

»Okay. Ich könnte noch eine Million Dinge sagen, um die Sache in die Länge zu ziehen, aber du hast Termine einzuhalten und ich bin sicher, die Jungs wollen unbedingt zurück nach Texas, um ihre Familien zu sehen«, sagte Grover.

Sierra nickte, wich aber nicht von der Stelle.

»Du bist nicht hilfreich«, sagte er.

Sie lächelte zu ihm hoch.

»Verdammt«, murmelte er, beugte sich hinunter und küsste sie leicht auf die Lippen. Sie kribbelten immer noch, als er den Kopf anhob. »Komm, drinnen ist es wärmer für dich, und es wird Zeit, dass du etwas isst.«

Sierra nickte, weil sie nicht sprechen konnte. Er kümmerte sich stets um sie. Schien nur ihr Bestes im Sinn zu haben. Das war eine ziemliche Veränderung gegenüber dem letzten Jahr, als ihre Kidnapper daran erinnert werden mussten, sie mit Nahrung zu versorgen, und sich einen Dreck um ihre Grundbedürfnisse scherten.

Grovers Hand lag auf ihrem Rücken, als er sie zur Tür führte. Sierra wollte anhalten, wollte sich zurück in Grovers Umarmung schmiegen, aber er hatte recht. Sie hatten beide ein Leben, in das sie zurückkehren mussten. Und sie wünschte sich so sehr, die Sierra wiederzufinden, die sie einmal gewesen war.

Ein Monat. Das war eigentlich gar nicht so lange. Besonders nicht, nachdem sie ein Jahr in den Händen von Taliban-Terroristen überlebt hatte. Sie hielt das Telefon fester. Und es war ja nicht so, dass sie nicht mit Grover sprechen konnte.

Ein Monat? Ein Kinderspiel.

KAPITEL ACHT

Grover ging in seinem Wohnzimmer auf und ab.

Hin und her.

Hin und her.

Er konnte nicht sitzen. Konnte nicht essen. Seine Veranda brachte ihm keine Ruhe. Er hatte nicht einmal den Sonnenuntergang bemerkt, der den Himmel vor ein paar Stunden verfärbt hatte.

Drei Tage.

So lange war es her, dass er mit Sierra gesprochen hatte. Er hatte ihr eine SMS geschickt, um zu fragen, ob sie gut nach Hause gekommen war, und eine kurze Antwort erhalten, aber das war alles.

Er fuhr fast aus der Haut und fragte sich, wie es ihr ging. Er wollte wissen, wie das Wiedersehen mit ihren Eltern verlaufen war. Ob sie hatte schlafen können. Ob die Presse sie verfolgte. Ob sie einen Termin für ein Gespräch mit einem Therapeuten ausgemacht hatte. Ob sie gut gegessen hatte.

Es gab so viel, was er wissen wollte, aber er wollte sie auch nicht belästigen. Er wollte nicht riskieren, schlechte

Erinnerungen zu wecken, indem er versuchte, mit ihr in Kontakt zu treten, wenn es nicht das war, was sie wollte.

»Verdammt!«, fluchte Grover und fuhr sich aufgeregt mit der Hand durch die Haare.

Er und der Rest seines Teams waren wieder in Texas angekommen und hatten eine Nachbesprechung abgehalten. Kommandant Robinson hatte ihm die Leviten gelesen, und obwohl Grover alles Richtige gesagt, sich entschuldigt und geschworen hatte, dass er seine Taten bedauerte ... tat er es nicht. Ganz und gar nicht.

Er hatte genau das getan, was er sich vorgenommen hatte. Er hatte Sierra gefunden. Er war auch froh, dass sie Shahzadas Betrug aufgedeckt und den Mann getötet hatten, bevor er anderen Schaden zufügen konnte, aber das war für ihn nur das Sahnehäubchen auf dem Kuchen.

Sierra war sein Ziel gewesen. Es juckte ihn in den Fingern, sie anzurufen, aber er wusste auch, dass er sie an die schlimmste Zeit ihres Lebens erinnerte. Wer würde das nicht alles hinter sich lassen und weitermachen wollen? Auch wenn er aus Erfahrung wusste, dass das nicht so einfach war.

Seine Rippen schmerzten, als er auf und ab ging, aber Grover ignorierte den Schmerz. Er war schon einmal viel schlimmer verwundet worden. Gerade als er beschloss, spät abends noch joggen zu gehen – der Arzt hatte ihm zwar noch nicht erlaubt zu trainieren, aber er verlor fast den Verstand und musste etwas tun –, klingelte sein Telefon.

Verärgert darüber, dass einer aus seinem Team ihn wieder einmal kontrollierte, antwortete Grover etwas schroffer, als er es sonst vielleicht getan hätte, ohne auf den Bildschirm zu schauen. »Was?«

»Ähm ... ist Grover da?«

»Sierra?« Grovers Herz hörte fast auf, in seiner Brust zu schlagen. Er blieb in der Mitte des Raumes stehen und hielt den Atem an, während er auf ihre Antwort wartete.

»Ja, ich bin's. Störe ich bei etwas?«

»Nein! Ganz und gar nicht. Ich gehe gerade buchstäblich in meinem Wohnzimmer auf und ab und versuche, meine Langeweile zu vertreiben.«

Sie kicherte, und bei diesem Geräusch schloss Grover die Augen, denn die Gefühle drohten ihn zu überwältigen. Es war so schön, von ihr zu hören. Und sie lachen zu hören? Das war einfach nur himmlisch.

»Ich nehme an, dein Termin beim Arzt ist nicht so verlaufen, wie du es dir erhofft hast.« Sie wurde nüchtern. »Geht es dir gut?«

»Mir geht es gut, Bean. Es ist nur eine Vorsichtsmaßnahme. Der Arzt will nicht, dass ich mit meinen gebrochenen Rippen jogge.«

»Tun sie sehr weh?«

»Nein. Wie geht es dir?«

»Gut.«

Sie hörte sich nicht gut an. »Verarsch mich nicht, Sierra. Ich bin der Typ, der stundenlang im Dunkeln deine Hand gehalten hat, erinnerst du dich?«

Sie seufzte. »Ich bin sehr froh, zu Hause zu sein, versteh mich nicht falsch.«

»Aber?«, hakte Grover nach.

»Ich bin ... in der einen Sekunde glücklich, in der nächsten wütend und in der nächsten so deprimiert, dass ich mich frage, warum zum Teufel ich überhaupt überlebt habe.«

Ihre Worte überraschten Grover nicht im Geringsten. »Das ist normal«, sagte er zu ihr.

Sie schnaubte. »Tja, normal ist scheiße.«

»Das ist wahr. Wie geht es deinen Eltern?«

»Sie sind großartig. Erstaunlich. Es war so schön, sie auf dem Flughafen in Denver zu sehen. Sie haben beide geweint, und ich habe meinen Vater noch nie weinen sehen

... niemals. In der ersten Nacht sind wir die ganze Nacht aufgeblieben und haben geredet. Ich habe ihnen ein bisschen von dem erzählt, was ich durchgemacht habe – nicht alles, nur das Wesentliche –, und sie haben mir erzählt, was ich im letzten Jahr alles verpasst habe.«

»Alles?«, scherzte Grover.

»Ja, nun, zumindest alle großen Dinge, die hier in Leadville passiert sind. Die größte Neuigkeit in unserer kleinen Stadt ist diese alte Jungfer – ich weiß, das ist nicht die netteste Bezeichnung für sie, aber es ist wahr. Sie ist zweiundsiebzig und war noch nie verheiratet. Wie auch immer ... Betty hat geheiratet! Ich glaube, sie hat einen Mann getroffen, der mit seinen erwachsenen Kindern und deren Familien in den Ferien nach Leadville kam. Sie lernten sich in einem Restaurant in der Innenstadt kennen, in der Nähe seiner Unterkunft. Seine Frau ist vor zehn Jahren gestorben, und er und Betty haben sich gut verstanden. Er ist erst neunundfünfzig, aber er verlängerte seinen Urlaub und kam zwei Wochen später zurück. Drei Monate später machte er ihr einen Heiratsantrag, und jetzt lebt er mit Betty in der Stadt.«

Grover lächelte. Er liebte es, die Freude in Sierras Tonfall zu hören. »Das ist großartig.«

»Das ist es wirklich.« Ein kurzes Schweigen entstand zwischen ihnen, bevor Sierra sagte: »Grover?«

»Ja, Bean?«

»Ich vermisse dich.«

Sein Herz setzte einen Schlag aus. »Gott, ich vermisse dich auch«, hauchte er.

»Ich fühle mich so unausgeglichen. In der einen Sekunde bin ich glücklich, hier bei meinen Eltern zu sein, und in der nächsten möchte ich einfach nur allein sein. Aber sobald ich allein bin, flippe ich aus. Was bescheuert ist, weil ich in der Höhle die meiste Zeit allein war.«

»Das ist überhaupt nicht bescheuert«, entgegnete Grover. »Ich bin kein Therapeut, und ich weiß nicht, ob ich die richtigen Worte finde, um dir zu helfen, aber wie ich schon sagte, das ist ganz normal. Einerseits weiß dein Gehirn, dass du in Sicherheit bist und nicht mehr in Gefangenschaft lebst, aber du hast dich an die Umstände dort gewöhnt. Du musstest kompensieren, was mit dir geschah, und hast das Alleinsein zu deiner neuen Normalität gemacht. Es wird Zeit brauchen, dich daran zu gewöhnen, Sierra. Sei nicht zu hart zu dir selbst.«

»Ich versuche es. Ich hätte wirklich nicht erwartet, dass ich in diese *Zuflucht* gehen müsste. Ich dachte, alle wollten mich nur verhätscheln. Jetzt bin ich mir da nicht mehr so sicher.«

»Ich denke, es wäre eine gute Idee, den Zeitrahmen vorzuverlegen und etwas früher dorthin zu reisen«, sagte Grover zu ihr.

»Oh, aber ... das wollte ich damit nicht andeuten«, protestierte Sierra. »Ehrlich. Ich bin sicher, ich empfinde nur so, weil es erst ein paar Tage her ist. Ich komme schon klar.«

»Ich hatte Albträume«, gab Grover zu. Er hatte niemandem sonst von seinen schrecklichen Träumen erzählt. Nicht einmal seinen Teamkameraden, mit denen er so gut wie alles teilte.

»Wirklich?«, fragte sie leise.

»Ja.«

»Kannst du ... kannst du darüber sprechen?«

»Es geht um dich«, erklärte Grover.

»Um mich?«

»Ja. Wir sind wieder in dieser Höhle und Shahzada zerrt mich aus meiner Zelle, um mich zu foltern, und nachdem er mich gefesselt hat, holt er dich heraus. Dann fängt er an, dich zu schlagen, und ich kann nichts dagegen tun. Er hört nicht auf. Du blutest und flehst ihn um Gnade an, aber er lässt nicht von dir ab. Ich kann mich nicht losreißen, um dir zu helfen, ich kann nichts tun, außer zuzusehen.«

»Scheiße, Grover. Mir geht's gut. Mit mir ist alles in Ordnung.«

Er fuhr fort: »Und gerade als ich mich von den Fesseln befreien will, die er mir angelegt hat, schaust du auf und fragst mich, warum ich so lange gebraucht habe, um dich zu finden. Dann wache ich auf.«

»Oh, Grover ...« Sie klang so traurig.

Er bereute es, ihr das gesagt zu haben. Er hätte sich etwas anderes einfallen lassen sollen, aber er hatte nicht klar denken können. »Ich ... ich hätte nur nichts dagegen, mit dir ein bisschen Zeit in der *Zuflucht* zu verbringen, ohne mir Sorgen machen zu müssen, dass die Taliban oder irgendjemand anderes mitten in der Nacht kommt und uns verprügelt.«

»Ich glaube nicht, dass meine Mutter es verstehen würde, wenn ich zu früh wieder gehen würde«, gab sie zu.

»Zwei Wochen?«, fragte Grover. Er würde mit Brick sprechen müssen, um herauszufinden, ob er überhaupt früher als geplant Platz für sie hatte, aber irgendwie würde er es schon hinkriegen.

»Nun ... ähm, ich denke, das würde funktionieren«, sagte Sierra leise. »Ich verstehe nicht, wie ich so launisch sein kann. Ich bin in Sicherheit. Ich bin zu Hause bei meinen Eltern, die mich lieben. Und trotzdem bin ich ... unruhig.«

»Das ist ganz normal«, betonte er erneut.

»Ist es das?«

»Ja.«

»Ich habe so ein furchtbar schlechtes Gewissen«, flüsterte sie, »weil ich mir hin und wieder kurz wünsche, ich wäre noch dort. Das ist verrückt. Ich meine, warum sollte ich das überhaupt denken?«

Grover hatte sich noch nie so sehr gewünscht, jemanden zu umarmen, wie er es in diesem Moment bei Sierra tat. »Weil es das war, was du schon so lange kanntest. Du wusstest, was dich erwartet, als du dort warst. Es gab nicht allzu viele Überraschungen. Jetzt ist wahrscheinlich jeder Tag etwas Neues, trotz der vertrauten Umgebung. Du sprichst mit Leuten, die du seit Jahren nicht mehr gesehen hast, die dir wahrscheinlich unangenehme Fragen stellen, und du versuchst, so zu tun, als ginge es dir gut, obwohl du dir innerlich nicht sicher bist, ob das tatsächlich der Fall ist.«

»Meine Mutter hat gestern ihre Friseurin zu uns nach Hause kommen lassen«, sagte Sierra. »Ich wollte eigentlich nur, dass mein Vater mir wieder den Kopf rasiert, und zwar gleichmäßig, damit meine Haare gleichmäßig nachwachsen und ich später entscheiden kann, was ich damit machen will. Aber Mom bestand darauf, dass ihre Friseurin mich ›in Ordnung bringen‹ könne. Es tat weh, sie das sagen zu hören. Ich weiß, dass sie es nicht so gemeint hat, wie es sich anhörte, aber es tat trotzdem weh. Dann konnte ich das Entsetzen und das Mitleid in den Augen der Frau sehen. Es war furchtbar. Du hast mich nie so angeschaut. Ich dachte, du würdest es tun, aber du – und alle deine Freunde –, ihr habt einfach ignoriert, dass mein Haar aussah, als hätte ein Dreijähriger eine Schere in die Hand genommen.«

»Du. Bist. Erstaunlich«, sagte Grover langsam und betonte jedes Wort. »Du warst mit Dreck bedeckt und warst ein ganzes verdammtes Jahr in Gefangenschaft, aber du hast mich trotzdem getröstet, obwohl du wusstest, dass du gelitten hättest, wenn Shahzada davon Wind bekommen hätte. Wenn du die Wahrheit wissen willst, ich fand, dass du viel besser aussahst, als ich es erwartet hatte. Ich hatte erwartet, dass du dich in eine Ecke verkriechen würdest.«

»Das hätte sie verdammt glücklich gemacht«, murmelte Sierra.

»Ganz genau. Ich wünschte, ich könnte dir sagen, dass

die mitleidigen Blicke aufhören werden, aber das werden sie wahrscheinlich nicht. Die Leute wissen nie, was sie sagen oder wie sie jemanden wie uns behandeln sollen. Jemanden, der durch die Hölle gegangen ist und es überlebt hat. Mit der Zeit werden die Blicke aufhören, dich zu stören, aber im Moment kannst du sie nur ignorieren. *Du* weißt, wie stark du bist. *Du* weißt, dass du diese Arschlöcher dazu gebracht hast, dir den Kopf zu rasieren. Es war das Beste, und wir beide wissen das. Ein Tag nach dem anderen, Bean. Es wird schlechte Tage geben und es wird gute Tage geben. Du musst einfach einen Fuß vor den anderen setzen und die Dinge Tag für Tag angehen, okay?«

»Leichter gesagt als getan«, murmelte sie. Dann holte sie tief Luft. »Wie geht es den anderen? Was macht Ember? Ich weiß, Doc war nicht begeistert, dass er sie so schnell verlassen musste, nachdem sie angeschossen worden war.«

»Es geht ihr gut. Die anderen Frauen haben sie buchstäblich ans Bett gefesselt, damit sie sich benimmt und die Anweisung des Arztes befolgt, sich zu schonen.«

Sierra lachte und Grovers Muskeln entspannten sich langsam. Es gefiel ihm nicht, dass es ihr schwerfiel, in ihr Leben zurückzukehren, aber es überraschte ihn nicht.

»Ich habe mir ihr Instagram-Profil angesehen. Sie hat wirklich mein Bild gepostet«, sagte Sierra, wobei die Überraschung in ihrem Tonfall deutlich zu hören war.

»Ja, das hat sie.«

»Es ist ziemlich erstaunlich, dass einige Leute behaupteten, sie würden sich tatsächlich an mich erinnern. Die Soldaten, die auf dem Stützpunkt stationiert waren, meine ich. Ich war noch gar nicht so lange dort, bevor ich entführt wurde.«

»Du bist nun mal unvergesslich, Bean.«

»Ich weiß, du machst dich nicht über meine Größe lustig, oder?«, entgegnete sie in einem drohenden Tonfall.

»Ich? Würde ich das tun?«

»Nun, da du ein Riese bist, wäre das möglich.«

Er liebte das. Dieses Necken. »Na, na, na ...«, scherzte er.

Sie kicherte. »Aber im Ernst, ihr Fitnessstudio klingt fantastisch. Ich finde es toll, dass sie den Kindern in der Gegend etwas zurückgeben will. Deshalb habe ich den Job in Afghanistan überhaupt erst angenommen. Weil ich meinem Land etwas zurückgeben wollte.«

In Grovers Kopf formte sich eine Idee. Wahrscheinlich sollte er zuerst mit Ember sprechen, aber er war sich ziemlich sicher, dass sie mit seinem Vorschlag kein Problem haben würde. »Weißt du, Ember könnte etwas Hilfe gebrauchen.«

»Hilfe? Wobei?«, fragte Sierra.

»Mit dem Fitnessstudio. Den Kindern.«

Sierra lachte. »Ja, klar. Ich bin keine Olympionikin. Nicht mal annähernd.«

»Das musst du nicht sein. Die Kinder sind es auch nicht. Sie braucht wirklich Hilfe. Natürlich musst du nicht sofort eine Entscheidung treffen, aber ... es wäre ein weiterer Grund für dich, nach Texas zu kommen.«

»Ich dachte, du würdest es vielleicht schon bereuen, mich eingeladen zu haben.«

Diesmal hörte Grover kein Scherzen in ihrer Stimme. »Auf keinen Fall. Wenn ich dann nicht wie ein Idiot dagestanden hätte, hätte ich darauf bestanden, dass du mit uns nach Killeen kommst, statt zurück nach Colorado zu gehen.«

»Ich musste meine Eltern sehen.«

»Ich weiß.« Und das tat er tatsächlich.

»Aber ich habe das Gefühl, dass zwei Wochen mehr als genügend Zeit für mich sind, um sie hier zu verbringen. Wenn du es schaffst, würde ich mich gern in New Mexico mit dir treffen.«

»Schon erledigt«, sagte Grover und es wurde ihm leichter ums Herz.

»Aber du wirst mich wahrscheinlich nicht erkennen«, sagte Sierra mit einem kleinen Lachen. »Ich glaube, mein Vater hat es auf sich genommen, persönlich dafür zu sorgen, dass ich wieder zunehme, was ich an Gewicht verloren habe. Ich schwöre, in diesem Haus gibt es mehr Donuts und Kekse, als ich je zuvor gesehen habe. Und meine Mutter würde mir am liebsten einen ganzen Schrank voll neuer Kleider kaufen. Aber natürlich will ich im Moment nichts kaufen, weil ich aus ihnen herauswachsen werde, wenn ich so viel zunehme, wie mein Vater es für mich geplant hat.«

»Ich werde dich erkennen«, sagte Grover ohne eine Spur von Zweifel in seinem Ton. »Achte nur darauf, dass du auf die richtige Weise zunimmst. Fettes Essen ist nicht der richtige Weg, falls du dich gewundert hast.«

»Ich weiß. Nach meinem Arztbesuch war ich bei einer Ernährungsberaterin. Sie hat mir ziemlich genau dasselbe gesagt wie du. ›Essen Sie viele kleine Mahlzeiten. Viel Eiweiß, nicht so viel Fett, und Kohlenhydrate sind in Ordnung.‹«

»Was hat der Arzt gesagt?«

»Alles in allem geht es mir gar nicht so schlecht. Er sagt, wenn ich zunehme, sollte auch meine Periode wieder einsetzen. Mein Blutdruck ist ein bisschen niedrig, aber das hat ihn nicht überrascht. Ich bin ein wenig blutarm, und ich habe jetzt Asthma, weil ich ständig den ganzen Schmutz und Staub eingeatmet habe. Ich habe ein paar seltsame Hautläsionen, die mit Antibiotika abklingen sollten, und er empfiehlt mir, mich von großen Menschenansammlungen fernzuhalten, bis mein Immunsystem wieder aufgebaut ist. Aber ansonsten geht es mir gut.«

Grover seufzte. Das meiste von dem, was sie gesagt hatte, gefiel ihm nicht, aber er war nicht sonderlich überrascht. »Das ist gut, Bean.«

»Abgesehen von deinen Rippen, geht es dir gut? Was ist mit der Wunde an deinem Kopf?«, fragte sie.

»Mir geht's gut, ehrlich.«

»Habe ich dir schon dafür gedankt, dass du nach mir gesucht hast?«, fragte Sierra leise.

»Ja.«

Sie knurrte missbilligend. »Ich glaube nicht, dass ich das habe. Noch nie hat jemand so viel für mich geopfert.«

»Ich habe nichts geopfert«, protestierte Grover.

»Doch, das hast du«, beharrte sie. »Du hättest sterben können.«

»Aber das bin ich nicht. Die Sache ist die, Sierra. Ich mag dich. Und zwar sehr. Und ich möchte auf keinen Fall, dass du Dankbarkeit für mich empfindest. Du brauchtest Hilfe, und ich war in der Lage, dir Hilfe zu geben. Damit ist das Thema erledigt und wir machen mit unserem Leben weiter.«

Grover war besorgt, als sie sich nicht sofort dazu äußerte, weil er dachte, er sei zu weit gegangen. Dass er sie zu sehr unter Druck gesetzt hatte.

»Ich mag dich auch«, sagte sie zu ihm. »Aber ich kann nicht einfach vergessen, was du getan hast. Es ist ja nicht so, dass du mir einfach nur die Tür aufgehalten oder mir einen Strauß Blumen gekauft hättest. Du hast dich verdammt noch mal entführen lassen, ohne zu wissen, ob du mich finden würdest. Ich hätte im Irak oder im Iran sein können oder drei Meter unter dem Wüstenboden begraben. Du konntest nicht wissen, ob ich überhaupt noch am Leben war, und trotzdem hast du etwas Unglaubliches getan, um mich zu finden.«

»Ich wusste, dass du lebst«, sagte Grover. »Frag mich nicht woher, aber ich wusste es. Es war ein Gefühl tief im Inneren. Die meisten Leute würden sagen, dass ich es nicht wissen konnte, aber ich hatte genügend Vertrauen in meine Gefühle, um zu tun, was ich getan habe. Du und ich werden immer ein besonderes Band haben, Sierra. Eines, das in dunklen Nächten in dieser Höhle geschmiedet wurde,

Händchen haltend und bei einer Unterhaltung. Ich werde nicht leugnen, dass es mir gefallen würde, wenn sich zwischen uns mehr entwickeln würde ... aber wenn Freundschaft alles ist, was zwischen uns wächst, dann gebe ich mich damit zufrieden.«

Sierra antwortete wieder einmal nicht sofort. Er hatte sich an ihre Art gewöhnt, erst über Dinge nachzudenken, bevor sie sprach. Er mochte das, auch wenn es ihn nervte.

»Ich ... ich würde gern mit Freundschaft anfangen«, sagte sie. »Ich fühle mich einfach so daneben, dass ich mir im Moment nicht vorstellen kann, etwas anderes zu versuchen.«

»Und das würde ich auch nicht von dir verlangen«, beruhigte Grover sie. »Nimm dir so viel Zeit, wie du brauchst, Bean. Ich werde für dich da sein.«

»Ich sage nicht nie, nur ... nicht in dieser Sekunde. Außerdem bin ich hier und du bist dort.«

»Ja, aber du bist eingeladen, nach Texas zu kommen, schon vergessen? Du kannst mit Ember arbeiten, leben, wo du willst, und ich will dich immer noch zu der versprochenen Verabredung mitnehmen.«

»Auf den Dachboden deiner Scheune, oder?«, fragte sie lachend.

»Allerdings.«

»Oh, du Charmeur, du.«

Grover lachte leise. »Warte, bis du die Aussicht siehst. Ich verspreche dir, du wirst beeindruckt sein.«

»Daran habe ich keinen Zweifel. Aber ich habe eine Frage an dich.«

»Schieß los.«

»Dieser Tex ... ist er wirklich so gut, wie behauptet wird?«

»Auf jeden Fall. Er ist ein Navy SEAL im medizinischen Ruhestand, der mehr Menschen aus schwierigen Situationen geholfen hat, als ich zählen kann.«

»Und mein Handy hat wirklich einen Peilsender eingebaut?«

»Ich bin sicher, dass es so ist, ja. Es gibt ein Team von SEALs in Kalifornien, Freunde von ihm, die immer wieder Probleme mit dem Verschwinden ihrer Frauen hatten. Also übertreibt er es jetzt irgendwie mit diesen GPS-Trackern. Ich habe das Gefühl, dass sein Computerbildschirm in seinem Büro wahrscheinlich wie ein Flugzeugradar aussieht. Mit allen möglichen blinkenden Lichtern, die anzeigen, wo alle seine Leute sind.« Dann fiel Grover etwas ein. »Warum? Stimmt etwas nicht? Fühlst du dich nicht sicher?«

»Das ist es nicht«, antwortete sie schnell. »Aber als ich mir endlich die Kontaktliste angesehen habe, waren da viel mehr Leute eingespeichert als nur dein Team und ihre Frauen.«

»Wer denn sonst noch?«, fragte Grover.

»Ghost, Fletch, Truck, Wolf, Abe, Cookie, Rocco, Phantom, Logan, Rex, Bull ... um nur ein paar zu nennen. Oh, und erst gestern hat er mir eine E-Mail geschickt, in der er mich daran erinnert, dass er Brick, Tonka, Spike, Pipe, Owl, Stone und Tiny hinzugefügt hat ... die Jungs, die *Die Zuflucht* leiten, für den Fall, dass ich noch Fragen an sie habe, bevor ich nach New Mexico fahre.«

Grover konnte sich ein Lachen nicht verkneifen. »Sieht so aus, als hätte er alles abgedeckt«, sagte er zu ihr.

»Aber ich kenne diese Leute nicht. Warum sollte ich mit ihnen in Kontakt treten?«

»Die Sache mit Tex ist die, wenn ich sage, er kennt Leute, dann *kennt* er Leute. Und kein Einziger von ihnen würde zögern, alles stehen und liegen zu lassen, um dir zu helfen, wenn du sie wissen lässt, dass du Hilfe brauchst.«

»Kennst du sie alle?«

»Nein. Einige ja, aber nicht alle. Aber wenn Tex genug von ihnen hält, um ihre Nummern in deinem Telefon zu speichern, würde ich nicht zögern, mich an jeden von ihnen zu wenden, wenn ich Hilfe bräuchte. Und was noch wichtiger ist, wenn *du* Hilfe brauchst.«

»Ich bin ein bisschen überwältigt.«

»Nimm es einfach so hin«, schlug Grover vor.

»Ihr seid alle ziemlich beschützerisch, nicht wahr?«

»Ja«, sagte Grover, ohne auch nur einen Hauch von Bedauern zu empfinden. »Wir verbringen unser Leben damit, anderen zu helfen, wo wir können. Sei es eine Person, die gegen ihren Willen entführt wurde, oder auf eine abstraktere Art und Weise, indem wir Terroristen aufspüren, die wahrscheinlich eines Tages einen Anschlag planen werden, der Hunderte oder Tausende töten könnte.«

»Nun, ich muss sagen, ich bin froh, zu denen zu gehören, denen ihr geholfen habt.«

»Ich auch«, sagte Grover zu ihr. »Was hast du für morgen geplant?«

Sie sprachen noch anderthalb Stunden lang. Und für einen Mann, der nicht besonders gern telefonierte, merkte Grover gar nicht, wie viel Zeit vergangen war. Als er Sierra gähnen hörte und auf die Uhr schaute, sah er, dass es in Killeen schon nach Mitternacht war. Sie war eine Stunde hinter ihm, aber sie brauchte trotzdem ihren Schlaf.

»Ich werde jetzt Schluss machen, Bean.«

Sie seufzte. »Okay. Wirst du schlafen können?«

»Natürlich.« Es war eine kleine Lüge. Er hatte keine Ahnung, ob er mitten in der Nacht schweißgebadet aufwachen und Sierras Namen rufen würde, aber das wollte er ihr nicht sagen. Sie hatte genug um die Ohren, um das sie sich kümmern musste. »Ich werde morgen mit Brick sprechen, um unseren Besuch vorzuverlegen«, versprach er ihr.

»Bist du sicher, dass es in Ordnung ist?«

»Ja.«

»Okay. Ich werde dann mit meinen Eltern darüber sprechen. Grover?«

»Ja?«

»Es war gut, heute Abend mit dir zu reden. Ich habe das Gefühl, dass ich dir alles sagen kann. Mit dir zu telefonieren, während ich in meinem dunklen Zimmer sitze ... das ist ein bisschen wie damals in der Höhle.«

»Aber damals konnte ich dich anfassen«, sagte Grover.

»Das hat mir gefallen.«

»Mir auch. Und du kannst anrufen, wann immer du willst.«

»Okay.«

»Lass mich wissen, wie das morgige Gespräch mit dem Reporter der *Denver Post* verläuft.«

»Das werde ich. Ich wollte eigentlich keine Interviews geben, aber ich dachte mir, wenn ich es hinter mich bringe, lassen mich danach vielleicht alle in Ruhe.«

»Möglicherweise«, stimmte Grover zu. »Außerdem wird am nächsten Tag bestimmt jemand Berühmtes eine Dummheit begehen, und du bist ein alter Hut.«

»Dein Wort in Gottes Ohr«, witzelte Sierra.

»Schlaf gut, Bean. Danke für deinen Anruf. Ich musste von dir hören, um zu wissen, dass es dir gut geht.«

»Das ging mir genauso. Wir sprechen uns bald wieder.«

»Bis dann.«

»Tschüss.«

Grover legte auf und starrte hinaus in die dunkle Nacht. Er konnte die Grillen sogar durch die Schiebefenster hören. Sie waren laut mitten im Nirgendwo, so wie er selbst. Er hatte lange Zeit hart gearbeitet und gespart, um sich dieses Haus leisten zu können. Es war zu groß für ihn, aber Grover mochte den Platz. Die offene Küche war vom Feinsten, es gab fünf Schlafzimmer, ein Arbeitszimmer und einen riesigen Medienraum. Die Scheune diente hauptsächlich als Ausstellungsstück, er hatte nicht vor, sich Pferde oder Vieh anzuschaffen. Aber er liebte ihr Aussehen, und die Erinnerungen an seine Freunde, die ihm beim Aufbau geholfen hatten, würden ein Leben lang halten.

Wenn er sich jetzt in seinem Haus umsah, merkte Grover, dass er einsam war. Er war dreiunddreißig. Nicht gerade alt, aber wenn man bedachte, wie zufrieden und glücklich seine Freunde waren, fiel ihm umso deutlicher auf, wie einsam er wirklich war. Wenn er sich an Sierras Geschichte über Betty erinnerte, wie sie mit zweiundsiebzig Jahren die Liebe gefunden hatte, musste er lächeln, aber es machte ihm auch klar, dass er nicht so sein wollte wie sie. Er wollte eine Frau finden, die er liebte und schätzte. Wollte mit ihr lachen und das Leben leben.

War Sierra diese Frau? Grover war sich ziemlich sicher, dass sie es war. Wenn sie ihm nur eine kleine Chance gäbe, würde er sein Bestes tun, um ihr zu zeigen, dass er sie glücklich machen konnte. Dass sie gut zusammen passen würden. Er respektierte und bewunderte die Tatsache, dass sie sich nicht gleich in eine Beziehung stürzen wollte. Sie hatte etwas Traumatisches durchgemacht und musste sich auf ihre eigene geistige Gesundheit konzentrieren. Aber das bedeutete nicht, dass er nicht ihr Freund sein konnte. Dass er ihr nicht zeigen konnte, was für ein Leben sie an seiner Seite haben konnte.

Vielleicht war die Verbindung, die sie hatten, nur den Umständen geschuldet. Vielleicht würden sie, wenn sie mehr Zeit miteinander verbrächten, wo sie nicht die Gerettete und er der Retter war, merken, dass sie nicht so gut zusammenpassten wie damals in Afghanistan.

Vielleicht würden sie aber auch feststellen, dass sie eine noch engere Bindung hatten als die, die er bereits spürte.

Die Zeit würde es zeigen, und Grover musste geduldig sein. Darin war er allerdings nicht sehr gut. Seufzend richtete er sich auf und machte sich auf den Weg zur Treppe. Er durfte zwar nicht am Training teilnehmen, aber er wollte sich trotzdem mit dem Team treffen, während die anderen trainierten. Vier Uhr dreißig würde noch früh genug kommen, aber Grover hoffte, dass er schnell einschlafen und keine Albträume haben würde, da es schon so spät war. Jetzt, da er mit Sierra gesprochen und aus erster Hand erfahren hatte, wie es ihr ging, sollte es ihm gut gehen.

Und in zwei Wochen würde er sie wiedersehen können. Kommandant Robinson hatte seinen Urlaub bereits genehmigt, er musste ihn nur noch etwas vorverlegen lassen. Grover glaubte nicht, dass das ein Problem sein würde. Ihr Kommandant war ein guter Mann, dem die geistige Gesundheit seiner Soldaten ebenso am Herzen lag wie die körperliche.

Grover würde auch mit Doc und Ember über die Möglichkeit sprechen, dass Sierra in *The Modern Kid*, ihrem Fitnessstudio, arbeiten könnte. Sierra hatte insofern recht, als dass sie keine Ahnung vom modernen Fünfkampf hatte, aber er war zuversichtlich, dass Ember die Hilfe mit den Kindern trotzdem gebrauchen konnte. Einstellung und Enthusiasmus waren zu diesem Zeitpunkt wichtiger als fachliches Wissen.

Er lächelte, als er daran dachte, dass Sierra mit Ember, Kinley, Aspen und den anderen Frauen zusammen war. Er hatte keinen Zweifel, dass sie sich gut verstehen würden. Sie hatten alle ihre eigene Hölle durchgemacht und würden Sierra mit offenen Armen empfangen.

Er hatte keine Ahnung, was nach ihrer Reise nach New Mexico passieren würde, aber im Moment konnte Grover nur daran denken, Sierra wiederzusehen. Mit ihr am Telefon zu sprechen war großartig. Erstaunlich. Aber sie persönlich zu sehen wäre noch besser. Er würde sein Bestes geben, um ihr der Freund zu sein, den sie brauchte, denn er war sich sicher, dass diese Verbindung, die sie empfanden, nicht schwinden würde. Er hatte sogar das Gefühl, dass sie nur noch stärker werden würde, wenn sie sich weiter kennenlernten.

Zwei Wochen.

Es kam ihm wie eine Ewigkeit vor, aber was lange währt, wird endlich gut, und Grover war bereit, so lange zu warten, bis Sierra ihn als jemanden sah, mit dem sie den Rest ihres Lebens verbringen wollte.

KAPITEL NEUN

Grover stand auf der Veranda des großen Empfangsgebäudes der *Zuflucht*. Er war zwei Stunden zuvor eingetroffen und hatte sich ausführlich mit Brick und Tonka unterhalten, zwei der sieben Männer, die diese Einrichtung besaßen und betrieben. Es war ein Ort, an den buchstäblich jeder gehen konnte, der eine Pause vom Leben brauchte, an dem er akzeptiert wurde und sich hoffentlich entspannen konnte. Männer und Frauen, die in der Armee dienten oder gedient hatten, kamen am häufigsten hierher. Aber auch Polizisten, Feuerwehrleute, Krankenschwestern, Ärzte, Lehrer und andere Menschen mit stressigen Berufen suchten in der *Zuflucht* Trost.

Sierra sollte jeden Moment mit ihren Eltern eintreffen. Mr. und Mrs. Clarkson hatten sich bereit erklärt, ihre Tochter von Colorado hierherzufahren. Grover freute sich darauf, sie zu treffen, aber noch mehr freute er sich auf Sierra.

Während der letzten zwei Wochen hatten sie jeden Abend miteinander telefoniert. Lange Gespräche über alles Mögliche, angefangen bei Politik bis hin zu den Vor- und Nachteilen des Tragens von Socken im Bett.

Manchmal waren sie ernsthaft und diskutierten über Terrorismus und Hassgruppen, und ein anderes Mal verbrachten sie das gesamte Telefonat damit, sich gegenseitig zu necken.

Grover hatte erfahren, dass Sierra in ihrer Heimatstadt so etwas wie eine Berühmtheit geworden war und dass sie das hasste. Sie wollte sich eigentlich nur anpassen und wieder zu einem normalen Leben zurückkehren. Er hätte ihr am liebsten gesagt, dass die Wahrscheinlichkeit, dass dies geschah, gering war, vor allem in einer Stadt mit weniger als dreitausend Einwohnern, aber er wollte sie nicht noch mehr stressen, als sie es ohnehin schon war.

Ein Minivan tauchte auf der Anhöhe auf und Grover richtete sich auf. Es war fast unheimlich, wie sehr er sich freute, sie zu sehen. Er hörte, wie jemand aus dem Gebäude hinter ihm kam, drehte sich aber nicht um, um nachzusehen, wer es war.

Nachdem der Minivan geparkt hatte, genoss Grover den Anblick von Sierra, als sie ausstieg. Er konnte den Blick nicht von ihr abwenden. Er wusste, dass er zu ihr gehen sollte, um alle zu begrüßen, aber er war wie erstarrt.

Sie sah gut aus. *Wirklich* gut. Die zwei Wochen zu Hause hatten Wunder für ihr äußeres Erscheinungsbild gewirkt. Ihr Haar war kurz, fast gestutzt, aber jetzt gleichmäßig geschnitten, wofür sie, wie er bereits wusste, dankbar war. Sie trug Jeans und ein langärmeliges Hemd, aber obwohl sie vollständig bedeckt war, konnte Grover feststellen, dass sie ein wenig zugenommen hatte. Es war nicht gelogen, dass ihre Eltern versucht hatten, sie zu mästen. Ihre Wangen waren voller und sie sah nicht mehr so abgemagert aus wie in Afghanistan.

»Willkommen in der *Zuflucht*!«, sagte Tiny, als er die Stufen der Veranda hinunterging, um den neuen Gast zu begrüßen. Der Mann war nur einen Meter dreiundachtzig groß, aber er war enorm muskulös. Grover konnte nur vermuten, dass er deshalb seinen Spitznamen bekommen hatte.

Grover zwang sich, langsam die Treppe hinunterzusteigen. Plötzlich war er nervös. Obwohl er jeden Tag mit Sierra gesprochen hatte, war es etwas ganz anderes, sie persönlich zu sehen. Er folgte Tiny und ging auf das ältere Paar zu, das seine Tochter nach New Mexico gefahren hatte.

»Freut mich sehr, Sie kennenzulernen. Ich heiße Fred. Fred Groves. Aber alle nennen mich Grover.« Er streckte die Hand aus und Mr. Clarkson schüttelte sie enthusiastisch.

»Wir haben schon so viel von Ihnen gehört. Ich bin Ben. Und das ist Jody. Schön, Sie kennenzulernen!«

Grover schüttelte Sierras Mutter die Hand, hörte jedoch nicht weiter zu, als Tiny das Paar ebenfalls begrüßte.

Er drehte sich zu Sierra um. Sie stand ein wenig abseits und sah unsicher aus.

Und zum ersten Mal zweifelte Grover daran, ob es tatsächlich gut war, hier zu sein. Vielleicht brachte sein Anblick zu viele schlechte Erinnerungen an das, was sie durchgemacht hatte, zurück. Er überragte sie, und er hasste es, dass seine Größe ihr auch nur eine Sekunde Angst einjagen könnte.

Grover steckte die Hände in die Taschen seiner Jeans und sagte mit leiser, zögernder Stimme: »Hey.«

Sierra war sich nicht sicher, was sie Grover sagen sollte, was dumm war, denn sie hatten stundenlang am Telefon geredet. Sie hatte sich bei ihm überhaupt nicht sprachlos gefühlt. Aber plötzlich machte es sie sehr nervös, ihn persönlich zu sehen. Hatte er bemerkt, dass sie etwas zugenommen hatte? Hatte er innerlich darüber gelacht, dass sie Jeans und ein langärmeliges Hemd trug, obwohl es überhaupt nicht kalt war? Was hielt er von ihrem Haar? Es war immer noch schrecklich kurz, aber sie war so viel glücklicher damit, jetzt, da es nicht mehr aussah, als hätte ein Kleinkind es mit einer stumpfen Schere abgehackt.

Sie beobachtete, wie er ihre Eltern höflich begrüßte, und zog die Augenbrauen nach unten, als sie bemerkte, wie steif er wirkte. Das war nicht der Grover, den sie in Afghanistan kennengelernt hatte. Dort war er selbstbewusst gewesen, selbst nach jeder brutalen Tracht Prügel von Shahzada. Aber in diesem Moment waren seine Schultern leicht nach vorn gebeugt und seine Hände in den Taschen vergraben.

Als sein Blick den ihren traf, biss sie sich konsterniert auf die Lippe. In seinen Augen lag so viel Gefühl, aber sie konnte beim besten Willen nicht lesen, was er empfand. Bedauerte er, hierhergekommen zu sein?

»Hey«, sagte er in einem Ton, den sie noch nie von ihm gehört hatte.

Dann fiel es Sierra wie Schuppen von den Augen.

Er war auch nervös. Unsicher in Bezug auf sich selbst.

Es war ... liebenswert.

Ohne lange zu überlegen, tat sie, was sie schon tun wollte, seit sie ihn durch das Fenster des Minivans ihrer Eltern gesehen hatte. Sierra trat vor und schlang ihre Arme um ihn. Sie legte ihre Wange an seine Brust und presste ihn fest an sich.

Als er die Umarmung erwiderte, seine Arme um sie legte und sie fest an sich drückte, seufzte sie zufrieden und schloss die Augen. Das war es, was sie brauchte. Das Gefühl, sicher zu sein. Beschützt.

Es war dumm, es war ja nicht so, dass in den Vereinigten Staaten Banden von Taliban-Sympathisanten umherzogen, um sich an ihr zu rächen, aber sie konnte das Gefühl nicht ganz abschütteln, eine Gefangene zu sein. Es dauerte länger, als ihr lieb war, zu begreifen, dass sie nicht mehr tun musste, was andere ihr sagten. Dass sie tun und lassen konnte, was ihr gefiel. Essen, was sie wollte. Schlafen, wann sie wollte. Auf die Toilette gehen, wann immer sie wollte, ohne sich Gedanken darüber zu machen, wer sie dabei beobachten könnte.

»Hallo«, sagte sie leise, ohne den Kopf zu heben.

Seine Arme verkrampften sich für einen Moment, aber er sprach nicht.

Wie lange sie so dastanden, wusste Sierra nicht genau, aber als sie schließlich den Kopf hob, bemerkte sie, dass ihre Eltern und der Mann aus der *Zuflucht* nicht mehr in der Nähe standen. Sie hatte nicht einmal bemerkt, dass sie gegangen waren.

Grover hob eine Hand in Richtung ihres Kopfes, dann hielt er inne. »Darf ich?«, fragte er.

»Mich berühren? Ja.«

Ihr war nach Schnurren zumute, als er seine große Hand auf ihrem Kopf ruhen ließ. Sie zitterte, als er mit seiner Handfläche über den Flaum auf ihrer Kopfhaut strich.

»Es ist so weich«, sagte er und klang überrascht.

Sierra lächelte. »Ja. Ich überlege, es kurz zu lassen. Nicht so kurz wie jetzt, aber vielleicht lasse ich es zu einem süßen Pixie-Schnitt oder so stylen, wenn es lang genug ist. Ich bin mir nicht sicher, ob ich mich mit langen Haaren jemals wieder wohlfühlen werde. Wenn es schmutzig wird, habe ich Angst, dass es mich an ... na ja, du weißt schon.«

»Kurze Haare stehen dir«, sagte er und sah ihr endlich in die Augen. Er legte seine Hand in ihren Nacken und Sierra fühlte sich ganz von diesem Mann umgeben. Das gefiel ihr.

»Danke.«

»Wie geht es dir?«, fragte er.

»Mir geht es gut. Und dir? Hast du letzte Nacht geschlafen?« Sie wusste, dass er immer noch Probleme hatte, die Nacht durchzuschlafen. Er hatte ihr gegenüber zugegeben, dass er immer noch fast jedes Mal von Albträumen geweckt wurde.

Grover zuckte mit den Schultern. »Etwas. Wie lange bleiben deine Eltern noch?«

»Nicht lange. Sie werden auf dem Weg nach Norden einen Abstecher nach Pagosa Springs machen und dort die Nacht verbringen. Ich glaube, sie freuen sich genauso sehr wie ich auf eine kleine Auszeit. Ich weiß, dass meine Heimkehr ein Wunder für sie war, aber ich glaube auch, dass es stressig war.«

»Verständlich«, sagte Grover. »Sie machen sich Sorgen um dich, und das kann anstrengend sein.«

Sierra nickte. »Genau.« Sie mochte es, dass dieser Mann ihr gegenüber nicht zimperlich war. Er sprach die Dinge so aus, wie er sie dachte. Er hatte einmal behauptet, dass er bei anderen oft ins Fettnäpfchen trat, aber sie hatte erkannt, dass das daran lag, dass er niemanden verarschte. Er sagte stets die Wahrheit. Manche hätten sich vielleicht an seiner Bemerkung gestört, aber sie nicht. Sie war hundertprozentig wahr. Ihre Eltern machten sich so viele Sorgen um sie und wie sie sich wieder an das normale Leben gewöhnen würde, und sie wusste, dass sie müde sein mussten.

»Komm, lass uns reingehen, dann stelle ich dir alle Jungs vor. Ich bin sicher, deine Eltern wollen auch sehen, wo du wohnst, bevor sie abreisen.«

Und selbst das war rücksichtsvoll. Viele Leute würden nicht daran denken, sich zu vergewissern, dass ihre Eltern sich wohlfühlten und mit ihrer Unterbringung zufrieden waren, bevor sie abreisten. Grover kannte ihre Eltern nicht einmal, und doch wusste er, was sie brauchten.

»Grover?«

»Ja?«, fragte er, ohne sich von ihr zu lösen.

»Es ist so schön, dich zu sehen.«

Das Lächeln, das er ihr schenkte, veränderte sein Gesicht. Er wirkte nicht mehr unsicher und besorgt, sondern war erleichtert. »Das geht mir ebenso. Du hast ja keine Ahnung. Ich habe sehr gern am Telefon mit dir gesprochen, aber dein schönes Gesicht zu sehen, während wir reden, ist so viel besser.«

Schmetterlinge flatterten in ihrem Bauch, als Sierra den Mann ansah, an den sie immer wieder denken musste. Sie hatte ihm vor zwei Wochen gesagt, dass sie nicht bereit für eine Beziehung war, und sie glaubte immer noch nicht, dass sie es war. Trotzdem fühlte sie sich bei Grover völlig entspannt und sicher. Sie nahm an, es lag daran, dass er sie gerettet hatte. Aber sie wollte nicht *diese* Art von Frau sein. Die Art von Frau, die sich nur in einen Mann verliebt, weil sie eine Art Retterkomplex hat.

»Du denkst zu viel nach«, sagte Grover zu ihr.

»Woher weißt du das?«, fragte sie mit berechtigter Neugier.

Er hob einen Finger und strich damit über ihre Stirn. »Weil du genau hier eine Falte hast.«

»Ich sollte wohl besser nicht mit dir pokern, was?«, scherzte sie und versuchte, ihre seltsame Stimmung abzuschütteln.

»Wahrscheinlich nicht. Komm, lass uns nach deinen Eltern sehen.«

Sie gingen Hand in Hand auf das große Haus zu, das als Empfangsgebäude diente. Sierra überlegte nicht zweimal, als sie Grovers Hand hielt. Es fühlte sich so richtig an, so natürlich.

Als sie das Gebäude betraten, konnte Sierra nicht anders, als beeindruckt zu sein. Dies war nicht irgendeine heruntergekommene Ranch. Das Innere des Empfangsgebäudes war professionell dekoriert worden, und selbst für ihr ungeübtes Auge sah es so aus, als hätte es eine Stange Geld gekostet. Die Besitzer hatten keine Kosten gescheut, um alles einladend und gleichzeitig gemütlich zu gestalten. Es gab große Ledersofas und -sessel um einen riesigen Kamin herum. Helle Teppiche auf den Hartholzböden, und sie hatten die Dachsparren frei gelassen, was dem Raum einen offenen Charakter verlieh. Es roch sogar nach warmen, ofenfrischen Keksen. Sie hatte keine Ahnung, ob das an einer Art Lufterfrischer lag oder ob wirklich irgendwo in der Nähe Kekse gebacken wurden.

Sierra hatte einen kurzen Blick auf die Webseite der *Zuflucht* geworfen, bevor sie hierherkam, aber da Grover gesagt hatte, dass er sich auf den Besuch freue, und von den Männern, denen *Die Zuflucht* gehörte, beeindruckt schien, hatte sie nicht allzu viel darüber nachgedacht. Sie war zu aufgeregt gewesen, Grover zu sehen.

Er zog sie dorthin, wo ihre Eltern mit einer Gruppe von Männern sprachen. Sie waren alle groß und muskulös. Es war offensichtlich, dass sie ihre körperliche Fitness nicht vernachlässigt hatten, seit sie aus dem Militär ausgeschieden waren, egal in welcher Sparte sie gedient hatten.

Ohne ihre Hand loszulassen, nickte er den Männern vor ihm zu.

Einer von ihnen trat vor und reichte ihr die Hand. Sierra schüttelte sie, als er sich vorstellte.

»Ich bin Drake, auch bekannt als Brick. Das sind meine Komplizen ... Tonka, Spike, Pipe, Owl, Stone und Tiny. Ich würde euch ihre richtigen Namen verraten, aber ihr würdet sie schnell wieder vergessen und wir würden wahrscheinlich sowieso nicht auf sie reagieren«, scherzte er. »Willkommen in der *Zuflucht*. Wir haben diesen Ort gegründet, weil wir alle einen Platz brauchten, an den wir gehen konnten, als wir aus dem Militär ausschieden, aber nirgends einen Ort fanden, an dem wir uns wirklich wohlfühlten. Hier oben in den Bergen, weit weg von den Blicken anderer und den Zwängen der Zivilisation, konnten wir wieder zu uns selbst finden. Wir lernten uns über einen gemeinsamen Freund kennen und kamen ausgerechnet zum Zelten hierher. Aus zwei Nächten wurden drei. Dann eine Woche. Als Nächstes trafen wir uns mit einem Immobilienmakler, um ein Stück Land zu kaufen. Und hier sind wir nun.«

Sierra lächelte ihn an. »Lass mich raten, dieser Freund war Tex?«

»Du kennst Tex?«, fragte Pipe, wobei sein britischer Akzent kaum zu erkennen war.

Grover lachte leise. »Sie begegnete ihm auf dem Flughafen in D. C. Er tauchte aus dem Nichts auf, gab ihr ein Telefon, von dem er behauptete, er könne es orten, sagte ihr, er hätte Vorkehrungen für sie getroffen, hierherzukommen, und ging wieder.«

»Hört sich an wie Tex«, sagte Stone mit einem Lächeln.

»Jedenfalls stehst du hier im Hauptgebäude. Wir haben eine große Küche im hinteren Bereich, die dir jederzeit zur Verfügung steht. Wir servieren drei Mahlzeiten am Tag, aber wenn du zu einem anderen Zeitpunkt Hunger bekommst oder lieber allein essen möchtest, kannst du gern den Kühlschrank plündern. Wir geben dir den Code für den Hintereingang, damit du kommen und gehen kannst, wann immer du möchtest. Jeder Gast bekommt seinen eigenen Code, und sobald du auscheckst, wird der Code ungültig«, erklärte Tiny.

»Es gibt ein Dutzend Gästehäuser, die von Hütten mit nur einem Schlafzimmer bis zu Suiten mit drei Schlafzimmern reichen. Jedes hat ein Bad und eine Dusche sowie einen Kühlschrank und eine Mikrowelle. Wir bieten alle drei Tage einen Reinigungsdienst an, aber du kannst auch einfach Handtücher und andere Dinge anfordern, wenn du etwas brauchst, und wenn du überhaupt keinen Reinigungsdienst wünschst, ist das auch in Ordnung«, sagte Spike.

Sierras Gedanken drehten sich, während die Männer nacheinander sprachen. Es war offensichtlich, dass sie dieses Gespräch schon oft geführt hatten.

»Du kannst hier buchstäblich tun und lassen, was du willst. Auf dem Hügel hinter dem Gebäude ist eine Scheune, und wir haben Pferde, eine Kuh und zwei Ziegen.

Sie sind alle sehr freundlich und völlig zahm. Melba, unsere Kuh, folgt dir den ganzen Tag lang, wenn du sie streichelst und wenn du sie lässt. Es gibt auch mehrere Stallkatzen, und ich habe einen dreibeinigen Hund«, erzählte Brick ihr.

»Wir haben eine Therapeutin, die dreimal pro Woche aus Los Alamos zu uns kommt, und die Sitzungen mit ihr sind in deinem Aufenthalt enthalten. Sie macht sowohl Gruppensitzungen als auch Einzelsitzungen, wenn dir das lieber ist. Aber wenn du nichts anderes tun möchtest, als auf deiner Veranda zu sitzen und die Stille und die Schönheit der Natur zu genießen, kannst du auch das tun. Wir möchten, dass dies ein Ort ist, an dem sich jeder entspannen und versuchen kann, sich auf die für ihn beste Weise zu zentrieren. Wenn du etwas brauchst oder etwas unternehmen willst, sag einem von uns Bescheid, und wir werden uns darum kümmern, okay?«, erklärte Tonka.

Sierra nickte. Alles klang wunderbar. Sie wusste, dass sie es seit ihrer Rückkehr leicht gehabt hatte – ihre Eltern hatten für sie gekocht, ihre Wäsche gewaschen, sie zum Einkaufen mitgenommen. Sie liebte sie und war ihnen sehr dankbar ... aber sie fühlte sich trotzdem ein wenig erdrückt, was ihr ein schlechtes Gewissen bereitete.

Hier zu sein, die saubere, trockene Luft zu riechen – ähnlich und doch anders als die Luft auf der anderen Seite der Welt in der Wüste –, sorgte dafür, dass sie sich schon viel besser fühlte.

»Alles klingt wunderbar«, sagte Sierras Mutter.

»Wir geben unser Bestes, Ma'am«, sagte Spike.

»Ich kann deine Sachen holen, wenn du mit Tiny einen kurzen Rundgang über das Gelände machen willst, um zu sehen, wo du wohnen wirst«, sagte Brick.

Ihr Vater übergab ihm den Autoschlüssel, und schon bald folgten sie alle Tiny, der ihnen das Grundstück zeigte.

Fünfundvierzig Minuten später umarmte Sierra ihre

Eltern, als sie sich auf die Rückfahrt nach Colorado vorbereiteten.

»Wir lieben dich«, sagte ihre Mutter.

»Ich weiß.«

»Wir wollen nur, dass du glücklich bist. Ich weiß, dass du es schwer hattest, und so sehr es uns auch schmerzt, wir wissen, dass wir die Dinge für dich nicht besser machen können«, sagte ihr Vater.

»Aber das habt ihr«, beharrte Sierra. »Ich liebe euch auch, und ihr wart so toll.«

»Ich will nicht sagen, dass ich mir wünsche, dass alles wieder so wird, wie es war, denn das ist unmöglich, aber ich hoffe, dass dieser Ort dir helfen kann zu heilen«, sagte ihre Mutter.

»Ich bin sicher, das wird er«, entgegnete Sierra. Ihre Mutter hatte Tränen in den Augen und Sierra bedauerte, dass sie ihren Eltern zuliebe nicht emotionaler wirken konnte, aber selbst nach einigen Wochen zu Hause war sie immer noch nicht in der Lage zu weinen.

Ihre Mutter schniefte und wischte sich die Tränen weg, während Sierra ihren Vater umarmte. »Fahrt vorsichtig und sagt mir bitte Bescheid, wenn ihr in Pagosa Springs seid und sobald ihr nach Hause kommt.«

»Das werden wir«, versprach ihr Vater. Dann wandte er sich an Grover, der zurückgetreten war, um ihnen Platz zu machen, aber nicht weggegangen war. »Kümmern Sie sich um sie.«

Grover nickte.

»Sie ist unser Ein und Alles«, fügte ihre Mutter unter Tränen hinzu.

Sierra lächelte leicht. »Okay, Mom, es reicht. Mir geht es gut. Dieser Ort ist wunderschön und perfekt. Niemand muss sich um mich kümmern, und hier oben wird mir nichts passieren. Ich werde essen, schlafen und mich entspannen. Das war's.«

Sie konnte sehen, dass ihre Mutter noch mehr sagen wollte, aber sie schniefte nur und nickte. »Ich liebe dich. Schreib mir eine E-Mail und lass mich wissen, wie es läuft.«

»Natürlich«, sagte Sierra.

»Du kannst auch gern mal deinen Vater anrufen«, sagte ihr Vater unwirsch.

Es dauerte weitere fünf Minuten, bis ihre Eltern tatsächlich in ihren Minivan stiegen und losfuhren, aber als sie und Grover endlich allein waren, seufzte sie erleichtert auf.

»Ich liebe sie, aber Mann ... sie sind ziemlich emotional«, sagte sie mit einem kleinen Lachen.

»Nachdem sie sich das letzte Mal verabschiedet hatten, kam es anders, als ihr alle geplant hattet«, sagte Grover ernst.

Das ernüchterte Sierra. »Ich weiß. Und ich bin ihnen sehr dankbar für alles, was sie für mich getan haben, seit ich zurück bin. Ich wollte nur ...« Sie verstummte.

»Du bist nicht daran gewöhnt. Du brauchst deinen Freiraum«, beendete Grover für sie.

»Genau.«

»Was willst du zuerst tun?«, fragte er.

Sierra zögerte nicht. »Ich möchte ein paar dieser Kekse aufspüren, nach denen es dort drinnen gerochen hat, und ein halbes Dutzend davon essen.«

Grovers Lippen verzogen sich zu einem breiten Lächeln. Es ließ Sierra den Atem stocken und sie schluckte schwer. Verdammt, ihr Plan, sich mit diesem Mann anzufreunden, war ernsthaft in Gefahr, wenn er weiterhin so lächelte. Sie respektierte und vertraute dem Delta-Force-Soldaten, der sie aus der Hölle gerettet hatte ... aber dieser Mann? Dieser lässige, charmante, umwerfende Kerl? Es würde verdammt schwer werden, ihm zu widerstehen.

Er streckte den Arm aus. »Mylady? Ich bin gern bereit, Euch zu begleiten.«

Sierra verschränkte ihren Arm mit seinem. »Geh voran.

Und trödele nicht. Wenn die Kekse kalt sind, wenn wir dort ankommen, gebe ich dir die Schuld.«

Es fühlte sich gut an, albern zu sein. Es war so lange her, dass sie die Gelegenheit zum Scherzen gehabt hatte. Die meisten Menschen, mit denen sie in Leadville zu tun gehabt hatte, waren düster und mitleidig, hatten fast Angst, in ihrer Gegenwart zu scherzen. Als wäre ihr der Sinn für Humor ausgetrieben worden, während sie gefangen gehalten worden war.

Zum ersten Mal seit ihrer Ankunft in den Staaten fühlte Sierra sich wirklich entspannt. Sie wusste nicht, ob es daran lag, dass sie hier an diesem unglaublich schönen Ort war, oder ob es an Grover lag. Sie hatte das Gefühl, dass es Letzteres war.

KAPITEL ZEHN

Grover lag auf seinem Bett, den Arm unter dem Kopf verschränkt, und starrte an die Decke. Es war dunkel, und alles, was er hörte, waren das Rauschen des Windes und das Geräusch der Zikaden. Es hätte entspannend sein sollen und er hätte schon seit einer Stunde schlafen sollen.

Aber er kam nicht zur Ruhe. Seine Gedanken kreisten um Sierra, wie gut sie aussah ... wie viel entspannter sie wirkte, seitdem sie hier waren, obwohl erst ein halber Tag vergangen war. Offensichtlich hatte sie diesen Ort gebraucht. Mit jeder Stunde, die nach der Abreise ihrer Eltern verging, schien ihre Persönlichkeit mehr zum Vorschein zu kommen. Im Moment wohnten noch sechs andere Leute in der *Zuflucht*, und es war sehr aufschlussreich, Sierra beim Abendessen zu beobachten, wie sie mit ihnen umging.

Der Funke, der seine Aufmerksamkeit erregt hatte, als sie damals in der Kantine in Afghanistan das Essen serviert hatte, war wieder da. Sie war charmant und freundlich, und schon nach wenigen Minuten in ihrer Gegenwart schienen sich die anderen Männer und die eine Frau, die mit ihnen aßen, in ihrer Nähe vollkommen wohlzufühlen.

Sie war zierlich, aber ihre Persönlichkeit und Präsenz waren überlebensgroß. Nach dem Abendessen hatten sie und Grover noch bis etwa dreiundzwanzig Uhr auf der Terrasse ihrer kleinen Hütte gesessen. Er konnte sehen, dass sie müde war, also hatte er ihr Gute Nacht gesagt und war nach nebenan in seine eigene Hütte gegangen.

Wo er nicht schlafen konnte. Denn die Veränderungen in Sierra waren zwar wundervoll, kamen Grover aber nicht ganz ehrlich und aufrichtig vor.

Nach außen hin tat sie so, als ginge es ihr richtig gut. Aber er hatte während der letzten Wochen stundenlang mit ihr telefoniert, und er hatte das Gefühl, dass es ihr nicht so gut ging, wie sie versuchte, allen glauben zu machen. Verdammt, *er* versuchte immer noch, seine Zeit als Gefangener zu verarbeiten, und er war nicht annähernd so lange dort gewesen wie sie.

Wenn sie so tun wollte, als wäre alles in Ordnung, war das ihre Entscheidung. Er jedoch würde sie beobachten und warten und da sein, wenn sie ihn brauchte.

Grover versuchte immer noch, sein Gehirn zum Abschalten zu zwingen, um wenigstens ein paar Stunden Schlaf zu bekommen, bevor er unweigerlich schweißgebadet aus einem weiteren Albtraum erwachte, als er draußen etwas hörte. Zuerst dachte er, es sei irgendein Tier; Pipe hatte ihnen beim Abendessen erzählt, dass in der Nähe der Hütten häufig Bären, Rehe und Füchse auftauchten.

Dann wurde ihm klar, dass es kein Tier war, das diese Geräusche machte. Er war schon lange genug bei der Spezialeinheit, um das Geräusch von knackenden Stöcken unter einem langsamen, vorsichtigen Schritt zu erkennen. Es war der vorsichtige Gang eines Menschen, der nicht gehört werden wollte, sich aber schlecht anschleichen konnte.

Grover war aufgestanden und in Bewegung, bevor er noch einen weiteren Gedanken daran verschwendet hatte. Es dauerte nur Sekunden, bis er sich in Richtung Tür aufmachte, obwohl er sich wünschte, er hätte seine Waffe dabei. Waffen jeglicher Art waren in der *Zuflucht* verboten, was Grover eigentlich gut fand. Mit einer posttraumatischen Belastungsstörung war nicht zu scherzen und es war keine gute Idee, Waffen in der Nähe von Menschen zu haben, die mit ihren Dämonen nur schwer zurechtkamen.

Er schaute durch ein Seitenfenster und konnte niemanden erkennen, der in den Bäumen zwischen seiner und Sierras Hütte lauerte, aber er konnte die kleine vordere Treppe, von der das Geräusch kam, überhaupt nicht sehen. Er war sich zu neunundneunzig Prozent sicher, dass derjenige, der vor seiner Tür stand, entweder einer der Grundstückseigentümer war, der Sicherheitskontrollen durchführte, oder Sierra. Es war das verbleibende eine Prozent, das ihm Sorgen machte.

Er stellte sicher, dass er das Überraschungsmoment hatte, bewegte sich lautlos zur Tür und riss sie schnell auf – und sah, wie Sierra vor Schreck zusammenzuckte und fast von der obersten Stufe seiner kleinen Treppe fiel.

Grover handelte schnell, griff nach ihrem Arm und verhinderte so, dass sie auf den Rücken in den Dreck fiel. »Sierra? Bist du in Ordnung?«

»Oh mein Gott, hast du mich erschreckt! Es tut mir so leid, habe ich dich geweckt?«

Er bemerkte, dass sie nicht auf seine Frage antwortete.

Er schaute sich um, um sicherzugehen, dass sie niemanden gestört hatten – was wahrscheinlich war, da die Hütten relativ weit voneinander entfernt waren und viele Bäume dazwischen standen –, und zog Sierra in seine Hütte. Nachdem er die Tür geschlossen hatte, ließ er ihren Arm los und schaltete das Oberlicht ein. Sie zuckten beide zusammen, während ihre Augen sich an die plötzliche Helligkeit gewöhnten. Dann ging Grover zurück zu Sierra und legte seine Hände auf ihre Schultern. »Geht es dir gut?«, wiederholte er.

»Ja.«

»Was ist los?«

»Ähm, also … ich … Verdammt.«

Grover wartete geduldig, während Sierra ihr Bestes tat, um über das, was sie zu sagen versuchte, nachzudenken.

»Es ist dumm«, sagte sie nach einer Minute.

»Ist es nicht«, widersprach Grover.

Ihre Lippen zuckten nach oben. »Du weißt doch gar nicht, was ich sagen will. Woher willst du wissen, dass es nicht dumm ist?«

»Weil es mitten in der Nacht ist und du vor meiner Tür stehst. So einfach ist das. Sprich mit mir, Bean.«

Sie seufzte. »Als ich mich zum Schlafen hinlegte, wurde mir klar, dass ich zum ersten Mal allein war, seit du in der Zelle neben meiner in dieser Höhle aufgetaucht warst. Seitdem hatte ich buchstäblich jede Nacht jemand anderen bei mir oder zumindest in der Nähe. Ich fing an, draußen Geräusche zu hören … und mein Gehirn hörte nicht auf, mir zu sagen, dass es Shahzada war. Was lächerlich ist, weil ich sah, wie du ihn getötet hast. Ich weiß, dass er tot ist. Aber ich konnte nicht anders, als zu denken … vielleicht ist er nicht *wirklich* tot. Und vielleicht hat er einen Weg gefunden, mir hierher zu folgen, und hat auf den richtigen Zeitpunkt gewartet, um mich wieder zu schnappen. Dann habe ich mir vorgestellt, wie er mich in den Wald schleppt und in einer dunklen Berghöhle hier in New Mexico versteckt.«

Als Grover nichts sagte, zuckte sie mit den Schultern. »Ich habe dir gesagt, dass es dumm ist«, sagte sie leise.

Ohne ein Wort zu sagen, nahm Grover ihre Hand und führte sie langsam zu seinem Bett. Es war ein großes Doppelbett und es gab genügend Platz für sie beide. Er zog die Decke auf der Seite zurück, auf der er sich nicht hin und her gewälzt hatte, und bedeutete ihr hineinzuklettern.

Sierra zögerte nicht einmal. Sie zog die Flipflops aus, die sie an den Füßen trug, und kletterte auf die Matratze.

Grover bemerkte, dass sie trotz der Hitze eine Jogginghose und ein übergroßes T-Shirt trug, bevor er sie mit der Bettdecke zudeckte. Er ging zur Wand und schaltete das Licht aus, dann ging er auf seine Seite des Bettes.

Er ließ sich unter der Decke nieder und griff in der Dunkelheit, während draußen die Zikaden laut zu hören waren, nach Sierras Hand.

In dem Moment, in dem ihre Finger sich um seine legten, spürte Grover, wie sich etwas tief in ihm regte. »Es ist nicht dumm«, sagte er leise. »Es macht sogar Sinn. In der Menge liegt die Sicherheit, und dein Unterbewusstsein weiß das. Aber in einem Punkt kann ich dich beruhigen – Shahzada ist tatsächlich tot. Ich hätte diesen Berg nicht verlassen, wenn ich mir dessen nicht hundertprozentig sicher gewesen wäre. Nicht nur, um dich zu schützen, sondern um alle, die in diesem Gebiet leben und arbeiten, in Sicherheit zu bringen, einschließlich der afghanischen Bevölkerung. Es sind Extremisten wie Shahzada, die dem ganzen Land einen schlechten Ruf einbringen. Die meisten Bürger, die ich getroffen habe, sind hart arbeitende, friedliche Menschen.«

»Ich hatte keine Gelegenheit, jemanden außerhalb des Stützpunktes kennenzulernen«, sagte Sierra traurig.

Grover wusste nicht so recht, wie er sie trösten sollte, also drückte er einfach ihre Hand.

Sie lagen eine Weile schweigend da, bevor sie sagte: »Das fühlt sich gut an. Vertraut.«

»Ja«, stimmte er zu. »Obwohl ich zugeben muss, dass es viel angenehmer ist, in einem Bett zu liegen und deine Hand zu halten, als im Dreck, mit meinem Arm durch die Gitterstäbe und in einem ungünstigen Winkel gebeugt, damit ich dich erreichen kann.«

Sierra lachte leise. »Nicht wahr?« Dann sagte sie: »Es geht mir wirklich gut, Grover. Es war nicht lustig, so lange gefangen gehalten zu werden, aber nach einer Weile haben sie mir nicht mehr so viel angetan. Ich weiß auch

nicht warum. Am schwierigsten war es, mit der Langeweile und der Einsamkeit fertigzuwerden. Tag für Tag
hatte ich nichts zu tun, niemanden, mit dem ich reden
konnte. Ich glaube, die Therapeutin, die ich zu Hause
aufsuchte, war erstaunt, dass ich mental nicht noch ange-
schlagener bin.«

»Vergleiche dich nicht mit anderen«, warnte Grover. »Ich
würde dir raten, dich mit der Therapeutin hier zu treffen,
aber du darfst nicht anfangen, ein schlechtes Gewissen zu
haben, weil du nicht ständig angegriffen oder geschlagen
wurdest oder sonst etwas, okay?«

»Ich werde es versuchen«, sagte sie ehrlich. »Was ist mit
dir?«

»Was soll mit mir sein?«

»Würdest du mit mir zu der Therapeutin gehen?«

»Wenn du es willst.«

Ungeduldig stieß sie einen Atemzug aus.

»Was denn?«, fragte Grover. »Was habe ich gesagt?«

»Ich möchte, dass du es für dich tust«, antwortete sie.
»Du hast Albträume. Dir geht es nicht gut.«

Grover seufzte. »Ich habe keine Albträume darüber, was
dieses Arschloch mir angetan hat. Ich wurde in der Vergangenheit schon schlimmer verletzt und werde es wahrscheinlich auch in Zukunft werden.« Er wollte nicht weiter auf die
Albträume eingehen. Aber das brauchte er auch nicht. Sie
wusste es. Er hatte den Fehler gemacht, es bei ihrem ersten
Telefonat nach ihrer Rückkehr nach Hause zu erwähnen.

»Du hast sie meinetwegen«, sagte sie leise. »Ich dachte,
wir hätten vereinbart, dass du dich nicht schuldig fühlst«,
sagte sie zu ihm.

»Ich versuche es«, entgegnete er, »aber es ist nicht
leicht.«

»Das allein ist schon ein Grund, die Therapeutin
aufzusuchen.«

Grover spürte, wie Sierra sich neben ihm bewegte. Sie

ließ seine Hand nicht los, aber sie drehte sich auf die Seite und er spürte, wie sie näher an ihn heranrückte.

»Du bist so warm«, sagte sie.

Grover lächelte. »Ist dir kalt?«

»Nicht wirklich. Ich meine, ich friere immer ein bisschen, aber ich versuche zu lernen, das zu ignorieren. Ich weiß, es ist nur mein Verstand, der mir Streiche spielt. Ist es okay, wenn ich heute Nacht hierbleibe? Ich wollte dich wirklich nicht belästigen. Ich hatte vor, eine Weile auf deiner Treppe zu sitzen, nur um dir näher zu sein, bis ich den Mut finde, in meine Hütte zurückzugehen.«

»Es ist mehr als in Ordnung«, versicherte Grover ihr. »Es fühlt sich gut an.«

»Das tut es«, stimmte Sierra ihm zu.

Sie sprachen nicht mehr miteinander und Grover spürte, wie Sierras Körper sich völlig entspannte, als sie einschlief. Er konnte nicht umhin, etwas Freude darüber zu empfinden, dass sie zu ihm gekommen war, als sie sich unbehaglich gefühlt hatte. Dass die bloße Nähe zu ihm sie so entspannt hatte, dass sie einschlief.

Er war ein wenig nervös, das Gleiche zu tun. Auf keinen Fall wollte er, dass sie Zeuge einer seiner Albträume wurde. Normalerweise brauchte er eine Weile, um vollständig aufzuwachen, und er wollte nicht riskieren, sie zu verletzen oder zu erschrecken.

Aber er hatte auch nicht vor, sich von der Stelle zu bewegen. Sierra hatte sich an ihn geschmiegt, ihre Stirn lag an seiner Schulter und er konnte ihre Knie an seinem Oberschenkel spüren. Ihre Hand lag noch immer in der seinen, und er konnte sich eingestehen, dass ihre Berührung ihn ebenso zu beruhigen schien wie es umgekehrt der Fall war.

Er lag da, genoss ihre Nähe und lauschte den Geräuschen der Natur draußen. Es dauerte nicht lange, bis sein eigenes Bedürfnis nach Ruhe ihn schließlich übermannte und er in einen tiefen, heilenden Schlaf fiel.

Sierra wachte auf und fühlte sich so gut wie schon lange nicht mehr. Sie hatte nicht bemerkt, dass sie im Haus ihrer Eltern nicht gut geschlafen hatte, aber sobald sie heute Morgen die Augen öffnete, wusste sie, dass ihr Gehirn endlich abschalten und sich entspannen konnte.

Sie war sich sicher, dass es an dem Mann lag, der neben ihr leicht schnarchte. Sie hatte sich in der Nacht nicht viel bewegt, lag immer noch auf der Seite neben Grover, und erstaunlicherweise waren ihre Hände immer noch ineinander verschränkt. Sie stützte sich auf den Ellbogen und nahm sich die Zeit, ihn zu betrachten. Sein Haar war völlig zerzaust und die Fältchen in seinem Gesicht waren nicht so stark ausgeprägt, was ihn jünger aussehen ließ als seine dreiunddreißig Jahre. Er hatte deutlich sichtbare Bartstoppeln im Gesicht und ihr wurde klar, dass er sich wahrscheinlich jeden Morgen rasieren musste, um seine Gesichtsbehaarung in Schach zu halten. Sie erinnerte sich daran, wie buschig er in der Woche, in der er in der Höhle gewesen war, geworden war.

So etwas über ihn zu wissen erschien ihr sehr intim. So etwas würde nur ein Liebhaber über seinen Partner wissen.

Grovers Nase war leicht gekrümmt, was ihrer Meinung nach von Shahzada verursacht worden war. Oder vielleicht war sie schon so gewesen, bevor er gefangen genommen worden war. Sie konnte sich nicht mehr an seine Nase von vor über einem Jahr erinnern, als sie ihn zum ersten Mal getroffen hatte. Die Wunde auf seiner Stirn war größtenteils verheilt. Obwohl er wahrscheinlich immer eine kleine Narbe haben würde, würde sie mit der Zeit verblassen. Sierra konnte ein paar graue Strähnen in seinen Augenbrauen erkennen, was sie zum Lächeln brachte. Sie hatte das Gefühl, dass er definitiv das sein würde, was Frauen gern einen Silberfuchs nannten, wenn er etwas älter war.

Und im Gegensatz zu Frauen würde es ihm wahrscheinlich egal sein, ob er graue Haare hatte, bevor er vierzig wurde.

Als könnte er ihren intensiven Blick auf sich spüren, regte Grover sich.

Sierra merkte, als ihm klar wurde, dass er nicht allein war. Er drehte den Kopf und sie schmolz fast dahin bei dem verschlafenen, liebevollen Ausdruck in seinen Augen. »Guten Morgen. Wie spät ist es?«

»Keine Ahnung«, flüsterte sie zurück. Sie hatte keine Ahnung, warum sie flüsterte, es war ja nicht so, als würde sie jemand anderen aufwecken, aber es schien das Richtige zu sein.

Grover hob seine freie Hand, um auf die Uhr zu schauen. Sie konnte sich des guten Gefühls nicht erwehren, dass er seine Hand nicht aus ihrer gezogen hatte, als er merkte, dass sie noch immer verbunden waren.

»Heiliger Strohsack, es ist sieben Uhr dreißig«, sagte er in einem leicht ehrfürchtigen Ton.

»Hast du heute Morgen einen wichtigen Termin verpasst?«, stichelte Sierra. »Ich meine, es ist ja nicht so, dass wir irgendetwas zu tun hätten, oder?«

»Nein, aber so lange habe ich nicht mehr geschlafen seit ... schon lange nicht mehr.« Er drehte sich noch einmal zu ihr um, und Sierra konnte die Emotionen, die sie in seinen braunen Augen sah, nicht deuten. »Ich habe tatsächlich *geschlafen*«, sagte er zu ihr. »Und ich habe nicht mal geträumt.«

Sie schluckte schwer, als sie das hörte. »Das ist doch gut, oder?«

»Gut? Es ist ein Wunder«, entgegnete er und schüttelte leicht den Kopf. »Seit wir wieder zu Hause sind, hatte ich jede Nacht einen Albtraum. Ich schlief etwa drei Stunden, wachte auf und konnte danach nicht mehr einschlafen.«

»Ich bin so froh, dass du dich etwas ausruhen konntest.«

»Das liegt an dir«, erklärte Grover, ohne zu zögern.

Sierra runzelte die Stirn. »Was?«

»Du. Hier. Meine Hand haltend. Es ist, als wüsste mein Gehirn endlich, dass du in Sicherheit bist. Ich brauchte nicht davon zu träumen, dass Shahzada dir wehtut, denn du bist hier. Bei mir. Berührst mich. Danke.«

Seine Stimme brach, und Sierra schloss die Augen, als die Gefühle sie zu überwältigen drohten.

Sie spürte, wie er mit den Fingerspitzen ihre Wange berührte.

Als sie ihre Gefühle unter Kontrolle hatte, führte sie ihre freie Hand zu seiner und hielt seine warme Handfläche an ihr Gesicht. »Ich bin froh«, wiederholte sie.

»Ich auch. Hast du gut geschlafen?«

»Wie ein Stein.«

»Gut«, antwortete er schlicht. »Also ... was willst du heute machen?«

Das war eine weitere Sache, die Sierra an Grover mochte. Er akzeptierte, dass sie einander gestern Abend eindeutig gebraucht hatten, aber er zog den Moment nicht in die Länge, machte ihn nicht unangenehm. Sie zuckte mit den Schultern. »Was willst du tun?«

»Duschen, essen, die Kuh anschauen, die sich gern unter dem Kinn kraulen lässt, dann vielleicht eine Wanderung machen. Dann kehren wir zurück, essen zu Mittag, plaudern mit den anderen hier, machen ein Nickerchen in einer der Hängematten, die ich hinter deiner Hütte gesehen habe, essen zu Abend, sitzen herum und unterhalten uns noch ein bisschen.«

»Wow, ähm ... klingt, als hättest du einen tollen Tag geplant. Ich bin mir nicht sicher, ob ich so weit im Voraus gedacht habe.« Sie wollte ihn nur necken, aber sie sah, wie die Sorge in seine Augen trat. Sie brachte es nicht übers Herz, ihn noch eine Sekunde länger zu beunruhigen. »Das war nur ein Scherz. Das klingt alles fantastisch.«

»Wir müssen nichts davon tun«, lenkte Grover ein.

»Im Ernst, es gibt keine andere Möglichkeit, wie ich den Tag lieber verbringen würde«, betonte Sierra.

»Okay. Ich glaube, die Therapeutin soll morgen hier sein. Wir sollten wahrscheinlich etwas Zeit in unserem Terminplan frei halten, um mit ihr zu sprechen.«

Sierra gefiel, dass er »wir« sagte, und sie nickte.

»Wann gibt es Frühstück?«, fragte Grover.

»Ich glaube, um acht. Aber es gibt ein Buffet, das bis halb zehn geöffnet ist.«

»In Ordnung, wir haben es also nicht verpasst. Treffen wir uns in etwa fünfzehn Minuten vor deiner Hütte?«

Sierra runzelte die Stirn und schüttelte den Kopf. »Nein, tut mir leid. Früher war ich die Art von Frau, die duschen konnte und in zehn, fünfzehn Minuten fertig war, um irgendwo hinzugehen. Aber jetzt nicht mehr.« Sie weigerte sich, sich dafür zu schämen. Sie wusste, dass ausgerechnet Grover es verstehen würde. »Ich scheine es nicht zu schaffen, in weniger als zwanzig Minuten unter dem heißen Wasser hervorzukommen. Mindestens. Ich kann nicht anders, als mich daran zu erinnern, wie schrecklich ich mich mit einem Jahr Schmutz und Dreck auf meinem Körper gefühlt habe.« Sie zuckte ein wenig verlegen mit den Schultern.

»Kein Problem. Und fürs Protokoll … ich habe einen extragroßen Wassererhitzer in meinem Haus installieren lassen, damit du so lange duschen und baden kannst, wie du willst. Also … in vierzig Minuten? Vor deiner Hütte?«

Er sagte ständig solche Dinge, als wäre es eine ausgemachte Sache, dass sie mit ihm nach Texas zurückgehen würde. Und nicht nur zurückgehen, sondern auch in seinem Haus bleiben. Sie wollte ihm sagen, dass er Vermutungen über Dinge anstellte, mit denen sie nicht einverstanden war … aber ein anderer Teil von ihr wollte sich jedes Mal, wenn er so etwas sagte, an ihn schmiegen. Es war, als kämpfte ihr Herz mit ihrem Verstand. Und das

Schlimme war, dass sie sich nicht mehr sicher war, was von beiden gewinnen sollte. »Vierzig Minuten klingt gut«, sagte sie nach einer zu langen Pause.

»Fettnäpfchen, schon vergessen?« murmelte Grover. »Ignoriere mich einfach, wenn ich die Grenze überschreite. Ich will dich nicht unter Druck setzen, etwas zu tun, was du nicht tun willst. Ich bin ein aufdringlicher Mistkerl, und das weiß ich. Du darfst dich gern wehren, Bean. Ich werde es nicht persönlich nehmen, versprochen.«

»Okay. Ich ... ich möchte dein Haus sehen. Ich möchte die Frauen deines Teams kennenlernen. Verdammt, sie haben mir schon Nachrichten geschickt und ich habe das Gefühl, dass ich sie bereits kenne. Aber ...«

»Moment. Haben sie das? Was haben sie gesagt? Belästigen sie dich? Ich liebe sie, aber sie neigen dazu, ein wenig ... enthusiastisch zu sein.«

»Und du bist es nicht?«, fragte Sierra lachend.

»Okay, das bin ich definitiv, aber sie sind unberechenbar. Sie würden sich ein Bein ausreißen, um dir zu helfen, besonders Ember. Als sie erfuhr, dass ich dich tatsächlich gefunden hatte und du aus der Gefangenschaft befreit warst, konnten Doc und ich sie nur mit Mühe davon abhalten, in ein Flugzeug zu springen und nach Leadville zu fliegen, um sich mit dir zu treffen. Und natürlich hat sie die Lorbeeren für deine Rettung geerntet. Sie hat allen erzählt, dass es ihr Beitrag war, der dazu geführt hat, dass du gefunden wurdest.« Grover rollte mit den Augen und lächelte. »Sie hat Wahnvorstellungen, ist aber süß, also widersprechen wir ihr nicht. Aber ernsthaft ... was haben sie gesagt?«

Sierra lachte und ließ Grovers Hand widerstrebend los. Es fühlte sich fast komisch an, ihn *nicht* zu berühren, aber sie zwang sich, auf ihrer Seite aus dem Bett zu klettern. Sie schlüpfte in ihre Flipflops und widerstand dem Drang, sich mit der Hand über den Kopf zu streichen. Sie hatte zwar keine Haare, die sie glätten musste, aber es war schwer, sich das abzugewöhnen, vor allem weil Grover sie so intensiv anstarrte. »Nichts Schlimmes. Wir können später darüber reden. Wenn ich vor dem Frühstück noch duschen will, muss ich mich beeilen.«

Grover stand vom Bett auf und streckte sich. Er trug nur Shorts und ein T-Shirt – und Sierra lief das Wasser im Mund zusammen. Wenn er angezogen schon so gut aussah, hatte sie fast Angst, ihn ohne Hemd zu sehen ... oder noch weniger Klamotten.

Dann schimpfte sie sofort mit sich selbst. Sie sollte an ihn nicht ohne Kleidung denken. Sie waren Freunde. *Nur* Freunde. Zumindest im Moment.

Scheiße ... sie steckte in großen Schwierigkeiten.

Ohne sich ihrer lüsternen Gedanken bewusst zu sein, schlenderte Grover auf sie zu, beugte sich hinunter und küsste sie auf den Kopf. »Okay, Bean. Geh duschen. Wir sehen uns nachher. Lass dir Zeit. Wenn wir das Frühstück verpassen, verpassen wir es. Wir können uns etwas aus der Küche holen, wir werden schon nicht verhungern. Das werde ich wahrscheinlich sowieso tun, um ein paar Snacks zu besorgen, damit du etwas zu knabbern hast, während wir heute unterwegs sind.«

Da war er wieder, ganz lieb und beschützend. Nicht dass Sierra sich beschwert hätte. »Okay, danke. Ich werde versuchen, nicht zu lange zu brauchen.«

»Wie ich schon sagte, nimm dir so viel Zeit, wie du willst. Du hast alles heiße Wasser der Welt verdient. Und Bean?«

»Ja?«

»Danke, dass du mir beim Einschlafen geholfen hast.«

Und da ist wieder dieses Kribbeln in meinem Hals. »Dito.«

Er grinste. »Okay, genug jetzt. Hau ab, Frau. Geh und mach dein Ding.«

Sie erwiderte sein Lächeln und ging zur Tür.

»Oh, und du hast doch ein Sweatshirt, oder? Nimm es

mit. Ich habe keine Ahnung, wie das Wetter heute werden soll, aber ich möchte nicht, dass du frierst.«

Sierra nickte, nicht sicher, ob sie normal sprechen konnte. Sie könnte sich an seine Sorge gewöhnen, an sein Bedürfnis, sich um sie zu kümmern. Sie winkte ihm vorsichtig zu und ging dann.

Sie hörte sein Lachen, während sie zu ihrer eigenen Hütte ging. Und zum ersten Mal seit langer Zeit merkte Sierra, dass sie glücklich war. Zufrieden. Es war ganz sicher ein berauschendes Gefühl.

KAPITEL ELF

Das Frühstück war eine lustige Angelegenheit. Alle schienen gut gelaunt zu sein und das leckere Essen schadete auch nicht. Gleich nach dem Frühstück unternahmen sie allerdings keine Wanderung. Stattdessen verbrachten sie den ganzen Vormittag in der Scheune mit den Tieren. Melba, die Kuh, war hinreißend, das musste sogar Grover zugeben. Sie liebte es, ihren Kopf an jedem Menschen zu reiben, der sich ihr näherte. Außerdem war sie sehr neugierig. Sie wollte immer wissen, was sie gerade taten.

Die Ziegen waren etwas unausstehlicher, aber da Sierra sie zu lieben schien, nahm Grover in Kauf, dass sie versuchten, an seinem Hemd zu kauen. Es gab Stallkatzen, mit denen Sierra kuscheln wollte, und obwohl die Pferde sie wegen ihrer Größe einschüchterten, verbrachte sie auch mit ihnen eine ganze Weile.

Sie führten auch ein langes Gespräch mit Tonka. Er war ein ehemaliger Delta, aber er sprach nicht viel über seine Zeit beim Militär. Grover hatte den Eindruck, dass etwas furchtbar schiefgelaufen war, bevor er ausschied, aber er fragte nicht nach. Der Mann verbrachte seine Zeit nun mit der Arbeit mit den Tieren auf der Ranch, was ihn sichtlich zu beruhigen schien.

Als sie die Scheune verließen, war es bereits Mittagszeit.

»Wie wär's, wenn wir uns etwas holen und ein Picknick machen?«, fragte Grover Sierra.

»Das klingt wunderbar.«

Sie gingen in die Küche und machten Sandwiches. Selbst das war lustig. Sierra zog ihn damit auf, dass er ein Sandwich machte, das groß genug für drei Personen war, und er machte sich über sie lustig, weil sie Ranch-Dressing auf ihr Sandwich schmierte statt der üblichen Würzmittel wie Mayonnaise oder Senf. Die Besitzer der *Zuflucht* hatten an alles gedacht, und in der Speisekammer fanden sie Pick-nickrucksäcke, in denen neben den Speisen auch Besteck und Becher Platz fanden.

Wenig später brachen sie auf und folgten einem Weg, von dem Spike ihnen erzählt hatte. Er sagte, er biete eine sehr gute Aussicht und sei nicht zu anstrengend. Grover reichte Sierra einen Müsliriegel, um sie bei Kräften zu halten, bis sie einen guten Platz zum Pausieren gefunden hatten.

Es fühlte sich gut an, keinen Zeitplan zu haben. Absolut keine Verpflichtungen. Grover liebte es, beim Militär zu sein, und er würde seine Delta-Brüder gegen nichts auf der Welt eintauschen, aber Mitglied der Armee zu sein bedeutete, dass sein Leben sehr reglementiert war. Training, Besprechungen, das Einhalten eines Zeitplans, das war es, was die riesige Bürokratie am Laufen hielt. Hier draußen an der frischen Luft zu sein, ohne Terminplan, war befreiend.

Grover ging hinter Sierra und tat sein Bestes, um den Blick von ihrem Hintern abzuwenden. Das war schwierig, denn selbst nach allem, was sie durchgemacht hatte, hatte sie immer noch einen Hintern, der bewundert werden sollte. Um sich davon abzulenken, wie attraktiv er sie fand, fragte Grover: »Also ... die Mädchen haben dir Nachrichten geschickt?«

Sie lachte. »Das war ja sehr subtil.«

»Das sollte es auch nicht sein. Ich verlange nicht, dass du mir irgendwelche Geheimnisse verrätst, ich bin nur neugierig.«

»Es ist komisch«, sagte Sierra. »Als ich das erste Mal eine SMS von einer von ihnen bekam, hatte ich erwartet, dass sie von dir kam. Ich war eine Sekunde lang verwirrt, weil es keinen Sinn ergab, dass jemand anderes mir eine SMS schicken würde. Es war Gillian. Sie sagte, sie sei froh, dass es mir gut geht, und sagte dann: ›Willkommen bei den Verrückten.‹ Da war ich dann noch verwirrter.«

Grover lachte leise. »Die Dinge können tatsächlich ziemlich verrückt sein, so viel ist sicher. Vor allem, wenn wir alle zusammenkommen. Früher waren wir nur ein Haufen Kumpel, die zusammen abhingen, etwas tranken und miteinander quatschten. Jetzt kochen wir, wechseln Windeln, reden mit Bria über Prinzessinnen, stolpern absichtlich über unsere eigenen Füße, um Logan beim Kickball ›gewinnen‹ zu lassen, und diskutieren über die Dinge, die die Ärzte einem nicht über die Geburt erzählen, bevor man ein Baby bekommt.«

Sierra lachte. »Und du liebst es.«

»Das tue ich«, gab Grover zu. »Die Dynamik in unserem Team hat sich verändert, aber ich glaube ehrlich gesagt, dass das positiv ist. Und das liegt alles an den Frauen. Was haben sie noch gesagt?«

»Hast du Angst?«, scherzte sie.

»Ein bisschen, ja«, gab Grover zu.

»Sie waren alle sehr nett. Ich bin überwältigt, wie offen und freundlich sie waren.«

»So sind sie nun einmal«, sagte Grover.

»Ja. Devyn ist saukomisch. Und ich sollte dich wohl

warnen, sie ist voll darauf fixiert, ihren Bruder zu verkuppeln.«

»Scheiße«, fluchte Grover. »Ich werde mit ihr reden und ihr sagen, dass sie damit aufhören soll.«

»Es ist in Ordnung«, sagte Sierra. »Es war irgendwie aufschlussreich, all ihre Geschichten über dich zu hören.«

»Ich werde sie umbringen«, murmelte Grover.

Sierra kicherte, und das Geräusch war unbeschwert und fröhlich. Und Grover liebte es verdammt noch mal.

»Es waren nur gute Sachen«, beruhigte sie ihn. »Wie damals, als sie im Schulbus schikaniert wurde und du dich für sie eingesetzt hast. Du wurdest suspendiert, aber diese Tyrannen haben nie wieder etwas zu ihr gesagt. Oder als sie im Krankenhaus lag und du an einer Ostereiersuche teilgenommen und ihr alle Plastikeier mitgebracht hast, die du gefunden hast. Sie sagte, ihr hättet eine Stunde damit verbracht, sie alle zu öffnen. Und natürlich die Mühe, die du dir gemacht hast, um deinem Bruder nach seinen Problemen mit dem Glücksspiel zu helfen.«

»Ja ... seine Spielsucht«, sagte Grover angewidert. Er wusste, dass er Spencer irgendwann alles verzeihen würde, was er ihrer Schwester angetan hatte, aber so weit war er noch nicht.

Sierra blieb stehen, drehte sich zu ihm um und legte ihre Hand auf seinen Arm. »Sie liebt dich.«

»Ich weiß. Und ich liebe Devyn auch. Aber ich brauche ihre Hilfe nicht, wenn es um Frauen geht«, beschwerte sich Grover.

Sierra hob eine Augenbraue, drehte sich um und ging weiter den Weg entlang. »Was war mit Sally Jensen?«, rief sie zurück.

Grover stöhnte auf. »Oh Gott, bitte sag mir, dass sie dir das nicht erzählt hat.«

»Woher soll ich ihren Namen kennen, wenn sie mir nichts davon erzählt hat?«

»Zu meiner Verteidigung, ich war achtzehn und im letzten Jahr am College. Jung und dumm.«

»Ich habe das Bild gesehen«, sagte Sierra und blickte lächelnd zurück.

Grover blieb in der Mitte des Weges stehen und senkte den Kopf. »Ich werde sie wirklich umbringen.«

Sierra kicherte wieder, und Grover konnte nicht anders, als die Frau vor ihm förmlich in sich aufzunehmen. Sie sah so entspannt und glücklich aus, und er sehnte sich danach, alles in seiner Macht Stehende zu tun, um sie für den Rest ihres Lebens so zu halten.

Sie ging zurück zu der Stelle, an der er stehen geblieben war, und blickte zu ihm auf. »Wenn es dich beruhigt, es war nicht sehr nett von Sally, das zu tun. Und ... du warst verdammt gut aussehend, selbst mit achtzehn.«

»Richtig. Also, die Vorgeschichte ist, dass sie mir sagte, sie fühle sich zu Männern mit Sinn für Humor hingezogen. Ich habe versucht, lustig zu sein.«

»Indem du deine Scham- und Brusthaare blau färbst?«, fragte Sierra und tat ihr Bestes, um nicht in Gelächter auszubrechen.

Grover seufzte. »Ja. Und sie hat wirklich gelacht. Und, wie ich anmerken möchte, meine, äh ... Verbesserungen ... schienen sie nicht weniger erpicht darauf zu machen, Sex mit mir zu haben. Erst als ich schon schlief, machte sie diese Fotos und zeigte sie all ihren Freundinnen. Zum Glück blendete sie meinen Schwanz aus, als sie das Bild von meiner nackten Brust in der ganzen Schule aushängte. Mein Spitzname bekam für den Rest des Schuljahres eine ganz neue Bedeutung.«

Sierra konnte ihr Lachen nicht mehr unterdrücken und krümmte sich buchstäblich vor Lachen, als sie fast den Verstand verlor. Grover war es völlig egal, dass sie über seine Demütigung lachte. Er saugte den Klang einfach in sich auf. In diesem Moment war sie vollkommen sorglos.

Als sie sich wieder unter Kontrolle hatte, fragte er: »Also ... hätte ich Rosa wählen sollen?«

Da fing sie erneut an zu lachen.

Grover musste sie am Arm festhalten, damit sie nicht umfiel.

»Oh mein Gott, mir tut der Magen weh«, beschwerte sich Sierra und kicherte immer noch.

»Du bist so verdammt hübsch«, sagte Grover leise, und die Worte kamen ihm unbedacht über die Lippen.

Sierra wurde rot und schüttelte ungläubig den Kopf.

»Das bist du«, sagte er nachdrücklich.

»Ja, sicher«, entgegnete sie und fuhr sich verlegen mit der Hand über den Flaum auf ihrem Kopf.

Grover ergriff ihre Hand und küsste sie. »Dein Haar macht dich nicht mehr oder weniger hübsch. Genauso wenig wie die Kleider, die du trägst, oder dein Gewicht. Für mich bist du schön, weil du so bist, wie du im Inneren bist. Wenn du lachst, tust du das frei und ohne Vorbehalt. Wegen deines Lächelns. Weil du meine Schwester nicht gefragt hast, warum sie einer völlig Fremden eine Nachricht schickt.«

»Das würde ich nicht tun«, sagte Sierra mit Nachdruck.

»Ich weiß. Das ist ein Teil davon, warum du so verdammt hübsch bist.«

Sierra verdrehte die Augen, aber Grover bemerkte, dass sie ihre Hand nicht aus seiner nahm. Er betrachtete den Weg und stellte fest, dass er breit genug war, dass sie nebeneinander gehen konnten. Also ging er wieder vorwärts, diesmal mit Sierra neben sich. »Mal abgesehen von den peinlichen Geschichten über mich ... was haben die Mädchen noch gesagt?«, fragte er.

»Riley hat mir ungefähr viertausend Bilder von Logan, Bria und Amalia geschickt. Sie erzählte mir, dass Logan ein professioneller Baseballspieler werden will und Bria eine Prinzessin sein möchte. Irgendwie hat sie mich überredet,

Babysitter zu sein, falls ich nach Texas komme. Sie ist ganz schön raffiniert, nicht wahr?«

Grover lachte leise. »Ja. Sie wirkt so unschuldig und ruhig, und dann schleichen sie und Oz sich davon, um Sex zu haben, während du ein Baby im Arm hältst und auf ihre anderen beiden süßen Kinder starrst.«

»Sie hat mir erzählt, dass Oz noch mehr Kinder will.«

»Oh ja, daraus hat er nie ein Geheimnis gemacht. Er hat ein verdammt großes Haus gekauft, das er unbedingt füllen will«, erwiderte Grover und lächelte.

»Aspen hat mir ernährungstechnische und medizinische Ratschläge gegeben«, fuhr Sierra fort. »Sie hat mir einfach erklärt, was ich tun kann, damit mein Körper sich wieder an normales Essen und regelmäßige Aktivitäten gewöhnt. Kinley hat sich nicht so oft gemeldet, aber sie war trotzdem sehr nett und hat mir gesagt, wie froh sie ist, dass du mich gefunden hast, und dass sie es kaum erwarten kann, mich kennenzulernen. Sie hat mich gewarnt, dass Gillian versuchen würde, eine riesige Party zu schmeißen, um mich in Texas willkommen zu heißen.«

Grover seufzte. »Ich habe vor meinen Freunden kein Geheimnis daraus gemacht, dass ich mich freuen würde, wenn du zu Besuch kommst und Texas vielleicht sogar zu deinem Zuhause wird. Oder dass ich sehen möchte, wohin unsere Freundschaft führen kann. Ich weiß, dass du gesagt hast, du wärst noch nicht bereit für eine Beziehung, und das finde ich auch in Ordnung ... aber solange du mir nicht eindeutig sagst, dass es nicht passieren wird, werde ich geduldig sein und hoffen, dass du vielleicht eines Tages bereit bist. Trotzdem möchte ich nicht, dass du dich jemals von mir oder meinen Freunden zu etwas gedrängt fühlst, was du nicht willst. Und das schließt ein, dass du nach Texas kommst oder dich mit mir verabredest.«

»Das tue ich nicht«, beruhigte Sierra ihn. »Eigentlich ist es schön, begehrt zu werden.«

»Oh, du wirst allerdings begehrt«, sagte Grover trocken.

Sie schenkte ihm ein kleines Lächeln. »Ich gebe zu, dass ich ein wenig überwältigt bin, aber auf eine gute Art. Ich habe am öftesten mit Ember gesprochen. Was, nebenbei bemerkt, seltsam ist. Ich meine, sie ist *Ember Maxwell*, und ich habe ihre Handynummer. Das ist so unwirklich. Aber egal, erinnerst du dich, mir erzählt zu haben, dass ich vielleicht mit ihr arbeiten könnte?«

»Ja?«, fragte Grover hoffnungsvoll.

»Nun, sie hat es bereits angesprochen. Und sie sagte, dass die Wohnung, die sie für ihre Freundin gemietet hatte – die versucht hat, sie *umzubringen* –, noch frei ist. Sie hat die Kaution bezahlt und dann noch ein paar Monatsmieten draufgelegt, weil sie gehofft hat, jemanden zu finden, der ihr mit dem Fitnessstudio hilft.«

»Das ist eine tolle Idee«, sagte Grover.

»Meinst du?«

»Oh ja. Obwohl ich zugeben muss, dass mir die Idee, dass du bei mir wohnst, besser gefallen hat.«

»Ich denke ernsthaft über ihr Angebot nach«, sagte Sierra.

»Gut.«

Sie seufzte. »Okay, das ist eine Lüge ... ich habe ihr eigentlich schon zugesagt.«

Grover blieb wieder einmal mitten auf dem Weg stehen. Es war gut, dass sie nicht zu Trainingszwecken wanderten, denn sie hatten schon hundertmal angehalten, seit sie aufgebrochen waren. »Wirklich?«

Sierra begegnete seinem Blick nicht.

Grover hob sanft ihr Kinn an, sodass sie keine andere Wahl hatte, als ihn anzusehen. »Ich freue mich sehr für dich. Egal was zwischen uns passiert, mit Freundinnen wie Ember, Gillian und den anderen kann man nichts falsch machen.«

»Ich hatte Angst, du würdest denken, dass ich ... ich weiß nicht ... mich aufdränge oder so.«

»Auf keinen Fall. Ich war derjenige, der den Vorschlag gemacht hat, dass du nach Texas ziehst, weißt du noch? Und ich habe seitdem nicht lockergelassen.«

Sie grinste. »Ich weiß. Diese Verabredung auf dem Dachboden der Scheune.«

Grover lächelte zurück. »Genau die. Aber im Ernst, Sierra. Ja, ich fühle mich zu dir hingezogen, mit jeder Minute, die wir zusammen verbringen, mehr, aber wenn die Dinge zwischen uns nie über diese intensive Freundschaft hinausgehen, die wir haben ... dann ist das schon okay.«

Sierra starrte ihn einen langen Moment an. »Du scheinst wirklich zu gut zu sein, um wahr zu sein.«

»Ich bin es nicht. Ich glaube, ich habe dir schon gesagt, dass ich sehr viele Fehler habe.«

»Fürs Protokoll?«

»Ja?«

»Ich glaube nicht, dass es schwer sein wird, mich zu überreden, mit dir zu dieser Verabredung zu gehen.«

Grover strahlte. »Gut. Aber solange wir hier sind, sind wir nur Freunde, die zusammen abhängen.«

»Freunde, die Händchen halten?«, fragte sie mit einem Augenzwinkern.

»Ja.«

»Freunde, die miteinander schlafen?«

Grover hätte beinahe gestöhnt, aber er schaffte es zu nicken. »Ich hatte letzte Nacht keine Albträume«, erinnerte er sie. »Und ich weiß, dass das so ist, weil meine Psyche wusste, dass du neben mir warst. In Sicherheit. Und du bist zu mir gekommen, weil du nicht allein sein wolltest. Also ja, in unserem Fall ... Freunde, die miteinander schlafen.«

»Du bist anders als alle anderen, die ich bisher getroffen habe«, sagte sie zu ihm.

»Das kann ich nur zurückgeben.«

In diesem Moment knurrte Sierra der Magen, und Grover schmunzelte. Er ließ ihre Hand lange genug los, um den Rucksack, den er trug, auf den Boden zu stellen und einen weiteren Müsliriegel und ein paar Erdnussbuttercracker hervorzuholen. Dann setzte er sich den Rucksack wieder auf und öffnete den Riegel. Er reichte ihn ihr und deutete auf den Weg. »Sollen wir weitergehen und diesen hübschen Ort finden, von dem Tonka uns erzählt hat?«

Sierra nickte und sie setzten ihren Weg Seite an Seite fort.

Dreißig Minuten später machte der Weg eine Neunzig-Grad-Kurve nach links und in der Nähe der Kurve lag ein riesiger flacher Felsen. Sierra und Grover beschlossen, dass er sich perfekt als Tisch eignen würde, und kletterten hinauf.

Sobald sie saßen, schien der Rest der Welt zu verschwinden. Sie waren von Bäumen und zwitschernden Vögeln umgeben. Es war weder zu heiß noch zu kalt. Sie holten die Sandwiches heraus, die sie gemacht hatten, und die Tüte Chips, die sie aus der Speisekammer geklaut hatten, und aßen und redeten. Und Grover konnte sich nicht erinnern, jemals so zufrieden gewesen zu sein.

***

Sierras Gedanken wirbelten durcheinander. Seit zwei Wochen kämpfte sie mit sich selbst in Bezug auf das, was sie tun sollte und was sie tun wollte. Sie *wollte* nach Texas ziehen, mit Grover ausgehen und die Freundschaft annehmen, die ihr alle Frauen anboten. Aber sie hatte das Gefühl, dass sie vorsichtiger sein *sollte*. Nicht so schnell handeln. Sich erst einmal orientieren, bevor sie eine große Lebensentscheidung traf.

Aber als sie hier mit Grover friedlich im Wald saß, fiel ihr die Entscheidung leicht. Sie mochte ihn. Und das nicht nur, weil er ein so großes Opfer gebracht hatte, um sie zu finden. Er war ein guter Mensch, das konnte sie bei jedem Kontakt mit anderen Menschen sehen. Sie fühlten sich zu ihm hingezogen, genau wie sie selbst. Vielleicht weil er ihnen das Gefühl gab, wichtig zu sein, als wäre das, was sie sagten, das Interessanteste, was er den ganzen Tag gehört hatte. Oder vielleicht einfach, weil er so verdammt nett war.

Manche Leute hielten es tatsächlich für eine Beleidigung, einen Mann »nett« zu nennen. Aber nicht sie. Sierra war schon mit vielen »nicht netten« Männern zusammen gewesen und hätte viel lieber jemanden wie Grover gehabt.

Je mehr Zeit sie mit ihm verbrachte, desto wohler fühlte sie sich. Die nächtlichen Gespräche mit ihm waren aufschlussreich gewesen und sie hatte ihn ziemlich gut kennengelernt. In seiner Gegenwart zu sein war ... alles.

Wie er zwischen ihr und Melba stand, bis er sicher war, dass das riesige Tier sie nicht umwerfen würde. Wie er darauf achtete, was sie mochte und was nicht ... wie er zum Beispiel Erdnussbuttercracker einpackte statt der Käsecracker. Wie er ihr einen Becher Kaffee genau so zubereitete, wie sie ihn am liebsten mochte.

Es war das Gefühl seiner Hand in ihrer. Zu wissen, dass sie zu ihm ins Bett kriechen konnte, ohne Angst haben zu müssen, dass er denken würde, sie würde ihn anmachen oder ausnutzen wollen.

Sierra wusste, dass sie Grover körperlich nicht gewachsen wäre. Er könnte sie leicht überwältigen und verletzen, wenn er die Absicht dazu hätte. Stattdessen war er äußerst sanft, hielt sich zurück und sorgte dafür, dass auch niemand anderes sie bedrängte.

Der Gedanke, mit ihm intim zu sein, war ... aufregend. Nicht im Geringsten beängstigend.

»Sie haben mich nicht vergewaltigt«, platzte Sierra heraus und zuckte zusammen, als sie merkte, wie hart die Worte klangen, wie aus heiterem Himmel.

Wie gewohnt gab Grover ihr nicht das Gefühl, dass ihr Ausbruch merkwürdig war. »Gott sei Dank.«

»Ich meine, während der ersten ein oder zwei Monate hatte ich jeden Tag Angst, dass sie genau das tun würden, aber sie waren mehr daran interessiert herauszufinden, wie weit sie mich treiben konnten, bevor ich zerbrach. Und als ich merkte, dass sie umso schneller aufhörten, je schneller ich weinte, schienen sie das Interesse daran zu verlieren, es überhaupt noch zu tun, es sei denn, eine andere Geisel war in der Nähe. Ich war wie ein Spielzeug, das alt wurde, das keinen Spaß mehr machte, und sie ließen mich meistens in Ruhe, bis jemand sie daran erinnerte, dass ich da war.«

»Das ist eine gute Analogie«, sagte Grover leise. »Und ich bin froh, dass sie das Interesse verloren haben, aber das ändert nichts an der Tatsache, dass sie dir deine Freiheit genommen haben. Dass sie dich überhaupt angefasst haben.«

»Ich weiß.«

»Willst du mir sagen, warum du an sie gedacht hast?«

Sierra seufzte. »Nein. Aber ich werde es tun. Ich habe gerade hier gesessen und gestaunt, wie glücklich ich bin. Mit dir. Und darüber, wie gut du mich schon nach so kurzer Zeit zu kennen scheinst. Dass du, da du so viel größer und stärker bist als ich, mir wehtun könntest, aber das hast du nicht. Das brachte mich dazu, darüber nachzudenken, warum ich mich sicher fühlte, als ich gestern Abend zu deiner Hütte ging und tatsächlich zu dir ins Bett stieg. Und das hat mich dazu gebracht, mir vorzustellen, wie wir beide ... zusammen sind ... wenn du weißt, was ich meine. Das macht mir keine Angst. Ich schätze ... ich wollte nur, dass du das weißt. Ich dachte mir, dass du dich vielleicht fragst, ob ich während meiner Gefangenschaft vergewaltigt wurde, und deshalb nichts tun möchtest, was mich erschrecken könnte.«

Nach einem kurzen Moment lachte Grover leise. »Ich

lache nicht über die Tatsache, dass du sexuell missbraucht worden sein könntest«, beruhigte er sie, »sondern über deinen Gedankengang. Und ich bin froh, dass die Vorstellung, dass wir miteinander schlafen, dich nicht in Panik versetzt.«

Sierra errötete, obwohl sie bereits an seine unverblümte Art zu sprechen gewöhnt war.

Er rückte näher, griff aber nicht nach ihr. Sein Schenkel berührte ihren, als könnte er es nicht ertragen, sie *nicht* irgendwie zu berühren. Das gefiel ihr. Sehr sogar.

»Ich gebe zu, ich bin erleichtert, dass sie dir das nicht angetan haben. Der Gedanke, dass jemand dich so überwältigt, macht mich absolut wütend und mir wird ganz übel. Du wirst bei mir immer sicher sein, Bean. Das verspreche ich dir.«

»Danke«, flüsterte sie. Dann neigte sie den Kopf und drückte ihn an seinen Oberarm. Er bewegte sich nicht, aber sie spürte, wie er seufzte, als wäre er erleichtert, dass sie ihn auch berührte. »Darf ich dir etwas sagen?«

»Du kannst mir alles sagen. Zwischen uns beiden gibt es eine urteilsfreie Zone«, beruhigte er sie.

»Ich kann nicht weinen«, sagte sie, bevor sie sich zurückzog. »Ich habe mit meiner Therapeutin in Colorado gesprochen, und sie sagte, das sei normal, aber es fühlt sich nicht normal an.«

»Das ergibt allerdings einen Sinn«, sagte Grover. »Du hast deine Tränen benutzt, um deine Entführer zu manipulieren. Emotional assoziiert dein Gehirn Tränen mit Schmerz. Um zu verhindern, dass du körperlichen oder emotionalen Schmerz empfindest, scheut dein Körper wahrscheinlich davor zurück zu weinen. Das ist ein Abwehrmechanismus.«

»Ich beschloss, meine Wohnung zu behalten, als ich den Job in Afghanistan annahm. Sie lag in einer großartigen Gegend und die Miete war extrem günstig. Ich war mir nicht sicher, wie lange ich im Ausland bleiben würde, und wollte eine Wohnung, in die ich nach meiner Rückkehr zurückkehren konnte. Nachdem ich mehrere Monate verschwunden war, packten meine Eltern jedoch alle meine Sachen zusammen und lagerten sie in ihrem Keller. Meine Mutter gab zu, dass sie meine Möbel verkauft hatte, weil sie nicht alle in ihr Haus passten. Als ich sah, dass meine Sachen auf einen Stapel Kartons reduziert worden waren, wollte ich weinen. Es war so traurig und deprimierend. Aber ich konnte nicht. Es kam nicht eine Träne. Es war verwirrend, weil ich so tiefes Leid empfunden habe.«

Sierra spürte, wie Grover sich neben ihr bewegte, dann legte er seinen Arm um ihre Schultern. »Du bist noch nicht sehr lange wieder in Freiheit. Sei nicht so streng mit dir. Und obwohl mir der Gedanke nicht gefällt, dass du wegen irgendetwas weinst, bin ich sicher, dass du es irgendwann tun wirst. Echte Tränen, nicht diese unechten, die du auf Kommando herausquetschen konntest.«

Sie zuckte mit den Schultern, nicht sicher, ob das jemals wieder passieren würde. Aber natürlich hatte Grover ein gutes Argument. In gewisser Weise fühlte es sich an, als wäre sie schon seit Monaten zu Hause und Afghanistan eine ferne, surreale Erinnerung, aber in Wirklichkeit waren es erst ein paar Wochen. Es gab viele Dinge, mit denen sie immer noch nicht zurechtkam. Sie musste nur geduldig sein.

Sie setzte sich aufrecht hin und blickte Grover schüchtern an.

»Geht es dir gut?«

»Ja. Ich bin sicher, du hast recht.«

»Ich habe immer recht. Frag einfach alle anderen.«

Sie schätzte seinen Versuch, die Ernsthaftigkeit des Augenblicks zu unterbrechen, und rollte mit den Augen. »Vielleicht sollte ich Devyn fragen, wie sehr du wirklich immer recht hast.«

»Oh, das war gemein«, stichelte er. »Mir meine Schwester auf den Hals zu hetzen.«

Sie grinste ihn an.

Es war keine Überraschung, dass Sierra merkte, dass sie sich besser fühlte. Ihr Problem, nicht weinen zu können, war zwar nicht gelöst, aber das Eingeständnis dieser merkwürdigen Tatsache fühlte sich befreiend an, als müsste sie diese Last nicht mehr allein schultern. Grover hatte sie nicht angesehen, als wäre sie gebrochen. Sie bedauerte auch nicht, dass sie zugegeben hatte, nicht vergewaltigt worden zu sein. Manchmal, so beschissen es auch klingen mochte, fühlte sie sich deswegen sogar schuldig. Als könnten die Leute denken, sie sei keine »echte« Kriegsgefangene, da sie nicht wirklich gelitten hatte, weil sie in der Gefangenschaft nicht sexuell missbraucht worden war.

Sie war sich nicht sicher, ob diese Sache mit der *Zuflucht* eine gute Idee war, aber sie brauchte sie eindeutig. Sie war erst einen Tag hier, aber sie fühlte sich schon ruhiger. Ausgeglichener. Vielleicht lag es an der Bergluft. Vielleicht war es die Freundlichkeit der Männer, denen die Einrichtung gehörte. Aber sie hatte das Gefühl, dass es nichts von alledem war. Es war allein der Mann neben ihr, der den Unterschied ausmachte.

Sie saßen noch etwa eine halbe Stunde auf dem Felsen, bis sie beschlossen, zurück zur Ranch zu gehen. Der Spaziergang war langsam und einfach, und er hielt den ganzen Weg über ihre Hand. Sie hatte sich schon zu sehr daran gewöhnt, ihn zu berühren … aber da Grover nichts dagegen zu haben schien, beschloss Sierra, dass sie ebenso empfand.

KAPITEL ZWÖLF

Dreizehn Tage. Die besten fast zwei Wochen von Grovers Leben. Er und Sierra hatten so gut wie jede Minute eines jeden Tages zusammen verbracht.

Und er hatte sich bis über beide Ohren in sie verliebt.

Leider wusste er nicht, wie *sie* sich fühlte, da er sein Bestes getan hatte, um sich lediglich wie ein »Freund« zu verhalten.

Sie schliefen jede Nacht im selben Bett und hielten Händchen. In diesen zwei Wochen hatte er keinen einzigen Albtraum gehabt. Und sie sah noch gesünder aus. Sie hatte wieder an Gewicht zugelegt und lächelte ständig.

Sie waren in eine Routine verfallen, frühstückten, besuchten Melba und die anderen Tiere, packten dann ein Picknick ein und gingen wandern. Sie waren schon überall auf den Bergpfaden unterwegs gewesen und hatten sich mit jedem Schritt besser kennengelernt. Grover hatte Sierra Geschichten erzählt, die er sonst niemandem erzählt hatte. Und er wollte gern glauben, dass sie auch einige ihrer geheimsten Gedanken mit ihm geteilt hatte.

Jeden Tag, nachdem sie in *Die Zuflucht* zurückgekehrt waren, besuchten sie entweder die Therapeutin – einzeln, gemeinsam und in der Gruppe –, hielten ein Nickerchen in den Hängematten hinter ihrer Hütte oder hingen einfach in der Lodge ab und unterhielten sich mit anderen Gästen und Brick und seinen Freunden.

Doch ihr zweiwöchiger Aufenthalt neigte sich dem Ende zu. Morgen würden Sierras Eltern sie wieder abholen und er würde die lange Fahrt zurück nach Killeen antreten.

Grover stand auch in halbwegs regelmäßigem Kontakt zu seinen Freunden, um sich über die zunehmend brisante Situation zu Hause zu informieren. Obwohl er hart daran gearbeitet hatte, seine Sorgen vor Sierra zu verbergen, um ihren Frieden und ihre Therapie nicht zu stören, wusste er, dass er ihr mitteilen musste, was passiert war. Vor allem weil sie immer noch erwog, nach Texas zu ziehen.

Zunächst waren Grover und der Rest des Teams nicht sonderlich besorgt gewesen über die Strong Foot Miliz. Es handelte sich um eine Gruppe aus einer nicht allzu weit von Killeen entfernten Stadt, die gegen den Aufstieg einer ihrer Meinung nach tyrannischen Regierung wetterte, der man mit Waffengewalt entgegentreten müsse.

Es gab drei Arten von »offiziellen« Milizen, die von der US-Regierung anerkannt wurden: die organisierten Milizen – einschließlich der Nationalgarde –, die nicht organisierten Milizen – das waren so ziemlich alle anderen wehrfähigen Personen zwischen siebzehn und sechzig Jahren, die nicht bereits der Nationalgarde angehörten – und die staatlichen Verteidigungskräfte, die durch staatliche Gesetze autorisiert waren.

Dann gab es aber auch Gruppen wie Strong Foot, deren Mitglieder es auf sich nahmen, die Waffen gegen die Regierung zu erheben. Sie waren im Grunde bewaffnete paramilitärische Extremisten mit einer regierungsfeindlichen und verschwörungstheoretischen Ideologie.

Grover und sein Delta-Team waren seit Langem über

diese Gruppe informiert, da sich ihre Zentrale in San Angelo, nur drei Stunden westlich von Killeen, befand.

Sie hatten ihre Verachtung für so ziemlich jeden Aspekt der Regierung zum Ausdruck gebracht, aber in letzter Zeit hatten sie ihren Unmut über das Militär lautstark geäußert, insbesondere über die Tatsache, dass die USA immer noch Truppen in Übersee stationiert hatten.

Gerade in dem Monat, in dem Grover und Sierra aus Afghanistan zurückgekehrt waren, hatte es zwei bedauerliche Ereignisse im Zusammenhang mit dem Militär in Übersee gegeben. Der erste Vorfall ereignete sich in Südkorea, wo ein Soldat wegen zwei Morden, drei Vergewaltigungen und einer Handvoll Anklagen wegen Körperverletzung verurteilt worden war. Da der Mann in Killeen stationiert war, hatte die Strong Foot Miliz die Aufmerksamkeit der Medien als Plattform für ihre eigenen Proteste genutzt.

Der zweite Vorfall ereignete sich in Afghanistan, allerdings in einem anderen Teil des Landes als dem, in dem Sierra vor ihrer Entführung gearbeitet hatte. Bei dem Versuch, einen anderen Taliban-Führer auszuschalten, hatten die USA bei Luftangriffen mehrere Zivilisten getötet. Grover wusste, dass die Strong Foot Miliz sich einen Dreck um diese Zivilisten scherte; ihr Tod war nur ein praktischer Vorwand, um ihre Ziele durchzusetzen.

Laut Trigger hatte die Gruppe während der letzten Woche vor dem Haupttor von Fort Hood protestiert und wurde mit jedem Tag aggressiver. Es waren mehrere Dutzend Männer, die Schilder in der Hand hielten und Drohungen gegen die Soldaten und Zivilisten ausstießen, die durch die Tore ein- und ausfuhren.

Die Spannungen in der Militärstadt nahmen zu, und die Milizgruppe zeigte keine Anzeichen dafür, dass sie ihre Proteste beenden würde, sondern steigerte nur ihre Eskapaden. Die Mitglieder profitierten von der Aufmerksamkeit der Medien, die ihnen endlich zuteilwurde, und verwandelten die ganze Stadt in ein Pulverfass, das nur darauf wartete zu explodieren.

Grover wusste, dass Sierra seine zunehmende Beunruhigung über die Situation spüren konnte, dass sie ihm jedes Mal ins Gesicht geschrieben stand, wenn er das Telefongespräch mit Trigger beendete. Er hatte sein Bestes getan, um sein Unbehagen zu verbergen, aber es gelang ihm offensichtlich nicht besonders gut.

Er wollte, dass Sierra nach Killeen zog, und er hatte Angst, dass jedes Gerücht über die Milizgruppe ihr einen Grund geben würde, dies aufzuschieben, möglicherweise sogar auf unbestimmte Zeit. Aber Grover wusste, dass es nicht fair war zu schweigen. Sie war durch die Hölle gegangen und hatte ein Recht darauf, alles über die Stadt zu erfahren, in die sie umzuziehen gedachte. Das Gute, das Schlechte und das Hässliche.

Er wusste, dass die Strong Foot Gruppe nicht immer ein Problem sein würde. Hoffentlich würden diese Typen sich eher früher als später dorthin zurückschleichen, wo sie hergekommen waren, oder sich vielleicht sogar ganz auflösen. Außerdem hasste er es, Sierra etwas vorzuenthalten.

Grover beschloss, mit ihr über die Gruppe zu sprechen, bevor sie morgen abreisten. Er hoffte auch, mit ihr über ihre Pläne nach ihrer Rückkehr nach Colorado sprechen zu können. Sofern die Miliz sie nicht vergraulte, wollte er wissen, ob sie Embers Angebot immer noch annehmen wollte, und wenn ja, wann sie umziehen würde. Er konnte es kaum erwarten, ihr sein Haus und seine Scheune zu zeigen. Ihr die Frauen vorzustellen, mit denen sie sich geschrieben hatte. Sie wieder mit seinem Team zusammenzubringen. Sie in seine Lieblingsrestaurants einzuladen.

Allein die Tatsache, dass sie in der gleichen Stadt wie er war, wäre schon toll.

Sie in den letzten zwei Wochen ständig an seiner Seite

zu haben hatte seine Gefühle für sie gefestigt, und er wollte unbedingt wissen, ob sie das Gleiche empfand.

Am letzten Morgen ihres vollen Tages in der *Zuflucht* wachten sie wie üblich gegen halb acht auf. Sierra verließ seine Hütte, um in ihre zu gehen und zu duschen, dann frühstückten sie ausgiebig. Danach machten sie sich auf den Weg zur Scheune, damit Sierra Melba, die Ziegen und die Katzen streicheln konnte.

Aber anstatt in die Küche zurückzukehren, um ein Mittagessen zusammenzupacken, fragte Sierra: »Würde es dir etwas ausmachen, wenn wir heute nicht wandern?«

»Nein, natürlich nicht. Was schwebt dir stattdessen vor?«

»Ich dachte, wir könnten zurück in meine Hütte gehen und uns hinten auf die Terrasse setzen. Und reden.«

Wenn eine Frau sagte, sie wolle reden, war das normalerweise keine gute Nachricht. Aber Grover war mehr als bereit, sich anzuhören, was Sierra zu sagen hatte. Es würde ihm auch die Möglichkeit geben, über die Probleme zu sprechen, die die Milizgruppe verursachte, und zu wiederholen, wie sehr er wollte, dass sie nach Texas kam. Sie behauptete, es zu wollen, aber er musste sicher sein. »Das klingt gut.«

Sie hielten noch in der Küche an, um etwas zum Mittagessen zu holen, das Grover in ihre Hütte trug. Sie stellten alles auf den kleinen Tisch auf ihrer Terrasse und aßen in angenehmer Stille. Das war eines der Dinge, die Grover am meisten an ihr mochte; er musste nicht immer ein Gespräch führen. Sie konnten schweigend beieinandersitzen und vollkommen glücklich sein.

Nachdem sie ihre Sandwiches aufgegessen und sich vom Mittagessen erholt hatten, lehnte Sierra sich in ihrem Stuhl zurück und sagte: »Das waren die besten zwei Wochen meines Lebens, Grover.«

»Da stimme ich dir zu.«

»Wie du weißt war ich mir nicht sicher, ob ich wirklich herkommen wollte. Ich meine, geistig ging es mir eigentlich ganz gut. Ich hatte irgendwie das Gefühl, dass ich den Platz hier jemandem überlassen sollte, der ihn dringender braucht. Aber nachdem ich an allen Therapiesitzungen teilgenommen hatte, wurde mir klar, dass ich zwar nicht so schrecklich behandelt wurde, wie es möglich gewesen wäre, aber die Erfahrung hat mich doch stärker beeinflusst, als ich dachte.«

Grover nickte. »Das ist gut.«

Sierra sah zu ihm hinüber. »Aber ich weiß, dass ich mich nicht so ... ruhig fühlen würde, wie ich es jetzt tue, wenn du nicht hier bei mir gewesen wärst.«

Grovers Herz schwoll an. »Mir geht es genauso, Bean.«

»Ich kann immer noch nicht glauben, was du getan hast. Ich meine, es war ziemlich ungeheuerlich. Wer lässt sich schon von einer Terrorgruppe entführen, in der Hoffnung, dass er *vielleicht* jemanden findet, der vor einem Jahr verschwunden ist? Ich hätte schon längst tot sein können, Grover.«

»Ich weiß.« Und das tat er. Es war tatsächlich weit hergeholt gewesen, obwohl sein Bauchgefühl es ihm gesagt hatte; eine Entscheidung, die aus Verzweiflung getroffen wurde. »Aber du warst es nicht. Und jetzt bist du hier.«

»Ja, ich bin hier«, stimmte sie zu. Sie schwieg einen Moment und fragte dann: »Glaubst du, dass dies gesund ist?«

»Was?«

»Wir.«

Ein Wort. Mehr brauchte sie nicht zu sagen.

»Ja«, entgegnete Grover sofort.

Ihre Lippen zuckten.

»Weißt du, ich sage nicht, dass das, was wir haben, konventionell ist. Verdammt, die meisten Leute würden wahrscheinlich behaupten, dass es nicht normal ist. Aber das ist mir egal. Ich denke nur daran, wie ich mich fühle, wenn ich in deiner Nähe bin.«

Als er nicht weitersprach, fragte Sierra: »Und wie fühlst du dich?«

Grover hatte kein Problem damit, ihr genau zu sagen, was er fühlte. Dies war der perfekte Zeitpunkt, um alles offenzulegen.

»Ruhig. Als hätte ich endlich meinen besten Freund getroffen. Ich habe nicht das Gefühl, jemand anderes sein zu müssen als der, der ich bin, wenn ich mit dir zusammen bin. Ich muss nicht so tun, als hätte ich keine Angst vor Spinnen, weil ich weiß, dass du sie für mich tötest. Du weißt, wann ich gereizt bin und wann ich mich entspannt fühle. Ich habe dir alles über meine verkorkste Familiendynamik erzählt, und du hast mich nicht verurteilt. Während der letzten zwei Wochen habe ich so viel gelacht wie schon lange nicht mehr, und wenn ich in deiner Nähe bin, weiß ich wieder, warum ich zur Armee gegangen bin – genauer gesagt zur Delta Force. Es ist mir egal, was andere über unsere Beziehung denken. Sie können sich verpissen, wenn es ihnen nicht gefällt. Sie sind nicht wie wir. Sie haben nicht das durchgemacht, was wir durchgemacht haben.«

»Der erste Monat in Gefangenschaft war der schlimmste«, sagte Sierra leise. »Ich war so verängstigt und verwirrt, und ich hatte Schmerzen. Ich wusste nicht, was Shahzada von mir wollte, und ich dachte jeden Tag, dass es mein letzter sein würde. Und von all den Dingen, an die ich hätte denken können, habe ich an dich gedacht«, gab Sierra zu.

Grover konnte die Emotionen in ihrer Stimme hören, aber ihre Augen blieben wie üblich trocken. Er wusste, dass sie mit der Therapeutin über ihre Unfähigkeit zu weinen gesprochen hatte, und die Frau hatte ihr im Grunde das Gleiche gesagt wie er. Sie müsse Geduld haben, und sobald ihr Geist und ihr Körper merkten, dass sie wirklich in Sicherheit war, würde sie diese Fähigkeit wiedererlangen.

»Ich dachte an unsere erste Begegnung zurück. Du hattest mich so geärgert«, erzählte sie ihm mit einem kleinen Lächeln. »Ich war irritiert, dass du in mir nur ein naives kleines Kind zu sehen schienst.«

»Ich habe dich nie als Kind gesehen. Niemals«, sagte Grover gefühlvoll.

»Du weißt, was ich meine«, protestierte Sierra. »Aber du hast dich irgendwie rehabilitiert, als du mich gefragt hast, ob wir in Kontakt bleiben können. Ich hätte nicht gedacht, dass ein Mann das tut, wenn er nicht interessiert ist. Vor allem weil ich eine Zeit lang in Afghanistan sein würde und du wieder hier in den Staaten.«

»Ich war auf jeden Fall interessiert«, sagte Grover unnötigerweise.

»Ich möchte nur nicht, dass das, was passiert ist, die Grundlage für unsere Beziehung ist. Ich will nicht, dass du mich ständig als die arme Zivilistin siehst, die gerettet werden muss. Ich möchte, dass du mich als reife, fähige Frau siehst, die vernünftige Entscheidungen treffen kann.«

»Das tue ich«, erwiderte Grover, ohne zu zögern.

»Ich mag dich«, sagte Sierra, »aber du machst mir auch eine Heidenangst.«

»Ich würde dir nie wehtun.«

»Nicht mit Absicht, nein. Und ich glaube fest daran, dass du mich nicht aus Wut oder Frustration anfassen wirst, aber ich habe das Gefühl, dass ich am Abgrund stehe. Soll ich den Sprung wagen ... oder nicht?«

»Die Sache ist die«, sagte Grover leise, »kann ich in die Zukunft sehen? Nein. Ich habe keine Ahnung, was morgen passieren wird, und ich weiß ganz sicher nicht, wo wir in einem Monat, einem Jahr oder in fünf Jahren sein werden. Aber ich weiß mit hundertprozentiger Sicherheit, dass du erstaunliche Dinge tun wirst. Ich weiß nicht, was das sein wird, aber ich weiß, dass jeder, mit dem du in Kontakt kommst, sich irgendwie zum Besseren verändert, nur weil er dich kennt. Das ist mir während der letzten zwei Wochen aufgefallen. Die anderen Gäste hier scheinen zu strahlen, wenn du mit ihnen sprichst. Du bist rücksichtsvoll und sorgst dich aufrichtig um andere. Das ist selten, Bean. Egoistischerweise möchte ich deine Güte immer in meiner Nähe haben, um mich auch zu zentrieren.

Was den Abgrund angeht ... wage den Sprung. Ich werde da sein, um dich aufzufangen.«

In dem Moment stand Sierra auf. Und eine Sekunde lang dachte Grover, dass er vielleicht zu weit gegangen war. Dass sie gehen würde. Stattdessen schockierte sie ihn, als sie zu seinem Stuhl trat und auf seinen Schoß kletterte.

Während der letzten zwei Wochen hatte er sie oft berührt. Ihren Arm, ihren Rücken. Er hatte ihre Hand gehalten, so oft er nur konnte. Und obwohl sie jede Nacht im selben Bett geschlafen hatten, war dies viel intimer.

Sierra schmiegte sich perfekt an ihn. Er liebte es, ihr Gewicht auf sich zu haben. Auch wenn sie das meiste von dem, was sie verloren hatte, wieder zugenommen hatte, würde sie nie ein großer Mensch sein. Sie würde immer zierlich sein, und er würde im Vergleich zu ihr immer groß sein. Er mochte diesen Unterschied. Er befriedigte etwas Tiefes und Primitives in ihm.

Ihr Kopf ruhte auf seiner Schulter und ihr kurzes Haar kitzelte an seinem Kiefer. Grover hielt sie fest an sich gedrückt.

»Ich werde mit meinen Eltern nach Colorado zurückkehren«, erklärte sie.

Grover wurde das Herz schwer und er versteifte sich bei ihren Worten.

»Und dann werde ich meinen Umzug nach Killeen organisieren.«

Und einfach so änderte sich seine Welt. »Was soll ich tun, um zu helfen?«, fragte er.

Sierra hob den Kopf. »Bist du dir sicher, was das angeht?«

»Allerdings. Und du?«, konterte er.

Sie nickte und legte den Kopf zurück auf seine Schulter. »Ich habe viel darüber nachgedacht. Und ich habe gestern sogar mit der Therapeutin darüber gesprochen. Sie meint, es wäre eine gute Sache. Ein Tapetenwechsel. Ich will das, was du hast«, sagte sie leise.

»Und was ist das?«, fragte Grover.

»Freunde. Menschen, die für mich da sind, egal was passiert. Wenn ich von Anfang an solche Freunde gehabt hätte, wäre ich vielleicht nicht so ruhelos gewesen, wäre nicht so erpicht darauf gewesen, nach Übersee zu gehen. Vielleicht hätte dann einer von ihnen bei meinem Verschwinden so lange Alarm geschlagen, bis jemand etwas getan hätte, um mich zurückzuholen. Ich möchte nicht wieder zu dem einsamen Menschen werden, der ich vorher war.«

»Das wirst du nicht«, schwor Grover.

»Ich weiß, dass ich es ausnutze, wenn ich versuche, mich in deinen Freundeskreis einzuschleichen«, begann Sierra, aber Grover unterbrach sie.

»Das tust du nicht. Es sind gute Menschen, und du gehörst bereits zu ihnen. Sie würden dich nicht akzeptieren, wenn sie merken, dass du nicht echt bist.«

»Ember wird durchdrehen«, sagte Sierra mit einem kleinen Lachen. »Sie schreibt mir jeden Tag eine SMS und fragt, wann ich endlich komme und ihr helfe.«

»Und wann?«, fragte Grover ungeduldig.

»Jetzt klingst du wie Ember«, sagte Sierra.

»Nun, ich habe dir eine Verabredung auf dem Dachboden meiner Scheune versprochen«, sagte Grover zu ihr.

»Und einen großen Salat«, fügte sie hinzu.

»Das auch. Also? Wann muss ich meinen Kommandanten um ein paar freie Tage bitten, damit ich dir beim Umzug helfen kann?«

»Ich weiß es nicht. Aber bald, denke ich. Ich bin bereit, Grover. Bereit, den Sand von Afghanistan abzuschütteln und wieder zu leben. Dieser Ort war wunderbar, aber ich muss etwas tun. Ich kann nicht nur hier mit Melba und den anderen Tieren herumhängen und nichts weiter tun, als jeden Tag durch den Wald zu wandern.«

»Sei vorsichtig mit dem, was du dir wünschst«, sagte Grover zu ihr und konnte sich nicht davon abhalten, sie auf den Kopf zu küssen. »Die Mädchen werden dich von morgens bis abends auf Trab halten, wenn du nicht aufpasst. Sie sind ein ehrgeiziger Haufen.«

»Sie klingen fantastisch. Ich kann es kaum erwarten, sie kennenzulernen. Und Killeen zu erkunden. Ich war noch nie in Texas. Ich habe viele Geschichten über diesen Staat gehört.«

»Und viele von ihnen sind wahrscheinlich wahr«, sagte Grover, der wusste, dass dies die beste Gelegenheit war, sie vor der Strong Foot Miliz zu warnen. »Eine gute Sache ist, dass es heiß ist. Du solltest dort nicht frieren. Ich meine, im Winter wird es kühl, aber nicht so wie in Colorado, und schon gar nicht wie in Leadville.«

»Gut. Grover?«

»Ja?«

»Wirst du mir sagen, was dich bedrückt? Ich weiß, dass du heute Morgen wieder einen Anruf von Trigger bekommen hast, und seitdem bist du sehr angespannt. Seid ihr bald wieder im Einsatz? Denn wenn ja, ist das okay. Ich kann mit diesem Teil deines Jobs umgehen. Ich meine, ich werde dich vermissen und mir Sorgen um dich machen, wenn du weg bist, aber ich werde nicht zusammenbrechen.«

»Das bedeutet mir sehr viel, aber nein. Das ist nicht das, was mir im Kopf rumgeht.« Grover nahm einen tiefen Atemzug. »Es wäre vielleicht eine gute Idee, wenn du noch ein wenig wartest, bevor du nach Killeen kommst.«

Die Worte waren äußerst schmerzhaft und schwer auszusprechen, aber auf keinen Fall wollte er Sierra irgendeiner Gefahr aussetzen.

»Warum? Was ist los?« Sie klang nicht verärgert. Sie wurde nicht sofort emotional und warf ihm vor, dass er sie nicht bei sich haben wollte. Sie war besonnen, was Grover sehr zu schätzen wusste.

»Es gibt eine texanische Milizgruppe, die in Killeen im Moment Probleme verursacht. Die Mitglieder haben vor den Toren des Armeestützpunktes Streikposten aufgestellt und tun ihr Bestes, um Angst zu verbreiten und jeden zu terrorisieren, der dort lebt und arbeitet.«

»Warum?«

Grover zuckte mit den Schultern. »Weil sie jung und dumm sind? Weil sie denken, dass sie aufgrund ihrer weißen Haut besser sind als alle anderen? Weil sie die Aufmerksamkeit mögen? Ich weiß es nicht.«

»Hat dein Team dich darüber auf dem Laufenden gehalten?«

»Ja. Normalerweise spreche ich nicht jeden Tag mit meinen Freunden, wenn ich im Urlaub bin«, erklärte er ihr mit einem Lächeln. »Ich meine, ich mag sie, aber du meine Güte.«

Sierra kicherte, dann überraschte sie ihn erneut, als sie sich auf seinem Schoß rittlings zu ihm drehte. Grover konnte nicht anders, als sie näher zu sich heranzuziehen, sodass sein Schwanz zwischen ihren Beinen lag. Sie versuchte nicht, ihn anzufassen, das wusste er. Also zwang er sich, ganz still zu bleiben. Er wollte sie wirklich nicht erschrecken, indem er sich wie ein geiler Teenager verhielt.

Sie legte ihre Hände in seinen Nacken und sah ihm in die Augen. »Ich weigere mich, mich von irgendetwas von meinem neuen Leben abschrecken zu lassen. Ich wurde von den Taliban ein ganzes Jahr lang gefangen gehalten. Diese Idioten, die sich über einen Scheiß beschweren, von dem sie keine Ahnung haben, werden mich nicht zum Zittern bringen.«

»Du zitterst doch auch gar nicht«, sagte Grover, wobei der Witz sogar in seinen eigenen Ohren etwas lahm klang.

»Du weißt, was ich meine«, sagte sie.

»Ja, das tue ich. Jedenfalls sind sie gefährlich«, sagte Grover ernst, legte seine Hände um ihre Taille und hielt sie fest. »Brain hat ein paar Nachforschungen angestellt. Er sagt, sie haben einen Haufen Sprengstoff und sind bis an die Zähne bewaffnet. Sie zeigen ihr Versteck gern in den sozialen Medien, um andere rassistische Arschlöcher für ihre Sache zu gewinnen.«

»Okay.«

»Sie sind gegen so ziemlich jeden, der kein weißer amerikanischer Mann ist. Schwule, Juden, Schwarze, Hispanoamerikaner. Sogar Frauen.«

»In Ordnung.«

»Und sie planen etwas. Keiner weiß, was. Es heißt, es gäbe einen großen Plan, um der Welt zu zeigen, wie tyrannisch und außer Kontrolle das Militär ist.«

»Grover, es ist alles in Ordnung.«

»Ich kann dich einfach nicht mit gutem Gewissen nach Killeen ziehen lassen, ohne dir genau zu sagen, worauf du dich einlässt.«

»Ich weiß, worauf ich mich einlasse. Ich gewinne eine Gruppe von Frauen, von denen ich hoffe, dass sie meine besten Freundinnen werden. Ein knallhartes Delta-Force-Team, das mir den Rücken freihält, egal was passiert. Und ich bekomme einen beschützenden, ehrlichen, erstaunlichen Freund, der Spinnen leidenschaftlich hasst, von dem ich aber weiß, dass er sich einer Armada dieser achtbeinigen Kreaturen entgegenstellen würde, wenn ich dadurch sicher und glücklich wäre.«

Grover wagte kaum zu atmen. »Freund?«

»Ja«, sagte Sierra, und es gefiel ihm, wie ihre Wangen rosa wurden. »Ich weiß, ich habe gesagt, dass ich für eine solche Beziehung noch nicht bereit bin, aber ich bin offensichtlich eine Närrin. Die letzten zwei Wochen waren die besten in meinem Leben. Und ich übertreibe nicht. Der Gedanke, nach Colorado zu gehen, bringt mich um, weil ich dich verlassen werde. Selbst wenn du in Alaska stationiert wärst, würde ich dir sofort folgen, und du weißt, was ich von der Kälte halte.«

Grover legte seine Hände um Sierras Taille und zog sie näher heran. Er musste sie an sich spüren. Er war so erleichtert, dass sie ihm die Chance geben würde, ihr zu zeigen, wie gut sie zusammen sein konnten, dass er gar nicht darüber nachdachte, dass er sie mit seiner Erregung schockieren könnte.

Aber sie fügte sich bereitwillig und rutschte noch näher an ihn heran. Sie vergrub ihr Gesicht in seinem Nacken und sie hielten sich einfach nur gegenseitig.

»Ich werde alles tun, um dich glücklich zu machen«, schwor Grover.

»Das tust du bereits«, sagte sie, ihre Stimme dumpf auf seiner Haut.

Als er eine Hand in ihren Nacken legte, war Grover wieder einmal erstaunt, wie klein sie im Vergleich zu ihm war, wie groß seine Hand an ihrem zarten Hals wirkte. Er war sich ihrer Größe und ihres Gewichts bewusst, der Tatsache, dass sie zierlich war, aber jedes Mal, wenn er sie festhielt, wurde ihm diese Tatsache umso deutlicher vor Augen geführt. Als sie sich kennengelernt hatten, hatte sie eine so große Persönlichkeit gehabt, eine Ausgelassenheit, die jeden Tag ein bisschen mehr zurückkam, dass es schwer zu glauben war, dass sie in einem so kleinen Paket enthalten sein konnte.

Sie hob den Kopf und er sah ihr in die Augen.

»Ich bin glücklich«, versicherte er ihr ernst.

Sie grinste. »Du siehst nicht so aus.«

»Ich habe große Angst«, gab Grover zu.

»Wovor?«

»Vor dir.«

Sierra sah überrascht aus. »Vor mir? Ich bin nicht Furcht einflößender als ein Floh.«

»Ich will das nicht vermasseln und ich habe Angst, dass ich etwas tue oder sage, was dich umstimmen könnte.«

»Grover, hör auf«, schimpfte sie. »Ich erwarte nicht, dass du perfekt bist, genauso wenig wie du es von mir erwartest. Wir werden beide Fehler machen. Wir werden Dinge sagen, die wir nicht so meinen, und wir werden uns gegenseitig auf die Nerven gehen. Aber das wird nicht bedeuten, dass ich dich weniger mag.«

»Du bist eine großartige Frau, Sierra Clarkson. Vergiss das nie.«

Sie lächelte schüchtern. »Ich bin gar nicht so toll.«

»Machst du Witze? Bean, du hast zwölf Monate in Gefangenschaft überlebt. Nicht nur das, du hast diese Arschlöcher dazu gebracht, genau das zu tun, was du von ihnen wolltest.« Grover fuhr ihr kurz mit der Hand über den Kopf, ein physischer Beweis dafür, wie klug sie war. »Du bist nicht ausgeflippt, als mein Team auftauchte, und du hast dein Bestes gegeben, um zu helfen, anstatt eine Belastung zu sein. Glaub mir, wenn ich sage, dass das nicht immer der Fall ist. Ich würde dich an meiner Seite haben wollen, wenn die Kacke am Dampfen ist.«

Sierra legte den Kopf schief und musterte ihn einen langen Moment, bevor sie sagte: »Das meinst du wirklich ernst, nicht wahr?«

»Hundertprozentig. Durch dein Psychologiestudium hast du die Fähigkeit erlangt, dich in Menschen hineinzuversetzen und herauszufinden, wie du das, was du brauchst, aus ihnen herausholen kannst.«

»Du meinst, ich bin manipulativ«, sagte sie lächelnd. »Hast du keine Angst, dass ich meine sogenannten Fähigkeiten gegen dich verwende?«

»Nein. Denn wenn du jemals auf diese Taktik zurückgreifen musst, stimmt etwas ganz und gar nicht. Außerdem werde ich alles tun, um dir zu geben, was du willst, es gibt keinen Grund, mich zu manipulieren.«

»Was ist, wenn ich einen Maserati haben möchte?«, fragte sie.

Grover wusste, dass sie scherzte, aber er entschied sich, seinen Standpunkt zu verteidigen. »Dann werden wir darüber reden, was wir opfern müssen, um ihn uns leisten zu können.«

»Grover«, flüsterte sie. »Das war ein Scherz.«

»Ich weiß. Aber ich möchte, dass du erkennst, wie ernst es mir ist. Ich werde mir nicht immer die Dinge leisten können, die du dir wünschst, und ich werde vielleicht nicht sofort umziehen können, zumindest nicht, bis ich aus der Armee ausscheide ... aber fast alles ist verhandelbar.«

»Du bist zu gut, um wahr zu sein«, sagte Sierra leise.

»Ich habe Angst vor Spinnen, erinnerst du dich?«, neckte Grover sie.

»Ich werde dich vor ihnen beschützen«, versprach sie.

Grover konnte es nicht mehr ertragen. »Da wir jetzt offenbar zusammen sind ... meinst du, ich könnte einen Kuss bekommen?«

Sie grinste, aber statt zu antworten, beugte Sierra sich vor. Es brauchte nicht viel, denn sie waren sich schon so nahe, und in der Sekunde, in der ihre Lippen seine berührten, war Grover Wachs in ihren Händen.

Der Kuss war langsam und leicht. Intim und liebevoll. Grover wusste, dass später Zeit für unkontrollierte Leidenschaft sein würde, aber hier, in dieser entspannten Umgebung, für ihren ersten richtigen Kuss als Paar, wollte er sich Zeit lassen.

Trotzdem atmeten sie beide schwer, als sie sich zurückzog, und als sie sich subtil gegen ihn wand, merkte er, dass sie genauso erregt war wie er. Grover war es nicht mehr peinlich, dass seine Erektion gegen sie drückte. Sie schien nicht beunruhigt zu sein.

Grover leckte sich über die Lippen und schmeckte den Tee, den sie zu ihrem Mittagessen getrunken hatte. Es war intim, und er war fast überwältigt von seinen Gefühlen. In Gedanken schwor er sich, diese Frau niemals zu enttäuschen. Sie war durch die Hölle gegangen und verdiente das Beste, was das Leben zu bieten hatte. Das Beste, was *er* zu bieten hatte.

Sierra seufzte mit einem kleinen Lächeln, dann beugte sie sich noch einmal vor und legte ihre Wange an seine Schulter. Ihr warmer Atem streichelte die Haut an seinem Hals und er entspannte sich in seinem Stuhl. Mit einem Fuß zog er einen kleinen Schemel heran und hob seine Beine an.

Sie kuschelten sich beide aneinander, während er es sich bequem machte. Die Bäume wiegten sich in einer leichten Brise und in der Ferne konnten sie Melba muhen hören, wahrscheinlich um Aufmerksamkeit oder Leckerlis zu bekommen.

»Danke, dass du mit mir hierhergekommen bist«, sagte Sierra nach einem Moment.

»Gern geschehen.«

»Brick und seine Freunde haben hier etwas Tolles geschaffen. Ich hoffe, er hilft allen anderen so sehr wie mir.«

»Ich auch«, sagte Grover.

Nach ein oder zwei Minuten kameradschaftlichen Schweigens fragte Sierra: »Glaubst du wirklich, dass diese Angehörigen der Miliz Ärger machen werden?«

»Ja, Bean. Ich weiß es. Frag mich nicht, wann oder wie, aber mein Gefühl sagt mir, dass sie schon zu weit gegangen sind, um jetzt einen Rückzieher zu machen. Sie werden etwas tun wollen, um der Welt zu zeigen, dass sie es mit ihrer Anti-Regierungs-Agenda ernst meinen. Und wie könnte man das besser tun, als sich mit dem größten Militärstützpunkt in Texas anzulegen?«

Sierra umarmte ihn fest. »Werden du und dein Team gegen sie antreten müssen?«

»Ich weiß es nicht. Ich hoffe nicht.« Grover gefiel der Gedanke nicht, sich gegen amerikanische Bürger zu stellen. Aber das Entscheidende war, dass sie zu einer terroristischen Bedrohung werden könnten, wenn sie ihre Belästigung eskalieren ließen.

Er konnte nicht umhin, an einige der anderen inländischen Terroranschläge zu denken. Patrick Crusius, der Mann, der dreiundzwanzig Menschen in einem Walmart in El Paso tötete; die vielen Anschläge auf Synagogen und Moscheen; die Messerstecherei in Portland, Oregon, bei der ein Mann in einem Zug mehrere Menschen niederstach, während er schrie, er sei »Steuerzahler und habe das Recht auf den ersten Zusatzartikel zur Verfassung«; die Schießerei im *Pulse* Nachtklub in Florida; das Bombenattentat beim Marathon in Boston; Joe Stack, der mit seinem Flugzeug in das Gebäude der Steuerbehörde in Austin flog. Selbst die Schießerei im Jahr zweitausendundneun auf Grovers eigenem Militärstützpunkt, wo ein Major dreizehn Menschen tötete.

Es gab so viel Hass in der Welt. Es betrübte ihn, dass er zu den Waffen gegen seine Landsleute gerufen werden könnte.

Aber in diesem Moment, an diesem Ort, war in Grovers Welt alles in Ordnung.

Ehrlich gesagt hatte er nicht erwartet, eine Frau zu finden, die er so lieben würde wie seine Freunde, selbst nachdem er Sierra vor einem Jahr kennengelernt hatte, obwohl er sich sofort für sie interessiert hatte. Er hatte einige gute Gespräche mit der Therapeutin hier in der *Zuflucht* geführt und machte Fortschritte dabei, die Schuldgefühle, die er empfand, weil er nicht früher nach Sierra gesucht hatte, abzulegen. Er vermutete, dass er immer Schuldgefühle haben würde, aber er tat sein Bestes, um sich nicht von ihnen auffressen zu lassen.

Sierra ging es erstaunlich gut, und wie durch ein Wunder war der Funke, den sie anfangs gespürt hatten, noch da. Und sie wollte nach Texas ziehen.

Grover blendete den Lärm in seinem Kopf über Miliz-gruppen, Proteste und Schuldgefühle aus, schloss die Augen und genoss diesen Moment mit der Frau, die schnell zu dem wichtigsten Menschen in seinem Leben wurde.

Und Grover wusste, dass er nichts an diesem Leben würde ändern wollen, wenn es bedeutete, dass er genau hier enden würde, mit Sierra Clarkson auf seinem Schoß, entspannt und glücklich – und ganz die Seine.

KAPITEL DREIZEHN

Sierra war nervös und aufgeregt. Es war anderthalb Wochen her, dass sie Grover gesehen hatte, und sie wollte unbedingt wieder mit ihm zusammen sein. Am Telefon oder über FaceTime zu reden war nicht dasselbe, wie ihn zu berühren. Seine Hand zu halten.

Ihre Eltern hatten ihrer Entscheidung umzuziehen misstrauisch gegenübergestanden, aber sie unterstützten sie. Sie hatten Grover von der ersten Sekunde an gemocht, und es hatte nicht geschadet, dass er am Abend zuvor ein langes Gespräch mit ihrem Vater am Telefon geführt hatte. Keiner von beiden wollte verraten, worüber sie gesprochen hatten. Sie war einfach nur froh, dass sie sich gut verstanden, also drängte sie nicht weiter.

Ihr Vater hatte Sierra Anfang der Woche einen Wagen gekauft, obwohl sie protestiert hatte. Er sagte, er könne sie nicht guten Gewissens ohne Transportmittel nach Texas schicken. Er hatte vor, ein Umzugsunternehmen zu beauftragen, das ihr Fahrzeug mit all ihren Habseligkeiten transportieren sollte, während sie das Flugzeug nach Austin nahm, aber Sierra hatte darauf bestanden, selbst zu fahren.

Ihre Eltern hatten auch ein schlechtes Gewissen, weil sie

ihre Möbel verkauft hatten, und ersetzten das meiste davon. Sierra hatte geschworen, dass das nicht nötig war, aber als es offensichtlich war, dass sie sich dadurch besser fühlten, hörte sie auf zu protestieren.

Die Dinge entwickelten sich in rasantem Tempo, aber das geschah auf ihr Drängen hin. Sie war bereit, das Leben wieder aufzunehmen. Seit sie aus Afghanistan zurückgekehrt war, hatte sie das Gefühl, dass sich die Welt um sie herum bewegte, und sie war nicht bereit gewesen, sich wieder ins Getümmel zu stürzen. Aber dank der Geduld ihrer Eltern und von Grover und nach zwei idyllischen Wochen in New Mexico war Sierra bereit.

Ember hatte ihr pausenlos SMS geschickt und ihr von all den Ideen erzählt, die sie für ihr junges Fitnessstudio hatte. Gillian hatte einen Gruppenchat mit Sierra und all den anderen Frauen gestartet, und es war zum Brüllen, ihre Kommentare zu lesen. Die Tatsache, dass Sierra überhaupt dabei war, hatte sie umgehauen. Die Frauen waren seit ihrer Rückkehr in die Staaten freundlich und hilfsbereit gewesen, aber sie kannten sie immer noch nicht. Nicht wirklich. Aber die Tatsache, dass sie und Grover offiziell zusammen waren, genügte ihnen, um sie vollständig willkommen zu heißen.

Auch Devyn hatte sich äußerst freundlich verhalten. In einer SMS hatte sie Sierra gewissermaßen davor gewarnt, ihren großen Bruder zu verletzen, aber ansonsten war alles, was sie geschickt hatte, freundlich gewesen.

So sehr Sierra auch in Grovers großes Farmhaus einziehen wollte, wusste sie doch, dass sie sich eine eigene Wohnung suchen musste. Sie war immer unabhängig gewesen ... zumindest war sie es gewesen, bevor sie gefangen genommen wurde. Sie musste diesen Teil von sich selbst wiederfinden.

Allerdings konnte sie nicht leugnen, dass sie sich darauf freute, mehr Zeit mit Grover in der realen Welt zu verbringen. Einkaufen. Kochen. Verabredungen. Er würde arbeiten, wenn sie nach Texas kam, und das war auch gut so. So sehr es ihr auch gefallen hatte, fast vierundzwanzig Stunden am Tag mit ihm in New Mexico zu verbringen, sie brauchte einen Ausgleich. Sie wollte mit den Mädchen ausgehen und Grover auch mit seinem Team abhängen lassen.

Sie wollte *normal* sein, nicht nur die Frau, die ein Jahr lang »Gast« der Taliban gewesen war.

Bevor sie dieser Mensch sein konnte, musste sie jedoch dem Wunsch der Reporter nachkommen, über grausige Details ihrer Gefangenschaft zu sprechen. Sie hatte ein paar sorgfältig ausgewählte Interviews gegeben – eines vor und eines nach New Mexico – und noch ein paar weitere angesetzt. Die Anfragen wurden immer seltener, und Sierra hoffte, dass sie in absehbarer Zeit ganz ausbleiben würden. Irgendetwas würde passieren, das das Rampenlicht auf jemand anderen lenken würde, wie Ember und Grover sie immer wieder erinnerten. Und Ember sollte es wissen. Nachdem sie von jemandem angeschossen worden war, den sie für eine Freundin hielt, waren die Medien in einen regelrechten Rausch verfallen.

Sierra war fast während der gesamten Fahrt nach Texas mit Grover in Kontakt gewesen. Er hatte sie dazu überredet, eine App zur Standortbestimmung auf ihrem Telefon zu installieren. Tex konnte sie zwar aufspüren, aber er wollte auch diese Möglichkeit haben. Nach allem, was sie durchgemacht hatte, hatte Sierra damit überhaupt kein Problem. Außerdem konnte sie so auch jederzeit sehen, wo *er* sich gerade aufhielt. Sie wusste, wann er morgens mit seinem Team trainierte, wann er auf dem Armeestützpunkt arbeitete und wann er zu Hause war.

Sie hatten sich in Grovers Haus verabredet, als sie am späten Nachmittag in die Stadt kam. Sie hatte schon viele Bilder von dem schönen Grundstück, dem Haus und der Scheune gesehen, aber sie konnte es kaum erwarten, es selbst zu begutachten. Der Plan sah vor, dass sie heute bei ihm übernachtete und er und einige der Jungs ihr dann morgen beim Einzug in ihre Wohnung helfen würden. Ihre Habseligkeiten sollten am Morgen eintreffen.

Sierra folgte ihrem Navigationsgerät zu Grovers Straße und bog kurz darauf in eine sehr lange unbefestigte Einfahrt zu seinem Haus ein. Hier und da gab es Bäume, aber nichts von dem, was sie aus Colorado gewohnt war, und auch nichts von dem, was es in New Mexico gab.

Als das Haus in Sichtweite kam, lächelte Sierra voller Ehrfurcht. Es war wunderschön, sogar noch schöner als auf den Bildern, und ganz und gar nicht so, wie sie es sich von einem rauen und harten Soldaten der Spezialeinheit vorgestellt hatte. Aber wenn sie in den letzten Monaten etwas gelernt hatte, dann, dass Grover in vielerlei Hinsicht einzigartig war.

Sie sah ihn auf den Stufen der prächtigen Veranda stehen, und als sie vor dem Haus zum Stehen kam, wartete er schon vor der Tür auf sie. Er zog sie auf, und kaum war sie herausgeklettert, lag sie in seinen Armen.

Sierra hatte sich gefragt, ob es ihr unangenehm sein würde, Grover in der »echten Welt« wiederzusehen, aber so wie die Schmetterlinge in ihrem Bauch herumwirbelten, fühlte sie sich alles andere als sicher.

»Willkommen in Texas«, sagte Grover.

Sierra konnte sich ein Kichern nicht verkneifen. »Ich bin schon seit acht Stunden hier. Das ist ein verdammt großer Staat«, bemerkte sie.

»Einer der wenigen Staaten, in denen man buchstäblich den ganzen Tag fahren kann, ohne die Grenze zu überschreiten. Wie geht es dir? Bist du hungrig? Steif? Was kann ich tun, um zu helfen?«

Oh Gott, dieser Typ. »Mir geht's gut«, sagte sie zu ihm und blickte sich interessiert auf seinem Grundstück um.

»Möchtest du eine Führung? Es ist ein bisschen früh für das Abendessen, aber wir können trotzdem reingehen und essen, wenn du willst, und danach kann ich dir alles zeigen. Ich habe Tacosuppe vorbereitet. Ich dachte, das wäre am einfachsten, da ich nicht genau wusste, wann du ankommst.«

Sierra hatte keine Ahnung, was Tacosuppe war, aber es hörte sich toll an. Zuerst wollte sie Grovers Haus sehen. Die Bilder, die er geschickt hatte, waren wunderschön, aber sie konnte sehen, dass sie dem Grundstück und der Aussicht nicht gerecht wurden. »Erst mal eine Führung«, erklärte sie ihm.

»Also gut, dann komm mit.« Grover hatte seine Hände seit dem Ende ihrer Umarmung nicht mehr von ihr genommen. Bevor er sich in Richtung Scheune drehte, verschränkte er ihre Finger. »Ist das in Ordnung?«

»Oh ja«, stimmte Sierra zu. Seine Hand in ihrer zu haben fühlte sich an, wie nach Hause zu kommen. Sie hatte nicht erkannt, wie sehr sie seine Hand nicht nur liebte, sondern auch *brauchte*, bis sie nach Hause nach Colorado gekommen war und sich irgendwie hilflos gefühlt hatte. Grover war ihr Fels gewesen. Ihr Anker. Jetzt hier bei ihm zu sein und seine Hand wieder in ihrer zu haben, war genau das, was ihr gefehlt hatte.

Als sie zur Scheune gingen, erklärte Grover, wie sein Team ihm geholfen hatte, das baufällige Gebäude auf dem Grundstück abzureißen. »Die Scheune, die wir danach neu errichtet haben, ist nicht annähernd so groß wie die alte, aber sie ist überschaubarer. Und da ich nicht vorhabe, viele Tiere zu beherbergen, entspricht dieses Gebäude eher meinen Bedürfnissen.«

»Ich weiß nicht, Melba war verdammt niedlich«, stichelte Sierra.

»Das war sie«, stimmte Grover zu. »Wenn du Ziegen, Hühner oder andere Nutztiere haben willst, würde ich sie sofort anschaffen.«

Sierra blickte ihn an. Es fiel ihr schwer, die Tatsache zu

begreifen, dass sie diesen Mann erst seit kurzer Zeit kannte. Es kam ihr buchstäblich so vor, als würde sie ihn schon ewig kennen. Vielleicht weil sie in Afghanistan, wenn sie allein in der Dunkelheit war, oft an ihn gedacht hatte. Was er gerade tat. Worüber er nachdachte. Wo er im Einsatz war. Und vielleicht hatte sie sogar ein- oder zweimal darüber fantasiert, dass er auftaucht, um sie zu retten.

Verdammt, wenn das nicht genau das war, was er getan hatte. Zwar nicht so, wie sie es sich erträumt hatte, mit Waffengewalt, um ihre Entführer niederzumähen, aber am Ende hatte er es geschafft.

»Ich bin mir nicht sicher, ob du dir Nutztiere anschaffen solltest, nur weil ich sie niedlich finde«, erklärte sie ihm trocken.

Grover zuckte nur mit den Schultern. »Wenn du sie haben möchtest, wirst du sie bekommen. Ich weiß nichts darüber, wie man sich um sie kümmert, also müsste ich jemanden einstellen, der mir hilft, aber das sollte hier nicht schwer sein. Ich bin sicher, es gibt viele Teenager, die das zusätzliche Geld gebrauchen können.«

Sierra blieb stehen, und da sie Grovers Hand hielt, blieb auch er stehen.

»Was?«, fragte er. »Was ist los?«

»Das kannst du nicht tun«, erklärte sie ihm entschieden.

»Was tun?«

»Eine Kuh kaufen, nur weil ich sie süß finde.«

»Warum nicht?«

»Grover! Darum! Was ist, wenn wir uns trennen? Eine Kuh zu haben kostet eine Menge Geld, vor allem wenn man jemanden einstellen muss, der sich um sie kümmert«, sagte Sierra zu ihm, wobei die Verzweiflung in ihrer Stimme deutlich zu hören war.

»Willst du eine Kuh?«, fragte er.

Sierra seufzte und sah ihn stirnrunzelnd an. »Nein. Vielleicht.«

Er lächelte. »Wenn du eine Kuh willst, besorge ich dir eine Kuh. Du willst einen Schrank voller Kleider? Die besorge ich dir auch. Hunde? Kein Problem. Hühner, Handtaschen, teure Schuhe? Erledigt. Ich bin nicht reich, aber wenn du dir etwas wünschst, werde ich mein Bestes tun, um zu sparen und es dir zu beschaffen. Ich habe dir einmal gesagt, dass ich mir ein Bein ausreißen würde, um dir das zu geben, was du willst und brauchst, und ich habe nicht gelogen.«

»Ich brauche nichts von solchem Zeug, Grover«, sagte Sierra ernst. »Ich habe ein Jahr lang nichts weiter als ein zerrissenes Hemd und eine Unterhose besessen und habe auch überlebt. Ich hatte buchstäblich *nichts*. Es war nicht lustig, aber es hat mich gelehrt, wie wenig materielle Dinge bedeuten. Was ich am meisten wollte, war meine Freiheit, aber das war nicht möglich, bis du kamst. Du hast mir also bereits meinen größten Wunsch erfüllt. Alles, was ich jetzt will, sind dein Respekt und deine Rücksichtnahme. Und vielleicht eine Schulter, an die ich mich ab und zu anlehnen kann.«

»Du hast sie und noch mehr«, beruhigte Grover sie.

»Ich brauche auch noch etwas anderes«, sagte Sierra.

»Alles.«

»Es ist wichtig für mich, dass ich mich nicht wie eine Belastung fühle. Ich muss so behandelt werden, als wäre ich eine normale Frau und nicht Sierra Clarkson, eine ehemalige Kriegsgefangene. Ich will nicht in Watte gepackt werden. Ich werde nicht zerbrechen, wenn du Nein zu mir sagst. Oder wenn du wütend wirst. Oder wenn du einen harten Arbeitstag hattest und einfach nur in Ruhe gelassen werden willst. Ich will und *brauche* eine Beziehung des Gebens und Nehmens, Grover. Nicht eine, in der du mich vor der Welt beschützt oder mich auf ein Podest stellst, von dem ich eines Tages unweigerlich herunterfallen werde.«

Grover nickte ernst, und Sierra verliebte sich noch ein

bisschen mehr in ihn, als er ihre Bedenken nicht einfach abtat oder versuchte, sie davon zu überzeugen, dass sie sich nie streiten oder uneinig sein würden. Das gehörte in einer Beziehung dazu.

»Ich verstehe. Und obwohl ich dich immer beschützen möchte, selbst wenn es vor mir und meinen Launen ist, werde ich mein Bestes tun, um dich nicht wie ein Neandertaler zu behandeln.«

»Das würde ich zu schätzen wissen.«

»Soll ich dich jetzt tragen, damit deine Füße nicht staubig werden?«

Sierra schaute finster drein – und bemerkte dann, dass seine Lippen zuckten. »Ha, ha. Sehr witzig, Höhlenmensch«, sagte sie mit einem Kopfschütteln.

»Ich weiß, dass du nicht hilflos bist. Oder zerbrechlich. Ich wäre ein Idiot, wenn ich das denken würde, nach allem, was du durchgemacht hast. Aber ich muss dich warnen, dass es in meiner Natur liegt, dich vor Schaden bewahren zu wollen. Körperlich und seelisch. Niemand darf dir jemals wieder das Gefühl geben, nicht in Sicherheit zu sein.«

Das gefiel Sierra. Sehr sogar. Sie nickte ihm kurz zu.

»Komm mit. Ich kann es kaum erwarten, dir den Dachboden in der Scheune zu zeigen.«

Sie kicherte, als sie sich wieder auf den Weg machten. »War das etwa eine Anspielung?«

Sierra gefiel das Lächeln, das Grover ihr zeigte. »Hättest du das gern?«

Da lachte sie laut los. Dann wurde sie wieder ernst.

»Was? Was ist denn los?«

Gott, dieser Mann war wirklich auf sie eingestimmt. »Nichts. Mir ist nur aufgefallen, dass ich während der letzten Wochen in deiner Gegenwart mehr gelacht habe als im ganzen letzten Jahr. Ich danke dir.«

Grover führte ihre verschränkten Hände zu seinem Mund und küsste sie. »Gern geschehen, Bean. Komm, du kannst dir meine Scheune ansehen und dann entscheiden, ob sie für ein bedürftiges Tier geeignet wäre. Ich muss nämlich zugeben, dass Melba mir irgendwie ans Herz gewachsen ist.«

Sierra lächelte. Es gefiel ihr verdammt gut, dass ihr knallharter Freund der Spezialeinheit von den großen braunen Augen einer sanften Kuh gezähmt worden war.

Er musste ihre Hand loslassen, um die großen Scheunentore zu öffnen, aber kaum waren sie offen, hielt er sie erneut fest und führte sie hinein.

Grover hatte gesagt, es sei eine kleine Scheune, aber für Sierra sah sie verdammt groß aus. Auf der linken Seite befanden sich mehrere Boxen, die noch keine Türen besaßen. Im Moment waren in jeder Box Kisten und andere Kleinigkeiten gelagert. Es gab einen kleinen büroähnlichen Raum, aber ansonsten war der Raum groß und offen. Als Sierra nach oben blickte, sah sie, dass die Dachsparren über ihren Köpfen offen gelassen worden waren, was das Gebäude noch größer erscheinen ließ.

Sie hörte zu, als Grover erklärte, wie er die Scheune gebaut und versucht hatte, sie einfach zu halten. Als er auf die Baupläne einging und erklärte, wie der Bauunternehmer, den er beauftragt hatte, die Scheune für den Fall eines Tornados verstärkt hatte, schaltete Sierra ab. Die Treppe in der hinteren Ecke hatte ihre Aufmerksamkeit erregt. Es war eine enge Wendeltreppe, die zu dem berüchtigten Dachboden führte, von dem Grover ihr erzählt hatte.

»Entschuldige«, sagte er, »ich habe geplappert, nicht wahr?«

Sierra zuckte mit den Schultern. »Schon okay. Du willst mir also sagen, dass dieser Ort allem standhalten kann, außer vielleicht einem sehr schweren Tornado, richtig?«

»Ja.«

»Cool. Können wir jetzt nach oben gehen?«

Er lachte über ihre Ungeduld. »Natürlich.«

Sierra fühlte sich so frei wie schon lange nicht mehr, ließ Grovers Hand los und lief zur Treppe. Sie ging hinauf, wobei sie darauf achtete, nicht zu stolpern. Auf keinen Fall wollte sie sich gleich am ersten Tag verletzen. Da sie Grover in ihrem Rücken spürte, konzentrierte Sierra sich auf den Aufstieg zum Dachboden.

Grover steuerte sofort auf eine Reihe von Holztüren am anderen Ende des Raumes zu. Er war ziemlich spärlich eingerichtet, es gab nur ein paar Kisten dort oben – aber es war die Ledercouch in der Nähe der Türen, die Grover öffnete, die sie faszinierte. Sie ging langsam auf ihn zu und schüttelte dabei den Kopf.

»Eine Ledercouch?«, fragte sie skeptisch. »Wird die hier oben nicht ruiniert werden?«

Grover schob die großen Türen auseinander und Sierra vergaß ihre Frage, als sie einen Blick auf die Aussicht vor ihr erhaschte. Dieser Teil von Texas war nicht gerade der malerischste, aber in der Ferne konnte sie sanfte Hügel sehen, und da die Scheune und Grovers Haus selbst auf einer kleinen Anhöhe lagen, befanden sie sich über dem Land, das sich vor ihnen kilometerweit erstreckte.

»Heilige Scheiße«, sagte sie leise.

»Es ist sicher nicht mit der Aussicht aus dem Haus deiner Eltern zu vergleichen«, sagte Grover mit einem leichten Schulterzucken.

»Das ist es nicht, aber es ist auf seine eigene Art schön«, beruhigte Sierra ihn.

»Und ja, ich weiß, dass die Ledercouch nicht sehr praktisch ist. Als Trigger, Oz und Doc mir geholfen haben, das verdammte Ding hierherzubringen, haben sie mich deswegen ganz schön verarscht. Aber ich komme gern hier hoch und genieße die Aussicht. Ich erinnere mich dann daran, dass es Schönheit in der Welt gibt, wenn wir uns nur die Zeit nehmen, innezuhalten und sie zu betrachten.«

Sierra ging näher an die Öffnung heran, aber Grover

hielt ihre Hand fest, als sie an ihm vorbeiging. »Vorsichtig, ich hatte noch keine Zeit, Sicherheitsbarrieren zu errichten.«

Sie nickte und ging mit Grover zum Rand des Dachbodens. Der Boden war etwa fünf Meter unter ihnen, sie waren also nicht wirklich sehr hoch, aber wenn sie herunterfiele, würde sie sich definitiv verletzen.

Sierra konnte den Blick nicht von der Landschaft vor ihr abwenden. Texas war ganz anders als Colorado, so viel stand fest. Aber sie hatte nicht gelogen, es war genauso schön wie ihre Heimatstadt ... allerdings auf eine andere Art und Weise.

Das Gelände um die Scheune herum war begrünt, aber dahinter war hohes Gras, so weit das Auge reichte. Die Büschel wehten sanft im Wind, und sie konnte Erde und einen leichten Hauch von Heckenkirsche in der warmen Luft riechen, die durch die Scheune wehte.

Sie schloss die Augen und saugte den Moment in sich auf. Grover hatte sich entfernt, und sie hörte leise Geräusche hinter sich, achtete aber nicht weiter darauf, was er tat.

»Setz dich«, sagte er nach einem Moment zu ihr.

Als sie die Augen öffnete und sich zu ihm umdrehte, sah sie, dass er die Couch ein wenig näher an die Stelle gezogen hatte, an der sie am Rand des Dachbodens stand. Lächelnd nahm sie Platz und Grover tat es ihr gleich. Ohne zu zögern, rückte Sierra näher und schmiegte sich an ihn. Sie legte den Kopf auf seine Brust und starrte hinaus in die Welt.

Sie spürte, wie sein Herz an ihrer Wange schlug, und das Gefühl seines Arms um ihre Schultern ließ sie zufrieden seufzen. »Das ist perfekt«, flüsterte sie.

»Das ist nicht vergleichbar mit der Aussicht, die wir in New Mexico hatten«, sagte er leise.

»Nein«, stimmte sie zu, »es ist besser, weil es dein Zuhause ist.«

Sie spürte, wie er tief in seiner Kehle einen Laut von sich

gab. »Du hast recht. Manchmal komme ich hierher in der Hoffnung, Tiere im Gras zu sehen. Ab und zu habe ich Glück und entdecke ein Reh, aber meistens sind es Stinktiere und Gürteltiere, die da draußen herumlaufen.«

»Ich liebe das hohe Gras. Ich glaube nicht, dass ich darin spazieren gehen möchte, denn es sieht aus, als würde es mir bis über den Kopf wachsen, aber es verleiht diesem Ort eine Art Präriegefühl«, sinnierte sie.

»Ja«, stimmte er zu. »Ich hätte das Gras mähen können, aber ich mag sein wildes Aussehen, besonders wenn es sich im Wind wiegt.«

»Ich auch.«

Wie lange sie dort auf dem Dachboden seiner Scheune saßen, wusste Sierra nicht. Aber als sie seinen Magen knurren hörte, merkte sie, dass sie aufstehen und ins Haus gehen sollten. Sie hob den Kopf und betrachtete Grovers Gesicht, das ihr so nahe war ... und den Ausdruck darin, den sie nicht genau definieren konnte.

Er fragte nicht, sondern beugte sich einfach zu ihr hinunter und küsste sie.

Sierra öffnete sich sofort für ihn. Er legte eine Hand in ihren Nacken und hielt sie fest, während er nahm, was sie freiwillig gab. Rummachen hatte sich noch nie so ... ergreifend angefühlt. Sie und Grover hatten eine tiefe emotionale Verbindung, die sie noch nie mit einem anderen erlebt hatte. So kitschig es auch klingen mochte, es war, als ob ihre Seelen einander kannten.

Sie hatten sich schon in New Mexico geküsst, aber dieses Mal war es noch intensiver. Vielleicht lag es daran, dass sie hier in Grovers Heimat war. Vielleicht lag es daran, dass sie das Gefühl hatte, auf dem besten Weg zu sein, wieder die unabhängige Frau zu werden, die sie gewesen war, bevor sie die Entscheidung getroffen hatte, nach Afghanistan zu gehen. Was auch immer es war, es gefiel ihr. Und zwar sehr.

Sierra, die rittlings auf Grovers Schoß saß, neigte den Kopf und übernahm die Kontrolle über ihren Kuss. Er ließ mit seiner Hand von ihrem Nacken ab und zog ihre Hüften näher an sich heran. Sie konnte seine Erektion spüren, was ihr Verlangen nur noch mehr anheizte. Sie knabberte an seiner Lippe, dann schob sie ihre Zunge in seinen Mund und genoss es, dass er ihr die Führung überließ.

Als sie sich zurückzog, war es Sierra ein wenig peinlich, wie aggressiv sie gewesen war. Als sie merkte, dass sie praktisch seinen Schoß bestiegen hatte, schenkte sie ihm ein kleines Lächeln.

»Verdammt, Frau«, hauchte Grover.

»Ähm ... muss ich mich entschuldigen?«, fragte sie und rümpfte die Nase.

»Verflucht, nein«, entgegnete er sofort.

»Hast du die Couch hierhergestellt, damit du darauf Sex haben kannst?«, platzte sie heraus.

»Nein. Ich habe mich noch nicht wieder verabredet, seit ich hier eingezogen bin.«

Sierra war unverfroren auf der Suche nach Informationen, und sie war von seiner Antwort nicht enttäuscht.

»Ich habe mich während des letzten Jahres darauf konzentriert, diese Scheune zu bauen und mein Haus so einzurichten, wie ich es wollte, um mich abzulenken.«

Sie schluckte schwer. »Wovon ablenken?«

»Davon, darüber nachzudenken, was ich getan hatte, dass du nicht mit mir reden wolltest«, antwortete er achselzuckend. Bevor sie sich entschuldigen konnte, fuhr er fort: »Und natürlich weiß ich jetzt, dass du mich nicht absichtlich ignoriert hast, aber das war es, was in meinem Kopf vorging.«

Sierra nickte. »Ich glaube, ich mag die Privatsphäre, die du hier draußen hast«, sagte sie.

»Es ist ziemlich abgeschieden, nicht wahr?«, stimmte er zu.

»Und ich kann mir vorstellen, dass der Blick auf die Sterne bei Sonnenuntergang von hier aus ziemlich beeindruckend ist.«

»Das ist er.«

Sierra legte ihre Hand auf seine Wange und redete sich kurz Mut zu. Das hier war Grover. Sie konnte ihm alles sagen. Das hatte er in den zwei Wochen, die sie zusammen in der *Zuflucht* verbracht hatten, mehr als bewiesen. Wenn sie die Frau werden wollte, die sie einmal gewesen war, musste sie dem nachgehen, was sie wollte. Und sie wollte *ihn.* »Diese Couch war eine tolle Idee. Sie ist verdammt bequem, und ich kann mir vorstellen, dass ich hier oft sitzen, mich entspannen und die Welt an mir vorbeiziehen lassen werde.«

»Ja, ich habe selbst schon viele Stunden hier draußen verbracht«, sagte Grover mit einem Nicken.

»Ich kann mir noch andere Dinge vorstellen, die wir hier draußen zusammen machen können«, sagte sie zweideutig und wackelte mit den Hüften.

»Verdammt«, hauchte Grover und presste seine Hände auf ihre Hüften, um sie ruhig zu halten. »Du bringst mich noch um, Bean.«

Sie lächelte.

»Und glaube ja nicht, dass ich in den letzten anderthalb Wochen nicht daran gedacht habe, dich hierherzubringen. Das habe ich. Sehr oft sogar. Aber nicht schon zwei oder drei Minuten nach deiner Ankunft.«

»Also ... vielleicht sechs bis sieben Minuten?«, fragte sie anzüglich.

Grovers Blick wurde heiß. »Ich will dich«, sagte er schlicht. »Ich konnte nicht schlafen, weil ich daran denken musste, wie es sein wird ...«

»Du konntest nicht schlafen? Hattest du wieder Albträume?«, unterbrach Sierra ihn.

»Ich hatte keine Albträume, ich habe nur wach gelegen,

weil ich es vermisst habe, dich neben mir zu haben«, beruhigte er sie. »Aber ich will damit sagen, dass ich versuche, mich um dich zu kümmern. Verdammt, ich habe dir noch nicht einmal das Haus gezeigt.«

»Ich hatte noch nie draußen Sex. Warte ... zählt das hier als draußen?«, fragte sie.

»Ich denke, noch weiter draußen wirst du dich ohne Kleidung niemals aufhalten, denn damit würde ich mich nicht wohlfühlen«, sagte Grover.

Seine Worte machten sie an. Und wie.

»Wer hat denn etwas von nackt sein gesagt?«

»Okay, wir sind hier fertig«, sagte Grover. »Du musst aufhören, ›nackt‹ zu sagen. Ich kann damit nicht umgehen. Wie wär's, wenn wir aufstehen und ich dir mein Haus zeige? Dann können wir essen. Du musst doch müde sein nach der langen Fahrt heute. Du hättest die Reise vielleicht etwas länger ausdehnen sollen.«

»Ich wollte unbedingt hierherkommen.«

Grover stand auf und nahm Sierra mit sich, indem er ihre Füße auf die Bretter unter ihnen stellte. Er führte sie zur Seite der Couch, beugte sich hinunter und küsste sie auf die Stirn. »Bleib kurz hier, während ich die Türen schließe.«

Sierra nickte und beobachtete aufmerksam, wie er die Türen schloss und verriegelte. Sie wollte am liebsten lernen, wie sie es selbst tun konnte. Sie liebte den Gedanken an eine Zukunft hier mit Grover. Vom Kopf her wusste sie, dass sie beide die Dinge überstürzten, aber im Moment war ihr das egal. Zum ersten Mal seit über einem Jahr freute sie sich auf das, was der Morgen bringen würde. Es fühlte sich an, als hätte sie ihr ganzes Leben noch vor sich.

Als Sierra auf die Couch blickte, konnte sie praktisch sehen, wie sie und Grover nackt darauf lagen, nachdem sie miteinander geschlafen hatten. Die Vision war so lebendig, dass sie wusste, sie würde alles tun, um sie sobald wie möglich wahr werden zu lassen.

Manche Leute könnten annehmen, dass sie durch das, was ihr in Afghanistan widerfahren war, zu traumatisiert war, um so schnell mit jemandem intim werden zu wollen, aber das war definitiv nicht der Fall. Vielleicht würde sie anders denken, wenn sie nicht die zwei Wochen mit Grover in der *Zuflucht* verbracht hätte. Aber da sie fast jede Sekunde des Tages und der Nacht zusammen gewesen waren, hatte ihre Beziehung sich im Schnelldurchlauf entwickelt.

Sie hatten über Dinge gesprochen, die sie keinem ihrer früheren Freunde erzählt hätte, nicht einmal denen, mit denen sie ein paar Monate zusammen gewesen war. Sie hatten etwas so grundlegend Lebensveränderndes und Intensives durchgemacht, und das hatte sie verändert. Vielleicht waren sie dadurch offener füreinander geworden.

Was auch immer es war, Sierra hatte keine Angst vor Grover. Er konnte sie wie einen Käfer zerquetschen, da er so viel größer und schwerer war als sie, aber sie wusste mit jeder Faser ihres Wesens, dass er eher sterben würde, als ihr etwas anzutun.

»Halt dich an meiner Schulter fest, wenn wir die Treppe hinuntergehen«, sagte er.

Und das bestätigte sie nur.

Sie vertraute ihm. Respektierte ihn. Schätzte ihn. Liebte ihn.

Liebte ...

Als Sierra seine breiten Schultern umfasste, wurde ihr klar, dass der Gedanke, ihn zu lieben, sie nicht erschreckte. Es war beängstigend, denn sie wusste besser als die meisten Frauen, wie gefährlich Grovers Job war. Aber sie hatte keine Angst, sich mit ihm einzulassen, nur weil etwas passieren *könnte*. Man sehe sich nur an, was sie überlebt hatte. Mit Grover auszugehen würde kein Zuckerschlecken sein, aber es wäre um einiges einfacher, als in einer Höhle eingesperrt zu sein und von einem Haufen Terroristen als Sandsack benutzt zu werden.

Sie erreichten das Ende der Wendeltreppe und Grover sah zu ihr hinunter. »Sollte ich mir Sorgen darüber machen, was dieses verschlagene Lächeln auf dein Gesicht gezaubert hat?«

»Nein«, sagte Sierra fröhlich und verschränkte ihren Arm mit seinem.

»Du gefällst mir so«, sagte er, als sie zu den großen Türen gingen, die aus der Scheune herausführten.

»Wie meinst du, *so*?«

»Glücklich. Zuversichtlich.«

»Ich mir auch«, erklärte sie ihm. »Ich mir auch.«

Grover war so begeistert, weil Sierra hier war, dass er sich kaum beherrschen konnte. Er hatte nicht vorgehabt, so bald nach ihrer Ankunft mit ihr zu knutschen, aber mit ihr auf der Couch zu sitzen und die Aussicht zu bewundern war so viel besser gewesen, als er es sich je erträumt hatte. Er war erleichtert, dass sie die Schönheit des Landes so mochte wie er. Er hatte sich ein wenig Sorgen gemacht, dass es zu wenig sein könnte, nachdem sie in den Bergen aufgewachsen war und dann auch noch Zeit in der *Zuflucht* verbracht hatte.

Auf dem Weg zu seinem Haus machten sie einen Abstecher zu ihrem Wagen, damit er ihren Koffer holen konnte. Der kleine Subaru Impreza war nichts, was er ausgesucht hätte, aber für Sierra hatte er die perfekte Größe. Er wusste, dass sie auf der Fahrt von Colorado nach Texas ein wenig nervös gewesen war, weil sie so lange nicht mehr hinter dem Steuer eines Fahrzeugs gesessen hatte, aber sie hatte sich schnell wieder eingewöhnt. Ihre Eltern hatten ihr den Wagen gekauft und wollten nicht, dass sie deswegen ein schlechtes Gewissen hatte. Sie hatte ihm gesagt, dass sie ihnen das Geld dafür zurückzahlen würde, sobald sie finanziell wieder auf eigenen Füßen stünde.

Grover war auf sein Haus genauso stolz wie auf die Scheune, und er konnte nur hoffen, dass Sierra es genauso gemütlich und entspannend fand wie er. Er hielt ihr die Haustür auf und folgte ihr hinein. Er ließ ihren Koffer an der Tür stehen, um ihn später zu holen, nachdem er ihr das Haus gezeigt hatte. Sie legte ihre Handtasche auf einen Beistelltisch und betrat mit zurückgelegtem Kopf den großen, offenen Raum.

»Wow, die Decke ist unglaublich!«, sagte sie.

Grover nickte. »Ja, das war einer der Gründe, warum ich mich für diesen Ort entschieden habe. Ich mag es, dass sie so hoch ist, so fühle ich mich weniger eingeengt.«

Grover lehnte sich zurück und beobachtete, wie Sierra sein Haus erkundete. Sie blieb vor den großen Fenstern im hinteren Teil des Raumes stehen und starrte einen langen Moment auf sein Grundstück. Die Rückseite des Hauses bot eine ähnliche Aussicht wie der Dachboden der Scheune, mit einer überschaubaren Rasenfläche, die auf das hohe Gras traf. Er hatte nichts eingezäunt, weil er es liebte, wie offen und weit das Land zu sein schien.

Schließlich wandte Sierra sich von der Aussicht ab und betrachtete weiter sein Haus. Im Wohnbereich gab es zwei weitere Ledersofas, einen Couchtisch und ein paar andere kleine Tische, die strategisch so platziert waren, dass man, egal wo man saß, einen Platz hatte, um ein Getränk abzustellen. Es gab Lampen, um den Raum zu erhellen, und sein Lieblingssessel stand in einer Ecke. Wenn er dort saß, hatte er sowohl den Fernseher als auch die großen Fenster im Blick.

Sierra kam als Nächstes in die Küche und hob den Deckel des Kochtopfes an. Sie drehte sich um und lächelte ihn an. »Riecht köstlich.«

»Das ist es auch. Es ist das Rezept meiner Mutter und sie würde mich umbringen, wenn ich es vermasseln würde.«

Grover war ziemlich zufrieden mit seiner Küche. Er legte keinen Wert auf all die ausgefallenen Geräte, von denen der Verkäufer ihn zu überzeugen versuchte, dass er sie brauchte. Am Ende entschied er sich für Edelstahl, aber nichts Übertriebenes. Sein Gasherd mit sechs Flammen war mehr, als er brauchte, aber da die letzten Besitzer des Hauses einen ähnlichen Herd hatten, war es sinnvoll, die gleiche Größe beizubehalten, anstatt die Schränke neu anzuordnen.

Sierra warf einen Blick in die Speisekammer, drehte sich dann um und zog eine Augenbraue hoch.

»Ich weiß, ich weiß«, sagte er. »Es ist groß.«

»Groß? Mensch, Grover, du hast genügend Zeug da drin, um mindestens drei Jahre überleben zu können. Bist du ein Prepper oder was?«

Grover lachte. »Nein. Aber ich bin gern vorbereitet. Da ich ein Stück außerhalb der Stadt wohne, fällt manchmal der Strom aus. Ich habe also genügend Wasser, Papierhandtücher, Toilettenpapier, Nudeln, Suppe und andere trockene Lebensmittel, um einen längeren Stromausfall zu überstehen.«

»Ich denke, das macht Sinn.«

Grover beschloss, ihr nichts von dem Notstromaggregat zu erzählen, das für den Fall eines Stromausfalls das Haus mit Strom versorgen könnte. Im Norden, wo das kalte Wetter den Strom öfter ausfallen ließ als hier unten in Texas, waren Generatoren häufiger anzutreffen, aber er mochte das Gefühl der Sicherheit, das der Generator ihm gab. In Wahrheit war er doch eine Art Prepper. Er wollte immer sicherstellen, dass er alles hatte, was er brauchte, um sich selbst, seine Familie – falls er jemals eine hatte – und sogar seine Nachbarn im Falle einer Katastrophe versorgen zu können.

Nachdem sie die Küche besichtigt hatte, machten sie sich auf den Weg in den Flur, damit er ihr das Medienzimmer zeigen konnte, mit dem er einst geprahlt hatte. Sie blieb stehen und berührte eine Lampe, die auf einem Tisch in der Nähe des Flurs stand. »Ist die handgefertigt?«

»Das ist sie«, stimmte Grover zu. Er hatte nicht sofort damit anfangen wollen, aber da sie es bemerkt hatte, dachte er sich, dass er genauso gut eine seiner Macken zugeben könnte. »Es ist nicht nur eine Lampe«, sagte er zu ihr. Er ging hinüber und drückte einen kleinen Knopf in der Nähe der eingeschraubten Glühbirne, woraufhin eine Seite des breiten, schweren Holzsockels aufklappte und ein verborgenes Fach freigab.

Sierra zuckte leicht zusammen, als die Lampe sich öffnete, dann lächelte sie zu ihm hoch. »Cool!« Sie beugte sich vor und sah die kleine Pistole, die er in der Lampe aufbewahrte. »Warum überrascht es mich nicht, dass du eine Waffe in deiner Lampe versteckt hast?«

Grover erwiderte ihr Lächeln nicht. »Weil ich ein Delta bin. Weil ich zu viel Scheiße in dieser Welt gesehen habe, um nicht darauf vorbereitet zu sein, mich zu schützen.«

Sierra legte den Kopf schief und fragte: »Hast du hier noch mehr versteckt?«

Grover erlaubte sich schließlich, sich zu entspannen. »Vielleicht.«

»Ooooh, ich bin neugierig. Zeigst du es mir?«

»Natürlich. Ich möchte, dass du im Bedarfsfall auf eine Waffe zurückgreifen kannst. Ich lebe sehr gern hier draußen, aber ich weiß auch, dass es mich in Gefahr bringen könnte.« Er drehte sich um und deutete auf eine große Uhr an der Wand. »Da drin ist auch eine.«

»In der Uhr?«, fragte Sierra und ging sofort quer durch den Raum. Sie stocherte ein wenig an der Uhr herum, bevor sie sich ihm zuwandte. »Wie funktioniert es?«

»Drücke auf das Ziffernblatt ... genau dort in der Nähe der Drei.«

Sie tat es, und der Klettverschluss, der das Ziffernblatt sicher an seinem Platz hielt, öffnete sich auf der linken Seite und gab ein weiteres verstecktes Fach frei. Darin befanden sich eine Glock und ein scharf aussehendes Messer.

Sierra drehte sich zu ihm um und ihre Augen funkelten. »Das ist wie Verstecken spielen! Wo sonst noch?«

Erleichtert, dass sie ihn nicht für paranoid oder verrückt hielt, weil er so viele Waffen in seinem Haus versteckt hatte, zeigte Grover auf den Couchtisch.

Sierra ging hinüber, ließ sich auf die Knie fallen und machte eine ungeduldige Bewegung. »Komm schon, lass mich nicht warten. Verrate mir sein Geheimnis.«

»Der gesamte Deckel wird einfach nach hinten geschoben. So kann man auf das Fach zugreifen, ohne dass man das, was obendrauf steht, wegräumen muss«, sagte Grover. »Auf der rechten Unterseite befindet sich ein Knopf, der die innere Verriegelung löst. Man muss ihn erst nach unten und dann nach hinten drücken.«

Nachdem sie mit dem Knopf gekämpft hatte, gelang es ihr schließlich, die Sicherung zu lösen, und sie schob den Deckel langsam zurück, sodass eine Schrotflinte zum Vorschein kam, die er darin aufbewahrte. Außerdem gab es ein weiteres Messer und ein paar Wurfsterne. Sie sahen fast dekorativ aus, waren aber extrem tödlich, wenn sie richtig angewendet wurden.

»Ich hätte sie einfach in Schubladen und so verstauen können, aber ich wollte nicht, dass jemand sie zufällig findet. Ein Tresor schien mir zu offensichtlich, jemand könnte einfach das ganze verdammte Ding stehlen und es später aufbrechen. Außerdem würde ich nicht wollen, dass jemand, der einbricht, meine eigenen Waffen gegen mich einsetzt oder mit einer Waffe, die er mir gestohlen hat, jemand anderen verletzt«, erklärte Grover. »Wenn die Kinder meiner Freunde hier sind, möchte ich auf keinen Fall, dass sie eines meiner ... Spielzeuge in die Hände bekommen. Und natürlich möchte ich, wenn jemals jemand ohne meine Erlaubnis in mein Haus eindringt, in der Lage sein, ihn zu überraschen und mich notfalls selbst zu schützen.«

»Du musst dich vor mir nicht rechtfertigen«, sagte Sierra. »Ich denke, es ist schlau. Und die hier sind cool. Ich will mehr sehen.«

Grover lachte leise.

Er zeigte ihr das Badezimmer neben dem großen Raum und das Arbeitszimmer. Letzteres nutzte er nicht wirklich oft, aber es hatte große eingebaute Bücherregale an einer Wand. Als Riley es entdeckte, konnte er praktisch sehen, wie ihr der Sabber aus dem Mund lief. Sie hatte eine beeindruckende Büchersammlung, und Oz war sogar gekommen, um es sich genauer anzusehen, um zu sehen, wie es gebaut war, denn er wollte sie überraschen, indem er eines der Zimmer in seinem riesigen Haus in ein Arbeitszimmer für seine Frau verwandelte ... komplett mit raumhohen Bücherregalen, genau wie bei Grover.

Er schwang die Tür zum Medienraum auf und trat zurück, als Sierra eintrat. Hier war es kühler als im Rest des Hauses, da es keine Fenster gab. An einer Wand hatte er eine Leinwand angebracht, an der hinteren einen Projektor. Auch beim Soundsystem hatte er keine Kosten gescheut. Er nutzte den Raum nicht oft, aber es war schon ziemlich toll, sich hier seine Militärfilme anzusehen. Es gab drei Reihen mit den bequemsten Stühlen, die er hatte finden können. Sie waren groß genug, um seiner Statur gerecht zu werden, und die Kissen waren extrem ... nachgiebig. Das war das Wort, das Kinley benutzt hatte, als sie zum ersten Mal in einem dieser Sessel saß.

»Wow!«, rief Sierra aus. »Das ist beeindruckend.«

»Ja. Und die riesige Holzfahne an der Wand ist nicht nur

zur Dekoration da.«

Sie grinste und hüpfte förmlich zu ihm hinüber.

»Der Sternenteil öffnet sich, wenn man auf den Knopf oben drückt.«

Sierra drehte sich zu ihm um und schmollte, woraufhin Grover lachte. Sie war nicht annähernd groß genug, um die Spitze der handgefertigten Holzfahne erreichen zu können. Er ging hinüber und griff nach dem Knopf über ihrem Kopf. Dann öffnete er die Klappe. Darin befand sich eine weitere Waffe. »Und wenn du den Schalter unten zur Seite schiebst, öffnet sich die untere Hälfte ... Vorsicht«, warnte Grover, als sie von der Tür fast an den Kopf geschlagen wurde.

»Was ist das? Ein Telefon?«, fragte Sierra.

»Ja, es ist eigentlich ein ganzes Kommunikationssystem. So ähnlich wie ein CB-Funkgerät, das Lastwagenfahrer benutzen. Es gibt auch zwei Satellitentelefone, die nicht auf Mobilfunkmasten angewiesen sind, um zu funktionieren.«

Sie starrte zu ihm auf. »Du bist wirklich ein Prepper, nicht wahr?«

Grover zuckte nur mit den Schultern.

»Ich sage ja nicht, dass es schlecht ist, aber ist das alles nicht ein bisschen ... übertrieben?«

»Wahrscheinlich«, stimmte Grover, ohne zu zögern, zu. »Aber du musst verstehen, dass ich mein ganzes Erwachsenenleben damit verbracht habe, Bösewichte zu finden oder Menschen vor ihnen zu retten. Ich habe gelernt, wie hinterhältig Menschen sein können und wie selbst gute Menschen schlechte Dinge tun können, wenn sie mit dem Rücken zur Wand stehen. Ich bin lieber übervorbereitet als untervorbereitet.«

»Das kann ich verstehen«, sagte Sierra und nickte.

»Du hast vielleicht bemerkt, dass ich Verstecke habe, die niedrig, hüfthoch – zumindest für mich – und höher sind. Ich weiß nie, in welcher Situation ich mich befinden könnte, und bin auf alles vorbereitet.«

»Ist hier noch etwas anderes drin?«

»Einige der Stühle haben versteckte Fächer darunter. Sie sind für Kinder nicht zugänglich, dafür habe ich gesorgt. Die haben sogar biometrische Schlösser. Sie sind so programmiert, dass sie sich nur mit meinem Fingerabdruck öffnen lassen. Was mich daran erinnert, ich muss dafür sorgen, dass du auch Zugang hast. Das können wir nach dem Essen machen.«

»Ich bin mir nicht sicher, ob das wirklich nötig ist«, protestierte Sierra.

Grover rang nach Worten, um zu erklären, warum dies für ihn wichtig war. »Ich muss wissen, dass du dich selbst schützen kannst, egal was passiert. So sehr ich auch sagen möchte, dass ich immer da sein werde, wenn du mich brauchst, wissen wir beide, dass das nicht möglich ist. Scheiße passiert, und wenn *dir* Scheiße passiert, möchte ich, dass du in der Lage bist, das Nötige zu tun, um dich zu schützen. Und mich, wenn ich nicht mehr in der Lage bin.«

»Okay«, entgegnete sie leise. »Können wir jetzt aufhören, darüber zu reden, dass du verletzt bist und ich mich wie Rambo benehmen muss?«

»Auf jeden Fall«, sagte Grover sofort. Er wollte nicht an die hundertundeins schrecklichen Situationen denken, die ihm durch den Kopf gingen, in denen Sierra auf sich allein gestellt war und eine Waffe brauchte, um sich zu schützen.

Er bemerkte, wie Sierra sich noch einmal im Raum umsah und dann sichtlich zitterte.

»Was? Was ist denn los?«

»Es ist nur … dieser Raum erinnert mich irgendwie an diese Höhle. Keine Fenster, dunkel, kühler als der Rest des Hauses.« Sie zuckte ein wenig verlegen mit den Schultern. »Es ist keine große Sache.«

Grover nahm sofort ihren Ellbogen in die Hand und führte sie zur Tür. Er hatte vorher nicht viel darüber nach-gedacht, aber sie hatte recht. Er notierte sich, einen Bauunternehmer zu beauftragen, ein Loch in die Wand zu schlagen und ein Fenster einzubauen. Er könnte Verdunkelungsvorhänge anbringen und es immer noch als Medienraum benutzen, aber es war wahrscheinlich sicherer, einen Ausstiegspunkt zu haben.

Sierra stieß ein kleines Lachen aus. »Du machst dir viel zu viele Gedanken, das merke ich.«

Grover gefiel es, dass sie ihn so gut lesen konnte. »Vielleicht«, gab er zu.

»Das Zimmer ist großartig«, sagte sie zu ihm.

»Aber du fühlst dich darin unwohl, und das ist inakzeptabel. Ich möchte, dass kein Winkel dieses Hauses schlechte Erinnerungen in dir weckt«, erklärte er, als sie zurück ins große Wohnzimmer gingen.

»Das ist keine große Sache«, protestierte sie.

»Für mich schon«, sagte Grover schlicht. »Wie wäre es, wenn wir jetzt essen und ich dir danach den Rest des Hauses zeige?«

Sierra legte ihre Hand auf seinen Arm und hielt auf dem Weg zur Küche an. »Grover?«

»Ja?«

Sie starrte einen Moment lang zu ihm auf. Er konnte die Gefühle, die er in ihren Augen sehen konnte, nicht deuten.

»Ich bin froh, dass ich hier bin«, sagte sie schließlich.

»Ich auch, Bean. Ich auch. Komm, lass uns zu Abend essen. Ich bereite auch einen großen Salat zu, wie ich es vorhatte. Ich werde die Pizza, die ich dir versprochen habe, ein anderes Mal bestellen.«

»Fantastisch. Was kann ich tun, um zu helfen?«

Grover konnte sich ein Lächeln nicht verkneifen, als sie mit der Zubereitung des Salates begannen. Er liebte das. Mit ihr zu arbeiten, ihr zu zeigen, wo alles in der Küche war, fühlte sich gut an. Intim. Es war die erste von hoffentlich vielen, vielen Mahlzeiten, die sie gemeinsam zubereiten würden.

KAPITEL VIERZEHN

Sierra seufzte zufrieden und war jetzt genauso entspannt wie während ihrer Zeit in New Mexico. Sie und Grover saßen auf seiner Terrasse. Er hatte ihr ein Glas Limonade eingeschenkt und trank ein Bier. Nachdem sie gegessen hatten, hatte er ihr den Rest seines Hauses gezeigt, das aus vier Schlafzimmern im ersten Stock, einem weiteren Badezimmer und einer wunderschönen Waschküche bestand. Er hatte ihr erzählt, dass es früher ein kleines fünftes Schlafzimmer war, das er aber zur Waschküche umfunktioniert hatte, weil er seine schmutzige Wäsche nicht ständig die Treppe hoch und runter schleppen wollte.

Sie war ein wenig rot geworden, als er ihr das große Schlafzimmer und das dazugehörige fantastische Badezimmer gezeigt hatte, aber sie tat ihr Bestes, um cool und gelassen zu wirken. Es war schwer, wenn Sierra sich nichts weiter vorstellen konnte als Grover, der splitterfasernackt in der gläsernen Dusche stand. Oder wie er sich im begehbaren Kleiderschrank umzog. Oder wie er in dem riesigen Himmelbett lag, das den größten Teil des Raumes einnahm. Das Bett war altmodisch und ganz und gar nicht so, wie sie es sich für Grover vorgestellt hätte.

Er erklärte, dass es seinen Großeltern gehört hatte, und nach ihrem Tod war niemand daran interessiert gewesen, es zu behalten, also hatte er es für sich beansprucht. Als sie das hörte, wurde eine weitere Schicht des Mannes enthüllt, den sie liebte. Jedes Mal wenn sie etwas Neues über ihn erfuhr, bewunderte und respektierte sie ihn noch mehr. Ein altes Bett zu behalten war nicht unbedingt etwas, das den meisten Männern am Herzen lag, aber Grover schon.

Sein ganzes Haus war eine Offenbarung. Es war gut durchdacht, und Grover hatte bei der Renovierung ganze Arbeit geleistet. Angefangen bei den Türen, die er aus der alten Scheune auf dem Grundstück gerettet hatte, über die modernen Elemente wie die Waschküche im ersten Stock bis hin zu dem übertriebenen Medienraum, den er eingerichtet hatte. Es passte einfach alles zu ihm. Und Sierra gefiel jede Kleinigkeit, die sie bei der Besichtigung seiner Räumlichkeiten über ihn erfahren hatte.

»Worüber denkst du so angestrengt nach?«, fragte Grover.

Sie saßen auf getrennten Stühlen, was sie für eine gute Idee hielt, denn mit jeder Sekunde, die sie in seiner Nähe verbrachte, wollte sie ihn mehr und mehr.

»Ich mag dein Haus«, sagte sie einfach.

»Ich auch«, entgegnete er. »Früher hatte ich kein Problem damit, in einer Wohnung zu leben. Es war nicht wirklich ein Zuhause, sondern nur ein Ort, an dem ich die Zeit zwischen der Arbeit, dem Zusammensein mit meinem Team und den Einsätzen verbrachte. Aber ich kam an einen Punkt, an dem ich einen Zufluchtsort brauchte. Einen Ort, an dem ich mich völlig entspannen und abschalten konnte. Mein Job ist stressig, also wollte ich ein Zuhause haben. Ich weiß, dass die Armee mich jederzeit auf einen anderen Stützpunkt versetzen kann, aber irgendwann werde ich wieder hierher zurückkommen. Ich habe dieses Haus mit dem Gedanken an einen dauerhaften Aufenthalt gebaut.

Wenn ich das Glück habe zu heiraten, möchte ich hier mit der Frau leben, die ich liebe.«

Er sah zu ihr hinüber. »Ich möchte das tun. Abends hier sitzen, über meinen Tag reden und von ihrem hören. Ich möchte nach Rehen und Gürteltieren Ausschau halten. Abhängen und entspannen.«

Sierra verspürte ein Verlangen, das in seiner Intensität fast schmerzhaft war. Sie wollte diese Frau sein. Sie wollte hier sitzen, genau so mit Grover, noch Jahre später.

Ohne den Blickkontakt abzubrechen, beugte sie sich vor und stellte ihre Tasse auf den Boden neben ihrem Stuhl. Dann stand sie auf und ging zu Grover hinüber. Als wäre es ihre zweite Natur, kletterte sie auf seinen Schoß und machte es sich gemütlich. Sie hatte das schon ein paarmal gemacht, aber dieses Mal war es anders.

Grover stellte sein eigenes Getränk ab und griff nach ihren Hüften. Seine großen Hände waren so warm, dass sie seine Wärme durch ihre Kleidung hindurch spüren konnte. Sie hielt den Blick auf seinen gerichtet und griff nach den Knöpfen seines Hemdes. Sie öffnete den obersten. Dann den nächsten.

»Sierra?«, fragte er mit einer leichten Neigung seines Kopfes.

Sie ließ ihre Hände ruhen. Auf keinen Fall wollte sie etwas tun, wozu er noch nicht bereit war. Sie atmete schwer, sowohl vor Nervosität als auch vor Erregung. Zum ersten Mal seit vielen, vielen Monaten spürte sie Verlangen. In der Gefangenschaft war keine Zeit für etwas anderes als das Überleben gewesen, aber jetzt, zurück in den Staaten, in Sicherheit, mit Grover ... erwachte ihr Körper zum Leben.

»Ich will dich«, gab sie zu, ohne den Klang ihrer heiseren Stimme zu erkennen.

Er streckte die Hände in die Höhe und ergriff ihre eigenen. »Bist du sicher?«, fragte er sanft.

Sierra nickte. »Ja.«

»Vor ein paar Wochen wolltest du nur mit mir befreundet sein. Du warst nicht bereit für mehr. Ich will nur sicher sein, dass du das wirklich willst, bevor wir weitermachen. Ich weiß, dass die Dinge zwischen uns sich während unseres Aufenthalts in der *Zuflucht* geändert haben, aber ich möchte nichts überstürzen, wenn du nicht wirklich bereit bist.«

»Ich weiß, und das bin ich«, sagte sie. »Als ich dir das sagte, hatte ich Angst. Angst davor, wie wichtig du mir nach so kurzer Zeit schon geworden warst. Ich habe versucht, mein Herz zu schützen. Aber nach diesen zwei Wochen in New Mexico wurde mir klar, dass ich mir etwas vorgemacht hatte. Und dass das Leben kurz ist. Ich weiß das besser als jeder andere. Du bist einer der erstaunlichsten Männer, die ich je getroffen habe. Und das sage ich nicht nur, weil du etwas unglaublich Selbstloses und Mutiges getan hast. Ich habe das Gefühl, selbst wenn wir uns irgendwo ganz normal und in einer sicheren Umgebung getroffen hätten, wie in einer Kneipe oder im Supermarkt, wäre diese verrückte Chemie immer noch da gewesen. Du gibst mir das Gefühl, dass ich der wichtigste Mensch auf dem Planeten bin. Du gibst mir das Gefühl, besser sein zu wollen, mehr sein zu wollen. Ich weiß, dass ich mich nicht sehr gut ausdrücke, aber Grover ... ich wäre nicht hier, in Texas, in deinem Haus, *auf deinem Schoß*, wenn ich nicht mehr zwischen uns wollen würde.«

Nach ihrer leidenschaftlichen Rede bewegte er sich einen Moment lang nicht. Er starrte sie einfach an, als wollte er ihre Gedanken lesen. Dann schlossen sich seine Finger um ihre und er atmete tief ein. Seine Nasenflügel blähten sich und sie konnte die Veränderung in seinen Augen sehen. Sie hatte nur den Bruchteil einer Sekunde Zeit, sich zu wappnen, bevor er sich auf sie stürzte.

Er ließ ihre Hände los, beugte sich vor und küsste sie hart und tief.

Er schmeckte nach Bier, und obwohl sie kein großer Fan von diesem Zeug war, war es bei ihm praktisch ein Aphrodisiakum. In diesem Moment wurde Sierra klar, dass er sich bei all den anderen Küssen zurückgehalten hatte. Er nahm ihren Mund fast verzweifelt in Beschlag. Eine Hand legte er an ihren Hinterkopf, um sie festzuhalten, und mit der anderen umklammerte er ihre Hüfte so fest, dass es fast wehtat ... auf eine gute Art.

Grover verlor seine beeindruckende Kontrolle – und das war eines der erotischsten Dinge, die sie je erlebt hatte. Er hielt sich nicht zurück, kein bisschen, und sie hatte nicht erkannt, dass sie das brauchte. So viele Leute tänzelten im Moment auf Zehenspitzen um sie herum, um sie nicht aufzuregen oder schlechte Erinnerungen aus ihrer Gefangenschaft wachzurufen. Aber es war offensichtlich, dass Grover nur die Leidenschaft im Sinn hatte. Er versuchte nicht, sanft zu sein oder sie in Watte zu packen.

Das steigerte ihr Verlangen nach ihm noch mehr.

Sie streckte die Hände nach oben und knöpfte sein Hemd weiter auf. Als sie es weit genug geöffnet hatte, legte sie ihre Handflächen auf seine muskulöse Brust und grub ihre Fingernägel leicht in seine Haut.

Grover stöhnte in ihren Mund, zog sich aber nicht zurück. Sierra zappelte auf seinem Schoß herum und spürte, wie ihr Körper sich darauf vorbereitete, ihn zu nehmen. Ihre Unterwäsche war durchnässt und ihre inneren Muskeln verkrampften sich voller Bereitschaft.

Sierra fand seine Brustwarzen und drückte sie erst leicht, dann fester, als sie spürte, wie seine Hüften sich ihr entgegenstreckten. Er riss seinen Mund von ihrem und lehnte sich zurück auf das Kissen hinter ihm. Er atmete schwer, als wäre er gerade ein paar Kilometer gelaufen, und zu wissen, dass *sie* ihm das angetan hatte, dass *sie* diejenige war, die ihn nur mit Küssen und ihren Händen auf seiner

Brust an diesen Punkt gebracht hatte, vermittelte Sierra ein extrem starkes Gefühl.

Dies war ein Geschenk. *Er* war ein Geschenk. Wenn jemand ihr vor zwei Monaten gesagt hätte, dass sie hier sein würde, was sie tun würde, wie sie sich fühlen würde, hätte sie gedacht, derjenige würde eine neue Form der Folter praktizieren. Aber hier war sie. Mit dem Mann, den sie nie vergessen hatte. Dem, von dem sie geträumt hatte.

Sierra beugte sich vor und küsste die weiche, verletzliche Haut an seinem Hals, knabberte und leckte, während sie es tat. Er bewegte den Kopf nicht, ließ aber eine Hand unter ihr Hemd gleiten und streichelte die empfindliche Haut an ihrem Kreuz. Dann an ihrer Seite. Dann, ganz langsam, bewegte er seine Hand zu ihrer Brust.

Sierra war sich schon immer bewusst gewesen, wie klein sie war. Sie war durch und durch zierlich. Bevor sie gefangen genommen wurde, hatte sie ein kleines B-Körbchen, und obwohl sie das Gewicht, das sie verloren hatte, wieder zugenommen hatte, waren ihre alten BHs immer noch ein bisschen zu groß. Aber in dem Moment, in dem Grover mit den Fingern mit der Spitze eines der Körbchen spielte, legte Sierra ihre Verlegenheit ab. Ihre Brustwarzen verhärteten sich, als würden sie um die Berührung durch diesen Mann betteln. Sie wölbte den Rücken, presste sich an ihn und bettelte ohne Worte um mehr. Und er enttäuschte sie nicht.

Grover griff in ihren BH und strich mit dem Daumen über ihre Brustwarze. Sie stöhnte auf und wölbte ihren Rücken noch mehr.

»Das gefällt dir«, knurrte er.

Es war keine Frage, und die Arroganz in seinem Ton hätte sie verärgert, wenn es ein anderer Mann gewesen wäre. »Jaaaa«, zischte sie.

Seine Lippen verzogen sich zu einem zufriedenen Grinsen, als er ihre Brustwarze zwischen Daumen und Zeigefinger rollte. Sierra zuckte mit den Hüften und sie ließ den Kopf nach hinten fallen. Sie konnte nichts anderes tun, als auf Grovers Schoß zu sitzen und die Gefühle zu genießen, die durch ihren Körper strömten. Die Erregung fühlte sich seltsam an, fast fremdartig, aber ach so köstlich.

»So verdammt schön. Halt dich fest, Bean.«

Eine Sekunde lang wusste Sierra nicht, wovon er sprach. Sie hielt sich doch an ihm fest. Ihre Hände waren wie von selbst nach oben gewandert, um sich auf seine Schultern zu legen, und sie hatte versehentlich ihre Fingernägel in die steinharten Muskeln dort gegraben.

Dann stand er auf, und sie schlang ihre Beine um seine Hüften. Aber er wollte sie nicht fallen lassen. Eine Hand legte er unter ihren Hintern und die andere blieb unter ihrem Hemd und er neckte auch weiterhin ihre Brustwarze. Sierra sah ihn an und erschauderte angesichts der Lust, die sie in seinem Blick sah. Er ging mit ihr zur Tür und sagte: »Du wirst sie öffnen müssen. Ich habe die Hände voll.«

Sierra errötete, konnte aber nicht leugnen, dass sie es liebte, dass er sie nicht eine Sekunde lang loslassen wollte. Sie beugte sich vor und griff nach dem Türknauf. Sie war erstaunt, dass Grover nicht aufhörte, ihre Brust zu streicheln, obwohl sie sich an ihm bewegte.

Er ging ins Haus und drehte sich zur Tür zurück. »Schließ ab.«

Grover war wie immer sehr herrisch, aber weil sie sich bei ihm so toll fühlte, sprach Sierra ihn nicht darauf an. Es gefiel ihr, dass er immer noch an ihre Sicherheit dachte.

Kurz nachdem sie den Riegel vorgeschoben hatte, richtete er sich auf und ging auf die Treppe zu. Während er ging, schob er seine Hand unter den unteren Rand ihres BHs und bedeckte ihre gesamte Brust mit seiner großen, schwieligen Hand. Sierra stöhnte erneut auf.

Grover schritt in sein Schlafzimmer und ging direkt zum Bett. Er ließ sie nicht los, sondern beugte sich über sie und drückte sie an sich, bis er sie genau da hatte, wo er sie haben wollte. Sierra spürte, wie ihr Rücken die Matratze berührte, eine Sekunde bevor Grovers Kopf abtauchte. Er legte die Hand auf ihre Brust und nahm ihre Brustwarze durch das Hemd hindurch in den Mund.

»Oh scheiße, Grover!«

Er reagierte nicht, sondern knabberte an ihrer Brust, als wäre er ein ausgehungerter Mann. Sierra krümmte sich unter ihm. Sie brauchte mehr.

Sie zerrte an seinem Haar und brachte ihn dazu, den Kopf zu heben. Sie wollte diesen Mann mehr, als sie in Worte fassen konnte. Aber sie war auch nervös, weil er sie unbekleidet sehen sollte. Es war ein eitler Gedanke, aber sie konnte nicht anders. »Ich bin nicht sehr groß«, entschuldigte sie sich.

Seine Pupillen waren geweitet und es schien eine Sekunde zu dauern, bis er ihre Worte verstand. Seine Hand legte sich fester auf ihr erregtes Fleisch unter ihrem Hemd. »Du bist perfekt.«

Sierra schnaubte.

»Du glaubst mir nicht?«, fragte er ein wenig barsch.

»Frauen geben nicht Tausende von Dollars für Brustimplantate aus, um andere Frauen zu beeindrucken«, sagte sie.

»Männer mögen Brüste«, sagte Grover ganz sachlich. »Es spielt keine Rolle, ob sie groß, klein, wackelig, fest oder irgendetwas dazwischen sind. Ich weiß nicht, warum wir so besessen von ihnen sind, aber wir sind es. Doch was zählt, ist die Frau, mit der sie verbunden sind. Und wenn uns diese Frau wichtig ist, dann ist alles perfekt, egal welche Größe sie hat. Du, Sierra, hast die perfektesten Titten, die ich je gesehen habe. Noch größer und sie wären viel zu groß. Außerdem mag ich, wie empfindlich du bist.« Er kniff ihr noch einmal in die Brustwarze, und Sierra konnte nicht anders, als bei dem erotischen Schmerz, der ihren Körper durchströmte, zu keuchen.

»Siehst du?«, sagte er grinsend.

Sierra schluckte schwer. Die Erektion, die gegen ihren Oberschenkel drückte, machte deutlich, dass Grover erregt war. Sie musste aufhören, darüber nachzudenken, was sie als ihre Fehler ansah, und einfach dem nachgehen, was sie wollte. Und was sie wollte, war dieser Mann. Tief in ihr drin, damit sie sich vollständig fühlte.

Daraufhin schob Sierra ihre Hände zwischen sie beide und griff nach dem Saum ihres T-Shirts. Zappelnd schaffte sie es, es hoch und über ihren Kopf zu ziehen. Grover war keine große Hilfe, nicht mit dem festen Halt, den er an ihrer Brust hatte. Als sie ihr Hemd zur Seite warf, wölbte sie den Rücken und griff unter sie, um den Verschluss ihres BHs zu öffnen. Als dies geschehen war, legte sie sich zurück und sah zu Grover auf. Sie atmete schwer und war immer noch ein wenig verlegen, aber sie war entschlossen, die Sache wie eine Erwachsene anzugehen.

Grover zog langsam ihren BH weg und starrte sie einen Moment lang an. Er leckte sich über die Lippen und senkte den Kopf.

Die erste Berührung seiner Zunge an ihrer Brustwarze ließ Sierra vor Überreizung zusammenzucken. Er reizte sie auch nicht. Es gab kein sinnliches Lecken. Nein, Grover stürzte sich auf ihre Brustwarze und saugte. Hart.

Sie gab einen unverständlichen Laut von sich und hielt sich mit einer Hand an seinem Arm fest, mit der anderen an der Decke unter ihr. Sie konnte sich nur noch festhalten, während Grover sein Bestes tat, um sie um den Verstand zu bringen.

Nach einer Minute süßer Folter hob er den Kopf und seine Lippen machten ein knackendes Geräusch, als er ihre Brustwarze losließ. Er fuhr mit einem Finger über das harte Fleisch, das jetzt gerade nach oben ragte. Selbst das fühlte sich erstaunlich an. Kleine Stromstöße schienen ihren

Körper hinunterzufließen, direkt in ihre Muschi. Sie war klatschnass und so verdammt erregt.

»Ich liebe die hier«, sagte Grover, seine Stimme eine ganze Oktave tiefer.

»Ausziehen«, befahl Sierra fast atemlos. Sie musste ihn berühren. Musste ihn auf sich spüren.

Es war ihm hoch anzurechnen, dass Grover sie nicht fragte, ob sie sich sicher war. Er zögerte nicht einmal. Er griff nach dem Verschluss ihrer Hose.

Sierra wischte seine Hände weg. »*Du* sollst dich ausziehen«, stellte sie klar.

Daraufhin grinste Grover zu ihr hinunter. »Nur wenn du das ebenfalls tust.«

»Dann schauen wir doch mal, wer schneller ist«, sagte sie grinsend.

Nachdem sie zwei ganze Wochen mit ihm verbracht hatte, lernte sie nun, dass Grover konkurrenzfähiger war als jeder andere, den sie je kennengelernt hatte. Sie schämte sich nicht, das gegen ihn zu verwenden. In nur zwei Sekunden hatte er sich das Hemd vom Leib gerissen und griff nach dem Knopf seiner Jeans.

Der einzige Grund, warum Sierra am Ende schneller war als er, bestand darin, dass Grover vom Bett aufstehen musste, um seine Hose und Boxershorts auszuziehen. Sie konnte ihre Hose einfach über ihre Beine schieben und sich ihrer entledigen, während sie ihr Hemd und ihren BH bereits ausgezogen hatte.

Grover zögerte an der Seite des Bettes. Sein Schwanz war lang und dick, und an der Spitze konnte sie einen Sehnsuchtstropfen erkennen. Während sie ihn anstarrte, streichelte er sich und drehte sein Handgelenk, wenn er die Spitze erreichte. Sierra konnte nicht anders, als sich die Lippen zu lecken.

Ohne ein Wort zu sagen, drehte Grover sich um. Mit der freien Hand riss er eine Schublade des Nachttisches neben dem Bett auf. Er zog eine Schachtel mit Kondomen heraus und öffnete sie mühsam mit einer Hand. Sierra hätte ihm ihre Hilfe anbieten können, aber sie war zu sehr damit beschäftigt, ihn anzustarren.

Es bestand kein Zweifel, Grover war ein schöner Mann. Er mochte dieses Adjektiv vielleicht nicht, aber es gab wirklich kein anderes Wort, um ihn zu beschreiben. Er hatte überall Muskeln, und wenn er sich bewegte, kräuselten sie sich unter seiner Haut. Sein Bauch war flach und es sah aus, als hätte er sich die Schamhaare gestutzt, was sie zum Lächeln brachte.

»Was grinst du so, Frau?«, knurrte er, als er endlich die Schachtel geöffnet hatte und ein Kondom herauszog.

»Du«, sagte sie schlicht. Eine Hand ließ sie an ihrem Körper hinunterwandern und sie streichelte sich leicht.

Grovers Blick blieb zwischen ihren Beinen hängen, als er zurück auf das Bett kletterte. Er spreizte ihre Beine, und Sierra zuckte zusammen, als sein Schwanz ihre nackte Haut berührte und einen Tropfen seiner Feuchtigkeit hinterließ.

Sie bewegte ihre Finger schneller über ihre Klitoris und spreizte die Beine so weit wie möglich, was gar nicht so weit war, da seine Knie auf beiden Seiten ihrer Oberschenkel lagen. Während sie mit sich selbst spielte, rollte Grover das Kondom über seine Länge. Sierra war froh, dass er darauf vorbereitet war. Sie wusste, dass sie über Geburtenkontrolle und ihre sexuelle Gesundheit sprechen mussten, vor allem da sie so lange in Gefangenschaft gewesen war, aber im Moment brauchte sie nur ihn. Das Gespräch konnte warten.

Sie liebte es, wie Grover den Blick nicht von ihrer Muschi lassen konnte. Sie hatte sich noch nie so sexy gefühlt. Noch nie hatte sie das Gefühl, dass ein Mann sterben würde, wenn er nicht in sie eindrang. Aber genau das verriet Grovers Gesichtsausdruck. Er biss sich auf die Lippe und seine Brust hob sich. Er nahm seinen Schwanz in die Hand und drückte auf den Ansatz, als wäre er nur Sekunden davor zu kommen, noch bevor er in ihr war.

Grover streckte seine Hand aus und fuhr mit einem Finger zwischen ihre Schamlippen. Sie bewegte ihre Hand, aber er schüttelte den Kopf. »Nein, fass dich weiter an«, befahl er.

Begierig führte Sierra ihre Finger wieder zu ihrer Klitoris. Das Schlimmste auf der Welt war es, verdammt erregt zu sein, aber einen Mann zu haben, der sich mehr dafür interessierte, sich selbst zu befriedigen, als dafür zu sorgen, dass sie auch einen Orgasmus hatte. Sie war erleichtert zu wissen, dass das mit Grover kein Thema sein würde.

»Ich bin groß«, sagte er unnötigerweise. »Ich will dir nicht wehtun. Bring dich zum Höhepunkt, mach dich schön feucht für mich, Sierra. Dann werde ich dich ficken.«

Verflucht, seine Worte waren verdammt herrisch, aber so anregend. Sierra streichelte schneller über ihre Klitoris. Grover schob sanft einen Finger in ihren Körper, während sie sich selbst berührte, und sie spannte ihre inneren Muskeln um ihn an.

»Verdammt«, sagte Grover und atmete aus.

Sierra grinste.

Ihr Lächeln verblasste, als er einen zweiten Finger hinzufügte und begann, langsam in ihren feuchten Körper hinein und wieder heraus zu gleiten.

Dann konnte sie an nichts anderes mehr denken als an den Orgasmus, der sich rasend schnell in ihr aufbaute. Sie hatte zum ersten Mal nach ihrer Rettung masturbiert, nachdem sie aus New Mexico zurückgekehrt war. Sie lag in ihrem Bett im Haus ihrer Eltern und fantasierte über Grover. Sie kam mit Visionen von ihm, wie er sich über sie beugte und sie zärtlich anlächelte.

Aber verdammt, wenn die Realität nicht so viel besser war als ihre Fantasien. Sie spürte, wie sie sich dem Abgrund näherte, und strich mit den Fingern noch schneller über ihr empfindliches Nervenbündel.

»So verdammt schön«, murmelte Grover.

Sierra versuchte noch einmal, ihre Beine weiter zu spreizen, stöhnte aber frustriert auf, als ihr das nicht gelang. Sie spürte, wie Grover sich bewegte, und als Nächstes lag sie mit weit gespreizten Beinen da. Er hatte sich zwischen ihre Oberschenkel gekniet und ihre Schenkel weit auseinandergedrückt. Sie konnte nicht umhin, sich gegen seine Finger zu stemmen, mit denen er immer noch träge in sie hinein und hinaus pumpte.

»Mehr«, bettelte sie.

»Komm für mich«, forderte er.

Sierra griff mit ihrer freien Hand nach seinem Bizeps, während sie wie wild an ihrer Klitoris herumspielte. Ihr Magen spannte sich an und ihre Schenkel zitterten, als sie schließlich über den Abgrund stürzte.

In der Sekunde, in der Grover merkte, dass sie kam, zog er seine Finger aus ihr heraus und sie spürte, wie er sie mit seinem Schwanz ersetzte. Er stieß in sie hinein, während sie sich gegen ihn stemmte, verloren in der Wucht des Monsterorgasmus, der ihren Körper überrannt hatte.

Sie spürte vage ein unangenehmes Zwicken, während sie sich an Grovers Größe und Umfang anpasste, als er in sie eindrang. Dann schob er ihre Hand beiseite und benutzte seinen Daumen, um grob über ihre Klitoris zu streichen.

Sierra kreischte und stemmte sich gegen ihn, ihre ohnehin schon empfindliche Perle verlangte nach Erleichterung. Aber natürlich konnte sie sich nicht von ihm lösen, er war zu groß. Zu schwer. Seine Liebkosung ließ sie noch einmal über den Abgrund stürzen. Sie konnte nur noch durchhalten, während die erotische Folter weiterging.

Als sie sich unter ihm wand und zappelte, begann er zu stoßen. Hart.

Es gab keine Finesse in seinen Bewegungen, Grovers

Hüften bewegten sich schnell und verlängerten ihre Ekstase, während er sein eigenes Vergnügen verspürte.

Es dauerte nicht lange, bis er kam. Sein ganzer Körper versteifte sich, als er noch einmal in sie eindrang, tiefer als jemals jemand zuvor. Dann hielt er still, während sich eine tiefe Röte auf seiner Brust ausbreitete, als er laut stöhnte und kam.

Nach ein paar tiefen Atemzügen sah er auf ihr Gesicht hinunter ... dann ließ er den Blick zu der Stelle wandern, an der sie miteinander verbunden waren, und er begann erneut, ihre Klitoris zu massieren.

»Grover«, klagte sie schwach, aber er ignorierte ihr Flehen.

»Komm noch mal«, befahl er. »Ich will es ein zweites Mal an meinem Schwanz spüren. Ich habe mich vorhin zu sehr darauf konzentriert, nicht selbst zu explodieren.«

Hilflos, etwas anderes zu tun als zu gehorchen, spürte Sierra, wie ihr Körper zitterte und sich auf einen weiteren Orgasmus vorbereitete. Sie war in der Vergangenheit nie mehr als einmal beim Sex gekommen. Der nächste Höhepunkt war weniger intensiv, aber nicht weniger erschütternd.

Grover stöhnte auf, als sie sich noch einmal um ihn schlang, und die Lust in seinen Augen reichte aus, damit Sierra sich absolut schön fühlte. Und mächtig. Das hatte *sie* geschafft. Sie hatte diesen überlebensgroßen Mann auf ein unkontrollierbares Tier reduziert.

Als er seine Finger von ihrer Klitoris nahm, seufzte sie zufrieden und ein wenig erleichtert auf. Er zog sich zurück und sie stöhnten beide auf, als sein Schwanz aus ihren glitschigen Falten herausglitt. Er stand auf und machte sich auf den Weg ins Bad und war zurück, bevor Sierra sich wieder orientieren konnte. Grover kletterte auf das Bett, rollte sich auf den Rücken und zog Sierra in seine Arme. Sie ließ sich praktisch auf ihn fallen, und er zog eines ihrer Beine hoch, sodass es auf seinem Oberschenkel lag.

Und unerklärlicherweise ... war Sierra sprachlos.

Das war der beste Sex ihres Lebens gewesen, aber sie hatte bereits Zweifel, ob sie ihn hätte initiieren sollen. Besonders so kurz nach ihrer Ankunft in Texas. Hätte sie es langsamer angehen sollen? Hätte sie sich vergewissern sollen, dass Grover wirklich eine langfristige Beziehung wollte? Wenn er nur Sex wollte, hatte sie es ihm gerade sehr leicht gemacht.

Gerade als ihre Unruhe wieder zunahm, strich Grover mit einer Hand sanft über ihren Hintern und sagte: »Das war unglaublich.«

Sierra nickte.

»Ich muss zugeben, dass ich darauf nicht vorbereitet war.«

»Ähm ... du hattest eine neue Packung Kondome in der Schublade neben dem Bett«, antwortete sie.

»Ja, aber ich hatte nicht wirklich damit gerechnet, dass wir heute Abend an diesem Punkt sein würden.«

Sie versteifte sich. Ja, sie war eine Närrin. Sie hatte zu schnell gehandelt.

Grover spürte offensichtlich ihr Unbehagen, denn er rollte sich herum, bis sie unter ihm lag. Er stützte sich auf seine Ellbogen und hielt ihr Gesicht in seinen Händen. Sierra fühlte sich von ihm umgeben, aber nicht erdrückt. Er hielt den Großteil seines Gewichts von ihr fern, aber es gab keinen Zweifel, dass er ihre volle Aufmerksamkeit wollte.

»Ich habe es nicht erwartet, aber das heißt nicht, dass ich nicht überglücklich bin«, sagte er zu ihr. »Fürs Protokoll, falls es noch irgendwelche Zweifel gibt: Als ich dich nach Texas eingeladen habe, wollte ich, dass wir hier landen. Und als ich davon sprach, mein Haus für den Rest meiner Tage mit einer Frau zu teilen, hatte ich genau dich im Sinn. Ich mache mir keine Sorgen darüber, wie schnell sich die

Dinge zwischen uns entwickelt haben, denn ich denke schon seit über einem Jahr an dich. Nachdem ich dich in der Kantine in Afghanistan getroffen hatte, gingst du mir nicht mehr aus dem Kopf, und meine Gefühle für dich haben sich nicht geändert, obwohl du verschwunden warst. Und ...« Er hielt inne und lachte leise. »Nun, wenn du die Geschichten über Doc, Oz, Brain und die anderen hörst, wirst du es verstehen. Wir handeln sehr schnell, das ist unser Job.«

Sierra nickte. »Als ich mich entschloss, nach Texas zu ziehen, wollte ich auch, dass wir hier landen«, erklärte sie und schloss sich seiner Meinung an. »Obwohl es vielleicht nicht unbedingt mein Plan war, dich gleich am ersten Tag auf deiner Terrasse zu besteigen.«

»Es war verdammt heiß«, sagte Grover lächelnd und beugte sich zu ihr hinunter, um ihre Stirn zu küssen. Dann rollte er sie beide so herum, dass er wieder auf dem Rücken lag und sie auf ihm.

»Danke, dass du nicht ... Ich weiß nicht, wie ich es ausdrücken soll, ohne wie eine Idiotin zu klingen.«

»Du könntest keine Idiotin sein, selbst wenn du es versuchen würdest«, versicherte Grover ihr.

Sierra rümpfte die Nase und beschloss, es einfach auszusprechen. »Ich weiß es zu schätzen, dass du mich nicht in Watte packst. Ich meine, du fragst mich nicht hundertmal, ob ich mir sicher bin, oder willst wissen, ob ich wirklich bereit bin. Ich weiß, dass ich in Bezug auf meine Gefangenschaft noch einige Dinge zu verarbeiten habe, aber ich wurde nicht vergewaltigt. Meine Sexualität ist also nicht wirklich eines davon.«

»Ich wünschte, ich könnte sagen, dass ich nur daran dachte, wie sehr ich dich respektiere und dir vertraue, dass du weißt, was du willst, aber«, er zuckte mit den Schultern, »ich bin ein Mann. Ein Mann, der dich schon seit einer ganzen Weile begehrt. Ich fürchte, mein Gehirn hat einen

Kurzschluss erlitten, als ich dich endlich in die Finger bekam.«

Nichts hätte Sierra ein besseres Gefühl gegeben. Sie liebte es, dass er genauso verrückt vor Lust war wie sie. »Ich empfinde genauso«, entgegnete sie leise.

»Da wir gerade beim Thema sind ... möchte ich dich etwas fragen. Ich habe dir nicht wehgetan, oder? Du bist zierlich und ich ... bin es nicht.«

Sierra lächelte. »Nein. Du hast mir nicht wehgetan. Nicht mal annähernd. Ich bin noch nie ... Grover, ich bin schon gekommen, bevor du in mir warst. Ich war feuchter als je zuvor.« Sie wusste, dass sie rot wurde, aber sie war dankbar, dass sie ihn in diesem Moment nicht ansah. »Du hast mir nicht wehgetan«, beendete sie.

»Gut«, sagte er, und Sierra konnte die Zufriedenheit und den Stolz in seiner Stimme hören. »Ich habe nicht so lange durchgehalten, wie ich wollte. Das nächste Mal werde ich besser sein. Vielleicht. Aber wir müssen über deinen Gesundheitszustand sprechen.«

»Ich habe mir nichts eingefangen«, erklärte sie sofort. »Meine Ärztin hat einige Tests durchgeführt. Ich vermute, sie hat mir nicht geglaubt, dass ich nicht sexuell missbraucht wurde.«

»So habe ich das nicht gemeint«, sagte Grover zu ihr. »Ich habe mehr über deine allgemeine Gesundheit gesprochen. Hat deine Periode wieder eingesetzt? Du hast eine gesunde Menge an Gewicht zugelegt. Worauf müssen wir achten, damit dein Körper wieder zu seiner normalen Routine zurückfindet?«

Sierra schmiegte sich an Grover und er legte den Arm enger um sie. Dies hätte ein peinliches Gespräch sein sollen, aber irgendwie war es das mit Grover nicht.

»Ich habe meine Periode noch nicht wieder, aber die Ärztin sagte, das sei normal. Es kann bis zu sechs Monate dauern, auch wenn ich inzwischen wieder so viel wiege, wie ich sollte.«

Sie spürte Grovers Nicken. »Das habe ich mir auch schon gedacht. Es ist wahrscheinlich nicht klug, seinem Körper einen Haufen Chemikalien und Hormone zuzuführen, wenn man versucht, wieder normal zu werden. Ich habe kein Problem damit, Kondome zu benutzen. Sie sind allerdings nicht hundertprozentig sicher. Wenn es sein muss, kann ich auch dauerhaftere Maßnahmen ergreifen, um dich zu schützen.«

Sierra hob daraufhin den Kopf. »Was meinst du?«

»Ich meine, wenn ich mich einer Vasektomie unterziehen muss, um dich davor zu schützen, schwanger zu werden, während dein Körper noch heilt, dann werde ich das tun.«

Sierra blinzelte. »Aber ... das bedeutet, dass du keine Kinder bekommen kannst.«

»Wer sagt das?«

»Ähm ... *Biologie?*«

Er schenkte ihr ein kleines Grinsen. »Es ist wahrscheinlich noch zu früh, um über so etwas zu reden, und wir können das später ausführlich besprechen, wenn und falls wir uns für Kinder entscheiden, aber Vasektomien sind reversibel. Außerdem könnte ich einige meiner Spermien einfrieren lassen, wenn eine Adoption für dich nicht infrage kommt. Es gibt eine Menge Kinder da draußen, die ein Zuhause brauchen, und wir könnten diesen Weg jederzeit einschlagen, wenn wir uns für Kinder entscheiden.«

Sierra spürte wieder dieses Kribbeln in ihrem Hals, aber wie immer kamen ihr keine Tränen. Sie konnte nicht glauben, dass er bereit war, für sie so weit zu gehen.

»Ich möchte etwas Langfristiges mit dir«, sagte er ernst. »Aber ich bin nicht bereit, deine Gesundheit zu riskieren. Es wäre nicht sicher für dich, jetzt schwanger zu werden. So gut du auch aussiehst und dich fühlst, dein Körper muss sich noch von dem Trauma erholen, das er erlitten hat. Ich werde alles tun, was nötig ist, um sicherzustellen, dass du in einem angemessenen Tempo heilst und deinem Körper keinen weiteren Stress zufügst.«

Sierra ließ den Kopf sinken und drückte ihre Nase an die warme Haut von Grovers Hals.

»Bean?«

»Ich ... das ist ... ich kann das nicht von dir verlangen, Grover. Das ist verrückt.«

»Du verlangst es ja nicht. Ich biete es freiwillig an. Sieh mich an, Sierra.«

Tief durchatmend hob sie den Kopf und begegnete seinem Blick.

»Dies ist keine Affäre für mich. Du bist mir so sehr unter die Haut gegangen, dass ich glaube, ich würde es nicht überleben, wenn du mich verlässt.«

Er war nicht so weit gegangen zu sagen, dass er sie liebte, aber Sierra konnte die Wahrheit in seinen Augen sehen. Sie nickte. »Ich weiß nicht, was ich getan habe, um dich zu verdienen«, flüsterte sie schließlich.

»Du hast überlebt«, sagte Grover schlicht. Dann beugte er sich vor und küsste sie auf die Lippen, bevor er sie drängte, sich wieder hinzulegen. »Wir können später darüber reden.«

Sierra nahm einen tiefen Atemzug. Er hatte recht. Sie war noch nicht bereit, über das Kinderkriegen zu sprechen. Und obwohl sie es zu schätzen wusste, dass er sich um sie kümmern wollte, war sie sich nicht sicher, ob sie wollte, dass er sich einer Vasektomie unterzog. Sie erinnerte sich an ihr Gespräch über Kinder, als sie noch Gefangene waren. Sie hatte ihm gesagt, dass sie es mochte, unbelastet zu sein, und er hatte zugegeben, dass er gern mit älteren Kindern wie Logan und Bria zusammen war. Das brachte sie zum Nachdenken über die Zahl der älteren Kinder, die in Pflegefamilien untergebracht waren.

Vielleicht war seine Idee gar nicht so verrückt, wie sie schien. Wenn sie später einmal Mutter werden wollte, war eine Adoption durchaus eine Option.

»Schlaf, Bean, die Details können wir später klären.«

»Wie spät ist es?«, fragte sie.

»Keine Ahnung.«

»Wir müssen den Wecker stellen. Meine Sachen sollen morgen früh geliefert werden«, sagte sie zu ihm.

»Ich werde wach sein«, sagte Grover zuversichtlich. »Mein Körper ist darauf trainiert, jeden Morgen früh aufzuwachen. Nach so vielen Jahren Sport ist es selten, dass ich länger als sieben Uhr schlafen kann.«

»Okay«, entgegnete Sierra und gähnte herzhaft. Sie hatte in New Mexico mit eigenen Augen gesehen, dass er ein Morgenmensch war. Wenn er sagte, er würde wach sein, dann würde er auch wach sein.

»Und ich weiß, dass ich heute Nacht gut schlafen werde, also werde ich auf jeden Fall pünktlich aufwachen«, fügte er hinzu.

»Ich dachte, du hast gesagt, du schläfst gut, seit du aus der *Zuflucht* zurück bist«, sagte Sierra.

»Das tue ich auch. Aber mit dir hier an meiner Seite, in meinen Armen, werde ich noch besser schlafen.«

Pah! Er behauptete zwar, dass er immer ins Fettnäpfchen trat, aber er sagte immer wieder die süßesten Dinge. »Das gilt auch für mich«, sagte sie leise.

Sie spürte seine Lippen auf ihrem Kopf und stellte überrascht fest, dass sie ihre Haare ganz vergessen hatte. Sie war daran gewöhnt, dass sie viele Blicke erntete, dass die Leute sie anstarrten, weil sie praktisch kahl war. Der Friseur hatte zwar Ordnung geschaffen, aber es wuchs so langsam nach, und Sierra war deswegen immer noch verlegen.

Aber heute Abend hatte sie keinen einzigen Gedanken an ihr Haar verschwendet. Grover mochte sie genau so, wie sie war, mit oder ohne Haare.

Zufrieden seufzend erlaubte Sierra sich, sich völlig zu entspannen. Sie hatte keine Ahnung, wo sie und Grover in einem Monat, einem Jahr oder fünf Jahren sein würden, aber sie hoffte und betete, dass sie sich bei ihm immer so sicher und wohl fühlen würde wie in diesem Moment.

Mit dem Geräusch seines schlagenden Herzens an ihrer Wange fiel Sierra in einen tiefen, traumlosen Schlaf, in der Gewissheit, dass Grover sie vor allen Bösewichten beschützen würde, die in der Dunkelheit lauerten.

KAPITEL FÜNFZEHN

Grover stellte den letzten Karton aus dem Umzugswagen auf den Boden von Sierras neuer Wohnung. Mit der Hilfe von Doc, Lucky und Trigger sowie den Männern, die den Lkw gefahren hatten, hatte es nicht lange gedauert, bis ihre Sachen ausgeladen waren.

»Das war's dann wohl«, sagte Lucky.

»Ich kann euch gar nicht genug danken«, sagte Sierra. »Was kann ich tun, um mich zu revanchieren?«

Grover öffnete den Mund, um ihr zu sagen, dass sie ihr nicht in der Erwartung einer Bezahlung geholfen hatten, aber Doc antwortete zuerst.

»Du kannst dieses Wochenende zu mir kommen. Ember will dich unbedingt kennenlernen, und die anderen Mädchen auch.«

»Das würde ich gern« entgegnete Sierra aufgeregt.

»Großartig. Wie wäre es mit Sonntag? Irgendwann nach vierzehn Uhr. Wir grillen Burger und so, es wird ganz locker sein.«

»Locker, nach klar«, sagte Trigger schmunzelnd.

Die anderen lachten ebenfalls.

Als Sierra ein wenig verwirrt dreinschaute, sagte Grover:

»Wenn wir alle zusammenkommen, herrscht das totale Chaos. Es ist nie einfach nur locker. Wenn dann noch zwei Babys und Logan und Bria dazukommen, ist das Durcheinander perfekt.«

»Das klingt ... nett«, sagte Sierra mit einem Lächeln.

»Tut mir leid, dass die anderen Jungs heute nicht kommen und helfen konnten«, sagte Trigger. »Da diese verdammte Milizgruppe immer noch jeden belästigt, der den Stützpunkt betritt und verlässt, wurden wir mit zusätzlichen Sicherheitsaufgaben betraut.«

»Es ist okay, ihr wart wirklich alles, was ich brauchte. Ich habe nicht viele Sachen, wie ihr sehen könnt«, sagte Sierra. »Ist die Strong Foot Miliz gefährlich?«

Es war ein abrupter Themenwechsel, aber Grover konnte die Sorge in Sierras Augen sehen.

»Diese Typen sind vor allem lästig«, erklärte Trigger ihr. »Sie versuchen, Soldaten und Familienmitglieder dazu zu bringen, mit ihnen zu reden, wenn sie in der Schlange stehen, um den Stützpunkt zu betreten. Sie verstoßen zwar nicht gegen das Gesetz, da sie sich auf öffentlichem Gelände aufhalten, aber sie haben so viele Leute verängstigt, dass der Kommandant des Stützpunktes uns zusätzliche Aufgaben zugewiesen hat, um auf Nummer sicher zu gehen.«

Sierra nickte. »Worüber genau sind sie wütend?«

»Worüber sind sie nicht wütend?«, entgegnete Lucky. »Sie sind gegen die Regierung und halten das Militär für die Wurzel allen Übels. Für sie ist jeder, der für die Regierung arbeitet, der Feind.«

»Was wollen sie denn damit erreichen, dass sie jeden belästigen, der auf dem Stützpunkt ein- und ausgeht? Es ist ja nicht so, dass ihr einfach kündigen könnt, oder?«, fragte Sierra.

»Richtig«, sagte Grover. »Viele der Männer, die die Leute auf dem Weg zum und vom Stützpunkt belästigen, sind jung. Sie sehen aus, als wären sie höchstens Anfang zwanzig. Ich glaube, sie sind einfach gelangweilt und haben sich in einer Art Mob-Mentalität zusammengetan. In der Menge liegt die Sicherheit, und im Moment macht ihnen das, was sie tun, Spaß.«

»Es gibt einen, der älter ist«, bemerkte Trigger. »Er hält sich eher im Hintergrund und überlässt den anderen den Großteil der Belästigung. Der Typ, der knapp eins achtzig groß ist, einen Bart hat und langes Haar?«

»Genau der. Ich habe ihn auch gesehen. Wissen wir etwas über ihn?«, fragte Lucky.

»Nein. Aber vielleicht wäre es eine gute Idee zu sehen, was für Informationen wir ausgraben können. Wenn er der Anführer der Gruppe ist und wir ihn ausschalten können, werden sich die Männer, die bei ihm sind, vielleicht nach San Angelo oder wo auch immer sie herkommen zurückziehen«, überlegte Trigger.

»Einen Versuch ist es wert«, stimmte Grover zu. »Hackt den Kopf ab und die Schlange stirbt.« Nachdem er geendet hatte, sah er zu Sierra hinüber ... und grinste über ihren Gesichtsausdruck.

»Das ist ekelhaft«, sagte sie.

»Aber angemessen«, sagte Lucky. »Brauchst du sonst noch Hilfe von uns?«

Sierra sah sich die Kartons an, die sich überall in der kleinen Wohnung stapelten. »Nein, das ist schon in Ordnung. Nochmals vielen Dank für eure Hilfe.«

»Das ist unser Job«, beruhigte Lucky sie.

»Wir sehen uns am Wochenende«, erinnerte Doc sie.

Sierra lächelte. »Ich freue mich schon darauf.«

»Wundere dich nicht, wenn die Party in deinem Gruppenchat erwähnt wird«, warnte Trigger. »Die Mädchen organisieren gern, was jeder mitbringen soll. Zum Beispiel, wer die Desserts und den Alkohol besorgt.«

Lucky lachte. »Erinnerst du dich an das eine Mal, als

niemand koordiniert hat und wir nur Fleisch und Schokolade dahatten?«

»Wenn ich mich recht erinnere, hat sich niemand allzu
sehr aufgeregt«, warf Grover ein. »Wir haben alle das Fleisch
gegessen und die Mädchen haben sich mit den Desserts
vollgestopft.«

Sierra kicherte.

Trigger hob das Kinn in ihre Richtung, und Lucky und
Doc taten dasselbe, bevor alle drei aus der Wohnung
gingen.

»Also, wo willst du anfangen?«, fragte Grover sie.

»Musst du nicht zurück zur Arbeit?«, wollte Sierra
wissen.

»Nein. Mein Kommandant hat mir den Rest des Tages
freigegeben. Er hat sich inzwischen daran gewöhnt, dass wir
die freie Zeit brauchen, um unseren Freundinnen beim
Umzug zu helfen. Ich denke, wir sollten damit beginnen,
dein Bett aufzubauen. Du wirst einen Platz zum Schlafen
brauchen.«

Sierra hob eine Augenbraue und musterte ihn
verschmitzt.

Grover lachte leise. »Und nein, ich habe nicht versucht,
einen anzüglichen Vorschlag zu machen, obwohl ... das
wäre gar keine schlechte Idee.«

Sie lachte. »Du bist so ein Kerl.«

»Allerdings«, stimmte er zu und schlenderte zu ihr
hinüber.

Sierra wich zurück, als er näher kam, bis sie gegen die
Wand hinter ihr stieß.

Grover legte seine Hände rechts und links neben ihren
Kopf und lehnte sich vor. »Und ich möchte darauf hinwei-
sen, dass nicht ich derjenige war, der damit begonnen hat,
sondern du. Ich habe nur eine unschuldige Bemerkung
darüber gemacht, das Bett zusammenzubauen, du warst
diejenige, die sexuelle Gedanken ins Spiel gebracht hat.«

Ihre Hände ruhten an seiner Taille und Grover ärgerte sich ein wenig darüber, dass sein Uniformoberteil in den Hosenbund gesteckt war, sodass ihre Hände nicht nach oben und unter sein Hemd rutschen konnten.

»Kannst du es mir verübeln? Nach diesem Morgen?«

Grover lächelte. Er war wie immer früh aufgewacht und hatte nicht widerstehen können, sich auf sie zu stürzen. Sie mit seinem Mund zwischen ihren Beinen aufzuwecken war sinnlich und so verdammt heiß gewesen, dass er fast vergessen hatte, ein Kondom überzuziehen, bevor er in sie eindrang.

»Du bist einfach unwiderstehlich«, sagte er. »Es ist nicht meine Schuld.«

»Natürlich, nicht deine Schuld«, stichelte sie. »Deine Zunge ist nur *versehentlich* zwischen meinen Beinen gelandet und dein Schwanz ist irgendwie auf magische Weise tief in mich gerutscht.«

Grover brach in Gelächter aus. Mann, er liebte diese Frau. Er neigte den Kopf und kraulte die empfindliche Haut in der Nähe ihres Ohrs. Er hatte heute Morgen herausgefunden, wie sehr sie es mochte, dort berührt und geleckt zu werden.

»Du spielst nicht fair«, brummte sie und neigte den Kopf immer noch zur Seite, um ihm ohne Worte die Erlaubnis zu geben weiterzumachen.

Grover bewegte seine Hände zu ihrer Taille und tat sein Bestes, um ihr nicht das Hemd über den Kopf zu ziehen. Er wollte wirklich ihr Bett aufbauen. Alles andere konnte wahrscheinlich warten, aber sie brauchte einen Platz zum Schlafen. Der Gedanke, dass sie hier ohne ihn sein könnte, war nicht angenehm, aber er verdrängte ihn. Sie wollte und musste unabhängig sein. Er hatte dreiunddreißig Jahre seines Lebens ohne sie überlebt, er konnte gelegentlich eine Nacht verkraften. Zumindest hoffte er das.

Seine Neckerei wurde schnell zu einer langen Knutscherei. Trotz seiner guten Absichten landete eine Hand unter ihrem Hemd und die andere zwischen ihren Beinen. Er brachte sie dazu, direkt an der Wand zu kommen, und das war verdammt sexy. Er hatte nicht viel Platz, um seine Hand in ihre Hose zu schieben, sodass es eine Herausforderung war, sie zu stimulieren, aber er machte es gar nicht so schlecht, wenn man bedachte, wie sie sich an ihm bewegte und stöhnte.

Nachdem sie gekommen war, zog er seine Finger aus ihrem Hosenbund und leckte sie sauber. Die Röte auf Sierras Gesicht war etwas, das er nie müde werden würde zu sehen.

»Ich kann nicht glauben, dass du das gerade getan hast«, sagte sie.

»Du solltest nicht so verdammt verführerisch sein«, konterte er.

»Das war also auch meine Schuld?«, fragte sie.

»Ja«, sagte Grover ohne Reue.

Ihr entschlossener Gesichtsausdruck verriet sie, und es gelang ihm, ihre Hand zu fassen, bevor sie nach seinem Schwanz greifen konnte. »Oh nein«, sagte er. »Wir müssen deine Möbel aufbauen.« Grover warf einen Blick auf die Uhr. »Und es ist schon spät. Ich muss dir etwas zu essen besorgen.«

Sie brummte. »Aber was ist mit ... dem?« Sie deutete mit ihrem Kopf auf seinen Schwanz.

»Das kann warten. Das eben war für dich.« Grover griff nach ihrer Hand, aber sie schüttelte den Kopf und wich ihm aus.

»Ich bin nicht prüde, aber du musst dir die Hände waschen, bevor wir etwas anderes machen.«

Grover lachte leise. »Du hast recht. Warum gehst du nicht schon mal ins Schlafzimmer und überlegst dir, wo du dein Bett haben willst, ich komme dann gleich nach.«

»Okay. Grover?«

»Ja, Bean?«

»Ich bin glücklich.«

Drei Worte. Mehr brauchte es nicht, damit Grover zufrieden war. »Das freut mich. Ich bin es auch.«

Sie lächelten sich an, bevor Sierra sich umdrehte und ins Schlafzimmer ging. Grover ging in die Küche, um sich die Hände zu waschen, und dachte darüber nach, wie sehr sich sein Leben in so kurzer Zeit verändert hatte. Als er nach Afghanistan gegangen war, hatte er keinen Plan gehabt, aber als ihm klar wurde, dass er am besten herausfinden konnte, was mit Sierra passiert war, indem er sich gefangen nehmen ließ, hatte er nicht lange überlegt. Und er würde es immer wieder tun, wenn er dann hören könnte, dass Sierra glücklich war.

Er hatte Glück, und er wusste es. Seine Gefangennahme hätte schlimm enden können. Aber Sierra war die Ungewissheit und den Schmerz, den er erlebt hatte, wert gewesen. Zu sehen, wie sie aufblühte, lachte, errötete und lächelte, war jede Qual wert, die er durchgemacht hatte. Sierra war frei. Und sie gehörte ihm. Sie hatte noch einen weiten Weg vor sich, um zur Normalität zurückzukehren, wie auch immer die für sie aussehen mochte, aber sie würde es schaffen. Daran hatte er keinen Zweifel.

Sierra lag in dieser Nacht in Grovers Bett und fragte sich, wie sie dorthin gekommen war. Sie hatte die Absicht gehabt, in ihrer neuen Wohnung zu bleiben. Auf keinen Fall wollte sie zu lange in Grovers Haus bleiben. Aber nachdem sie ihr Bett aufgebaut hatten, hatte Grover sie überredet, sich von ihm beim Auspacken helfen zu lassen. Anschließend stellten sie einige Möbel um, bevor sie zum Mittagessen in sein Haus zurückkehrten. Das hatte zu einem ruhigen, entspannten Tag geführt, bevor Grover ihr erneut etwas zu essen besorgte.

Er hatte ihnen mit Orangensaft glasierte Schweinekoteletts gemacht und sie dann überredet, den Sonnenuntergang vom Dachboden aus zu beobachten. Irgendwie hatten sie das Zeitgefühl verloren, als sie sich auf der Ledercouch in der Scheune unterhielten, und dann wusste sie nur noch, dass sie gähnte und die Augen nicht offen halten konnte.

Grover hatte sie davon überzeugt, dass es zu gefährlich für sie wäre, zurück in ihre Wohnung zu fahren, wenn sie so müde war. Ganz zu schweigen von der Tatsache, dass sie vergessen hatte, ihre Bettwäsche auszupacken, und sie hatte keine Ahnung, in welchem Karton sie sich befand. Da ihr Koffer immer noch in Grovers Haus war, schien es einfacher zu sein, bei ihm zu bleiben.

Kaum waren sie unter die Decke gekrochen, konnten sie die Hände nicht mehr voneinander lassen, und ehe sie sichs versah, war sie nackt und saß rittlings auf Grovers Schoß. Sie hatte ihn lange und hart geritten und liebte es, oben zu sein. Ihm gefiel es offensichtlich auch, wie sein Stöhnen und die Art und Weise, wie er den Blick nicht von ihrem Körper lassen konnte, zeigten.

Sierra dachte an das, was sie an diesem Tag über das Glücklichsein zu Grover gesagt hatte. Sie hatte vergessen, wie sich wahre Zufriedenheit und Freude anfühlten. In der Gefangenschaft hatte sie sich nur darauf konzentriert, jeden Tag zu überleben und nicht vor Einsamkeit den Verstand zu verlieren. Die Erfahrung hatte eine seltsame Art, die Zeit anzuhalten, bis sich die Monate der Freudlosigkeit wie Jahre angefühlt hatten.

Sie hatte noch viel zu entscheiden, vor allem, was sie beruflich machen wollte. Aber sie hatte einen wunderbaren Freund, der sich um ihr Wohlergehen sorgte, eine Gruppe von Frauen, die sie von ganzem Herzen willkommen hießen, ohne sie bisher überhaupt kennengelernt zu haben, ein Dach über dem Kopf – auch wenn sie dort noch nicht schlief – und etwas zu essen. Sie hatte unglaubliches Glück. Trotz allem, was ihr widerfahren war, war sie nicht in der Lage, verbittert zu sein. Wie könnte sie das auch, mit Grover an ihrer Seite?

Sie schmiegte sich enger an ihn und lächelte, als sich seine Hand in ihrer verfestigte. Sie lag auf der Seite neben ihm, die Beine angezogen, und sie hielten sich an den Händen. So hatten sie jede Nacht in der *Zuflucht* verbracht, und jetzt, da sie miteinander geschlafen hatten, war es noch intimer.

»Schlaf, Bean«, sagte Grover schläfrig.

Sierra küsste seine nackte Schulter und nickte. »Du auch.«

»Das werde ich, jetzt, da du hier bist.«

Zu wissen, dass Grover sie genauso zu brauchen schien wie sie ihn, war ein berauschendes Gefühl. Heute Abend hatte er endlich zugegeben, dass er nach ihrer gemeinsamen Zeit in New Mexico doch ein paar Albträume gehabt hatte. Sie hasste es, dass er sich wegen ihrer Gefangenschaft immer noch schuldig fühlte, und sie vermutete, dass sie ihn nie ganz davon heilen konnte. So war er nun einmal.

Zufrieden schloss Sierra die Augen und schlief ein.

Cory Holliday reinigte seine Waffe fast, ohne hinzuschauen. Schon als er acht Jahre alt war, konnte er jede Art von Waffe in weniger als zehn Sekunden zerlegen und wieder zusammenbauen. Dafür hatte sein Vater gesorgt.

Viele Leute würden sagen, dass Cory eine schwere Kindheit hatte, aber er sah das nicht so.

Sein Vater war bei den Marines gewesen, hatte alles für sein Land gegeben ... und dann war er kurzerhand rausgeschmissen worden. Unehrenhaft entlassen. Wegen irgendeines Schwachsinns, den die Regierung nicht einmal beweisen konnte. Als er nach Hause kam, war er nicht mehr der stolze Mann, an den sich Cory erinnerte. Er war verbittert, wütend und rachsüchtig.

Nachdem sein Vater in Ungnade nach Hause geschickt worden war, bestand sein Lebensziel darin, der Welt zu zeigen, wie korrupt und missbräuchlich das Militär *wirklich* war. Er hatte seinen Hass an Cory weitergegeben. Er lehrte seinen einzigen Sohn, die Regierung genauso zu verachten wie er selbst.

Cory wusste, wenn sein Vater heute noch am Leben wäre, wäre er stolz auf ihn. Stolz darauf, an seiner Seite zu stehen, mitzumachen bei dem, was er für die Soldaten, die in Fort Hood stationiert und einer Gehirnwäsche unterzogen worden waren, und jeden, der in der Gegend lebte und arbeitete, geplant hatte.

Cory war mehr als bereit, zum nächsten Teil seines Plans überzugehen. Die Strong Foot Miliz war seit einigen Wochen in Killeen. Mehrere Dutzend von ihnen hatten sich auf den Weg gemacht, um abwechselnd vor dem Haupttor von Fort Hood zu demonstrieren. Cory liebte es, das Unbehagen und sogar die Angst in den Gesichtern der Soldaten, zivilen Angestellten und Familienmitgliedern zu sehen, wenn sie den Armeestützpunkt betraten oder verließen.

Während die Hauptgruppe vor der Stadt kampierte, hatte Cory zehn seiner jüngsten, treuen und begeisterten Anhänger für eine wichtigere Mission ausgewählt. Der eigentliche Grund, warum sie überhaupt in Killeen waren.

Die elf versteckten sich im Moment in einem alten, verlassenen Haus. Sie hatten die nächsten Nachbarn so erschreckt, dass niemand es wagen würde, die Polizei zu rufen. Aber dieser Ort würde nicht die Wirkung haben, die sie brauchten. Nein – sie brauchten ein größeres Haus. Ein schickeres, am besten bewohnt.

Eines, bei dem alle entsetzt zusammenzucken würden, wenn es explodierte.

Und sie brauchten Köder.

Cory wusste, dass es nicht so einfach war, das Haus einer x-beliebigen Person zu übernehmen. Nein, sie brauchten einen Grund, damit die Reporter auftauchten. Damit das Militär davon erfuhr und sein Bestes tat, um es zurückzuerobern. Cory und seine Gruppe könnten sie anstacheln, sie zum Handeln zwingen. Sie dazu bringen, tödliche Gewalt anzuwenden, um die Belagerung zu beenden. So wie sie es in Waco getan hatten. Das Land war entsetzt über das Vorgehen der Regierung während der Belagerung gewesen, und Cory wollte eine Wiederholung dieses Ereignisses.

Er war bereit, für diese Sache zu sterben. Ebenso wie seine Anhänger. Als Gegenleistung für ihre Aufopferung musste er sicherstellen, dass das Land zusah. Die Bevölkerung musste aus erster Hand sehen, wie sehr die Regierung außer Kontrolle geraten war. Jeder musste Zeuge ihrer Ermordung werden – dann, und nur dann, würden den Bürgern dieses großartigen Landes endlich die Scheuklappen von den Augen gerissen werden. Sie würden sich gegen die Tyrannei auflehnen, unter der sie gelebt hatten, ohne es zu wissen.

Aber noch einmal: Sie brauchten einen Köder. Einen hochdekorierten und respektierten Soldaten, den sie vor den Augen der Militärgemeinde baumeln lassen konnten. Sie mussten sie herausfordern, einen ihrer eigenen bösen Männer zu retten.

Cory hatte die Augen offen gehalten und auf die richtige Person gewartet, als sie vor den Toren der Hölle, auch bekannt als Fort Hood, Mahnwache hielten. Es musste jemand sein, der einen so hohen Rang hatte, dass es den hohen Tieren etwas ausmachte, ihn zu verlieren. Ein Gefreiter oder jemand anderes, der ebenso entbehrlich war, würde nicht infrage kommen. Er und die anderen folgten nun schon seit Tagen den Soldaten nach Hause, doch sie hatten noch kein Haus gefunden, das für ihren Plan geeignet gewesen wäre. Sie waren alle zu klein und lagen in überfüllten Vierteln. Zu eng für Cory und seine Männer, um die Situation effektiv zu kontrollieren.

Sie mussten nur geduldig sein. Irgendwann würden sie den perfekten Soldaten finden. Vielleicht jemanden mit einer Familie. Kinder brachten immer alle Emotionen zum Kochen.

»Gib mir noch einen Joint«, rief Adam.

Cory saß im hinteren Teil des Raumes und reinigte weiter sein Gewehr, während Sam, Cameron, Rob, Adam und Zeke Gras rauchten.

Brody, Alan, Tony, Luis und Kevin waren im Moment im Dienst. Sie standen vor dem Armeestützpunkt, mischten sich unter die anderen Mitglieder von Strong Foot und schikanierten jeden, der ein- und ausging. Wenn sie durch ihre Proteste mehr Anhänger gewinnen konnten, war das großartig. Aber die Neuankömmlinge würden nicht in den Masterplan einbezogen werden, ebenso wenig wie der Rest ihrer Gruppe. Die Dutzende von Mitgliedern, die gekommen waren, um sich dem Protest anzuschließen ... aber denen Cory nicht zutraute, seinen Willen auszuführen.

Die zehn ausgewählten Männer stammten aus ihrer Heimatstadt San Angelo. Sie waren alle jung, einige von ihnen waren Schulabbrecher, und die meisten waren mit dem Versprechen kostenloser Drogen leicht zu überzeugen. Nicht einmal *sie* kannten seinen ultimativen Plan, aber das mussten sie auch nicht. Sie waren echte Mitläufer. Sie würden tun, was er sagte, einfach weil er es sagte.

Cory legte sein Gewehr auf den Boden, nahm die kleine Tüte mit dem Gras, die neben ihm stand, ging hinüber und reichte sie Adam.

»Danke, Mann.«

Cory nickte und ging zurück zu seinem Platz an der Wand. Er nahm sein Gewehr wieder in die Hand und setzte seine methodische Arbeit fort. Sobald sie ihr Ziel gefunden hatten, würden sie zu dem Lagerraum fahren, den er vor ein paar Monaten gemietet hatte, und den Rest ihres Arsenals holen. Die Panzerfäuste und anderen Waffen würden dem US-Militär zeigen, dass sie es ernst meinten – und die Soldaten zwingen, mit der gleichen Stärke zurückzuschlagen.

Lächelnd lehnte Cory sich zurück und schloss die Augen. Bald war es so weit. All seine harte Arbeit würde Früchte tragen, und sein Vater würde gerächt werden. Sie mussten nur noch einen Gang zulegen und den perfekten Ort und Köder finden. Dann würde der Spaß beginnen.

KAPITEL SECHZEHN

»Wenn du dich überfordert fühlst, sag mir Bescheid, dann gehen wir«, sagte Grover.

Sierra lächelte zu ihm hinüber. Es war Sonntag, und sie waren auf dem Weg zu Luckys Haus zu einem Treffen. Ursprünglich war geplant gewesen, sich bei Doc zu treffen, aber als die Damen die Details in ihrem Gruppenchat ausarbeiteten, war der Treffpunkt zu Luckys Zuhause verlegt worden.

»Das werde ich.« Sie machte sich nicht die Mühe zu sagen, dass es ihr gut gehen würde, denn sie wussten beide, dass das vielleicht nicht der Fall war. So sehr sie es auch genoss, mit anderen zusammen zu sein, sie hatte in Colorado gelernt, dass es schwieriger war, als sie gedacht hatte. Ihre Therapeutin hatte ihr versichert, dass es leichter werden würde, sich in großen Gruppen aufzuhalten, aber im Moment nahm sie die Dinge einen Tag nach dem anderen.

Obwohl sie vorgehabt hatte, am Samstagabend zurück in ihre Wohnung zu gehen, war sie stattdessen auf Grovers Couch eingeschlafen. Sie waren früh am Tag in ihre Wohnung gegangen und hatten weitere Kartons ausgepackt, aber schließlich hatte sie frische Luft gebraucht. Sie und Grover fuhren zurück zu seinem Grundstück und sie half ihm bei der Gartenarbeit. Sie benutzte den Aufsitzrasenmäher – eine neue Erfahrung für sie –, während er mit der Unkrautfräse hantierte.

Grover hatte ihnen wieder ein fantastisches Abendessen gekocht und dann hatten sie *Cheer* auf Netflix angeschaut, etwas, von dem er behauptete, dass er es sich nie selbst ansehen würde, aber er dachte, dass es ihr gefallen könnte. Sierra wusste nicht, wann sie eingeschlafen war, aber sie war sich vage bewusst, dass sie die Treppe hinaufgetragen wurde und sich an Grovers Seite kuschelte. Erst als sie an diesem Morgen aufwachte, wurde ihr klar, dass sie wieder einmal in seinem Farmhaus übernachtet hatte anstatt in ihrer eigenen Wohnung.

Und Trigger hatte recht gehabt. Gillian hatte einen langen Tag mit vielen Nachrichten in ihrem Gruppenchat begonnen, in denen es darum ging, wann jeder eintreffen und was jeder mitbringen wollte. Es war ein schönes Gefühl, einbezogen zu werden. Sie hatte sich nicht viel an der Unterhaltung beteiligt, aber sie hatte es geliebt, jedes Mal das *Ding* zu hören, wenn eine neue SMS eintraf.

Grover parkte seinen Jeep Grand Cherokee am Straßenrand, da Luckys Einfahrt bereits mit den Fahrzeugen seiner Teamkameraden belegt war.

»Mist, sind wir die Letzten, die ankommen?«, fragte Sierra. »Ich dachte, die anderen wollten gegen sechzehn Uhr hier sein. Es ist doch erst halb vier.«

Grover stellte den Motor ab und drehte sich zu ihr um. »Sie sind hinterhältig«, sagte er schlicht.

Sierra beäugte ihn misstrauisch. »Sie hatten vor, zuerst hier einzutreffen? Warum?«

»Wahrscheinlich weil ihnen jede Ausrede für eine Party recht ist«, sagte Grover. »Komm, lass uns nachsehen, was los ist.«

Sierra kletterte aus dem Wagen und schnappte sich die Tüte mit den Keksen, die sie am Morgen mit Grovers Hilfe gebacken hatte. Er nahm ihr die Tüte ab und hielt ihre Hand, als sie den Weg zum Haus entlanggingen.

»Ich liebe meine Freunde, aber ich weiß, dass sie überwältigend sein können. Vor allem wenn wir alle zusammen sind. Als wir noch unter uns waren, konnten wir ein entspanntes Treffen abhalten, bei dem wir alle zusammensaßen und Blödsinn redeten. Aber jetzt, da alle verheiratet sind und Kinder dabei sind, ist aus unserer kleinen Gruppe von sieben Personen eine Gruppe' von achtzehn geworden, einschließlich dir. Und wenn Brain und Aspen ihre über neunzigjährige Nachbarin und deren Enkelin und Schwiegerenkel einladen, sind es sogar noch mehr. Ich meine es ernst, wenn ich dir sage, dass wir gehen werden, wenn du gehen musst.«

Sierra konnte nicht leugnen, dass es sie nervös machte, mit so vielen Leuten zusammen zu sein, aber das waren nicht nur irgendwelche Fremden. Sie waren Grovers beste Freunde. Und all die Frauen waren im letzten Monat so nett zu ihr gewesen, dass sie mehr als bereit war, sie persönlich kennenzulernen. »Danke«, sagte sie zu ihm. »Ich werde sehen, wie es läuft. Und das Gleiche gilt für dich. Wenn du dich überfordert fühlst, können wir gern zu dir nach Hause fahren und uns entspannen.«

Grover beugte sich vor und Sierra neigte den Kopf, um ihm entgegenzukommen. Er küsste sie heftig, zog sich dann zurück und schaute sie an. Sie konnte seinen Gesichtsausdruck nicht lesen, aber nach einem Moment nickte er einfach und sagte: »Lass es uns tun.«

Er klopfte nicht an die Tür, sondern griff einfach nach dem Knauf und betrat das kleine Haus.

Sierra erhaschte einen Blick auf die Menschen, die überall herumstanden, bevor sie bemerkt wurden.

»Sie sind da!«, rief eine blonde Frau.

Grover und Sierra waren sofort von Frauen umringt, die alle durcheinanderredeten.

»Es ist so schön, dich persönlich kennenzulernen!«

»Du bist so winzig!«

»Du siehst wirklich gut aus, Sierra!«

»Gott sei Dank bist du hier!«

»Wie ist die Wohnung?«

Alle sprachen auf einmal, und Sierra konnte nicht anders, als ein wenig zu lachen. »Ich bin hier«, stimmte sie zu. »Redet ihr immer alle gleichzeitig?«

Trigger kam zu ihnen herüber und legte einen Arm um die Blondine, von der Sierra annahm, es sei seine Frau Gillian. »Sie sind ein bisschen aufgeregt. Sie haben hart gearbeitet, damit das hier eine Überraschung für dich wird.«

Er zeigte hinter sich, und Sierra sah ein selbstgebasteltes Pappschild, das an der Wand im Essbereich aufgehängt war. Darauf stand: WILLKOMMEN ZU HAUSE, SIERRA.

»Wir dachten, es hätte eine doppelte Bedeutung«, sagte Gillian. »Willkommen zurück in den Vereinigten Staaten und hoffentlich auch in deinem neuen Zuhause hier in Killeen bei uns.«

Das verdammte Kribbeln in ihrem Hals war wieder da. Sierra lächelte alle an. »Danke.«

»Komm«, sagte eine Frau, die nur ein paar Zentimeter größer war als Sierra, und wies auf eine Glasschiebetür. »Die Kinder spielen draußen und wir haben eine Sitzecke eingerichtet, wo wir abhängen können. Die Jungs haben zwei Segeltücher aufgespannt, damit wir alle im Schatten sitzen können und uns nicht auf die Terrasse quetschen müssen, während sie grillen.«

»Vielleicht sollte sie sich drinnen einen Moment abkühlen, Kinley«, sagte eine andere Frau.

»Wie wäre es, wenn wir uns erst mal alle vorstellen?«, fügte Ember hinzu.

Sierra wusste, dass es Ember war, denn sie war eine große Berühmtheit. Sie war genauso schön wie auf ihren Bildern im Internet. Ihre Haut war glatt und makellos. Ihr lockiges schwarzes Haar wurde von einem Haargummi im Nacken gerade noch unter Kontrolle gehalten. Sie trug kein Make-up, aber Sierra entschied, dass sie so besser aussah, entspannt und lässig, und nicht so herausgeputzt wie auf ihren Fotos in den sozialen Medien.

»Ich bin Ember«, sagte die dunkelhäutige Frau.

»Ich weiß«, antwortete Sierra etwas schüchtern. »Ich kann dir nicht genug für die Wohnung danken. Ganz im Ernst. Sobald ich weiß, was ich mit meinem Leben anfangen soll, werde ich mich bei dir revanchieren.«

Ember wedelte mit der Hand in der Luft und zuckte mit den Schultern. »Wie auch immer. Sie stand leer, also bin ich froh, dass du sie benutzt. Und ich hoffe, dass du mir helfen wirst, nachdem du mein Fitnessstudio gesehen hast.«

»Nicht so schnell«, beschwerte sich Devyn. Sierra wusste auch, wer sie war, denn Grover hatte überall im Haus Bilder seiner Familie hängen. »Vielleicht will sie ja bei mir in der Tierarztpraxis arbeiten.«

Sierra runzelte die Stirn. »Aber ich weiß nichts über Tiere.«

»Wir brauchen immer Empfangsdamen«, sagte Devyn scheinbar unbeteiligt.

»Ich bin Gillian und würde mich freuen, wenn du mir bei meinen Veranstaltungen hilfst, falls du daran interessiert bist.«

Grover hielt eine Hand hoch. »Ruhig, meine Damen. Erstens ... Sierra, das sind Gillian, Ember, Devyn, Kinley, Aspen und Riley.« Er zeigte auf jede Frau, als er sie vorstellte, und Sierra beschloss, dass es gut war, dass sie bereits wusste, wer drei von ihnen waren, denn sonst hätte es lange gedauert, bis sie alle Namen hätte zuordnen können.

»Und zweitens bin ich mir sicher, dass Sierra sich darauf freut, mit euch abzuhängen und zu erfahren, womit ihr euren Lebensunterhalt verdient, aber sie ist nicht so leicht zu haben, wie ihr alle zu glauben scheint«, sagte Grover mit einem Augenzwinkern.

Sierra lächelte zu ihm hoch. »Es ist schon okay.«

»Nein, er hat recht«, sagte Kinley mit einem Lächeln. »Wir benehmen uns alle wie wilde Schakale, die sich auf das neueste Mitglied des Rudels stürzen wollen. Wir sind einfach nur sehr froh, dass du hier bist und es dir gut geht. Und natürlich wollen wir dir helfen, dich einzuleben. Wenn du jemals etwas benötigst, brauchst du nur zu fragen.«

»Auf jeden Fall«, sagte Riley mit einem breiten Lächeln. Sie hielt ein Baby an ihrer Brust und Sierra konnte nicht umhin zu bemerken, wie zufrieden und glücklich sie aussah.

Aspen nickte. »Du kannst jederzeit gern mit mir im Krankenwagen mitfahren, aber es ist nicht der aufregendste Job der Welt ... bis er es dann doch ist.«

»Was soll das überhaupt bedeuten?«, fragte Devyn mit einem Stirnrunzeln.

»Es kann einfach super langweilig sein, bis wir einen Anruf bekommen, dass eine bewusstlose Person wiederbelebt werden muss. Dann wird es sehr schnell spannend«, erklärte Aspen.

»Also gut, ihr Damen müsst die Party aus dem Flur nach drinnen verlegen«, brummte Brain. Er trug seinen und Aspens Sohn in einer Babytrage am Oberkörper – und der Anblick des Mannes mit einem Säugling auf dem Arm war ein wenig erschreckend, nachdem Sierra gesehen hatte, wie er Terroristen tötete.

Er musste bemerkt haben, dass sie ihn anstarrte, denn Brain zwinkerte ihr zu und sagte: »Wenn du dieses Monster mal halten willst, sag einfach Bescheid.«

»Er ist kein Ungeheuer!«, protestierte Aspen. Dann

wandte sie sich an Sierra. »Er will nur, was er will, sobald er es will«, erklärte sie. »Und er kann dabei ein bisschen laut werden.«

Alle lachten und zeigten damit, dass sie die Macken des Babys gut kannten.

Das gefiel ihr. Dass sich alle so gut kannten und dass sie sich so wohlfühlten. Selbst das laute Gerede der anderen störte sie nicht. Es war ... gemütlich.

Grover beugte sich vor und küsste sie auf die Schläfe. »Ich hole dir etwas zu trinken. Irgendwelche Wünsche?«

»Ein Wasser?«, fragte sie.

»Alles klar.«

»Komm schon, wir haben eine Menge zu besprechen«, sagte Gillian mit einem breiten Lächeln.

Wäre sie irgendwo anders gewesen als hier, bei den Männern, die ihr buchstäblich das Leben gerettet hatten, wäre Sierra vielleicht etwas zurückhaltend gewesen, Grovers Seite zu verlassen. Aber obwohl sie diese Frauen gerade zum ersten Mal getroffen hatte, kannte sie sie. Sie kommunizierte seit einem Monat per SMS mit ihnen. Sie waren überschwänglich, freundlich und witzig, und da sie wusste, dass jede einzelne von ihnen durch ihre eigene Hölle gegangen war, fühlte sie sich sofort mit ihnen verbunden.

»Ich nehme die Tüte mit nach draußen«, sagte sie zu Grover und hielt ihm die Hand hin. »Ich habe das Gefühl, wir könnten etwas zu essen gebrauchen.«

»Sag mir, dass da etwas Süßes drin ist«, flehte Kinley.

»Schokoladenkekse mit Minzgeschmack«, sagte Sierra zu ihr.

»Oh ja, du wirst gut zu uns passen«, entgegnete Riley mit einem Lächeln.

»Hey! Ist sie da?«, rief ein Junge, der ins Haus rannte.

»Ja, Logan, Sierra ist hier«, sagte Oz zu seinem Neffen.

Sierra warf einen Blick auf einen Jungen, der die gleichen braunen Haare und grauen Augen hatte wie sein Onkel. Außerdem war er für einen Elfjährigen erstaunlich groß. »Hallo«, sagte sie.

Logan betrachtete sie einen Moment lang, dann trat er auf sie zu und hob seine Hand. Bevor Sierra begriff, was er vorhatte, war Logan mit seiner Hand schon leicht über das Haar an der Seite ihres Kopfes gefahren.

Oz bewegte sich zur gleichen Zeit wie Grover. Sierra spürte, wie Grover den Arm um ihre Taille legte und sie nach hinten zog, während Oz Logans Handgelenk ergriff und seine Hand sanft wegzog.

»Was? Was habe ich getan?«, fragte Logan und sah verwirrt zu Oz auf.

»Es ist unhöflich, Leute ohne ihre Erlaubnis anzufassen. Erinnerst du dich an den Tyrannen in deiner Klasse und das kleine Mädchen, das er angefasst hat?«, fragte Riley.

»Aber ... ich wollte nur ihr Haar anfassen. Nicht ihre *Brüste*.« Das letzte Wort flüsterte er, als hielte er es für ein unanständiges Wort.

»Es ist okay«, sagte Sierra, die sich schrecklich fühlte, weil Logan so traurig aussah.

»Das ist es nicht«, erwiderte Oz entschieden.

»Ich habe noch nie ein Mädchen mit einem rasierten Kopf gesehen. Das ist cool!«

Sierra stieß einen erleichterten Seufzer aus. Es war nicht so, dass sie die Zustimmung des kleinen Jungen brauchte, aber sie wollte nicht versuchen zu erklären, warum ihr Haar so kurz war.

»Wir reden später darüber«, sagte Riley. »Geh wieder raus und sieh nach Bria, okay?«

»Okay. Tut mir leid, wenn ich deine Gefühle verletzt habe«, sagte Logan.

Sierra lächelte und nickte ihm zu, dann drehte er sich um und lief wieder nach draußen.

»Es tut mir so leid«, sagte Oz.

»Es ist okay.«

»Die Leute haben das mit meinen Schwestern früher ständig gemacht«, sagte Doc. »Sie hatten die coolsten Zöpfe und Afrofrisuren, und Fremde kamen zu ihnen und berührten ohne ein Wort ihr Haar. Ich habe nie verstanden, warum die Weißen es für richtig hielten, ohne Erlaubnis an den Haaren der Schwarzen herumzufummeln.«

»Das passiert mir auch manchmal«, stimmte Ember zu.

»Es ist ein bisschen seltsam«, gab Sierra zu. »Ich würde nie zu jemandem hingehen und ihm ohne Erlaubnis über die Haare streichen. Und ich bin sicher, wenn ich das bei einem Kind machen würde, würden die Eltern wahrscheinlich ausflippen. Aber der Unterschied ist, dass ich ein Erwachsener bin, der sich bewusst ist, dass die Zustimmung wichtig ist. Ich glaube nicht, dass Logan das bedacht hat, und er hat es nicht böse gemeint.«

Ember lächelte. »Und mit einer Sache hatte er recht ... deine Haare sind ziemlich cool.«

Sierra wollte am liebsten mit den Augen rollen. Sie war sich da nicht so sicher, aber es war schön, das zu hören.

»Du solltest es kurz halten«, stimmte Riley zu.

»Ich denke darüber nach«, sagte Sierra.

»In Ordnung. Und jetzt raus, meine Damen. Ihr könnt über Haare und Make-up reden, ohne dass wir Männer dabei sind«, brummte Trigger.

Alle lachten.

»Bist du sicher, dass es dir gut geht?«, fragte Grover, als sich alle auf den Weg in den Garten hinter dem Haus machten.

Sierra sah zu ihm auf und nickte.

»Danke, dass du ihn nicht noch mehr verunsichert hast, als er es ohnehin schon war«, unterbrach Oz sie.

»Das würde ich nie tun. Er ist ein neugieriges Kind.«

»Trotzdem werde ich dafür sorgen, dass er versteht, warum es unhöflich war«, beruhigte Oz sie.

»Es ist wirklich alles in Ordnung«, betonte Sierra. »Er war nicht der Erste und wird nicht der Letzte sein.«

»Das wird er sein, wenn ich etwas dazu zu sagen habe«, murmelte Grover.

Sierra schüttelte den Kopf. »Ganz ruhig, mein Junge«, schimpfte sie.

Oz lachte laut auf und zwinkerte ihr zu. »Schön, wenn jemand Grover in die Schranken weist«, sagte er, bevor er selbst in den Garten ging.

»Wenn ich es mir recht überlege«, sagte Sierra zu Grover, »brauche ich vielleicht ein Glas Wein oder so.«

»Alles klar«, antwortete er. »Fürs Protokoll ... du passt perfekt in diese bunte Truppe. Nur damit du es weißt.«

»Ich mag sie. Sie sind ... echt.«

Sobald die Worte ihren Mund verließen, wurde ihr klar, dass das absolut wahr war. Niemand schien so zu tun, als wäre er froh, sie zu sehen. Sie waren herzlich und aufrichtig, sagten alberne Dinge und scherzten mit ihr und allen anderen herum. Sie hatte nicht das Gefühl, dass sie aufpassen musste, was sie sagte.

Seit sie aus Übersee zurückgekommen war, musste sie vorsichtig sein mit dem, was sie sagte, um niemanden in Verlegenheit zu bringen. In ihrer Heimatstadt hatte sie niemandem genug vertraut, um auszusprechen, was sie *wirklich* fühlte, abgesehen von ihren Eltern. Sie hatte ein tapferes, fröhliches Gesicht aufgesetzt und größtenteils nur das gesagt, von dem sie dachte, dass andere es hören wollten. Das war anstrengend ... noch etwas, das sie in diesem Moment erkannt hatte.

Diese Gruppe von Menschen würde sie niemals für irgendetwas verurteilen, was sie sagen oder tun könnte. Sierra spürte das bis in die Knochen. Sie konnte sich wirklich entspannen und ihre Gesellschaft genießen.

»Sie sind in der Tat echt«, sagte Grover etwas verärgert.

»Und manchmal sind sie einfach nur lästig«, schimpfte er. »Hebst du mir einen Keks auf?«, fragte er.

Sierra lächelte zu ihm auf. »Ja.«

»Das sagst du jetzt, aber warte, bis du siehst, wie sich alle auf sie stürzen, als hätten sie seit Monaten nichts gegessen. Besonders Bria – auf die musst du aufpassen. Sie wird dir ein halbes Dutzend abluchsen, wenn du sie lässt.«

Sierra kicherte. »Ich werde mich vorsehen.«

Als Grover sie weiter anstarrte, erkannte Sierra *diesen* Blick. Sie leckte sich über die Lippen und tat ihr Bestes, um ihn nicht irgendwo in einen Schrank oder ein Badezimmer zu drängen und sich an ihm zu vergehen. Das Verlangen überkam sie wie aus dem Nichts, aber sie fühlte sich keine Sekunde lang schlecht dabei, denn sie bemerkte das gleiche Bedürfnis in seinem Blick.

»Mädchenzeit«, sagte er fast verzweifelt. »Mach schon, sonst denken sie, dass ich hier drin mit dir rummache oder so. Nicht dass sie das nicht auch schon mit ihren Männern gemacht hätten.«

Sierra kicherte. Sie konnte sich gut vorstellen, dass die anderen sich heimlich zu ihren Ehemännern schlichen. Das war eine weitere Sache, die ihr bereits aufgefallen war: Niemand hatte Angst, seinem Partner zu zeigen, wie sehr er geliebt wurde. Sierra stellte sich auf die Zehenspitzen und begann, ihn zu küssen.

Grover zögerte nicht und kam ihr auf halbem Weg entgegen.

»Ich bin glücklich«, sagte Sierra noch einmal zu ihm. Ihr war nicht entgangen, wie sein Gesichtsausdruck weich geworden war, als sie gestern Abend diese Worte gesagt hatte. Wenn das alles war, was es brauchte, damit er zufrieden und glücklich aussah, dann würde sie es jeden Tag für den Rest ihres Lebens sagen.

»Ich auch. Und jetzt los. Geh hinaus und verbinde dich mit unserem Stamm.«

Sierra lächelte immer noch, als sie sich auf den Weg zur Tür machte. Kaum hatte sie die Tür geöffnet und war hinausgetreten, rief ein kleines Mädchen »Kekse« und stürmte auf sie zu.

Sierra konnte nur weiter grinsen, als das Krümelmonster, vor dem sie gerade gewarnt worden war, auf sie zukam.

Grover saß mit Sierra auf seinem Schoß, als Triggers Telefon klingelte. Er versteifte sich, ebenso wie die anderen Männer um ihn herum. Riley, Oz, Aspen und Brain waren alle schon mit ihren Kindern nach Hause gegangen, da es schon spät war. Es gab keinen Grund anzunehmen, dass der Anruf bei Trigger etwas mit ihrem Job zu tun hatte, aber sie waren alle darauf konditioniert worden, das Schlimmste anzunehmen, wenn sie außerhalb ihrer normalen Arbeitszeiten angerufen wurden.

»Trigger«, sagte sein Teamkamerad, als er antwortete.

Er schwieg einen langen Moment, während er demjenigen zuhörte, der am anderen Ende der Leitung war. Dann sagte er: »Ich verstehe, Sir. Wir werden morgen früh dort sein. Ja, Sir. Wir sehen uns dann.« Und damit legte er auf.

Grover war auf alles gefasst, was sein Teamleiter gleich sagen würde.

»Das war Kommandant Robinson«, sagte Trigger. »Wir haben rund um die Uhr Dienst am Eingangstor, bis die verdammte Strong Foot Miliz beschließt weiterzuziehen.«

»Könnt ihr sie nicht von dort vertreiben oder so?«, fragte Gillian.

»Sie brechen keine Gesetze. Sie befinden sich auf öffentlichem Grund«, antwortete Lefty.

»Aber sie belästigen Leute«, brummte Devyn. »Das muss doch gegen das Gesetz verstoßen.«

»Es ist ein schmaler Grat«, sagte Doc. »Und ich nehme

an, dass niemand diese spezielle Gruppe verärgern will. Sie haben Verbindungen zu anderen Milizen in Texas, und Fort Hood soll auf keinen Fall zum Epizentrum einer großen Versammlung werden.«

»Ihr müsst also was tun, die Tore bewachen?«, fragte Sierra.

»So ziemlich, ja. Wir tun das schon gelegentlich, seit das hier angefangen hat. Aber der Kommandant des Stützpunktes möchte die zivilen Angestellten, die Zivilisten und das militärische Personal darin bestärken, dass sie sicher durch die Tore kommen und gehen können«, erklärte Trigger.

»Es ist keine große Sache«, sagte Grover und versuchte, Sierra und die anderen Frauen zu beruhigen.

»Ja, und sieh es doch mal so: Wenn wir in absehbarer Zeit ständig am Tor Dienst tun, bedeutet das, dass wir nirgendwo hingeschickt werden«, sagte Doc mit einem Lächeln.

»Ooooh, wirklich? Das ist toll«, sagte Ember. »Dann kannst du mir bei dem kleinen Fechtturnier helfen, das wir nächstes Wochenende veranstalten.«

Doc stöhnte gespielt auf und Ember gab ihm einen Klaps auf den Arm.

Alle lachten und Grover spürte, wie Sierra sich wieder an ihn schmiegte. Sie hatte sich aufgerichtet, als Trigger angefangen hatte, in sein Telefon zu sprechen. Er fuhr mit seiner Hand ihren Arm hinunter und verschränkte seine Finger mit ihren. Es war erstaunlich, wie etwas so Kleines ihm so ein gutes Gefühl gab.

»Was hältst du von der *Zuflucht*?«, fragte Doc Sierra.

»Es war unglaublich. So schön und friedlich. Die Jungs, die es betreiben, haben wirklich an alles gedacht. Das Essen war so gut wie in jedem Fünf-Sterne-Restaurant, aber bei Weitem nicht so nobel. Und wir konnten während unseres Aufenthalts dort so viel oder so wenig tun, wie wir wollten.

Auch die Therapeutin, mit der wir reden konnten, war wirklich gut. Bei ihr habe ich mich sofort wohlgefühlt, und selbst in den Gruppensitzungen hatte ich nicht den Eindruck, dass es einen Wettbewerb gab, wer die schlechtesten Erfahrungen gemacht hat ... wenn das Sinn macht.«

»Das tut es«, stimmte Doc zu.

»Wie waren die Hütten? Waren sie rustikal oder modern?«, fragte Gillian.

»Unsere waren modern. Aber es gab auch welche, die eher spartanisch eingerichtet waren. Ehrlich gesagt haben sie für jeden etwas. Oh! Und Melba, die Kuh, war ein Highlight!«, sagte Sierra aufgeregt.

»Dort gibt es eine Kuh?«, fragte Kinley.

»Ja. Und Ziegen. Und einen Hund und Katzen. Wir hatten es uns zur Gewohnheit gemacht, sie jeden Tag nach dem Frühstück zu besuchen. Ich vermisse Melba.«

»Na ja, Grover hat ja auch eine Scheune«, sagte Lucky lachend.

»Ja! Bitte, Fred! Du brauchst ein oder zwei Kühe. Und vielleicht ein paar von diesen in Ohnmacht fallenden Ziegen. Oh! Und ein paar Hühner«, sagte seine Schwester.

»Nein«, entgegnete Grover so fest er konnte, obwohl er wusste, dass er durchaus dazu überredet werden konnte, Nutztiere anzuschaffen, wenn Sierra ihn darum bat.

Devyn schmollte und Grover verdrehte nur die Augen über sie.

Er spürte, wie Sierra in seinem Schoß kicherte, und war froh, dass sie nicht diejenige war, die sich für eine Menge Nutztiere eingesetzt hatte. Er würde nicht Nein zu ihr sagen können. Aber seiner Schwester konnte er sich definitiv verweigern.

Nach ein paar weiteren Sticheleien wandte sich das Gespräch anderen Dingen zu. Ember erzählte begeistert von der Zunahme der Mitglieder in ihrem Fitnessstudio und wie froh sie war, dass sie und ihre Eltern wieder miteinander reden konnten. Sie hatten es eine Zeit lang schwer gehabt, nachdem Ember beschlossen hatte, ihren Lebensstil vollkommen zu ändern und nach Texas zu ziehen.

Devyn erzählte von ein paar Fällen in der Tierarztpraxis und Kinley hielt eine lange Tirade darüber, wie rücksichtslos manche Leute seien. Als Assistentin der Geschäftsführung war sie für den Zeitplan ihres Chefs zuständig, und es schien, dass viele Leute nicht sehr nett waren, wenn sie sich erst mit ihr auseinandersetzen mussten, um mit ihrem Chef zu sprechen.

Während Gillian ihnen die Einzelheiten einer bevorstehenden Party erzählte, die sie plante, beugte Grover sich zu Sierra hinunter. »Geht es dir gut?«, fragte er. Er hatte jede Stunde oder so nach ihr gesehen, um sicher zu sein, dass sie nicht nur aus Höflichkeit blieb. Es war für ihn und hoffentlich auch für Sierra mehr als offensichtlich, dass die anderen Frauen ihre Gesellschaft wirklich genossen. Wenn sie gehen wollte oder musste, würde niemand schlecht über sie denken.

»Ja«, sagte sie. Sie saß seitlich auf seinem Schoß und stützte ihren Kopf auf seine Schulter. Trotz ihrer Antwort seufzte sie schwer.

»Du bist müde«, sagte Grover.

»Ein wenig.«

»Wir machen uns jetzt auf den Weg«, verkündete Grover, als das Gespräch etwas ruhiger wurde.

»Ja, es ist schon spät«, stimmte Trigger zu.

»Trainieren wir morgen früh noch?«, fragte Doc ihren Teamleiter. »Ich frage nur, weil ich nicht sicher bin, wann unsere Schichten am Eingangstor beginnen werden.«

»Ja«, sagte Trigger. »Zumindest morgen. Ich werde mich mit Kommandant Robinson in Verbindung setzen und herausfinden, wie unser Dienst aussehen wird. Aber er hat nichts davon gesagt, dass wir früher kommen sollen, also geht alles seinen gewohnten Gang, bis wir etwas anderes gesagt bekommen.«

»Laufen wir oder machen wir den Hindernislauf?«, fragte Ember.

»Ich weiß, dass dein Arzt dir die Freigabe erteilt hat, aber ich halte es trotzdem für keine gute Idee, dass du am Hindernislauf teilnimmst«, sagte Doc zu ihr.

»Wir laufen«, sagte Trigger und beendete damit den Streit zwischen den Liebenden, bevor er beginnen konnte.

»Cool. Ich habe das vermisst, und ich weiß, ich bin nicht in Form«, sagte Ember.

Kinley beugte sich vor und flüsterte Sierra spöttisch zu: »Sie ist ein bisschen verrückt. Sie trainiert nämlich tatsächlich gern.«

Sierra lachte. »Nun, ich schätze, es gibt einen Grund, warum sie eine Olympionikin ist und wir nicht.«

»Sehr richtig«, antwortete Kinley mit einem Lächeln.

»Kommt schon, Leute, trainieren ist gar nicht so schlecht«, beschwichtigte Ember.

»Wie auch immer. Ich bleibe bei meinen Donuts und schlafe aus«, sagte Gillian.

»Oooh, Donuts«, sagte Sierra. »Mein Lieblingsgebäck.«

»Wir können auf dem Heimweg beim Laden anhalten«, versprach Grover ihr sofort.

Devyn kicherte.

»Was?«, fragte Grover.

»Sie hat dich um den kleinen Finger gewickelt«, erklärte seine Schwester ihm.

»Ja«, sagte Grover, ohne dass es ihm im Geringsten peinlich war.

»Wir müssen nicht anhalten«, betonte Sierra.

»Wenn du Donuts möchtest, bekommst du Donuts«, sagte er leichthin.

»Na toll, jetzt möchte ich auch welche«, beschwerte sich Kinley.

»Wenn du morgen zu *The Modern Kid* kommst, um mir zu helfen, sorge ich dafür, dass es im Pausenraum viele Snacks gibt«, lockte Ember sie.

»Lass dir von ihr genau sagen, was für Snacks es gibt«, warnte Devyn. »Wahrscheinlich hat sie nur gesunde Sachen da.«

Grover lächelte und lauschte dem Geplänkel zwischen den Frauen. Es war, als wären alle schon seit Jahren befreundet und nicht erst seit relativ kurzer Zeit. Sie verstanden sich wirklich gut und er war so dankbar, dass Sierra mit dabei war.

»Gut. Ich verspreche, dass ich ein paar Zimtschnecken für dich dahabe«, sagte Ember zu Sierra.

»Ich habe dir doch schon gesagt, dass ich komme und helfe, du musst mich nicht bestechen ... aber damit du es weißt, Zimtschnecken mag ich am liebsten«, sagte Sierra zu ihr.

»Zur Kenntnis genommen. Der erste Kurs beginnt um zehn, da keine Schule ist. Du kannst jederzeit vorbeikommen. Nick und ich können deine Hilfe gut gebrauchen.«

»Ich werde da sein.«

»Großartig.«

»In diesem Sinne«, sagte Grover. »Wir müssen wirklich los.«

Er stand mit Sierra in seinen Armen auf und stellte ihre Füße auf den Boden. Die anderen beschlossen, dass jetzt auch für sie ein guter Zeitpunkt war aufzubrechen, und alle gingen durch das Haus zur Eingangstür.

Es dauerte ein wenig, bis alle sich voneinander verabschiedet hatten, und selbst das brachte Grover zum Lächeln. Sobald sie sich auf den Weg gemacht hatten, fuhr er in Richtung seines Hauses.

Erst als er in die Auffahrt einbog, wurde ihm klar, dass er Sierra wahrscheinlich zu ihrer eigenen Wohnung hätte bringen sollen. Er hatte nicht einmal darüber nachgedacht, wohin er fuhr.

Nachdem er in seine Garage gefahren war, wandte er sich an Sierra, bereit, sich zu entschuldigen und ihr anzubieten, sie zu ihrer Wohnung zu bringen.

Er hätte sich keine Sorgen machen müssen, dass sie wütend sein könnte – sie schlief tief und fest. Ihr Kopf lag in einem ungünstigen Winkel und ihr Körper wurde von dem Sicherheitsgurt um ihre Brust gehalten.

Sie war aufgeregt gewesen, als sie kurz an dem Donut-Laden angehalten hatten, und hatte sich Zeit gelassen, um zu entscheiden, welche der süßen Leckereien sie haben wollte. Aber offensichtlich war sie müder, als sie hatte zugeben wollen, denn irgendwann zwischen dem Donut-Laden und hier war sie eingeschlafen.

Grover stieg aus und ging zu ihrer Seite des Wagens. Er löste ihren Sicherheitsgurt und hob sie vorsichtig hoch.

Sie regte sich. »Sind wir zu Hause?«

»Ja, Bean, das sind wir.«

»Okay.« Dann legte sie ihren Kopf auf seine Schulter und schmiegte sich fest an ihn.

Ihr Vertrauen bedeutete Grover sehr viel. Ganz zu schweigen davon, dass es ihm verdammt gut gefiel, dass sie sein Haus ihr »Zuhause« nannte. Auch wenn sie vielleicht nicht wusste, dass sie in seinem Haus waren. Sie könnte denken, sie sei in ihrer Wohnung, aber er vermutete etwas anderes.

Grover trug sie nach oben und legte sie behutsam auf sein Bett. Er lächelte, als sie sich sofort auf die Seite drehte und sich zu einer Kugel zusammenrollte. Er zog ihr die Schuhe aus, ging dann hinunter in die Garage, holte die Donuts und überprüfte alle Schlösser an den Türen. Er ging zurück in sein Schlafzimmer, zog sich um und stellte sich neben das Bett, um Sierra einen Moment lang beim Schlafen zuzusehen. Er hatte das Licht im Bad angelassen, falls sie mitten in der Nacht aufwachte. Er überlegte, ob er sie aufwecken sollte, damit sie sich umziehen konnte, aber er beschloss, dass es für sie in Ordnung wäre, für eine Nacht ihre Jeans und Bluse zu tragen.

Er kletterte vorsichtig auf die andere Seite des Bettes und tat sein Bestes, um sie nicht anzustoßen. Aber sie wurde trotzdem halb wach.

»Grover?«

»Ja, ich bin's.«

»Ich habe mich heute Abend gut amüsiert.«

»Ich mich auch.«

»Es hat sich gelohnt, auf dich zu warten.«

Grover erstarrte bei ihren Worten. Wenn sie das meinte, von dem er dachte, dass sie es meinte, war er sich nicht sicher, ob er es verkraften konnte.

»Es hätte mir nichts ausgemacht, noch ein Jahr in der Höhle zu bleiben, wenn ich dadurch hierhergekommen wäre.«

Oh Gott. Sie hatte tatsächlich gemeint, was er vermutet hatte.

Er konnte die Worte nicht länger zurückhalten. »Ich liebe dich«, sagte er in einem tiefen, schroffen Ton.

Sie seufzte und rückte noch näher an ihn heran.

Grover wurde klar, dass sie noch fast schlief. Dass sie wahrscheinlich keine Ahnung hatte, was sie gesagt hatte ... oder wie er darauf reagiert hatte. Aber das war in Ordnung. Er hatte sie nicht erschrecken wollen, indem er zu früh »Ich liebe dich« sagte; dafür war es *zweifellos* noch zu früh in ihrer Beziehung. Trotzdem ... Grover wusste es.

Er griff nach ihrer Hand und schlang seine Finger um ihre, er war so ruhig und gesetzt wie nie zuvor. Er schloss die Augen und schlief ein.

KAPITEL SIEBZEHN

Grover war gut gelaunt. Er war mitten in der Nacht von Sierra, die zwischen seinen Beinen kniete, geweckt worden. Sie hatte seinen Schwanz herausgeholt und ihren Mund um ihn gelegt, bevor er richtig begriffen hatte, was da passierte. Dann konnte er nur noch durchhalten und sein Bestes tun, um nicht zu früh zu explodieren. Als er an seine Grenzen gestoßen war, hatte er sie nach hinten geworfen, sie nackt ausgezogen und sie hart und schnell genommen.

Er hatte sie schlafen lassen, während er aufstand, um mit seinem Team zum Training zu gehen, und als er zurückkam, hatten sie ein nicht gerade nahrhaftes Frühstück mit Donuts und Kaffee zu sich genommen. Grover konnte sich nicht erinnern, wann er jemals so viel gelacht hatte wie an diesem Morgen. Je mehr Zeit er mit Sierra verbrachte, desto mehr wollte er mit ihr zusammen sein.

In den letzten Tagen hatte es Momente gegeben, in denen er merkte, dass sie darüber nachdachte, was ihr widerfahren war, aber dann schüttelte sie ihre Dämonen ab und konzentrierte sich auf das Hier und Jetzt. Sie war bemerkenswert, und obwohl er ihren unverwüstlichen Geist schätzte, ahnte er, dass er sie im Auge behalten musste, um sicher zu sein, dass sie mit den Gefühlen zurechtkam, die wegen ihrer Gefangenschaft immer wieder hochkamen.

Als er an diesem Morgen gegen neun Uhr vor *The Modern Kid* vorfuhr, nachdem er Trigger mitgeteilt hatte, dass er etwas später zur Arbeit kommen würde, musste er sich daran erinnern, dass er Sierra am Abend sehen würde. Sie hatte gesagt, dass Ember sie bei ihm zu Hause absetzen würde, sobald sie im Fitnessstudio fertig waren.

»Hab einen schönen Tag. Und sag Ember, wenn du eine Pause brauchst. Sie wird es verstehen«, sagte er zu ihr.

»Sie ist wie der Duracell-Hase, nicht wahr?«, fragte Sierra.

»So ziemlich. Doc hatte es sehr schwer, sie ruhig zu halten, nachdem sie angeschossen worden war.«

Sierra schüttelte den Kopf. »Ich kann immer noch nicht glauben, was mit ihr passiert ist. Und auch nicht, dass ich den ganzen Tag mit Ember Maxwell abhängen werde.«

Grover lächelte. Auch für ihn war es gewöhnungsbedürftig. »Viel Vergnügen. Und denk daran, wenn es dir keinen Spaß macht, brauchst du nicht zu versprechen, dass du wiederkommst.«

»Ich weiß.«

Er legte ihr eine Hand in den Nacken und zog sie sanft zu sich heran. Er küsste sie lange und tief, bevor er sich ein wenig zurückzog. Er starrte ihr einen Moment lang in die Augen und gab sich die größte Mühe, nicht damit herauszuplatzen, wie sehr er sich um sie sorgte.

Sierra hob eine Hand und legte sie an seine Wange. »Sei heute vorsichtig. Diese Demonstranten scheinen echte Arschlöcher zu sein.«

Er lachte leise und nickte. »Das sind sie. Aber sie sind nichts, womit wir nicht umgehen können. Vor allem nicht, nachdem wir schon auf vielen Missionen waren und es mit einigen der schlimmsten Terroristen der Welt zu tun hatten.«

Sie lächelte. »Genau. Mein großer böser Freund.«

»Und vergiss das ja nicht«, stichelte er.

Sie beugte sich vor, küsste ihn noch einmal, drehte sich um und kletterte aus seinem Cherokee. Grover wartete, bis sie im Fitnessstudio verschwunden war, bevor er den Parkplatz verließ und auf den Stützpunkt zusteuerte.

Als er sich dem Tor näherte, wurde ihm klar, warum ihr Kommandant für zusätzliche Sicherheit gesorgt hatte. Vor dem Tor befanden sich mindestens zwei Dutzend Männer der Strong Foot Miliz, und für eine so relativ kleine Gruppe waren sie heute besonders laut und feindselig. Sie näherten sich jedem Fahrzeug auf der Straße, die zum Tor führte, und schrien die Insassen an, während sie darauf warteten, einfahren zu dürfen.

Sie wussten genau, dass sie zwar sagen durften, was sie wollten, auch wenn die Leute ihre Meinung nicht teilten, aber sie konnten niemanden wirklich bedrohen oder zu Gewalt aufrufen. Das bedeutete jedoch nicht, dass ihre Rufe nicht beleidigend oder Angst auslösend waren.

»Hört auf, Schafe zu sein!«

»Das Militär tötet Unschuldige in Übersee!«

»Denkt selbst!«

»Der große Bruder schaut zu!«

»Passt auf euch auf!«

Grover biss die Zähne zusammen. Hart. Die Schlange zum Betreten des Stützpunktes bewegte sich um diese Zeit langsam, und er hatte keine andere Wahl, als dort zu sitzen und den Idioten zuzuhören, die jeden schikanierten, während er darauf wartete, seinen Ausweis vorzuzeigen.

Ein Mann kam zu seinem Jeep, stellte sich direkt vor sein Fenster und begann, ihn zu beschimpfen.

»Hey, schaut mal! Hier ist ein Babymörder!«

Bevor Grover blinzeln konnte, hatten sich zwei weitere Männer zu ihm gesellt. Einer war ein ganzes Stück älter als die anderen. Der Mann, von dem er und sein Team vermuteten, dass er der Anführer der Gruppe sein könnte. Derjenige, der sich normalerweise zurückhielt und die anderen anfeuerte, anstatt sich mit dem Militärpersonal und den zivilen Angestellten anzulegen. Er sah aus wie ein Mittvierziger oder -fünfziger, durchschnittlich groß und von Kopf bis Fuß in abgenutzte, schmutzige Tarnkleidung gehüllt. Sein Bart war struppig und er sah ungepflegt aus – aber es war die Gerissenheit in den Augen des Mannes, die Grover verriet, dass er jemand war, vor dem man sich in Acht nehmen musste, anders als vor den jungen Männern um ihn herum.

»Hey, Soldat, wenn deine Chefs dir sagen würden, du sollst dich bücken und ihnen den Arsch küssen, würdest du es tun, oder?«, fragte einer der Jungs.

»Natürlich würde er das tun«, antwortete ein anderer junger Mann. »Das muss er auch, sonst bekommt er Ärger.«

»Das stimmt, sie sind wie Schafe, die alles tun, was man ihnen sagt, ohne nachzudenken.«

»Er kann nicht denken, er ist dumm wie Bohnenstroh!«

Grover war nicht im Geringsten beleidigt über ihre belanglosen Sticheleien. Es überraschte ihn auch nicht, dass sie keine Ahnung hatten, wovon sie sprachen.

»Er tut das, wozu er programmiert wurde«, sagte der ältere Mann. »Gehorchen. Er tötet gesetzestreue Männer, die nur versuchen, ihr Leben zu leben, und wenn unsere Regierung sie als Terroristen bezeichnet, stimmt er blind zu, ohne zu versuchen zu sehen, was sich direkt vor seinen Augen abspielt.«

Sein Fenster war nur etwa zehn Zentimeter heruntergelassen, aber das reichte aus, um die Milizionäre deutlich zu hören und um von ihnen gehört zu werden. Er wollte ihnen am liebsten antworten. Ihnen sagen, dass sie Idioten sind, aber er wusste, dass er sich nicht darauf einlassen sollte. Das würde sie nur ermutigen.

»Hey, Cory, sieh dir all die hübschen Verzierungen auf

seiner Uniform an. Er hat wahrscheinlich viele Unschuldige getötet.«

»Wie fühlt es sich an, wenn man weiß, dass man einer korrupten Regierung dabei hilft, nicht nur ihre eigenen Bürger, sondern auch andere Unschuldige zu unterdrücken?«, fragte Cory, der ältere Mann.

Die Gelassenheit, die er nach dem schönen Morgen mit Sierra empfunden hatte, war schnell verflogen.

Der Wind wehte durch das offene Fenster und Grover konnte den Gestank von Marihuana riechen, der von den Männern ausging. Er schüttelte angewidert den Kopf. »Was ist dein Problem?«, fragte er und brach damit seine eigene Regel, sich nicht einzumischen. Er blieb jedoch ruhig und ließ kein bisschen der Wut, die er gegenüber diesen Männern und dem, wofür sie standen, empfand, in seinem Tonfall erkennen. »Seid ihr verärgert, weil es Tausende von Männern und Frauen gibt, die stolz auf das Land sind, in dem sie leben, und die aktiv ihren Teil dazu beitragen, dass alle, die hier leben, sicher sind?«

»Sicher?«, fauchte Cory. »Ja sicher. Die Regierung droht damit, die Nationalgarde zu schicken, um uns auszuschalten, obwohl wir nur darauf aufmerksam machen wollen, dass unsere verfassungsmäßigen Rechte ausgelöscht werden.«

»Man kann nicht beides haben«, meinte Grover milde. »Man kann nicht in einem Atemzug über verfassungsmäßige Rechte sprechen und im nächsten die Regierung verunglimpfen. Das geht Hand in Hand.«

Der Mann errötete tief und wurde wütend. »Nein, das stimmt nicht!«, beharrte Cory. »Wir werden unterdrückt, und du bist zu dumm, um das zu erkennen. Mach die Augen auf, Mann! Das Militär kann töten, wen immer es will, wann immer es will, ohne dass es ein Nachspiel hat. Du bist ein Mörder. Du fliegst in andere Länder, in denen die Menschen einen anderen Glauben haben als wir, und jemand zeigt mit dem Finger auf jemanden und sagt zu dir: ›Töte ihn‹, und du tust es. Keiner wirft dich ins Gefängnis. Nein, sie geben dir Medaillen und sagen: ›Gute Arbeit!‹ Das ist eine Schande! Und eines Tages werden die Menschen in diesem Land aufwachen und aufmerksam werden. Sie werden ein Machtwort sprechen und sagen: ›Genug ist genug!‹«

Grover erkannte, dass der Mann unausgeglichen sein könnte. Die Tatsache, dass er sich so leicht aus der Ruhe bringen ließ, war ein Hinweis darauf. Äußerlich sah er ganz normal aus, aber wenn er wirklich glaubte, dass Grover – oder irgendjemand beim Militär – nach Belieben töten konnte, dann war er wahnhaft.

»Du irrst dich«, antwortete er schlicht.

»Das tue ich nicht! Merke dir meine Worte: Wenn die Regierung und das Militär ihren Willen nicht durchsetzen können, ziehen sie ihre Waffen und tun ihr Bestes, um jeden zu vernichten, der es wagt, sich ihnen zu widersetzen.«

Die Fahrzeuge vor ihm setzten sich in Bewegung, und Grover war noch nie so erleichtert gewesen. Er nahm sich vor, Sierra erst dann auf den Stützpunkt zu lassen, wenn diese Männer genug hatten und verschwunden waren. Auf keinen Fall wollte er sie diesem Mist aussetzen. Außerdem würde sie wahrscheinlich ausrasten und auf die Demonstranten losgehen. Und wenn irgendjemand auch nur die kleinste Andeutung machte, sie verletzen zu wollen, würde er reagieren müssen, und das würde ihn wahrscheinlich in Schwierigkeiten bringen.

Ja, es war das Beste, sie für den Augenblick ganz von hier fernzuhalten.

»Du tust mir leid«, sagte er achselzuckend.

Cory starrte ihn an und errötete noch mehr, während die beiden anderen Männer entrüstet stotterten und wahrscheinlich versuchten, sich eine gute Antwort auszudenken.

»Der große Bruder schaut zu!«, rief einer von ihnen, als Grover wieder anfuhr.

»Rette deine Seele und entkomme den Unterdrückern!«, rief der andere.

Grover schüttelte den Kopf. Die Gruppe hatte keine Ahnung, wogegen sie überhaupt protestierte. Die Typen klangen wie verwöhnte Gören, die sauer waren, dass ihnen jemand vorschrieb, was sie zu tun und zu lassen hatten.

Als er am Tor ankam, entschuldigte sich der junge Militärpolizist für die Wartezeit und für die Belästigung durch die Demonstranten.

»Es ist nicht Ihre Schuld.«

»Die gute Nachricht ist, dass wir ab heute Nachmittag zusätzliches Personal an der Pforte haben werden«, sagte der Soldat.

Grover nickte. »Ja, ich werde einer derjenigen sein, die für zusätzliche Sicherheit sorgen sollen.«

»Oh, toll. Ich denke, wir sehen uns dann später.«

Grover schaute in den Rückspiegel, als er am Tor vorbeifuhr, und sah die Männer herumstehen, die immer noch jeden, der vorbeifuhr, anpöbelten. Zuerst hatte er die Gruppe nur für ein Ärgernis gehalten, aber nachdem er ihre Boshaftigkeit am eigenen Leib erfahren hatte ... und Cory getroffen hatte ... hatte er das Gefühl, dass diese Typen gefährlicher waren, als er gedacht hatte.

Cory beobachtete, wie der Jeep Cherokee durch das Tor auf den Stützpunkt fuhr, und merkte sich das Kennzeichen des Mannes. »Das ist er«, sagte er laut.

»Das ist wer?«, fragte Luis.

»Das ist der Typ, der uns helfen wird, unseren Standpunkt deutlich zu machen«, sagte Cory.

»Er? Er scheint ... groß zu sein.«

Das war er. Was ihn perfekt machte. Er war ein rang-hoher Soldat, und als Luis auf all die Medaillen auf seiner Brust hingewiesen hatte, wusste Cory, dass er jemand Wichtiges sein musste. Sie mussten herausfinden, wo er wohnte. Zu diesem Zeitpunkt war es sogar egal, ob er in einer Wohnung lebte. Vielleicht wäre das sowieso besser. Mehr Leute aufzuscheuchen. Zu stören.

Cory hatte sich einen abgelegenen Ort gewünscht, etwas, an das man sich nicht so leicht heranschleichen konnte, mit weiten Räumen, die sie leicht überwachen konnten, ähnlich dem Gelände des Waco-Vorfalls. Jetzt wurde ihm klar, dass das Gebäude nicht halb so wichtig war wie die Wahl der richtigen Person.

Die meisten Soldaten, die durch die Tore kamen, taten ihr Bestes, um sie zu ignorieren. Die Frauen und Kinder hatten regelrecht Angst. Aber dieser Mann sah wütend aus. Als wollte er aus seinem schicken Wagen springen und sie zu Tode prügeln.

Das war die Art von Soldat, die die Regierung begehrte. Die Starken, die als Schläger eingesetzt wurden. Wenn Cory das Militär dazu bringen konnte, einen wichtigen Mann zu retten, jemanden, den sie unbedingt schützen wollten, würde sein Standpunkt noch deutlicher werden.

Er wandte sich von den jungen Arschlöchern ab, die er immer schwerer ertragen konnte, und zückte sein Handy. Er wählte die Nummer eines Freundes in San Angelo, der für die Kraftfahrzeugbehörde arbeitete. Strong Foot hatte viele Mitglieder, die sich in verschiedene Regierungsbehörden eingeschleust hatten. Sie mussten die Augen offen halten, herausfinden, was ihre Unterdrücker im Schilde führten, und was gab es Besseres, als für sie zu arbeiten?

Cory lächelte, als sein Freund antwortete, und schaute die Straße hinunter, wo der Mann verschwunden war. Ja, er wäre perfekt ... noch besser, wenn er eine Familie und Kinder hätte, die man benutzen könnte.

Sierra stand in Grovers Küche und lächelte wie eine Verrückte, als sie ein einfaches Abendessen mit gebackenem Hähnchen zubereitete. Etwas so ... Gewöhnliches zu tun ... fühlte sich wie ein Geschenk an. Als sie in Colorado im Haus ihrer Eltern angekommen war, hatten sie alles für sie gekocht. Und auch in der *Zuflucht* hatte sie außer einfachen Sandwiches nichts zubereiten müssen. Auf dem Weg nach Texas hatte sie Fast Food gegessen, und auch nach ihrer Ankunft hatte Grover die meisten ihrer Mahlzeiten zubereitet.

Es war das erste Mal seit ihrer Flucht, dass sie eine Mahlzeit von Anfang bis Ende selbst zubereitet hatte, und es fühlte sich überraschend befreiend an. Es war albern, es war nur ein gebackenes Hähnchen, kein riesiges Gourmetgericht, aber es war ein weiterer Schritt auf dem Weg zu dem, was ihr genommen worden war. Um ihre Unabhängigkeit zurückzuerlangen.

Sie war sich der Tatsache bewusst, dass sie noch keine einzige Nacht in ihrer Wohnung verbracht hatte, was ihrem eigenen Ziel widersprach. Sie hatte so sehr darauf bestanden, eine eigene Wohnung zu haben und auf eigenen Beinen zu stehen. Trotzdem war sie mehr als zufrieden, hier bei Grover zu sein. Er gab ihr das Gefühl, normal zu sein. Als wäre sie nicht Sierra Clarkson, ehemalige Kriegsgefangene.

Und dann war da noch der Sex ...

Sie hätte nie gedacht, dass sie Sex so sehr genießen könnte. Und sie hatte keinen Zweifel daran, dass es daran lag, dass es mit Grover war und mit niemand anderem. Sie verbanden sich auf einer zellulären Ebene. Sie fühlte sich nicht unbehaglich, wenn sie mit ihm zusammen war. Nach dem ersten Mal hatte sie sich nicht mehr unsicher gefühlt, was ihren Körper, ihr Haar oder irgendetwas anderes betraf.

Als Sierra hörte, wie sich die Tür öffnete, drehte sie sich um, um Grover zu begrüßen, als er aus der Garage kam. Die fröhliche Begrüßung erstarb in ihrer Kehle, als sie den Gesichtsausdruck ihres Mannes sah.

Er war nicht glücklich. Nicht im Geringsten.

Sie eilte um den Tresen herum auf ihn zu. »Was ist los? Ist alles in Ordnung mit dir? Geht es allen anderen gut? Scheiße, wo ist mein Telefon? Ich habe schon eine ganze Weile nicht mehr drauf geschaut.« Sierra sah sich um und versuchte, sich daran zu erinnern, wo sie das verdammte Ding liegen gelassen hatte, als sie spürte, wie Grovers Arme sich von hinten um sie schlossen.

»Es geht allen gut«, beruhigte er sie und legte sein Kinn auf ihre Schulter.

Sierra wusste, dass die Position für ihn nicht sehr bequem sein konnte, also drehte sie sich in seiner Umarmung herum. »Rede mit mir«, flehte sie.

»Es ist diese verdammte Miliz. Die Typen sind ... lästig.«

Sierra blinzelte. »Lästig? Ich weiß, dass ich dich nicht besonders gut kenne, aber ich denke, nachdem ich zwei Wochen mit dir in New Mexico verbracht habe, habe ich genug gelernt, um zu wissen, dass du dich nicht so über jemanden aufregen würdest, der einfach nur nervt.«

»Du hast recht. Das sind verdammte Arschlöcher, denen es Spaß macht, den Leuten Angst einzujagen und völligen Blödsinn zu erzählen. Sie sind inländische Terroristen, die ihr Bestes tun, um Angst und Hass zu verbreiten – und das bringt mein Blut zum Kochen.«

Nun gut. Diese Reaktion passte viel besser zu dem Mann, den sie kennengelernt hatte. Sierra legte ihre Hände auf seine Brust und rieb ihn sanft. »Was ist passiert?«

Grover seufzte, und Sierra konnte erkennen, dass er versuchte, seine Wut unter Kontrolle zu bringen. »Nichts, was sie nicht schon während der letzten Wochen getan hätten«, sagte er. »Aber dieses Mal saß ich in der ersten

Reihe und konnte fünf Stunden lang beobachten, wie sie jeden belästigten, der durch das Tor kam oder ging. Sie sind beleidigend, und sie merken nicht einmal, dass sie keine Ahnung haben, wovon sie reden. Sie erfinden Dinge und verdrehen die Wahrheit so, dass sie zu ihrer eigenen verzerrten Agenda passt – oder wahrscheinlich zur Agenda ihres Anführers. Und es ist unmöglich zu sagen, was sie wirklich zu erreichen versuchen. Es ist ja nicht so, dass die Armee den Stützpunkt schließen würde oder so. Ich mag es nicht, nicht zu wissen, was sie vorhaben ... das macht mich nervös.«

Sierra war sich nicht sicher, wie sie ihm helfen konnte. »Es tut mir leid.«

Noch einmal seufzte Grover, dann schloss er die Augen. Als er sie wieder öffnete, schien er sich wieder unter Kontrolle zu haben. Wenigstens ein bisschen. »Nein, mir tut es leid. Ich zerstöre hier die Stimmung.«

»Grover, du musst nicht immer fröhlich und gut gelaunt sein. So funktioniert eine Beziehung nicht. Wenn du traurig bist, tue ich, was ich kann, um dich aufzumuntern, und wenn ich unglücklich bin, tust du dasselbe. Jetzt sag mir, was ich tun kann, damit du dich besser fühlst.«

Noch mehr Angst war in seinen Augen zu erkennen, als er auf sie herabblickte. »Du tust es doch schon. Du bist hier. Und etwas riecht wirklich gut.«

Sierra zuckte mit den Schultern. »Es ist nur Huhn.«

»Weißt du, wann ich das letzte Mal hier reingekommen bin und das Abendessen auf mich gewartet hat?«

»Nein.«

»Niemals«, sagte er kurz und bündig. »Danke, dass du für uns gekocht hast. Wie war dein Tag?«

»Gut. Warum gehst du nicht hoch und ziehst dich um. Nimmst vielleicht eine Dusche. Das wird dir helfen. Ich weiß, dass mir in letzter Zeit eine schöne lange Dusche geholfen hat, wenn ich überfordert war. Vielleicht liegt es daran, dass ich so lange ohne diesen Luxus auskommen musste, aber unter heißem Wasser zu stehen scheint meine Gedanken zu klären. Vielleicht hilft es dir auch.«

»Klingt gut. Dann möchte ich alles über deinen Tag mit Ember im Fitnessstudio erfahren«, sagte er.

»Abgemacht. Willst du grüne Bohnen oder Mais zu deinem Hühnchen?«

»Bohnen. Im Gefrierschrank ist auch noch Knoblauchbrot.«

Sierra lächelte zu ihm hoch. »Okay. Ich bereite alles vor, während du dich umziehst.«

Grover senkte den Kopf und legte seine Stirn an ihre. »Danke, dass du hier bist, Bean.«

»Natürlich. Bist du sicher, dass ich nicht zu oft hier bin? Ich meine, ich habe eine sehr schöne Wohnung, in der ich bleiben kann.«

»Nein!«, bellte er und hob den Kopf.

Sierra blinzelte.

»Tut mir leid«, sagte er mit einem leichten Kopfschütteln. »Ich wollte nicht so ... laut sein. Und wenn du in der Wohnung bleiben willst, werde ich zwar schmollen, aber ich werde dich nicht aufhalten.«

»Ich komme mir komisch vor, weil ich so viel Aufhebens darum gemacht habe, unabhängig zu sein und auf eigenen Beinen zu stehen. Und jetzt bin ich hier und bin jede Nacht mit dir zusammen. Ich habe noch nicht einmal mein ganzes Zeug ausgepackt.«

»Du stehst doch auf eigenen Füßen«, protestierte Grover. »Sei nicht so streng mit dir. Du überlegst, was du als Nächstes tun willst, du findest Freunde und machst mit deinem Leben weiter. Wo steht in dem Handbuch ›Was tun nach der Flucht aus der Gefangenschaft‹, dass du allein sein musst, während du dir über alles klar wirst?«

Sierra rümpfte die Nase. »Ich will nur nicht, dass du denkst, ich würde dich irgendwie ausnutzen.«

»Das denke ich nicht. Aber vielleicht benutze ich ja *dich*«, sagte Grover. »Ich meine, du hast heute Abend das Essen gemacht. Und ich höre die Waschmaschine laufen. Ich nehme an, du hast nicht nur dein Zeug da reingetan.«

»Wie auch immer«, entgegnete Sierra und rollte mit den Augen.

»Verdammt, das gefällt mir.«

»Was? Dass ich unausstehlich bin?«

Grover lachte. »Wenn das deine unausstehliche Seite war, dann habe ich sehr lockere sechzig Jahre vor mir.«

Sierra blinzelte noch einmal, dann lächelte sie, entzückt von der Tatsache, dass er an ihr Zusammensein so weit in der Zukunft dachte. Keiner von ihnen wusste, was der morgige Tag bringen würde, geschweige denn, was in sechzig Jahren sein würde, aber ihr wurde innerlich ganz warm, als sie daran dachte, dass er für immer mit ihr zusammen sein wollte.

»Danke, Bean.«

»Wofür?«, fragte sie.

»Als ich hier reinkam, war ich in mieser Stimmung. Das war ich schon den ganzen Tag. Diese Milizgruppe hat mir wirklich zugesetzt. Aber jetzt lache ich und denke daran, dass wir neunzig Jahre alt sind und uns immer noch gegenseitig ärgern. Und das nur deinetwegen. Also danke, dass du hier bist, dass du einfach du bist.«

»Gern geschehen«, antwortete sie sanft. »Geh duschen und zieh dich um. Das Abendessen ist fertig, sobald du wieder hier unten bist.«

Grover beugte sich zu ihr herunter und küsste sie noch einmal. »Ich denke, wir sollten uns heute Abend die Sterne von der Couch auf dem Dachboden in der Scheune aus ansehen.«

Sierra konnte die Lust in seinen Augen erkennen, und schon wurden ihre Nippel hart. Mit Grover in der frischen

Luft seines Dachbodens zu schlafen? Dazu war sie absolut bereit. »Klingt gut«, sagte sie so beiläufig wie möglich.

Grover grinste schelmisch, als er sich zur Treppe zurückzog. »Ich bin glücklich, Bean«, sagte er im Gehen.

»Das ist mein Satz«, beschwerte sie sich, erwiderte aber sein Lächeln.

»Stimmt.« Das war alles, was er sagte, bevor er sich umdrehte und die Treppe hinaufging, wobei er jeweils zwei Stufen auf einmal nahm.

Sierra starrte ihm eine Weile hinterher, dann kehrte sie in die Küche zurück, um ihr Abendessen fertigzustellen. Sie dachte daran zurück, was sie Grover gestern Abend gesagt hatte. Dass sie bereitwillig doppelt so viel Zeit in dieser Gefängniszelle in der Höhle verbracht hätte, wenn sie gewusst hätte, dass sie hier enden würde und glücklicher wäre, als sie es je für möglich gehalten hätte. Sie hatte nicht gelogen. Mit ihm zusammen zu sein war jedes Opfer wert. Es würde nicht immer alles eitel Sonnenschein sein, aber im Moment würde sie ihr Glück mit beiden Händen festhalten. Sie wusste besser als jeder andere, wie schnell sich das Leben ändern konnte.

Sie erneuerte ihr Gelübde, für den Augenblick zu leben, und hoffte, dass sie noch viele Jahre solche »Momente« mit Grover haben würde.

Den heutigen Abend begann sie mit einer neuen Erinnerung ... sie würde den Mann, den sie vergötterte, unter den Sternen lieben.

Sie wusste, dass sie wieder einmal wie eine Verrückte lächelte, aber es war ihr egal, und sie griff in die Speisekammer, um ein paar Dosen grüne Bohnen zu holen. Als sie hörte, wie das Wasser in der Dusche im Obergeschoss angestellt wurde, konnte Sierra nicht anders, als für einen Moment aus Dankbarkeit die Augen zu schließen. Und zum ersten Mal verstand sie ein wenig von dem, was Grover gefühlt haben musste, als er ihren verlorenen Brief erhalten hatte.

Sie würde alles tun, um dieses Leben zu behalten. Selbst wenn es bedeutete, sich in Gefahr zu begeben. Sie würde ihren Teil dazu beitragen, um diese Beziehung glücklich und gesund zu halten.

KAPITEL ACHTZEHN

Vier Tage später gab Grover sich die größte Mühe, seine schlechte Laune nicht auf seine Beziehung zu Sierra abfärben zu lassen. Ihm war klar, dass sie nicht wollte, dass er etwas vor ihr verheimlichte, aber die Arschlöcher der Strong Foot Miliz raubten ihm den letzten Nerv. Es war, als hätten sie sich auf ihn eingeschossen und wären besonders fies, wenn er am Eingangstor Dienst hatte.

Sogar Doc hatte es bemerkt und meinte, dass er vielleicht mit dem Kommandanten sprechen sollte, um zu sehen, ob er von der Sonderschicht befreit werden könnte.

Aber das wollte Grover nicht tun. Er wollte seine Teamkameraden nicht die Drecksarbeit machen lassen, während er im Büro blieb. Also gab er sein Bestes, um die Sticheleien und Spötteleien zu ignorieren, die sie ihm oft zuriefen, während er am Eingangstor aushalf.

Das bedeutete, dass er überhaupt keine gute Laune hatte, wenn er nachmittags nach Hause kam. Er hasste es, so zu sein, wenn Sierra da war. Er tat sein Bestes, sich jeden Tag für sie zu freuen, wenn sie von ihrer Zeit mit den anderen Frauen erzählte, aber es war schwierig. Und es war nicht so, dass es ihr entgangen wäre, dass Grover nach etwas mehr als einer Woche nach ihrem Umzug nach Texas in ihrer Beziehung nicht hundertprozentig präsent war.

Sie lagen im Bett, und sie hatte ihm gerade von ihrem Tag mit Riley und den Kindern erzählt. Sie waren zu einem von Logans Baseballspielen gegangen, und er hatte einen Flyball gefangen, der das Blatt für sein Team gewendet hatte. Sie hatten mit acht zu sieben gewonnen, und Logan war sehr stolz auf sich gewesen und hatte wieder einmal jedem, der es hören wollte oder nicht, erzählt, dass er einmal ein professioneller Baseballspieler werden würde, ein Outfielder wie sein Idol Shin-Soo Choo.

Grover hatte an den richtigen Stellen genickt und gelächelt, aber als Sierra sich rittlings auf seinen Schoß setzte, um ihm in die Augen zu sehen, wusste er, dass er wahrscheinlich nicht verstanden hatte, was sie gesagt hatte.

»Ich hasse es, dich so zu sehen«, sagte sie leise.

»Ich hasse es, so zu *sein*«, gab er zu.

»Kann die Polizei sie nicht vertreiben oder so? Es ist doch lächerlich, dass sie nach all der Zeit immer noch hier sind. Immer noch Leute verängstigen und dummes Zeug brüllen.«

Grover hätte nicht überrascht sein sollen, dass sie genau wusste, was ihn bedrückte. »Technisch gesehen tun sie nichts Illegales.«

»Ist Belästigung nicht illegal?«, schimpfte sie.

»Sie sind sehr vorsichtig, um nicht eine Grenze zu überschreiten, die sie in echte Schwierigkeiten bringen würde«, sagte er zu ihr.

Sierra beugte sich nach vorn und schmiegte sich an seine Brust. Sie kraulte die Haut in seinem Nacken und murmelte: »Ich hasse sie, wenn ich sehe, welches Gefühl sie dir vermitteln. Ich weiß, dass nicht alle Soldaten so ehrenhaft sind wie du und dein Team, aber alle Soldaten als Mörder hinzustellen macht mich einfach wütend.«

Es überraschte Grover nicht, dass er sich durch ihr Mitgefühl und ihr Verständnis besser fühlte. »Danke, Bean.«

Sie nickte und Grover seufzte. So lagen sie einige Minuten lang da, bevor sie von ihm herunterrutschte, um sich wieder neben ihn zu legen. Ein Bein hatte sie immer noch über seine Schenkel geworfen und einen Arm über seine Brust gestreckt.

»Hm, ich mag diese Position«, sagte sie schläfrig.

Grover stieß ein Lachen aus. »Ich auch, aber in etwa zwei bis drei Sekunden wirst du etwas Platz brauchen.«

»Stimmt«, sagte sie mit einem kleinen Lachen ihrerseits. »Aber solange du meine Hand nicht loslässt, geht es mir gut.«

Und das stimmte. Grover hatte keine Ahnung, wie andere Paare schliefen, aber es war ihm auch egal. Damals in den Gefängniszellen in der Höhle hatten sie ein Band geschmiedet, als sie sich durch die Gitterstäbe an den Händen hielten, obwohl sie sich nicht sehen konnten.

Sierra schlief kurz darauf ein, und genau wie er es vorausgesagt hatte, rutschte sie von ihm weg auf die Seite und zog die Knie an. Aber er hielt ihre Hand fest, und sie kam schnell zur Ruhe.

Grover starrte in der Dunkelheit unruhig an die Decke. Mit Sierra lief es gut. Besser als gut. Sie fügte sich schnell in das Leben hier in Killeen ein und er hätte nicht glücklicher sein können. Seine Freunde waren alle glücklich und gesund, ebenso wie seine Schwester. Er sollte zufrieden und ekstatisch sein, dass er jemanden gefunden hatte, mit dem er den Rest seines Lebens verbringen wollte.

Aber tief in seinem Inneren nagte die Situation mit der Strong Foot Miliz an ihm. Irgendetwas stimmte einfach nicht. Diese Typen protestierten schon zu lange. Nicht dass es einen Zeitplan dafür gäbe, wie lange jemand demonstrieren sollte oder könnte, aber alles an diesem scheinbar sinnlosen Protest schien ... falsch.

Es schien auch zwei verschiedene Gruppen zu geben. Die Männer, die älter waren und mit Schildern herumliefen. Sie wirkten fast gelangweilt. Dann gab es die jüngere Gruppe, die in der Regel von Cory begleitet wurde, dem Mann, von dem Grover inzwischen fast sicher war, dass er das Sagen hatte. Die Mitglieder dieser Gruppe sahen aus, als wären sie kaum aus der Highschool heraus, und klangen, als würden sie die Worte eines anderen nachplappern und nicht das äußern, was sie wirklich fühlten.

Sie schienen auch ... nervös zu sein. Anders als die anderen Demonstranten. Als würden die jungen Männer sich auf etwas freuen.

Kommandant Robinson hatte einige Nachforschungen angestellt und herausgefunden, dass der ältere Mann Cory Holliday hieß. Er war zwar vorbestraft, aber nur wegen ein paar kleinerer Vergehen, nämlich Drogenbesitz und Hausfriedensbruch. Er war in Wyoming geboren, und sein Vater war wegen Ungehorsamkeit aus der Marine geflogen. Darüber hinaus gab es nur wenige Details über ihn.

Das Team hatte geredet und angenommen, dass der Vater seinen Hass auf das Militär an seinen Sohn weitergegeben hatte, und all diese Jahre später war Cory immer noch von diesem Hass besessen.

Da die Strong Foot Miliz aus Amerikanern bestand, mussten die Deltas – und das Militär im Allgemeinen – vorsichtig vorgehen. Auf keinen Fall wollten sie einen größeren Zwischenfall verursachen. Aber Grover gefiel der Blick in Corys Augen nicht. Er plante etwas, das spürte er in seinem Bauch, aber solange die Gruppe nicht tat, was sie vorhatte, waren ihm die Hände gebunden.

Grover hatte keinen Zweifel daran, dass die Milizionäre bewaffnet waren, sie waren nur klug genug, ihre Waffen während der Proteste nicht offen zu tragen. Es war die Ungewissheit, die an ihm nagte. Er und seine Deltakameraden waren auf Informationen angewiesen, um einen Aktionsplan zu erstellen. Ohne Informationen fühlte er sich eindeutig im Nachteil. Und da die Gruppe ein extremes Interesse an ihm zu haben schien, war Grover noch unruhiger.

Zum Glück musste er morgen nur einen halben Tag arbeiten. Trigger hatte gesehen, wie gestresst er war, da Cory sein Bestes tat, um ihn zu verärgern, und hatte Grover für die Samstagmorgenschicht eingeteilt. Da in absehbarer Zeit keine Einsätze anstanden, konnte er dann auch früher gehen.

Sierra würde morgen mit Gillian zusammenarbeiten und ihr bei einer Party anlässlich einer goldenen Hochzeit helfen. Er wollte etwas Besonderes für sie tun, um seine schlechte Laune in dieser Woche wiedergutzumachen. Ein schickes Abendessen kochen, dann vielleicht draußen auf seiner Terrasse sitzen und den Sonnenuntergang beobachten. Es war eigentlich egal, was sie taten, Hauptsache, er konnte Zeit mit ihr verbringen.

Sie musste zu ihrer Wohnung fahren und noch ein paar Klamotten holen. Grover wusste, dass er ein schlechtes Gewissen haben sollte, weil sie immer noch keine einzige Nacht dort verbracht hatte, aber er tat es nicht. Er hätte sich anbieten können, mit ihr in der Wohnung zu bleiben, aber er zog sein Haus vor.

Als er zu seinem Nachttisch hinüberschaute, konnte er gerade noch die Umrisse des Taschentuchhalters erkennen, der dort stand. Dieses Versteck hatte er Sierra noch nicht gezeigt. Der gesamte Deckel klappte nach oben und verbarg eine weitere Waffe.

Er wusste, dass alle seine Waffen zu viel des Guten waren, aber er wollte lieber auf Nummer sicher gehen, vor allem jetzt, da er etwas Wertvolles zu schützen hatte.

Grover drückte unwillkürlich Sierras Hand, und sie regte sich neben ihm.

»Grover?«

»Tut mir leid, es ist alles in Ordnung. Schlaf weiter«, sagte er leise.

»Mmm, okay.«

Als sie wieder zur Ruhe gekommen war, holte Grover tief Luft. Er musste aufhören, Probleme zu sehen, wo es keine gab. Mehrere Therapeuten, die er im Laufe der Jahre aufgesucht hatte, hatten ihm gesagt, dass er übermäßig beschützend sei. In Bezug auf seine Familie, sein Team, sein Haus. Es war nichts, was er nicht schon wusste. Aber er war lieber übervorsichtig als unvorbereitet.

Er beugte sich vor und küsste Sierra auf die Stirn, bevor er sich zurücklehnte. »Ich liebe dich, Bean«, flüsterte er.

Zu seiner Überraschung entgegnete sie: »Ich liebe dich auch.«

Lächelnd konnte Grover nur den Kopf schütteln. Eines Tages würde einer von ihnen den Mut aufbringen, diese Worte auszusprechen, wenn sie wach waren und das Tageslicht sahen. Aber für den Moment würde er ihre Worte in sein Herz schließen. Er war ein verdammt glücklicher Mann. Er hatte großartige Freunde, eine Familie und jetzt eine Frau, die ihn liebte. Alles würde gut werden. Das Leben war schön.

Cory stand vor den Mitgliedern der Strong Foot Miliz, die er ausgewählt hatte, um ihm zu helfen, die zunehmend besorgniserregende Kontrolle der Regierung zu demonstrieren.

»Es ist Zeit«, sagte er zu den anderen. »Morgen werden wir handeln. Wir wissen, wo unsere Zielperson wohnt, und wir wurden aus gutem Grund zu ihm geführt. Sein Haus ist perfekt. Es ist abgelegen und die Regierung wird nicht zögern, Maßnahmen zu ergreifen, um der Welt zu zeigen, wie weit sie gehen würde, um ihre Geheimnisse zu schützen.«

»Cool!«

»Das wird ein Spaß!«

»Wir werden doch nur für eine kurze Zeit im Gefängnis sein, oder?«, fragte Kevin. »Meine kleine Schwester wird in zwei Wochen zehn, und ich habe ihr versprochen, zu ihrer Party zu Hause zu sein.«

Cory konnte sich das Grinsen verkneifen ... gerade noch so. Diese Jungspunde hatten keine Ahnung, worauf sie sich eingelassen hatten. Sie dachten, sie würden dem Soldaten nach Hause folgen, ihn ein wenig schikanieren, die Reporter dazu bringen, aufzutauchen, und dann eine große Show aus ihrer Verhaftung machen. Sie ahnten nicht, dass die Mission, auf die sie sich eingelassen hatten, viel größer war.

Sie alle würden auf Jahre hinaus bekannt sein. Man würde über sie in den Geschichtsbüchern schreiben. Sie würden das ultimative Opfer bringen. Genau wie David Koresh und seine Anhänger.

Wenn ihre amerikanischen Mitbürger sehen würden, wie sehr das Militär außer Kontrolle geraten war, wie sehr es bereit war, tödliche Gewalt gegen seine eigenen Bürger anzuwenden, um sie zum Schweigen zu bringen, würde ihnen das die Augen öffnen. Sie würden aufhören, eine korrupte Regierung blind zu unterstützen. Sie würden aufhören, Steuern zu zahlen und mörderische Missionen zu finanzieren.

»Keine Sorge«, sagte Cory zu Kevin und den anderen, »morgen werden die Amerikaner begreifen, wie sehr sie von ihren Anführern getäuscht wurden. Sie werden den Militärangehörigen nicht mehr für ihren Dienst danken. Sie werden erkennen, wie sehr sie sich geirrt haben und dass genau die Leute, denen sie danken, nichts anderes als Mörder sind. Sie werden ein für alle Mal eines Besseren belehrt werden. Und sie werden sich bei uns, der Strong Foot Miliz, dafür bedanken.«

»Ich verstehe nicht, wie die Übernahme des Hauses eines einzigen Mannes all das bewirken soll«, murmelte Tony.

Cory war schon in Bewegung, bevor Tony zu Ende gesprochen hatte. Er schlug dem Jungen mitten ins Gesicht, sodass dieser nach hinten flog. Der Joint, den er geraucht hatte, flog ihm aus der Hand und landete auf ein paar alten Zeitungen in der Ecke des Raumes. Zeke und Cameron löschten schnell das Feuer, damit es nicht das verlassene Haus um sie herum niederbrannte.

»Du bist nicht hier, um zu denken«, knurrte Cory. »Ich war schon Teil von Strong Foot, bevor du geboren wurdest. Du stellst mich nicht infrage, verstanden?«

»Ja, Cory«, erwiderte Tony schnell.

Cory blickte die anderen an. »Möchte sich noch ein anderer Feigling zu Wort melden? Vielleicht habt ihr zu viel Angst, um morgen das Richtige zu tun. Vielleicht seid ihr nur kleine Jungs, die nicht damit klarkommen, für ihr Land einzustehen. Ist es das?«

Alle schüttelten den Kopf.

»Entweder ihr seid für mich und unsere große Nation oder ihr seid gegen mich. Also, was soll es sein?«

»Wir sind dabei«, sagten alle zehn Männer gleichzeitig.

»Allerdings seid ihr dabei. Und morgen werden wir der Welt zeigen, dass man sich nicht mit der Strong Foot Miliz anlegen sollte. Keine Schilder mehr. Keine Worte mehr. Wir werden die Waffen benutzen, die wir mitgebracht und die wir seit unserer Ankunft hier erworben haben. Wenn das Militär denkt, dass sie die Einzigen mit Feuerkraft sind, werden sie herausfinden, wie falsch sie liegen. Richtig?«

»Genau!«

»Verdammt richtig!«

»Aber ja!«

»Ich kann es kaum erwarten, endlich loszulegen!«

»Werden wir die Panzerfaust benutzen können?«, fragte Brody.

Cory lächelte den jungen Blonden an. Er war erst siebzehn, aber er war der Vielversprechendste von allen, die er für diese Mission ausgesucht hatte. Er trug den gleichen Hass in seinem Herzen wie Cory. Das Militär hatte auch seinen Vater verarscht, und er war bereit, alles zu tun, um es diesem Verein heimzuzahlen. Er bedauerte fast, dass der Junge höchstwahrscheinlich sterben würde, aber sein Tod würde seine beiden Brüder mit Sicherheit dazu bringen, in seine Fußstapfen zu treten.

Alles, was Cory tat, diente dem Allgemeinwohl, und Brodys Tod durch die eigene Regierung würde sicherlich dazu führen, dass andere im ganzen Land Vergeltung üben würden.

»Oh ja«, sagte Cory zu Brody, »wir werden morgen auf jeden Fall die Panzerfaust einsetzen.«

Brody lächelte breit. »Fantastisch.«

»Also, hier ist der Plan ...«, begann Cory und erläuterte die Rolle eines jeden bei den Aktivitäten des nächsten Tages. »Irgendwelche Fragen?«

Alle schüttelten den Kopf, und Cory kramte in seiner Tasche, holte eine frische Tüte Marihuana heraus, die er am Morgen gekauft hatte, und hielt sie hoch.

Alle jubelten. Es war schon eine Weile her, dass sie wirklich erstklassiges Gras geraucht hatten. Während sich alle an die Arbeit machten, ihre Joints zu drehen, lehnte Cory sich zurück und sah mit einem zufriedenen Lächeln im Gesicht zu. Das war das Mindeste, was er für die Jungs tun konnte. Schließlich würden einige für die Sache sterben, auch wenn sie es nicht wussten. Da konnte er ihnen genauso gut etwas Spaß gönnen.

Morgen würde eine völlig neue Weltordnung in Kraft treten ... nur nicht für alle.

KAPITEL NEUNZEHN

»Hast du die Jüngeren gesehen?«, fragte Grover am nächsten Morgen niemand Spezielles, als sie an ihren Positionen in der Nähe des Eingangstors standen.

Die üblichen paar Dutzend Männer standen mit ihren Schildern da und belästigten die Ankommenden und Wegfahrenden, aber Cory – und die jüngeren Männer, die immer an seiner Seite waren – waren nirgends zu sehen.

»Keine Ahnung«, sagte Doc.

»Irgendetwas stimmt nicht«, murmelte Grover.

»Spürst du es auch?«, fragte Brain.

Grover nickte. Die Männer, die an diesem Morgen da waren, taten nur das Nötigste. Sie waren nicht so energisch wie die jüngere Gruppe, nicht annähernd so lautstark wie zu den Gelegenheiten, wenn Cory bei ihnen war.

»Ich werde die Pause von ihrem Gequatsche genießen«, sagte Lucky mit einem angewiderten Schnauben. »Wenn wir Glück haben, überlegen sie vielleicht weiterzuziehen.«

»Wir können nur hoffen«, stimmte Brain zu.

Der Vormittag verlief relativ reibungslos und Grover war froh, als sie kurz vor der Mittagspause von Trigger, Lefty und Oz abgelöst wurden.

»Gab es Probleme?«, fragte Trigger.

»Nein. Die Demonstranten, die heute Morgen aufgetaucht sind, waren ziemlich zurückhaltend«, erklärte Lucky.

»Gott sei Dank«, antwortete Lefty. »Ich habe die Schnauze voll von dieser Scheiße.«

»Das geht mir genauso«, stimmte Doc zu.

»Grover?«, fragte Trigger.

»Ja?«

»Versuche, dich heute Nachmittag zu entspannen. Du schienst in den letzten Tagen sehr angespannt zu sein.«

Grover nickte. »Das werde ich.«

»Und grüß Sierra von uns. Gillian war wirklich dankbar, dass sie ihr heute helfen konnte, vor allem weil eine ihrer Assistentinnen sich krankgemeldet hat.«

»Gern«, versprach Grover, bevor er sich auf den Weg zu Docs Durango machte. Er hatte sie alle bis zum Eingangstor gefahren und würde sie zurück ins Büro bringen, bevor sie getrennte Wege gingen.

Innerhalb von zehn Minuten befand Grover sich in seinem eigenen Fahrzeug auf dem Weg zurück zum Tor. Er winkte Trigger und den anderen im Vorbeifahren zu und starrte die Männer an, die immer noch ihre Schilder hochhielten und die Leute belästigten.

Er fuhr direkt zum Lebensmittelladen und ging hinein, um alles zu besorgen, was er brauchte, um ein dekadentes Abendessen mit Steak und Hummer für Sierra zuzubereiten. Er wollte ihnen immer noch die Pizza besorgen, von der er in Afghanistan gesprochen hatte, aber heute Abend wollte er sie mit Fleisch und Meeresfrüchten verwöhnen. Nachdem er die Zutaten für einen frischen Salat besorgt hatte, ging er in den hinteren Teil des Ladens. Vor dem Tresen der Metzgerei gab es eine ziemlich lange Schlange, und Grover wartete ungeduldig, bis er an der Reihe war. Auf dem Weg zur Kasse ging er an den Eistruhen vorbei und griff sich ein paar der Karamelleisriegel mit dunkler Schokolade, die Sierra so gern mochte.

Der Gedanke an den bevorstehenden Abend ließ die Anspannung in Grover ein wenig nachlassen. Er freute sich auf ein paar ruhige Stunden mit Sierra und versuchte, die Anspannung der letzten Woche hinter sich zu lassen.

Er spürte, wie sein Handy kurz an seiner Hüfte vibrierte, aber er ignorierte es, da er fuhr. Wenn es ein Notfall gewesen wäre, hätte derjenige, der ihm eine SMS geschickt hatte, angerufen.

Es war wie immer ein warmer Tag, aber Grover wusste, dass für später ein Sturm vorhergesagt war. Er hatte bisher nie Angst vor Tornados gehabt, aber jetzt, da Sierra bei ihm wohnte, beschloss er, sich um einen Notunterstand zu kümmern. Auf seinem Grundstück hatte er genügend Platz, um einen Sturmschutz zu errichten. Vorsicht war besser als Nachsicht.

Während er seine lange Einfahrt hinunterfuhr, dachte er über die Möglichkeit von Tornados nach und darüber, wo er und Sierra sich verstecken könnten, sollte einer aufziehen. Der Anblick seines Hauses und seiner Scheune trug viel dazu bei, dass er sich noch entspannter fühlte.

Bis Sierra praktisch eingezogen war, hatte er den Ort als seine Zuflucht betrachtet, aber dennoch nur als ein Haus. Sie hatte es zu etwas Besonderem gemacht. Einem Zuhause.

Grover drückte den Knopf, um das Garagentor zu öffnen, und fuhr hinein. Er blickte nach unten und griff nach seinem Handy, um die SMS zu lesen, die er während der Fahrt erhalten hatte.

Doch bevor er sein Telefon entriegeln konnte, wurde seine Tür aufgerissen und etwas Hartes gegen seinen Kopf gedrückt.

»Keine Bewegung, Soldat, oder ich jage dir diese Kugel durch den Schädel.«

Grover erstarrte.

Scheiße.

Er sah, wie sich mehrere junge Männer, die er aus der Miliz kannte, um seinen Wagen scharten. Jeder von ihnen war bis an die Zähne bewaffnet, trug halb automatische Waffen und hatte Gewehre über die Schultern gehängt.

Grover verstand nun, warum sie an diesem Morgen nicht vor den Toren des Stützpunktes protestiert hatten. Sie waren hier und lauerten ihm auf.

Vorsichtig, um Cory, dessen Stimme er erkannte, nicht zu erschrecken, hob Grover die Arme und zeigte dem Milizführer, dass er unbewaffnet war.

»Steig aus. Langsam«, knurrte Cory.

Mit dem Wunsch, das Arschloch auszuschalten, fügte Grover sich. Er hatte keinen Zweifel daran, dass er Cory ausschalten konnte, aber bei der Feuerkraft, die die anderen zur Verfügung hatten, würden sie ihn töten, bevor er mit ihnen fertig war. Wäre sein Team hier, sähe die Sache anders aus, aber er war auf sich allein gestellt.

Bis er herausfand, was die Gruppe wollte, war es das Beste, seine Identität und seine tödlichen Fähigkeiten geheim zu halten.

Grover dachte flüchtig daran, wie froh er war, dass Sierra nicht bei ihm war. Zu wissen, dass sie in Gefahr war, hätte ihn dazu gebracht, etwas Unüberlegtes zu tun. Für den Moment blieb er ruhig und machte sich im Geiste Notizen.

Sie würden es vermasseln, und dann würden sie es bereuen, sich mit ihm angelegt zu haben.

Sierras Gesicht schmerzte vom vielen Lächeln. Sie hatte keine Ahnung, wie Gillian diesen Job tagein, tagaus machen konnte. Sie war ein Bündel positiver Energie, und allein schon ihre Anwesenheit war für Sierra anstrengend.

Es bestand kein Zweifel daran, dass Gillian gut war in

dem, was sie tat. Alle, angefangen bei dem glücklichen Paar, das seinen fünfzigsten Hochzeitstag feierte, bis hin zu dem jüngsten Urenkel, schienen sich auf der Party bestens zu amüsieren. Gillian sorgte dafür, dass alles reibungslos ablief, und selbst wenn es kleine Pannen gab, meisterte sie sie so leicht, dass niemand merkte, dass überhaupt etwas schiefgelaufen war.

Sierra war zwar gern mit Gillian zusammen und half ihr, aber sie wusste bereits, dass sie das nicht Vollzeit machen wollte. Nicht einmal in Teilzeit. Das Zusammensein mit so vielen Menschen fiel ihr nicht mehr so leicht wie früher, aber Sierra weigerte sich, sich deswegen schlecht oder schuldig zu fühlen.

So sehr sie den Tag auch genossen hatte, war Sierra mehr als bereit, nach Hause zu fahren.

Nach Hause.

Verdammt, wann hatte sie angefangen, Grovers Haus als ihr Zuhause zu betrachten?

Eigentlich sollte sie wenigstens so tun, als würde sie die Wohnung benutzen, die Ember ihr so großzügig überlassen hatte, aber der Gedanke, ohne Grover dorthin zu fahren, gefiel ihr nicht im Geringsten. Also war sie im Grunde ... was ... bei Grover eingezogen?

Ja, genau das hatte sie getan.

Aber das schien ihn nicht zu stören.

Sierra dachte an die Nacht zuvor zurück. Sie war schon fast eingeschlafen, als sie spürte, wie er sich neben ihr bewegte. Er hatte sie auf die Stirn geküsst und ihr gesagt, dass er sie liebte. Ohne nachzudenken, als wäre es die natürlichste Sache der Welt, hatte sie ihm ebenfalls ihre Liebe gestanden.

»Was soll dieses Lächeln?«, fragte Gillian.

»Ach, nichts. Okay, das ist eine Lüge. Ich habe an Grover gedacht«, gab Sierra zu.

»Ihr seid perfekt füreinander. Ihr passt einfach zusammen«, sagte Gillian. »Es ist schwer zu erklären, aber es ist fast so, als würdet ihr euch schon seit Jahren kennen. Ihr fühlt euch so wohl miteinander.«

»Ich habe das Gefühl, ihn schon ewig zu kennen«, stimmte Sierra zu.

»Nun, ich finde es großartig.« Sie öffnete den Mund, um noch etwas zu sagen, aber in dem Moment klingelte ihr Telefon. Gillian grinste Sierra verlegen an und griff nach ihrem Handy. Es hatte den ganzen Tag über ununterbrochen geklingelt, weil sie mit verschiedenen Leuten über die Party kommunizierte.

»Hallo? Oh, hi, Trigger. Ja, das ist sie ... wir sind für heute fertig und gehen gerade zu unseren Fahrzeugen ... Warum? Ähm ... *warum*? Was ist los mit dir? Du weißt, dass ich ihr mehr als das sagen muss.«

Sierra war angespannt. Sie wusste, ohne es sich erklären lassen zu müssen, dass Gillian von ihr sprach. Und der Tonfall ihrer Freundin gefiel ihr nicht. Sie war besorgt ... auf eine Art und Weise, wie sie es den ganzen Tag nicht gewesen war, als sie ein Problem nach dem anderen löste und mit Anbietern und Lieferanten über die Feier sprach.

»Redet er über mich? Was ist los?«, fragte Sierra, beunruhigt über die Veränderung in Gillians Gesichtsausdruck, als sie dem zuhörte, was Trigger sagte.

Gillian schüttelte den Kopf – und plötzlich überkam Sierra das Gefühl, ausgeschlossen zu sein. Als sie in Gefangenschaft gewesen war, war jede Entscheidung für sie getroffen worden. Sie hatte es gehasst, nie zu wissen, was vor sich ging, was von einem Moment auf den anderen mit ihr geschehen konnte. Und in diesem Augenblick war es mehr als offensichtlich, dass Gillians Mann etwas sagte, das Sierra hören musste.

Ohne nachzudenken, griff sie nach Gillians Handy und nahm es ihr aus der Hand.

Vor ihrer Entführung hätte sie niemals so etwas Unhöfliches getan, aber jetzt ging es ihr weniger um Höflich-keiten als vielmehr darum, so viele Informationen wie möglich über alles zu bekommen, was sie betreffen könnte.

»Hallo?«

»Sierra?«

»Ja. Was ist los? Was sollte Gillian mir sagen?«

Gillians Ehemann seufzte. »Ich möchte, dass du mit Gillian zu uns nach Hause fährst.«

»Warum?«

»Es gab einen Zwischenfall.«

»Was soll das bedeuten? Hör auf, um den heißen Brei herumzureden, Trigger, und sag mir, was hier los ist. *Und zwar sofort.*«

»Okay, aber wir haben alles unter Kontrolle.«

Das beruhigte Sierra nicht, nicht im Geringsten. Ihre Geduld hing am seidenen Faden, während sie darauf wartete, dass Trigger weitersprach.

»Stell es auf Lautsprecher«, forderte Gillian.

Sierra tat es, und sie und Gillian hingen beide dicht über dem Telefon, als Trigger zu sprechen begann.

»Du weißt, dass die Strong Foot Miliz uns in letzter Zeit auf die Nerven gegangen ist. Heute haben die Typen die Dinge auf eine neue Ebene gehoben. Einige der lautstär-keren Mitglieder fehlten heute Morgen bei den Protesten, was wir für seltsam hielten. Vor allem Grover schien sich daran zu stören.«

Sierra wollte Trigger am liebsten anschreien, er solle sich beeilen und sagen, was zum Teufel los sei, aber sie biss sich auf die Zunge.

»Sie haben auf Grover gewartet, als er nach Hause kam«, sagte Trigger ernst. »Etwa ein Dutzend Mitglieder der Gruppe hat sich in seinem Haus verschanzt und Grover als Geisel genommen. Aber wir sind an der Sache dran, Sierra. Wir werden ihn da rausholen.«

Alles in Sierra erstarrte, als ein betäubender Schock und pures Entsetzen über sie hereinbrachen.

Dennoch gingen ihr viele Fragen durch den Kopf. Was würden sie Grover antun? Warum hatten sie ihn als Geisel genommen? Warum in seinem Haus und nicht an dem Ort, an dem sie protestierten?

»Sierra? Geht es dir gut?«, fragte Trigger. »Ich möchte, dass du mit Gillian mitfährst. Warte bei uns zu Hause. Ich halte dich auf dem Laufenden und rufe dich an, sobald wir ihn befreit haben.«

»Okay«, sagte Sierra mit fester Stimme.

»Okay?«, wiederholte Trigger, offensichtlich überrascht über ihre einfache Zustimmung ... oder vielleicht eher ungläubig.

»Ja.« Sie war sich kaum bewusst, was sie sagte. Sie musste nachdenken. Sie wollte etwas tun – aber was? Sie war keine Soldatin. Sie hatte nicht die Ausbildung, die Grovers Team hatte. Zum Teufel, es gab einen ganzen Armeestützpunkt mit Leuten, die mehr Erfahrung in Bezug auf Geiselbefreiung hatten als sie.

Aber konnte sie sich zurücklehnen und *nichts* tun?

»Gut«, sagte Trigger seufzend und unterbrach ihren Gedankengang. »Noch mal, wir haben das im Griff. Wir sind hier, und ein anderes Delta-Team, mit dem wir zusammenarbeiten, auch. Und so ziemlich jede Strafverfolgungsbehörde in einem Radius von dreißig Kilometern. Gerüchten zufolge sind auch das FBI und die Bundesbehörde für Alkohol, Tabak, Schusswaffen und Sprengstoffe auf dem Weg hierher.«

»Das ist gut.«

»Wir werden ihn da rausholen«, wiederholte Trigger.

»Ich weiß. Danke, dass du angerufen hast«, sagte Sierra zu ihm.

Gillian schaltete den Lautsprecher aus und Sierra hörte, wie sie leise mit Trigger sprach. »Es tut mir so leid«, sagte sie, nachdem sie aufgelegt hatte. »Ich weiß, dass dein Wagen hier ist, aber du kannst mit mir kommen. Du solltest nicht selbst fahren.« Sie nahm Sierras Arm und führte sie zu ihrem RAV4.

»Mir geht es gut«, sagte Sierra hölzern.

»Du klingst aber nicht gut«, entgegnete Gillian zweifelnd und schloss das Fahrzeug auf.

Als sie beide drinnen waren, holte Sierra tief Luft und drehte sich zu ihrer Freundin um. »Ich weiß nicht, was ich im Moment bin«, sagte sie ehrlich.

Gillians mitfühlender und besorgter Gesichtsausdruck brach Sierra fast das Herz, aber sie schluckte schwer und verdrängte die fast erdrückenden Gefühle, die sie zu überwältigen drohten. Sie musste einen klaren Kopf bewahren. Sie musste herausfinden, was sie tun wollte.

Gillians Telefon klingelte erneut, und beide Frauen schreckten durch das plötzliche laute, schrille Geräusch auf.

»Hallo? Nein, ich bin noch da.« Gillian seufzte. »Es ist gerade kein guter Zeitpunkt. Kannst du ... Genau. Nein, es ist okay, ich bin gleich drinnen. Beruhige sie einfach, bis ich da bin. Ich weiß. Wir reden später darüber.«

Sierra sah sie fragend an, als sie auflegte.

Gillian runzelte die Stirn. »Das war meine Assistentin. Eine der älteren Gäste kehrte zurück und sagte, sie könne ihre Handtasche nicht finden. Sie schwört, dass jemand sie gestohlen hat, und sie flippt aus. Das war die Frau, die darauf beharrte, dass jemand ihren Teller genommen und die Reste weggeworfen hatte, bevor sie mit dem Essen fertig war ... erinnerst du dich? Die sich umgedreht und vergessen hatte, wo sie gesessen hatte? Ihr halb leerer Teller war noch da, wo sie ihn abgestellt hatte, und niemand hatte etwas weggenommen.« Gillian schüttelte verärgert den Kopf. »Ich bin sicher, das ist etwas Ähnliches. Wahrscheinlich hat sie ihr Portemonnaie irgendwo abgelegt und es einfach vergessen. Natürlich will sie mit niemandem außer mir darüber reden, und sie macht meiner Assistentin das Leben schwer. Es wird nicht lange dauern, bis das geklärt ist. Es tut mir so leid.«

»Es ist in Ordnung«, entgegnete Sierra. Sie konnte etwas Zeit allein zum Nachdenken gebrauchen.

»Wenn ich zurückkomme, fahren wir zu mir nach Hause. Ich rufe die anderen an und wir warten alle zusammen, um zu erfahren, was los ist, okay?«

Sierra nickte.

Gillian legte ihr eine Hand auf den Arm. »Das wird schon wieder«, sagte sie mit Nachdruck. »Ich weiß, dass mein Mann und die anderen Jungs aus dem Team Grover da rausholen werden. Sie sind gut in dem, was sie tun.«

Sierra wusste das. Sie hatte es mit eigenen Augen gesehen. »Ich weiß, dass sie es sind.« Sie kam sich ein wenig roboterhaft vor mit ihren kurzen, flachen Antworten, aber sie konnte einfach nicht die Energie aufbringen, mehr als ein paar Worte auf einmal zu sagen.

Gillian drückte ihren Arm und nickte. »Ich bin gleich wieder da«, sagte sie, kletterte aus dem Wagen und eilte zurück zum Gebäude.

Jetzt, da sie allein war, schloss Sierra die Augen und überlegte, was sie tun sollte.

Sie *sollte* sitzen bleiben, wo sie war, auf Gillians Rückkehr warten und mit zu ihr nach Hause fahren. Sie wusste, dass die anderen Frauen sich ihnen anschließen würden. Sie sollten Sierra beruhigen, während sie darauf warteten, etwas darüber zu erfahren, was mit Grover vor sich ging.

Aber je länger sie dort saß, desto mehr fühlte sich diese Option nicht richtig an.

Sie war gezwungen gewesen, ein ganzes Jahr lang herumzusitzen und andere über ihr Schicksal entscheiden zu lassen. Und am Ende wurde sie nur aus dieser Situation befreit, weil Grover die Entscheidung getroffen hatte, allein nach Afghanistan zu reisen, um nach ihr zu suchen. Was

wäre passiert, wenn er nicht ein so großes Risiko eingegangen wäre? Wenn er nicht gegen alle ihm bekannten
Vorschriften verstoßen hätte?

Dann wäre sie wahrscheinlich immer noch in dieser
Gefängniszelle in der Höhle. Oder sogar schon tot.

Je länger sie dasaß und darüber nachdachte, dass Grover
gegen seinen Willen in seinem eigenen Haus festgehalten
wurde, desto mehr kochte die Wut in ihr hoch. Sie war
verängstigt und fast betäubt gewesen, als Trigger anrief,
aber jetzt drohte weißglühende Wut sie zu verzehren.

Wie konnten diese Arschlöcher von der Miliz es wagen,
ihn zu bedrohen? Besonders nach allem, was er für die
Sicherheit der Amerikaner getan hatte. Grover hatte sein
Leben immer wieder aufs Spiel gesetzt, nicht für Ruhm oder
Ehre oder aus Spaß ... sondern weil es notwendig war. Weil
es *richtig* war.

Könnte sie jetzt wirklich weniger als das für *ihn* tun?

Sierra fuhr sich mit der Hand über den Kopf und spürte
das weiche Haar, das dort wuchs. Es brachte sie zurück zu
dieser dunklen Höhle ... ließ sie an die Terroristen denken
... wie sie sie so leicht manipuliert hatte.

Könnte sie dasselbe noch einmal tun? Sie war sich nicht
sicher – aber wie könnte sie es *nicht* versuchen?

Sierra merkte, dass erst wenige Minuten vergangen
waren, seit Gillian wieder hineingegangen war. Es kam ihr
wie Stunden vor. Und sie konnte sich wahrscheinlich nicht
einmal vorstellen, wie sich diese Minuten für Grover
anfühlten.

Je länger sie dort saß, desto mehr konnten diese Arschlöcher dem Mann, den sie liebte, Schaden zufügen.

Ohne zu zögern, öffnete Sierra die Wagentür und ging
zu ihrem Impreza. Gillian würde sich Sorgen machen, aber
Sierra hatte ihre Entscheidung getroffen.

Sie hatte keine Ahnung, wie sie zu Grover kommen
sollte, und ob sie ihm helfen konnte oder nicht, hing zum

großen Teil davon ab, was sie vorfinden würde, wenn sie zu seinem Haus kam. Aber sie hätte es sich nie verziehen, wenn sie es nicht wenigstens versucht hätte.

Sierra nahm sich die Zeit, Gillian eine kurze SMS zu schicken und ihr mitzuteilen, dass sie allein sein müsse und sie später anrufen würde. Es war wahrscheinlich, dass Gillian ihre Worte nicht auf die leichte Schulter nehmen würde; sie würde wahrscheinlich zu ihrer Wohnung fahren, um nach ihr zu sehen. Aber so sehr Sierra es auch hasste, ihre Freundin zu hintergehen, sie musste es tun. Sie konnte nicht einfach herumsitzen, wenn Grover in Gefahr war.

Zehn Minuten später blickte Sierra finster auf die seitlich geparkten Fahrzeuge und Militärlaster, die die Einfahrt zu Grovers Haus blockierten. Sie würden sie auf keinen Fall durchlassen.

Nachdenklich fuhr sie einen weiteren halben Kilometer die Straße hinunter und bog abrupt in eine Wiese ein, deren Gras genauso hoch war wie das hinter Grovers Haus. Es war hoch genug, um ihren Wagen zu verbergen, aber sie konnte nichts gegen die Reifenspuren tun, die auf die Wiese führten. Hoffentlich würde sich jeder, der vorbeikam, mehr Gedanken über die vielen Militärfahrzeuge in der Nähe machen als über einen Wagen, der von der Straße ins hohe Gras fuhr.

Ihre innere Stimme schrie Sierra an und fragte sie, was zum Teufel sie da zu tun gedachte, aber sie tat ihr Bestes, um sie auszuschalten. Grover hätte sein Leben für ihres geopfert, und er kannte sie damals noch nicht einmal. Sie liebte den Mann. Sie konnte das hier nicht *nicht* tun.

Sie mühte sich ab, die Tür ihres Wagens im dichten Gras zu öffnen, und ging dann in Richtung von Grovers Haus, wobei sie sich langsam bewegte und dankbar für die

Tarnung war, die das Gras und die Bäume ihr boten, als sie sich dem Gebäude näherte. Ihr Herz klopfte wie wild, aber je näher sie dem Haus kam, desto ruhiger wurde sie.

Es dauerte viel länger, als ihr lieb gewesen wäre, um zum Haus zu gelangen, denn zweimal musste sie die Richtung ändern und sich leise davonschleichen, als sie Polizeibeamte und einen FBI-Agenten entdeckte, die das Grundstück bewachten.

Sie lag gerade auf dem Bauch und spähte durch das Gras auf das absolute Chaos um Grovers Haus. Feuerwehr- und Polizeiautos parkten überall auf dem Rasen an einer Seite seiner langen Auffahrt. Sie nahm an, dass es noch viel mehr gab, die sie von ihrer Position aus gar nicht sehen konnte. Sie bemerkte auch ein paar Militär-Humvees und einen großen Transporter mit der Aufschrift »Einsatzleitung« an der Seite.

Während sie zusah, raste ein Kleintransporter die unbefestigte Einfahrt hinunter, Staub wehte hinter ihm auf, als er auf das Gebäude zuraste. Sobald das Fahrzeug anhielt, kletterte ein halbes Dutzend Männer heraus, alle mit großen weißen Buchstaben auf der Rückseite ihrer Westen, die sie als FBI-Mitarbeiter auswiesen.

Zu ihrer Überraschung sah sie, wie sich mehrere Gestalten aus der Landschaft um das Haus herum lösten und auf den Kleintransporter zusteuerten. Mit einem Schreck stellte sie fest, dass es sich um einige von Grovers Teamkameraden handelte – und sie hatte bis zu diesem Moment keinen einzigen von ihnen bemerkt. Sie hatten eindeutig das Haus überwacht und sich perfekt in ihre Umgebung eingefügt. Sie vermutete, dass sie jetzt, da ein hohes Tier des FBI eingetroffen war, mit ihm reden wollten.

Ihr Herz raste, und Sierra wurde klar, dass sie niemals näher an das Haus herangekommen wäre, wenn der FBI-Wagen nicht in diesem Moment aufgetaucht wäre. Die

Deltas hatten das Geschehen beobachtet, gewartet ... sie hätten sie sofort aufgehalten.

Das war ihre Chance. Wahrscheinlich ihre *einzige* Chance hineinzugelangen.

Es war Wahnsinn. Völlig verrückt. Und es bestand die Möglichkeit, dass Grover ihr nie verzeihen würde, was sie im Begriff war zu tun. Sie wusste, dass er sich immer noch schuldig fühlte, weil er sie nicht früher gerettet hatte, ganz gleich, was sie oder irgendein Therapeut sagte. Er könnte ihr heutiges Handeln als Verrat an dem großen Opfer betrachten, das er in Afghanistan für sie gebracht hatte. Er hatte sich selbst gefangen nehmen lassen, hatte sich freiwillig foltern lassen, nur damit Sierra sich jetzt in eine Situation begab, die sie und Grover das Leben kosten konnte.

Aber sie konnte sich nicht mit dem Gedanken anfreunden, dass ihr Leben im Grunde genommen vorbei wäre, wenn Grover heute hier sterben würde und sie nichts unternahm, um zu helfen.

Sie konnte nicht mit sich selbst leben, wenn sie Däumchen drehte, während sein Leben auf dem Spiel stand. Vielleicht hätte die Sierra, die sie vor ihrer Gefangennahme gewesen war, Grovers Rettung den Profis überlassen können, aber sie war nicht mehr dieser Mensch. Sie hatte sich verändert.

Wenn sie und Grover heil aus der Sache herauskamen und er so wütend auf sie war, dass er ihr nicht verzeihen konnte ... dann sei es so. Wenigstens würde er leben. Es würde wehtun, nicht bei ihm zu sein, aber sie konnte wenigstens weiterleben, weil sie wusste, dass er noch lebte und atmete.

Als sie sich entschieden hatte, beäugte Sierra die Gegend noch einmal. Sie konnte mindestens drei Polizisten entdecken, die Bäume als Deckung nutzten. Ein weiterer Mann stand neben der Scheune, sein Gewehr auf Grovers

Haus gerichtet. Sie vermutete, dass die Vorderseite und die Seiten des Hauses ebenfalls gut bewacht waren. Die Milizionäre würden auf keinen Fall lebend aus dem Haus gelangen können.

Bei diesem Gedanken runzelte Sierra die Stirn. Grover in seinem Haus als Geisel zu nehmen machte keinen Sinn. Die Angehörigen der Miliz mussten wissen, dass sie in eine Falle geraten würden. Sobald sich herumsprach, was passiert war, würde das Haus vollständig umstellt sein.

Sie wusste nicht, wer die Polizei oder das Militär auf die Situation aufmerksam gemacht hatte ... aber ihr Magen zog sich voller Grauen zusammen.

Sogar ihre Entführer in Afghanistan hatten darauf geachtet, sich nicht in den Häusern zu verbarrikadieren, in denen sie gefangen gehalten wurde, bevor sie sie in diese Höhle gebracht hatten. Warum zum Teufel sollte sich die Strong Foot Miliz in einem Haus verbarrikadieren? Das ergab keinen Sinn.

Sierras rasende Gedanken kamen unvermittelt zum Stillstand.

Es sei denn, sie hatten nicht die Absicht aufzugeben.

Es sei denn, sie wollten sterben.

Verflucht.

Sie musste sich bewegen. Sie musste zu Grover gelangen.

Sobald sie die Deckung des Grases verlassen hatte, würde es keine Möglichkeit mehr geben zu verbergen, was sie tat. Es konnte alles Mögliche schiefgehen, aber sie hoffte, dass sie einen kleinen Vorsprung haben würde, denn die Blicke der Beamten waren auf das Haus gerichtet, nicht auf das umliegende Land. Sie erwarteten mit Sicherheit nicht, dass jemand versuchte, *hinein-* statt hinauszukommen. Sie musste schnell genug sein, um außer Reichweite zu bleiben und ins Haus zu gelangen, bevor sie sie angreifen konnten. Sie verließ sich sogar darauf.

Trigger und die anderen konnten jederzeit ihr Gespräch mit dem FBI beenden und zu ihren Positionen rund um das Haus zurückkehren. Sie musste sich beeilen.

Sierra zählte im Geiste von drei abwärts und als sie bei eins ankam, lief sie so schnell sie konnte zur Hintertür von Grovers Haus.

Die Beamten entdeckten sie fast sofort und schrien ihr zu, sie solle anhalten. Aber sie hatte nicht vor, sich jetzt umzudrehen. Auf keinen Fall.

Als der erste Schuss fiel, stieß sie einen Schreckens-schrei aus.

Sie rechnete halb damit, einen Schmerz in ihrer Brust zu spüren, aber als das nicht der Fall war, lief sie weiter.

Als hätte dieser erste Schuss das Eis gebrochen, brachen um sie herum Geräusche aus, die nach Krieg klangen.

Die Milizionäre im Haus schossen aus den Fenstern – aber überraschenderweise schien es nicht so, als zielten sie auf *sie*. Sie hatten ihre Waffen auf die Männer und Frauen gerichtet, die um das Haus herumstanden. Einige hatten ihre Deckung aufgegeben, um sie anzuschreien, und verrieten so ihre Position, und zwei verfolgten sie, soweit sie das aus dem Augenwinkel beurteilen konnte, während sie rannte.

Sie änderten schnell den Kurs, wobei die Miliz selbst sie mit ihrem Geschützfeuer aufhielt.

Sierra hatte keine Ahnung, warum niemand auf sie schoss. Sie vermutete, dass sie wahrscheinlich viel weniger bedrohlich war – eine einzelne Frau, die Zivilkleidung trug und keine offensichtlichen Waffen bei sich hatte. Sie war ein unbedeutenderes Ziel als jemand, der bis an die Zähne bewaffnet war.

Schockierenderweise hatten die Milizangehörigen ihr einen Gefallen getan. Sie hatten die Polizei davon abgehalten, sie zu erreichen. Davon, sie anzugreifen und von ihrem Ziel abzuhalten ... nämlich in das Haus zu gelangen.

So verängstigt wie seit ihrer ersten Nacht in afghanischer Gefangenschaft nicht mehr, lief Sierra geradewegs auf die Terrasse, wobei sie darauf achtete, ihre Hände oben zu halten, um zu zeigen, dass sie unbewaffnet war. Sie hatte es bis hierher geschafft, sie wollte es jetzt nicht vermasseln. Sie hatte nur eine Chance, es zu schaffen, und selbst *sie* hielt ihr Vorhaben für sehr unwahrscheinlich.

KAPITEL ZWANZIG

»Was zum Teufel?«, rief einer der Männer, die in seinem Wohnzimmer standen.

Alle in der Nähe drehten sich um, um zu sehen, was den Mann alarmiert hatte.

Grover blieb das Herz stehen – und er sah ungläubig zu, wie Sierra auf die Terrasse hinter dem Haus lief.

Er hatte keine Ahnung, woher sie gekommen war und wer ihr erlaubt hatte, sich dem Haus so weit zu nähern, aber er war verdammt sauer!

Er öffnete den Mund, um sie anzuschreien, sie solle weglaufen, aber er war nicht schnell genug.

»Lasst mich rein! Ich gehöre zu euch!«, schrie sie. »Ich beobachte euch schon seit Wochen und ich will mitmachen!«

Grover blinzelte überrascht. Was zum Teufel tat sie da?

Cory drängte sich an drei Männern vorbei, die an der Schiebetür standen und Sierra durch das Fenster sprachlos angafften. Die Männer im ersten Stock feuerten immer noch auf denjenigen, der sich im Garten hinter dem Haus aufhielt, und ließen niemanden nahe genug an Sierra herankommen, um sie zurückzuholen.

Cory richtete sein automatisches Gewehr durch das Glas auf sie. »Verpiss dich!«, schrie er.

»Nein, hör zu!«, beharrte sie. »Ich hasse das Militär! Es hat mein Leben ruiniert! Ich lüge nicht. Mein Name ist Sierra Clarkson. Googele mich, dann wirst du sehen, dass ich die Wahrheit sage! Bitte lass mich rein!«

Verflucht!

Grover wusste sofort, dass Cory es tun würde. Sie hereinlassen. Sie in diese beschissene Situation bringen.

Er wollte vor Frustration und Wut am liebsten schreien. Aber er blieb stumm.

Der letzte Ort, an dem er sie haben wollte, war in diesem Haus.

Er wusste, dass es zu spät war. Sie hatte bereits Corys Interesse geweckt. Sie würde mit ihrem verrückten Plan weitermachen müssen, so wahnwitzig er auch sein mochte.

Sie hatte gelogen, als sie sagte, sie wolle der Miliz beitreten. Daran hatte er nicht den geringsten Zweifel. Er erinnerte sich nur zu gut daran, wie sie in Afghanistan ihre Kidnapper manipuliert hatte. Sie hatte sie dazu gebracht, genau das zu tun, was sie wollte, ohne zu ahnen, dass sie Marionetten an ihrer Schnur waren. Hoffte sie, hier dasselbe erreichen zu können?

Sie waren nicht in der Wüste, und Cory war nicht Shahzada. Dieser Plan konnte auf tausend verschiedene Arten schiefgehen. Er wusste, dass sie dachte, sie würde helfen, aber das tat sie nicht. Sie hatte die Situation nur noch viel schlimmer gemacht – denn jetzt war es für ihn persönlich. Wenn ihr auch nur ein Haar gekrümmt wurde, würde er völlig durchdrehen.

»Sie ist es tatsächlich«, rief Alan aus.

Grover hatte sich bereits alle Namen der Männer um ihn herum eingeprägt. Er hatte alles über sie gelernt, was er konnte, in der Hoffnung, dass er dieses Wissen irgendwann gegen sie verwenden könnte.

»Sieh mal«, sagte Alan zu Luis, als er ihm sein Telefon zeigte, »sie hat immer noch den rasierten Kopf und alles.«

»Was steht da?«, fragte Cory. Er zielte mit seinem Gewehr immer noch auf Sierras Brust.

»Sie war über ein Jahr lang in Kriegsgefangenschaft«, erklärte Alan. »In Afghanistan. Sie wurde vor nicht allzu langer Zeit gerettet.«

»Interessant«, sagte Cory. Dann deutete er mit dem Kopf auf Tony. »Lass sie rein. Dann durchsuch sie. Wenn sie auch nur eine falsche Bewegung macht, erschießt sie.«

Tony ging auf die Türen zu. Die Männer hatten einen seiner Sessel gegen das Glas geschoben, und er brauchte einen Moment, um ihn aus dem Weg zu räumen.

Das war nur ein weiterer Beweis dafür, dass diese Arschlöcher keine Ahnung hatten, was zum Teufel sie taten. Ein verdammter Stuhl vor einer *Glastür* würde niemanden lange abhalten.

»Rein«, befahl Tony Sierra.

Sie schlüpfte in den Raum und hielt die Arme hoch und von ihrem Körper weg.

Grover bemerkte, dass sie sich langsam bewegte, keine ruckartigen Bewegungen machte und Cory im Auge behielt, da er derjenige war, der die Befehle gab und offensichtlich das Sagen hatte.

»Danke, dass du mich reinlässt!«, sagte Sierra. Dann wurde ihre Stimme härter. »Das Haus ist umstellt. Ich bin nur durchgekommen, weil die blöden Bullen nach Leuten gesucht haben, die rauskommen, nicht die reingehen. Danke, dass du auf sie geschossen hast, um mir zu helfen, hierherzugelangen. Die haben eine ganz schöne Feuerkraft da draußen. Ich nehme an, ihr habt genug, um sie aufzuhalten?«

Niemand antwortete, als Tony sie nach Waffen durchsuchte.

Grover gefiel es nicht, dass die Hände des Mannes ein

wenig zu lange auf Sierras Brust und zwischen ihren Beinen verweilten, aber er ließ sich seine Gedanken nicht anmerken. Er musste die Sache geschickt angehen, bis er herausfand, was Sierra beabsichtigte. Sie hatte ihn bisher in keiner Weise gewürdigt, und er musste sich ebenso verhalten. Wenn Cory wusste, wie viel Sierra ihm bedeutete, würde er sie gegen ihn einsetzen.

Für einen kurzen Moment dachte er an Afghanistan zurück, als Sierra ihn genau davor gewarnt hatte.

Er hasste es, dass sie sich wieder in der gleichen Situation befanden.

»Sie ist sauber«, sagte Tony.

»In der Sekunde, in der ich hörte, was passiert war, sprang ich in meinen Wagen und fuhr hierher. Ich hatte keine Gelegenheit, mein Versteck aufzusuchen und meine Waffen zu holen«, erzählte Sierra der Gruppe. Dann schaute sie sich um und sagte: »Ich dachte, es gäbe mehr von euch.«

»Die gibt es auch«, sagte Tony. »Wir haben noch viel mehr Leute oben.«

»Halt die Klappe«, zischte Cory wütend.

»Es ist ja nicht so, dass so ein kleines Ding wie sie uns überwältigen könnte oder so«, spottete Luis.

Cory pirschte sich an Sierra heran, und es kostete Grover alles, nicht auf die Gefahr zu reagieren, die wellenförmig von dem Mann ausging. Nicht dass er irgendetwas hätte tun können ... nicht, wenn Brody ihm eine Waffe an den Kopf hielt.

Vor zwei Monaten, bevor er Sierra kennengelernt hatte, hätte Grover nicht gezögert, jetzt zu handeln. Er hätte sich geopfert, damit sein Team und andere Ordnungshüter das Haus stürmen und diese Arschlöcher ausschalten konnten. Aber jetzt, da er Sierra gefunden hatte? Nein. Er musste am Leben bleiben. Er hatte mehr, wofür er lebte, als jemals zuvor.

Cory griff in das Holster an seiner Seite und zog eine Pistole heraus.

Ohne zu zögern, verpasste er Sierra einen Schlag ins Gesicht.

Sie fiel auf Hände und Knie, ihr Kopf hing nach unten, und jeder Muskel in Grovers Körper spannte sich an.

Dann sah sie auf, begegnete Corys Blick – und lächelte.

Es war ein eiskalter Blick. Wenn Grover sie nicht so gut gekannt hätte, hätte er ernsthaft denken können, sie sei unausgeglichen. »Guter Schlag«, sagte sie ruhig.

»Was tust du wirklich hier?«, knurrte Cory.

»Ich möchte mich euch anschließen«, wiederholte Sierra. »Ich hasse das Militär. Vor allem die Armee. Ich bin nach Afghanistan gegangen, um meinem Land zu dienen. Ich war zu klein und zu schwach, um zum Militär zu gehen, also habe ich einen Job als zivile Angestellte angenommen, um auf diese Weise zu dienen. Ich dachte, wir würden dort drüben das Richtige tun. Dass wir versuchen würden zu helfen. Aber ich lag falsch. So verdammt falsch ...«

Sie lachte bitter auf, bevor sie fortfuhr: »Das afghanische Volk braucht keine Hilfe. Es will keine Hilfe. Es geht ihnen gut. Das Militär mischt sich einfach nur in die Lebensweise fremder Menschen ein. Wie würde es uns gefallen, wenn jemand in unser Land einmarschiert und uns sagt, dass wir alles falsch machen? Wenn uns gesagt würde, dass unsere Religionen falsch und unmoralisch sind? Die Amerikaner glauben, dass wir die Menschen retten, aber in Wirklichkeit will oder braucht niemand unsere sogenannte Hilfe.«

»Das ist wahr«, sagte Cory sachlich und steckte seine Pistole ein.

Grover wagte kaum zu atmen, als er hörte, wie Sierra den bösen Mann, der über ihr stand, täuschte.

»Lange Zeit, nachdem ich entführt worden war, dachte ich, die Regierung würde mich retten. Sicherlich würden sie einem amerikanischen Bürger helfen, oder? Aber das taten sie nicht. Sie scherten sich einen Dreck um mich. Wer war ich denn schon für sie? Ein Niemand! Eine nutzlose zivile Angestellte. Eine *Frau*. Ich war weniger wert als der Dreck unter ihren Stiefeln. Sie ließen mich dort, um zu leiden. Um gefoltert zu werden. Um die Frustration eines ganzen Landes ein ganzes Jahr lang an mir auszulassen! Das war nicht fair. Aber hat es sie interessiert? Nein, verdammt!«

»Aber am Ende haben sie dich gerettet«, sagte Tony. »In diesem Artikel steht, dass eine Armeeeinheit dich befreit hat.«

»Das haben sie«, stimmte Sierra zu. »Aber nur, weil einer von ihnen als Geisel genommen wurde. Wisst ihr, wie lange er festgehalten wurde? Eine Woche. *Eine ... verdammte ... Woche*, bevor seine Leute kamen, um ihn zu holen. Sie mussten mich auch mitnehmen, als sie entdeckten, dass ich dort war. Aber sie waren nicht meinetwegen gekommen. Ich wäre immer noch dort, wenn der Soldat nicht das Pech gehabt hätte, entführt zu werden.«

»Hm.« Cory hörte eindeutig zu ... und Grover bemerkte, dass er den Lauf seines Gewehrs ein wenig gesenkt hatte und seine Haltung leicht entspannt war.

Er war verdammt froh, dass seine Rolle bei Sierras Rettung aus den Medien herausgehalten worden war, dass nicht bekannt geworden war, dass *er* der Soldat war, der ihr zur Rettung gekommen war.

Sie war auf dem besten Weg, es zu schaffen.

Verdammt, wenn Sierra dieses Arschloch nicht für sich gewinnen konnte.

»Ich weiß nicht, wie dein Plan aussieht ... aber ich will mitmachen«, drängte Sierra. »Vor allem wenn es bedeutet, einige dieser Mistkerle vom Militär auszuschalten.«

Cory nickte und traf eine Entscheidung. »Gut – aber du wirst nicht allein agieren.«

Sierra zuckte mit den Schultern, als interessierte sie das nicht.

»Und wir werden dir keine Waffe geben«, fuhr er fort.

Daraufhin schmollte Sierra. »Wie soll ich jemanden ohne eine Waffe töten?«

»Du kannst der Köder sein«, sagte Cory grinsend. »Wenn sie dich hier drin sehen, werden sie noch verzweifelter sein und möglicherweise etwas Dummes tun.«

»Ah, cool. Okay. Ich kann die Jungfrau in Nöten spielen«, sagte Sierra und grinste zurück. Dann schaute sie hinüber und begegnete zum ersten Mal Grovers Blick.

Er hätte erwartet, Sorge in ihren Augen zu entdecken. Vielleicht würde sie auf irgendeine Weise versuchen, mit ihm zu kommunizieren. Aber alles, was er sah, war Hass.

Er musste sich selbst daran erinnern, dass sie nur eine Rolle spielte. Dass der Zorn in ihren Augen nicht gegen ihn gerichtet war.

»Was ist mit ihm?«

»Was soll mit ihm sein?«, entgegnete Cory angriffslustig.

»Er ist einer von *ihnen*«, fauchte sie. »Er ist gefährlich.«

»Er ist ein Weichei«, sagte Brody und lachte. »Er hat noch keinen Muskel bewegt, nicht mit diesem Gewehr, das auf seine Stirn gerichtet ist.«

Sierra schaute Cory an. »Ich weiß, ich bin nur eine Tussi, und du bist wahrscheinlich viel klüger als ich, aber du musst vorsichtig sein mit diesen Militärarschlöchern. Sie werden versuchen, dich zu überraschen und dich unvorbereitet zu treffen. Ich habe das auf dem Stützpunkt in Afghanistan mehr als einmal erlebt. Du kannst ihm nicht trauen, selbst wenn eine Waffe auf seinen Kopf gerichtet ist.«

Cory schien über ihre Worte nachzudenken.

Sie fuhr fort: »Gibt es einen Ort, wo ihr ihn verstecken könnt? Vielleicht einen Schutzraum oder so? In Texas gibt es doch viele Tornados, oder? Gäbe es in diesem Haus nicht einen Raum für so etwas? Etwas Sicheres?«

»Da ist der Medienraum am Ende des Flurs«, sagte Luis. »Er hat keine Fenster.«

Grovers Herz begann, wild in seiner Brust zu schlagen. Verdammt, seine Frau war schlau. Er hasste es, dass sie so gut gelernt hatte, Menschen zu manipulieren, aber in diesem Moment war er verdammt stolz. Er wollte ihr immer noch den Hintern dafür versohlen, dass sie sich überhaupt in diese Situation gebracht hatte, aber er konnte nicht glauben, wie sie diese ganze beschissene Szene in nur wenigen Minuten um fast hundertachtzig Grad gedreht hatte.

Natürlich war noch nichts entschieden, also durfte er sich noch keine großen Hoffnungen machen.

Aber er würde tun, was er konnte, um die Situation zu verbessern.

»Nicht«, krächzte er.

Cory drehte sich um und sah ihn an. »Was nicht?«

»Ich bin gefügig. Ich tue, was ihr wollt. Ich kann einfach hierbleiben.«

Cory sah ihn einen Moment lang an, und Grover dachte eine Sekunde lang, dass er es vielleicht übertrieben hatte. Cory sah wieder zu Sierra. »Warum?«

»Warum ihn verstecken? Weil ich niemandem vom Militär traue! Nicht eine Sekunde lang. Und warum sollte man jemanden auf ihn ansetzen und jemanden mit einer Waffe vergeuden, wenn man ihn benutzen könnte, um zu beobachten, was draußen vor sich geht? Und sieh dir seine Größe an. Wenn du nicht vorhast, ihn einfach zu erschießen, wenn er beschließt, etwas zu tun, brauchst du mehrere von deinen Leuten, um ihn zu überwältigen.« Sie schüttelte den Kopf, als sollte ihre Logik offensichtlich sein. »Wenn man ihn in einen Schrank oder einen Raum ohne Fenster sperrt, kann er niemandem ein Zeichen geben und nicht entkommen. Es ist ja nicht so, dass er sich ein Loch in den Boden graben kann.« Sierra lachte, als wäre das das Lächerlichste überhaupt.

»Ich schwöre, ich werde nichts tun«, argumentierte Grover fast weinerlich.

»Scheiße, Mann, du bist erbärmlich«, sagte Brody und rollte mit den Augen.

»Bleib hier bei ihr«, befahl Cory Tony. »Wenn sie sich rührt, erschieß sie.«

Tony sah einen Moment lang unsicher aus. »Ähm ... okay.«

Grover war sich sicher, dass dieser Kerl Sierra nicht erschießen würde. Allein bei dem Gedanken daran fühlte er sich äußerst unwohl.

Cory marschierte hinüber zu Grover. Seine Arme waren mit einem Kabelbinder an den Stuhl gefesselt, und er konnte sich nicht wehren, als Cory erneut seine Pistole zog. Er schlug Grover einmal ins Gesicht. Zweimal. Dann ein drittes Mal.

Grover spürte, wie ihm das Blut über die Wange tropfte. Er stöhnte, als hätten die Schläge ihn gebrochen.

Cory lächelte siegessicher. »Bringt ihn in den verdammten Medienraum. Entfernt alles, was auch nur im Entferntesten so aussieht, als könnte man es als Waffe benutzen. Dann sperrt ihn dort ein und verbarrikadiert die Tür. Oh – und schießt die Glühbirnen kaputt.«

Schließlich wandte er sich wieder Sierra zu. »Willkommen bei der Strong Foot Miliz, kleines Mädchen.«

Sie grinste. »Danke.«

»Wenn du irgendetwas tust, das mich glauben lässt, dass du nicht die bist, für die du dich ausgibst, wirst du dir wünschen, wir hätten dich gleich erschossen, als du dieses Haus betreten hast«, warnte er sie.

Sierra stand langsam auf. Sie war während des gesamten Gesprächs mit Cory klugerweise auf Händen und Knien geblieben und wischte sich das Blut von dem Riss in ihrer Lippe, wo er sie geschlagen hatte. »Ich bin genau die, die ich zu sein behaupte. Und ich bin bereit, die

Armee für das bezahlen zu lassen, was sie mir angetan hat.«

»Bring sie nach oben«, befahl Cory Tony. »Sag den anderen, was los ist.« Er sah Sierra noch einmal an. »Du ... ziehst eine Show am Fenster im vorderen Zimmer ab. Weine, schreie, bettele um Hilfe. Es ist an der Zeit, dass wir mit der Vorstellung beginnen.«

»Klingt lustig«, sagte Sierra grinsend. Dann packte Tony sie grob am Arm und zerrte sie praktisch zur Treppe.

Grover wollte, dass sie zurückschaut. Er wollte irgendwie mit ihr kommunizieren. Ihr sagen, wie sehr er sie liebte. Dass er stolz auf sie war. Aber sie blickte nicht zurück, als sie die Treppe hinauf verschwand.

»Schneide die Fesseln durch«, sagte Cory zu Brody.

Der jüngere Mann tat, wie geheißen, ohne sich darum zu kümmern, dass er Grover beim Entfernen der Kabelbinder ins Handgelenk schnitt.

Als die Plastikhandschellen zu Boden fielen, befahl Cory ihm: »Steh auf.« Er stieß Grover mit dem Lauf der automatischen Waffe in die Seite, während er sprach.

Grover stand auf und stolperte absichtlich ein wenig, um den Eindruck zu erwecken, dass er unsicher auf den Beinen war.

»Sieh dir das Zimmer an, ich bringe ihn gleich zu dir«, sagte Cory zu Brody. »Und du gehst zurück zu der verdammten Tür und sorgst dafür, dass sich niemand sonst unserer Party anschließt.«

Als die beiden Männer außer Hörweite waren, lehnte Cory sich dicht an Grover heran und hob die Pistole, die er immer noch in der Hand hielt. Er drückte den Lauf gegen Grovers Unterkiefer.

Einen Moment lang dachte er, der Mann würde ihn auf der Stelle erschießen.

Stattdessen sagte er leise: »Schade, dass du die Show verpassen wirst. Aber die Schlampe hatte recht. Es wird besser sein, sich keine Sorgen um dich zu machen, wenn die Kacke am Dampfen ist.«

»Wovon redest du?«, fragte Grover und klang dabei so verängstigt, wie er nur konnte. Er brauchte Informationen – und er hatte das Gefühl, dass dies seine letzte Chance war, sie zu bekommen.

»Ein Feuerwerk«, antwortete Cory mit einem finsteren Lachen. »Wir haben eine Panzerfaust. Wusstest du das?«

Grover schüttelte den Kopf.

»Wir haben das Gebiet wochenlang vorbereitet. Jeder kennt unseren Namen, weiß, dass die Strong Foot Miliz hier ist und unglücklich ist. Die Reporter stürzen sich darauf, mit uns zu reden und uns zu filmen. Wenn sie davon hören, wie leicht wir einen der großen bösen Soldaten, gegen die wir protestiert haben, überwältigt haben, werden sie dabei sein wollen. Wenn sie erst einmal da sind und die Kameras aufgebaut haben – und wir wissen beide, dass sie in Scharen kommen werden; niemand wird das aufregendste Ereignis verpassen wollen, das hier seit Ewigkeiten stattgefunden hat –, werden wir diese Rakete benutzen, um die Party in Gang zu bringen.«

Grover presste bestürzt die Lippen zusammen.

»Ich werde den Himmel erhellen. Und niemand wird sich davon abhalten können, das Feuer zu erwidern. Sie werden dein hübsches Haus in Brand setzen, als wäre es der verdammte vierte Juli. Jeder wird die Schreie der armen Männer – und einer Frau – hören, die darin gefangen sind. Sie werden aus erster Hand sehen, wie weit die Regierung bereit ist zu gehen, um Andersdenkende zum Schweigen zu bringen. Dass sie ihre eigenen Bürger umbringt ... wofür? Weil sie Schilder in der Hand halten und protestieren? Das wird ihnen die Augen öffnen. Das Land wird endlich sehen, dass wir recht haben. Die Regierung ist nichts weiter als ein großer, verdammter Tyrann – und es ist an der Zeit, sich aufzulehnen und sich gegen sie zu erheben.«

»Wissen die anderen, was du vorhast?« Grover konnte sich die Frage nicht verkneifen. Er wollte das Arschloch daran erinnern, dass sie nicht sterben würden, weil sie ein paar Schilder geschwenkt hatten, sondern weil sie jemanden als Geisel genommen und mit einer verdammten Panzerfaust auf das Militär geschossen hatten.

Cory schnaubte. »Diese Weicheier? Natürlich nicht. Die wollen doch nur kiffen und nicht arbeiten müssen. Ich brauche ihre Angst und ihr Geschrei, um authentisch zu sein. Aber am Ende werden sie Helden sein. Märtyrer für die Sache.«

»Es ist so weit!«, rief Brody vom Medienraum aus.

»Geh«, befahl Cory und rammte die Pistole fester in das Fleisch unter Grovers Kinn.

Da er keine andere Wahl hatte und sich den Kopf darüber zerbrach, wie er diesen Wahnsinn beenden konnte, ohne dass Dutzende von Menschen starben und sein Haus abbrannte, tat Grover, was ihm befohlen wurde.

KAPITEL EINUNDZWANZIG

»Scheiße«, murmelte Brain. »Das ist völlig aus dem Ruder gelaufen.«

Trigger hätte nicht mehr zustimmen können. Es waren nicht nur sein Team und ein weiteres Delta-Force-Team unter der Leitung von Ghost anwesend, sondern auch die Texas Rangers, das FBI und die Behörde für Alkohol, Tabak, Schusswaffen und Sprengstoffe. Auch die örtliche Polizei von Killeen war in Scharen erschienen.

Es gab zu viele Leute, nicht genug Action, und die Blicke aller waren auf Grovers Haus gerichtet.

Und nicht nur das, irgendwie hatte sich diese ohnehin schon verfahrene Situation noch verschlimmert, als Sierra mitten in die Scheiße hineingeraten war. Eigentlich sollte sie in seinem Haus bei Gillian in Sicherheit sein, aber nein – sie lief gerade zur Hintertür und betrat das Gebäude.

Niemand hatte eine Ahnung, was in diesem Haus vor sich ging. Sie wussten nicht, ob Grover noch am Leben war oder was die Strong Foot Miliz zu erreichen hoffte.

Trigger hörte einen Tumult hinter sich. Er drehte sich um und sah, dass ein Nachrichtenwagen irgendwie an der äußeren Absperrung vorbeigekommen war und die Einfahrt hinunter auf sie zuraste.

Sie konnten es auf keinen Fall gebrauchen, dass diese Pattsituation live im Fernsehen und im Internet für jedermann zu sehen war.

»Die haben das geplant«, murmelte Lucky angewidert und starrte auf das Haus.

»Ja, das haben sie wirklich«, stimmte Trigger zu und wandte die Aufmerksamkeit wieder Grover und Sierra zu, die er gern sicher aus dem Haus gebracht hätte. Er würde es dem FBI überlassen, sich um die Reporter zu kümmern.

»Aber wofür?«, fragte Doc.

»Und was zum Teufel ist da drin los?«, murmelte Lefty.

Das war die Zehn-Millionen-Dollar-Frage.

Wenn es nach dem Delta-Team gegangen wäre, hätten sie das Haus bereits gestürmt. Die etwa ein Dutzend Milizionäre waren ihnen nicht gewachsen, zumal auch Ghosts Team vor Ort war. Aber Minuten, bevor sie das Haus stürmen wollten, tauchte das FBI auf und sie waren gezwungen, sich mit den Agenten zu unterhalten. Mit jeder Minute, die verstrich, konnte Grover in große Schwierigkeiten geraten. Und da Sierra nun ebenfalls involviert war, mussten sie jetzt noch vorsichtiger handeln.

Das Telefon an Triggers Hüfte vibrierte und er fluchte. Wer auch immer anrief, er hatte keine Zeit, sich mit demjenigen zu beschäftigen. Aber weil er wusste, dass Gillian und die anderen sehr verängstigt sein würden – und es war ja nicht so, als würden sie im Moment irgendetwas aktiv tun, sehr zu seinem Widerwillen –, zog Trigger sein Telefon heraus.

In der Erwartung, Gillians Namen auf dem Display zu sehen, war er etwas überrascht, als er sah, dass der Anrufer seine Nummer blockiert hatte. Es hätte zu diesem Zeitpunkt so ziemlich jeder vom Stützpunkt sein können. Trigger wäre nicht überrascht gewesen, wenn es sich um den verdammten Präsidenten gehandelt hätte, der anrief, um zu erfahren, was zum Teufel los war.

»Trigger«, sagte er, als er antwortete.

»Ist das so ein großer Mist, wie es den Anschein hat?«

Für eine Sekunde glaubte Trigger, er hätte sich verhört. Er drehte sich um und ging einen Schritt von der Gruppe der Regierungsbeamten weg, die in der Nähe standen. »*Grover?*«, fragte er ungläubig.

»Ich wäre dir dankbar, wenn du alle davon abhalten könntest, mein verdammtes Haus abzufackeln«, sagte sein Freund frustriert.

»Heilige Scheiße, Mann! Wo seid ihr? Geht es dir gut? Wissen die, dass du mich anrufst?«

»In meinem Medienraum mit meinem Satellitentelefon. Ja. Und nein.«

Trigger gab seinem Team ein Zeichen, und alle entfernten sich noch weiter von dem Chaos, das sich in Grovers Vorgarten abspielte. »Rede mit mir«, befahl Trigger.

»Ist das Team da?«, fragte Grover.

»Natürlich.«

»Gut, also ich weiß Folgendes ...«

Während der nächsten fünf Minuten hörte Trigger zu, wie Grover ihnen alle Informationen über die Männer im Haus und ihre Pläne gab.

»Heilige Scheiße!«

»Ja, und der Clou ist, dass Cory der Einzige ist, der weiß, dass dies ein Selbstmordkommando ist. Die anderen denken, dass sie nur hier sind, um Aufmerksamkeit zu bekommen, und am Ende des Abends im Knast landen«, sagte Grover angewidert.

»Und Sierra?«

»Ich habe keine Ahnung, *was* sie denkt, aber sie ist diejenige, die es möglich gemacht hat, dass ich jetzt mit dir sprechen kann. Sie hat Cory davon überzeugt, dass es eine gute Idee wäre, mich hier einzusperren.«

»In deinem Medienraum. Wo du ein Kommunikationssystem und Waffen unter jedem verdammten Stuhl hast«,
sagte Brain ungläubig.

»Ja. Als ich ihr das Haus gezeigt habe, habe ich ihr alle
meine Verstecke gezeigt. Sie ist verdammt unglaublich –
aber ich werde ihr den Hintern versohlen, sobald ihr uns
hier rausgeholt habt. Trigger?«

»Ja, Mann. Was ist los?«

»Ich werde von hier aus so viel tun, wie ich kann, aber
ich brauche dich, um Sierra zu decken. Cory wird stinksauer sein, wenn er merkt, dass sein Plan nicht
funktioniert.«

»Natürlich.«

»Ich kann ohne sie nicht leben«, sagte Grover unwirsch.

»Und das musst du auch nicht.«

»Erlaubt nicht, dass sie mein Haus in die Luft jagen«,
sagte er. »Wenn diese verdammte Panzerfaust losgeht,
werden die Leute ausrasten. Damit hat Cory definitiv recht.«

»Wir werden uns darum kümmern«, versprach Trigger.
»Nachdem wir sichergestellt haben, dass das FBI über den
Plan Bescheid weiß und wir sicher sind, dass sie sich nicht
einmischen werden, werden wir zuschlagen. Ich gebe dir
Bescheid, wenn es so weit ist.«

»Sierra ist inzwischen oben.«

»Ja, wir haben sie gesehen«, sagte Trigger. »Deine Frau
ist eine verdammt gute Schauspielerin. Sie hat vor einem
offenen Fenster geweint und geschrien.«

»Das ist alles nur Show«, sagte Grover.

»Das wissen wir«, beruhigte Trigger ihn.

»Aber wissen es die anderen vierhundertzweiundfünfzig
Leute da draußen?«, fragte Grover.

Es war eine gute Frage, aber zu diesem Zeitpunkt war sie
überflüssig. Ob Sierras Tränen echt waren oder nicht und
was sie tat, war im Moment nicht wichtig. Wichtig war, den
Kopf der Schlange abzuschlagen. Das Team hatte das schon

viele Male getan, zuletzt mit Shahzada in Afghanistan. Grover hatte angedeutet, dass der Rest der Männer schnell aufgeben würde, sobald Cory aus dem Spiel war.

Trigger glaubte ihm.

»Ich hasse es, nicht zu wissen, was passiert«, sagte Grover.

»Das wird bald vorbei sein«, beruhigte Trigger ihn. »Gib mir ein bisschen Zeit, um mit Ghost, dem FBI und der Behörde für Alkohol, Tabak, Schusswaffen und Sprengstoffe zu reden. Ich habe bereits einen Plan.«

»Berühmte letzte Worte«, scherzte Grover.

Trigger nahm einen tiefen Atemzug. Wenn sein Freund in einem solchen Moment einen Witz machen konnte – während Sierra, sein Haus und buchstäblich sein Leben auf dem Spiel standen –, dann würde alles gut gehen. Er wusste es.

»Ich melde mich wieder. Halte dich in der Zwischenzeit im Hintergrund.«

»Ich habe keine andere Wahl«, beschwerte sich Grover. Mit einem Seufzer fügte er hinzu: »Dies sind junge und dumme Kinder, Trigger. Vergiss nicht, sie haben keine Ahnung, dass sie auf eine Selbstmordmission geschickt wurden.«

»Ich weiß«, erwiderte sein Freund. »Wir werden alles tun, damit es nicht zu einem tödlichen Angriff kommt.«

Trigger erwähnte jedoch nicht, dass alles möglich sein könnte, sollte jemand dumm genug sein, auf sie zu schießen. Grover wusste das.

»Ruf mich in fünfzehn Minuten wieder an, dann weiß ich mehr«, bat Trigger ihn. »Wir halten dir den Rücken frei, Grover.«

»Alles klar, verstanden.«

Trigger beendete das Gespräch und wandte sich an sein Team, um Anweisungen zu geben. Sie mussten mit einer Menge Leute reden, hatten aber nur wenig Zeit. Die Sonne ging schnell unter und wenn Grover recht hatte – und natürlich hatte er recht –, würde es Cory in den Fingern jucken, diese verdammte Panzerfaust zu benutzen. Alle mussten auf der gleichen Seite stehen, wenn das passierte, sonst konnte buchstäblich alles in Flammen aufgehen, direkt vor ihren Augen.

Als er Ghost mit seinem Team entdeckte, spürte Trigger, wie neue Energie in ihm aufstieg. Mit seinem eigenen Team und Ghost, Fletch, Coach, Hollywood, Beatle, Blade und Truck war er zuversichtlich, dass sich die Dinge zu ihren Gunsten entwickeln würden.

Er schritt auf Ghost zu, bereit, den Plan zu erklären.

Sierra stand hinten in einem von Grovers Gästezimmern und tat ihr Bestes, um genauso aufgeregt zu wirken wie die Männer um sie herum. Cameron und Rob standen rechts und links vom Fenster und schossen abwechselnd. Soweit sie es verstanden hatte, zielten sie eigentlich auf niemanden; sie schossen nur ab und zu, um sicherzustellen, dass niemand von draußen zu nahe an das Haus herankam.

Adam und Zeke taten dasselbe von anderen Fenstern im Obergeschoss aus. Zusammen deckten sie die Vorder- und Rückseite des Hauses ab.

»Mehr Munition, Sierra!«, rief Zeke. Sie hatte die Aufgabe, dafür zu sorgen, dass die Jungs immer Munition hatten. Sie ging in den Flur und holte eine weitere Schachtel Kugeln, dann machte sie sich auf den Weg zum großen Schlafzimmer. Es tat ihr weh zu sehen, wie der Raum, in dem sie so glücklich gewesen war und sich sehr entspannt gefühlt hatte, von der Strong Foot Miliz geschändet wurde.

Sie reichte Zeke die Schachtel und drehte sich dann um,

um den Raum zu verlassen. Je weniger Zeit sie dort verbrachte, desto besser war es für ihre geistige Gesundheit.

Auf dem Flur wäre sie fast mit Kevin zusammengestoßen. Cory war hinter ihm ... und sie erschauderte bei seinem Gesichtsausdruck.

»Es ist so weit«, sagte er grinsend. »Die Reporter sind da. Nur ein Wagen, da die Arschlöcher die anderen an der Straße zurückhalten, aber eine Kamera ist alles, was wir brauchen. Dieses Filmmaterial wird um die ganze Welt gehen.«

Kevin gröhlte und fragte: »Kann ich die Panzerfaust vorbereiten?«

Sierra wollte am liebsten mit den Augen rollen. Es war, als dachte er, er würde ein Videospiel spielen oder so etwas, anstatt eine Waffe zusammenzubauen, die Dutzende von Menschen mit einem Schuss töten konnte.

Cory nickte. »Klar. Stell sie in dem kleinen Raum dort drüben auf. Von dort hat man den besten Blick auf die Vorderseite des Hauses, wo die Arschlöcher ihre schicken Fahrzeuge geparkt haben.«

Sierra war sich nicht sicher, was sie tun sollte. Sie war nur ein einziger Mensch. Cory und seine Gefolgsleute waren ihr zahlenmäßig überlegen, und sie waren sehr gut bewaffnet. Ja, sie wusste, wo Grover im Haus Waffen versteckt hatte, aber selbst wenn sie unbemerkt an sie herankommen würde, wusste sie nicht, wie sie sie benutzen sollte. Vielleicht waren sie gesichert, vielleicht waren sie auch gar nicht geladen.

Sie hatte hart dafür gearbeitet, dass diese Jungs ihr vertrauten, und die aufgeplatzte Lippe war der Beweis dafür. Auf keinen Fall wollte sie das ruinieren, nicht, wenn sie den Deltas auf andere Weise helfen konnte.

Sie wusste, dass Grover wahrscheinlich mit seinem Team gesprochen hatte. Das Kommunikationssystem in seinem Medienraum war der Hauptgrund, warum sie Cory vorgeschlagen hatte, ihn dorthin zu bringen. Sein Team musste wissen, was in dem Haus vor sich ging, und Grover konnte helfen, ihre Rettung zu koordinieren. Zumindest hoffte sie das.

Da sie nicht wusste, was sie sonst tun sollte, ging sie zurück in das Zimmer, in dem sie Cameron und Rob zurückgelassen hatte.

»Scheiße, Mann. Ich brauche etwas Gras«, meckerte Rob.

»Ich auch. Glaubst du, Cory lässt uns bald eine Pause machen?«, fragte Cameron.

Sierra war klar, dass sie wissen mussten, dass sie da war, aber es war ihnen offensichtlich egal. Tony hatte ihnen erklärt, wer sie war, nachdem er sie nach oben gebracht hatte. Die anderen Männer akzeptierten die Geschichte, die sie sich ausgedacht hatte, ohne Fragen zu stellen. Je länger sie im Haus war, desto klarer wurde ihr, dass diese Männer – eigentlich Jungs – noch naiver waren, als sie es gewesen war, als sie den Job in Übersee angenommen hatte.

Sie waren nicht hier, um jemanden wirklich zu verletzen. Für sie war das Ganze fast wie ein Spiel. Ein bisschen Aufregung für einen Haufen gelangweilter Kinder. Und wenn Cory sie mit Drogen, Nahrung und allem, was sie sonst noch brauchten, versorgte, warum sollten sie nicht einfach mitmachen?

Als sie zur Tür schaute, sah sie Cory nicht. Sie hörte, wie er und Kevin etwas zusammenbauten, von dem sie annahm, dass es die verdammte Panzerfaust war. Sie hatte nicht viel Zeit.

»Wie habt ihr Cory eigentlich kennengelernt?«, fragte sie.

Rob feuerte sein Gewehr ab und lachte. »Hast du das gesehen? Ich hätte nicht gedacht, dass der alte Kerl sich so schnell bewegen kann.«

»Dann pass mal auf«, sagte Cameron zu seinem Kumpel und feuerte selbst ein paar Schüsse ab.

Sierra biss die Zähne zusammen, ganz fest. Sie hasste es, dass diese Idioten auf ihre Freunde oder andere unschuldige Menschen zielten, weil sie es amüsant fanden.

In ihrer Verzweiflung, sie dazu zu bringen, mit der Schießerei aufzuhören, platzte Sierra heraus: »Ihr wisst, dass wir alle sterben werden, oder?«

Sie hatte keine Ahnung, was sie sagte, aber sie musste zumindest *etwas* tun, um die Aufmerksamkeit dieser Kerle von den Fenstern abzulenken.

Cameron drehte sich um und starrte sie an. »Was?«

»Wovon zum Teufel sprichst du?«, fragte Rob.

Sierra überlegte schnell. »Erinnerst du dich an Waco? Oh, warte … das war, bevor du geboren wurdest. Aber sicher hast du davon gehört. Die Behörde für Alkohol, Tabak, Schusswaffen und Sprengstoffe und das Militär, also dieselben Leute, die jetzt gerade da draußen sind, waren frustriert, als sie nicht auf das Gelände des Davidianischen Zweigs in Waco eindringen konnten. Also rammten sie die Gebäude mit Panzern, woraufhin alles bis auf die Grundmauern niederbrannte. Etwa siebzig Menschen wurden dabei getötet. Männer, Frauen und Kinder. Ich kann mir nicht vorstellen, dass es bei uns anders sein wird.«

Sie erwähnte nicht, dass die Davidianer wahrscheinlich eher selbst Brände auf dem Gelände gelegt hatten, bevor die Panzer die Mauern durchbrachen.

Rob und Cameron schwiegen einen Moment lang. Dann schüttelte Rob den Kopf. »Nein. Cory sagte, wir veranstalten nur eine Show für die Presse. Und die Reporter sind jetzt gerade da draußen und filmen. Sobald die Welt sieht, wie gefährlich und außer Kontrolle das Militär ist, werden wir uns ergeben.«

Sierra stieß ein raues Lachen aus. »Glaubst du das wirklich?«, fragte sie. »In der Sekunde, in der wir hier rausgehen, sind wir tot. Diese Soldaten sind stinksauer, dass auf sie geschossen wird. Sie schießen auf uns und behaupten dann später, wir hätten Waffen in der Hand gehalten. Die verdrehen immer alles, damit sie gut dastehen.« Sie schüttelte den Kopf. »Nein, wir werden heute alle sterben. Aber für mich ist das in Ordnung. Nach allem, was ich durchgemacht habe, bin ich völlig kaputt im Kopf. Ich würde lieber für die Sache sterben, als mit den Albträumen und Flashbacks zu leben, die ich wegen des verdammten Militärs habe.«

Cameron und Rob warfen sich einen nervösen Blick zu, und Sierra freute sich, dass sie zumindest einen kleinen Zweifel in ihre Köpfe gepflanzt hatte. Es war an der Zeit, dass sie ihren verdammten Verstand benutzten, anstatt Cory blindlings zu folgen.

»Sierra! Ich brauche mehr Kugeln!«, rief Adam aus einem anderen Raum.

»Die Pflicht ruft«, sagte sie zu Cameron und Rob. Dann drehte sie sich um und verließ das Gästezimmer. Fast wäre sie wieder über Kevin gestolpert, der gerade eine große Holzkiste aus Grovers Arbeitszimmer trug.

»Pass doch auf!«, bellte sie.

»Passt du doch auf«, erwiderte Kevin.

»Wow, ihr habt sie schon fertig aufgebaut?«, fragte Sierra und ihr wurde flau im Magen.

»Ja, das war nicht schwer. Cory macht sie gerade einsatzbereit. Ein riesiger SWAT-Wagen parkt direkt vor dem Haus und dahinter steht ein Militär-Humvee. Er glaubt, er kann beide mit einem Schuss ausschalten«, sagte Kevin aufgeregt.

»Fantastisch! Was dann?«

»Was meinst du?«

»Was sind unsere Pläne danach? Wahrscheinlich werden draußen alle zurückschießen. Was machen wir also, nachdem wir sie in die Luft gejagt haben?« Sie sprach leise, weil sie nicht wollte, dass Cory sie hörte. Ihre Lippe schmerzte noch immer an der Stelle, an der er sie getroffen hatte. Natürlich war dieser Schlag nichts im Vergleich zu dem, was sie durch die Hand von Shahzada erlebt hatte.

»Ich bin mir nicht sicher, aber Cory wird es uns sagen«, erklärte Kevin, der nichts anderes im Sinn hatte, als mit der großen Waffe zu schießen, die er gerade aufgebaut hatte.

»Sierra!«, rief Adam noch einmal.

Sie bückte sich, hob eine weitere Schachtel mit Munition auf und ging den Flur hinunter zu Adam, der so tat, als wäre er Teil eines Videospiels. Ohne ein Wort zu sagen, ließ sie die Schachtel vor seinen Füßen fallen, drehte sich um und ging wieder. Sie hörte, wie Adam über die herausfallenden Kugeln schimpfte, aber das war Sierra egal. Sie hatte Dumm und Dümmer im anderen Zimmer nicht angelogen. Sie hatte kein gutes Gefühl dabei, was passieren würde, nachdem Cory die Panzerfaust abgefeuert hatte.

Sie hörte, wie jemand durch ein Megaphon schrie und versuchte, jemanden zum Reden, zum Verhandeln zu bewegen. Aber niemand schien bereit zu sein zu antworten. Und wenn Cory nicht verhandeln wollte, bedeutete das, dass es ihm wahrscheinlich egal war, ob er lebte oder starb. Oder ob die, die er mitgebracht hatte, es ebenfalls taten.

Sierra nahm an, dass einige Leute, die dieses Chaos beobachteten, genau das denken würden, was Cory ihnen zu vermitteln versuchte. Sie würden vielleicht zustimmen, dass die Regierung und das Militär überreagiert hatten. Es wäre ihnen egal, dass die Männer und Frauen draußen zu allem Möglichen angestiftet wurden.

Sierra stand unsicher in der Mitte des Flurs und hatte keine Ideen mehr. Sie hatte getan, was sie konnte, um Grover zu helfen, und dann einige der Idioten, die Cory blindlings folgten, verunsichert. Jetzt wollte sie nur noch weglaufen. Aber sie hatte sich selbst in diese Situation gebracht, und es gab kein Entrinnen.

Kevin verließ den Raum, in dem Cory sich befand, und

rief in den Flur, sodass es alle hören konnten. »Fünf-Minu-ten-Warnung!«

Die anderen oben an den Fenstern stießen anerken-nende Rufe aus, und sie hörte, wie die Männer, die noch unten waren, dasselbe taten.

Kevin begegnete ihrem Blick und grinste. »Bereit für das Feuerwerk? Das wird der Hammer.«

»Cool«, schaffte Sierra zu sagen. Zum Glück war Kevin zu aufgeregt, um ihre lauwarme Reaktion zu bemerken.

Sierra überlegte lange, ob sie eine von Grovers versteckten Waffen holen und Cory von dem abhalten sollte, was die Offiziere und Soldaten draußen mit Sicher-heit zur Vergeltung anstacheln würde. Aber die gleichen Hindernisse blieben bestehen. Sie wusste nicht, wie man eine der Waffen benutzt, und jedes Zögern könnte sie umbringen.

Sie konnte nur hoffen, dass Grover in der Lage gewesen war, sein geheimes Telefon und seine Waffen zu benutzen, und dass er jetzt auf dem Weg aus dem Gefängnis war, das sie selbst für ihn vorgeschlagen hatte.

Sierra bewegte sich zum Ende des Flurs und drückte sich mit dem Rücken in eine Ecke, so wie Grover es in der Höhle in Afghanistan angeordnet hatte. Sie rutschte die Wand hinunter, bis ihr Hintern den Boden berührte. Sie schlang die Arme um ihre Knie und tat ihr Bestes, um sich so klein wie möglich zu machen.

Zwar war es im Haus im Moment nirgends sicher, aber wenigstens war sie von den Fenstern weg. Sie hatte keinen Zweifel daran, dass die Kugeln fliegen würden, sobald Cory diese verdammte Panzergranate abgefeuert hatte.

Einen Moment lang fühlte sie sich, als wäre sie wieder in Afghanistan. Gefangen. Sie wartete darauf, dass ihr Schicksal wieder einmal von anderen bestimmt wurde. Nur dass sie sich dieses Mal freiwillig zur Geisel gemacht hatte.

Sie schloss die Augen, stützte die Stirn auf die Knie und betete.

Sobald er in seinem Medienraum allein gelassen worden war, hatte Grover sich an die Arbeit gemacht. Brody hatte wie befohlen die Glühbirnen kaputt geschossen, aber Grover brauchte sie nicht. Er wusste, wo er jede Waffe in diesem Raum versteckt hatte. Seine Gedanken kreisten kurz um Sierra, aber wenn er sich zu sehr darauf konzentrierte, was sie durchmachen könnte, wäre er nicht in der Lage zu funktionieren.

Er begann mit den Sesseln.

Es bedurfte einiger Manöver, aber es gelang ihm, eines der Messer, die er in einem Fach unter einem der Sitze versteckt hatte, herauszuziehen und die neuen Kabelbinder, die Brody ihm angelegt hatte, zu zerschneiden. Grover spürte das Blut auf seiner Haut an den Stellen, an denen er sich geschnitten hatte, und an den Stellen, an denen Brody ihn zuvor aufgeschlitzt hatte, aber er spürte nicht einmal einen Schmerz. Er war zu konzentriert. Innerhalb einer Minute hatte er das Telefon aus seinem Versteck hinter der dekorativen Flagge an der Wand geholt und sprach mit Trigger.

Sein Teamleiter hatte um etwas Zeit gebeten.

Grovers erster Gedanke war, aus diesem verdammten Raum zu stürmen und jeden auszuschalten, der es wagte, sich zwischen ihn und die Frau zu stellen, die er liebte. Aber er vertraute Trigger, und sein Teamleiter musste dafür sorgen, dass alle wussten, dass Cory eine Panzerfaust hatte und sie einzusetzen gedachte.

Er hatte den verdammten Medienraum so gestaltet, dass er praktisch schalldicht war, und Grover bedauerte das jetzt. Er konnte nicht hören, was draußen vor sich ging, nicht einmal im Inneren seines verdammten Hauses. Um sich zu beschäftigen, sammelte er so viele Waffen ein, wie er bequem halten konnte. Er befestigte eine Pistole an seinem Oberschenkel und eine weitere am Rücken, schnallte sich ein Messer an die Wade und noch eines an die Hüfte und schnappte sich dann auch noch ein Gewehr.

Er wollte niemanden umbringen ...

Nun, das war eine Lüge. Er wollte Cory zu Fall bringen, und wenn einer der anderen dummen Jungspunde Sierra etwas angetan hatte, würde er den auch ausschalten.

Nachdem er sich bewaffnet hatte, schritt Grover durch den Raum.

Nach einer gefühlten Stunde, die aber eher den fünfzehn Minuten entsprach, um die Trigger ihn gebeten hatte, vibrierte das Telefon in Grovers Hand.

»Sprich mit mir.«

»Sieht so aus, als würde Cory gleich zuschlagen«, sagte Trigger, und Grover konnte hören, wie er schwer atmete, als würde er sich beim Reden bewegen. »Ich habe alle darüber informiert, was hier vor sich geht, und sie haben zugestimmt, das Haus nicht zu zerstören. Sie werden aber eine Menge Lärm machen«, warnte Trigger.

»Sierra könnte getroffen werden, wenn sie auf mein Haus schießen«, knurrte Grover.

»Alle wurden angewiesen, entweder hoch oder niedrig zu schießen, nicht direkt auf die Fenster.«

Grover war nicht gerade glücklich darüber, aber er wusste auch, dass es das Beste war, was er im Moment bekommen konnte.

»Sie werden sie beschäftigen, während wir von Westen und Ghost und seine Leute von Osten anrücken. Die Garage ist eine Schwachstelle. Soweit wir das beurteilen können, beobachten sie die nicht.«

»Sie haben ein paar Gegenstände vor die Schiebetür gestellt«, warnte Grover.

»Ja, das haben wir gesehen. Das wird keinen von Ghosts Leuten aufhalten. Sei bereit, Grover. Zwei Minuten und wir sind drin. Wir kommen eher leise als mit Vollgas rein.«

»Verstanden.«

»Wir sehen uns bald. In fünf Minuten ist es vorbei. Over und out.«

Grover steckte das Telefon in seine Gesäßtasche und ging zur Tür. Cory und Brody hatten die Tür zum Medienraum mit mehreren Stühlen aus seinem Wohnzimmer verbarrikadiert, aber sie waren Grover nicht gewachsen. Ein paar harte, leise Stöße, und er betrat den Flur.

Er hielt inne, um zu lauschen, und hörte nichts außer dem Geräusch von jemandem, der draußen ein Megaphon benutzte und versuchte, Cory zum Reden zu bringen. Grover spürte, wie sein Herzschlag sich verlangsamte, während er seine Atmung regulierte und den Flur hinunter in Richtung seines Wohnbereichs schlich, wobei er sich ganz auf die anstehende Aufgabe konzentrierte.

Ein extrem lautes Zischen ließ ihn aufschrecken – gefolgt von einer gewaltigen Explosion, die das Haus buchstäblich in seinen Grundfesten erschütterte.

Er hörte, wie im vorderen Zimmer jemand aufgeregt schrie. Irgendwo zersplitterte Glas, wahrscheinlich von der Druckwelle der explodierenden Panzerfaust, als sie das traf, worauf Cory gezielt hatte.

Dann füllte sich die Luft mit dem Geräusch von Schüssen.

Es klang, als befände Grover sich mitten im Dritten Weltkrieg. Es gab keinen Grund mehr, leise zu sein, denn niemand im Haus würde etwas anderes hören können als den Lärm von Dutzenden von Geschützen.

Weitere Rufe kamen von oben, Männer schrien, dass Leute aus dem hinteren Garten auf das Haus zukämen.

Es klang, als wäre die Strong Foot Miliz in Panik geraten.

Gut so. Das würde die Dinge für ihn und sein Team einfacher machen.

Mit schnellen Schritten schlich Grover sich hinter Alan. Dieser starrte stumm durch die Hintertür auf den Garten, das Gewehr auf den Boden gerichtet.

Er legte eine Hand auf den Mund des Milizionärs und riss ihm die Waffe aus der Hand. Alan stöhnte überrascht auf, seine Augen weiteten sich, aber er wehrte sich nicht.

Als Grover etwas hinter sich hörte, drehte er sich um – und sah das Schönste, was er je in seinem Leben gesehen hatte.

Sechs Gestalten kamen den Flur entlang, aus Richtung der Garage.

Sein Team, angeführt von Trigger.

Doc schnappte sich Alan, und Grover wies auf das kleine Esszimmer im vorderen Teil des Hauses hin. Innerhalb von zwei Minuten lagen vier Männer auf Grovers Wohnzimmerboden, die Arme auf dem Rücken gefesselt und mit Klebeband vor dem Mund, damit sie ihre Freunde nicht warnen konnten.

Doc stand mit einem Gewehr über ihnen, während der Rest des Teams auf die Treppe zuging. Das würde knifflig werden. Draußen tobte immer noch ein heftiges Feuergefecht und Grover betete, dass Trigger recht hatte und niemand mit scharfer Munition auf sein Haus schoss. Er scherte sich einen Dreck um seine Sachen; ihn interessierte nur, dass Sierra nicht ins Kreuzfeuer geriet.

Trigger ließ sich von ihm die Treppe hinaufführen und Grover ging langsam und gleichmäßig. Als er ein paar Stufen hinaufgestiegen war, hob er die Hand, um die anderen aufzuhalten, und spähte dann über die Unterkante des Treppengeländers, um zu sehen, wie die Lage war.

Grover weitete die Augen und sah Sierra am Ende des Flurs sitzen. Sie hatte sich in eine Ecke gedrängt und war zu einer Kugel zusammengekauert.

Er war in diesem Moment so verdammt stolz auf sie. Das war genau das, was sie hätte tun sollen. Sich von den Fenstern wegbewegen und sich selbst zu einem möglichst kleinen Ziel machen.

Ihre Augen weiteten sich, als sie ihn entdeckte, und ohne Aufforderung zeigte sie auf das große Schlafzimmer und hielt zwei Finger hoch. Dann zeigte sie auf eines seiner Gästezimmer und hielt einen Finger hoch. Dann tat sie dasselbe mit den anderen Zimmern, um ihm mitzuteilen, wo sich alle befanden. Grover wusste nicht, wer in welchem Zimmer war, aber das war im Moment auch egal. Sie mussten alle überwältigt werden.

Als Grover zu seinem Team zurückblickte, war er nicht überrascht, Ghost, Fletch und Truck am Fuß der Treppe stehen zu sehen. Offensichtlich hatten sie sich ebenfalls Zutritt zum Haus verschafft. Sie hatten jetzt die nötige Anzahl, um die verbleibenden Mitglieder der Miliz mit Leichtigkeit auszuschalten, die Frage war nur, ob sie klug sein und sich einfach ergeben würden oder ob sie etwas Dummes tun würden.

Da sie alle wussten, dass sie jeden Moment entdeckt werden konnten, stürmten die Deltas schnell die Treppe hinauf und verteilten sich in die verschiedenen Räume.

Gerade als Grover sich zu Sierra begeben wollte, kam Cory aus dem Arbeitszimmer.

Ohne zu zögern, packte er Sierra und riss sie vom Boden hoch.

Sie schrie und wehrte sich nach Kräften gegen ihn, aber ohne Erfolg.

Cory ließ das Gewehr, das er in der Hand hielt, fallen und zog eine Pistole hervor. Er zog Sierra mit Leichtigkeit vor sich und klemmte ihr die Waffe unter das Kinn, genau wie er es bei Grover getan hatte. Sierras Kopf wurde zurückgedrückt, sodass Grover ihre Augen nicht sehen konnte.

»Halt, oder ich bringe sie um.«

Grover hielt sofort inne. Neben ihm tat Trigger das Gleiche. Um sie herum war das Geräusch von sich ergebenden Männern zu hören, aber Grover hatte nur Augen für ihren Anführer. Er hielt seine eigene Pistole mit ruhiger Hand. Cory brauchte ihm nur eine Chance zu geben, und er war so gut wie tot.

Der Lärm der Schüsse von draußen wurde leiser. Einer der Deltas musste den Soldaten mitgeteilt haben, dass die Lage im Haus unter Kontrolle war. Zumindest so gut wie.

»Es ist vorbei«, sagte Trigger zu Cory. »Dein Plan ist gescheitert.«

»Er ist nicht gescheitert«, krähte er. »Die Explosion wurde von Millionen von Menschen gesehen! Und das darauffolgende Feuergefecht auch. Amerikaner schießen auf Amerikaner. Alle haben gesehen, wie wenig sich die Regierung um ihr Volk kümmert.«

»Niemand hat etwas gesehen«, erklärte Trigger. »Das eine Nachrichtenteam vor der Tür hat aufgehört zu filmen. Siehst du, wir wussten, dass ihr eine Panzerfaust habt – und wir wussten, dass ihr sie benutzen würdet.«

Corys Gesicht errötete unter seinem Bart. »Nein!«, schrie er.

»Doch«, sagte Trigger ruhig. »Soweit das amerikanische Volk weiß, haben die Demonstranten, die seit Wochen unschuldige Zivilisten belästigen, über die Stränge geschlagen und eine unschuldige Frau und einen hochdekorierten Soldaten als Geiseln genommen. Niemand sieht dich oder deine Gruppe hier als Opfer. Du bist erledigt.«

Sierra hatte sich in Corys Armen nicht bewegt, seit er seine Waffe gegen ihr verletzliches Fleisch gedrückt hatte ... aber eine Bewegung aus dem Augenwinkel erregte Grovers Aufmerksamkeit. Sierras Hand.

Sie hielt einen Finger hoch.

Sie wollte keine Zeit verschwenden. Sie wollte ihnen keine Gelegenheit geben, mit Cory zu verhandeln. Aber ehrlich gesagt war Grover nicht sicher, ob man mit dem Mann überhaupt verhandeln *konnte*. Er saß in der Falle, und er wusste es. Seine Pläne waren im wahrsten Sinne des Wortes in Rauch aufgegangen.

Zwei Finger ...

Grovers Blickfeld verengte sich. Er zielte mit seiner Waffe zwischen Corys Augen. Der Mann versuchte, sich hinter Sierras schlankem Körper zu verstecken, aber in dem Moment, in dem sie sich bewegte, würde Grover bereit sein.

Niemand bedrohte seine Frau. *Niemand.*

Cory schimpfte über die Korruption der Regierung und darüber, dass er heute zwar gescheitert sei, seine Anhänger aber da weitermachen würden, wo er aufgehört hatte, und der Welt beweisen würden, dass das Militär unmoralisch sei und nur aus Mördern bestehe.

Grover ignorierte die Ironie in Corys Aussage und sah, wie Sierra einen dritten Finger hob.

Sie schlug mit einer Hand hinter sich und griff nach Corys Schwanz, während sie mit der anderen die Pistole unter ihrem Kinn wegschob.

Sie drückte so fest zu, wie sie konnte, und Cory reagierte vorhersehbar. Er schrie. Reflexartig schob er Sierra von sich weg, während er sich vorbeugte.

Noch während sie fiel, entlud sich Grovers Waffe.

Zwei Körper schlugen im Abstand von wenigen Augenblicken auf dem Hartholzboden im Flur auf, aber Grover kümmerte sich nur um einen von ihnen. Er ließ seine Waffe auf den Boden fallen und lief zu Sierra.

Während Trigger und Lefty zu Cory eilten, um sich zu vergewissern, dass er entwaffnet war und keine Bedrohung mehr darstellte, packte Grover Sierra an den Armen und zerrte sie hoch, bis sie vor ihm stand. In seinem Kopf herrschte Chaos, sonst hätte er sie nicht so grob angefasst, aber er wollte sich unbedingt davon überzeugen, dass sie unverletzt war.

Sie blinzelte ihn an, während er krampfhaft nach Anzeichen dafür suchte, dass sie verletzt worden war.

»Sierra?«, bellte er.

Sie runzelte die Stirn, schüttelte den Kopf und verzog das Gesicht.

»Lagebericht!«, rief eine Stimme hinter ihnen. Es war Lucky.

»Es wurde geschossen!«, rief jemand anderes.

»Ach was! Wer wurde getroffen?«

Im Flur war es eng und überfüllt, während alle versuchten herauszufinden, was vor sich ging. Grover hörte vage, wie jemand »Feuer einstellen« rief, offensichtlich zu demjenigen, der für die Männer da draußen verantwortlich war, um sicherzustellen, dass sie nicht wieder anfingen zu schießen, nachdem sie weitere Schüsse gehört hatten, aber er konnte nur Sierra anstarren.

»Wurdest du getroffen?«, fragte er sie.

Sie leckte sich über die Lippen und holte tief Luft. Als sie den Kopf schüttelte, knickten Grover auf der Stelle die Knie ein. »Bist du sicher?«

Sie nickte und versuchte, hinter sich zu schauen. Grover nahm ihren Kopf in seine Hände und hinderte sie daran, irgendwo anders hinzuschauen als in sein Gesicht. »Sprich mit mir, Bean.«

»Meine Ohren klingeln von den Schüssen, aber ich … ich glaube, ich bin okay. Ist er …«

»Er ist tot«, erklärte Grover emotionslos.

Mit einer Sache hatte Cory recht: Das Militär war voller Mörder. Und der tödlichste von ihnen hatte direkt vor ihm gestanden.

Sanft strich er mit dem Daumen über ihre aufgeplatzte Lippe, wo Cory sie geschlagen hatte. Im Gegenzug hob sie ihre eigene Hand und strich über seine Wange, wo *er* geschlagen worden war.

Überall um sie herum bewegten sich Leute, die die

jungen Männer aus den Räumen, in denen sie sich verkrochen hatten, die Treppe hinunter brachten und versuchten, die Situation einzuschätzen. Doch Grover konnte nur dastehen und Sierra anstarren.

Zu seinem Entsetzen stiegen ihr Tränen in die Augen und liefen ihr schnell über die Wangen.

Scheiße. Sierra weinte nicht. Sie hatten beide ausführlich darüber gesprochen, miteinander und mit Therapeuten.

Und hier war sie und weinte.

»Sierra?«, flüsterte er, und seine eigene Stimme brach.

Zu seinem Erstaunen lächelte sie. Tränen tropften von ihrem Kinn und sie lächelte.

»Mir geht es gut«, beruhigte sie ihn. »Ich bin nur so erleichtert, dass es vorbei ist.«

Grover zog sie an sich und tat sein Bestes, um sie nicht zu erdrücken, während er sie an seine Brust drückte. Er konnte spüren, wie ihre Tränen sein Hemd benetzten, und dieses Gefühl würde er nie vergessen. »Ich liebe dich«, sagte er. Er legte seine Hände auf ihre Schultern und drückte sie leicht zurück. »Ich liebe dich«, wiederholte er, diesmal lauter.

»Ich liebe dich auch«, sagte sie, immer noch lächelnd und weinend zugleich. »Vielleicht ist heute Abend ein guter Zeitpunkt, um meine Wohnung einzuweihen. Dein Haus scheint ein bisschen ... zugig zu sein.«

Ein lautes Lachen ertönte hinter ihm und Grover drehte sich zu Brain um. »Das liegt daran, dass die meisten Fenster von der Explosion durch die Panzerfaust zerstört wurden«, erklärte er. »Ich denke, es wird ein paar Tage dauern, bis ihr wieder nach Hause zurückkehren wollt.«

»Wir ziehen um«, informierte Grover seinen Freund.

»Was? Nein, das tun wir nicht!«, konterte Sierra mit einem Stirnrunzeln, während sie sich das Gesicht abwischte.

»Hier kannst du doch nicht leben wollen«, argumentierte Grover.

»Warum nicht? Ich werde nicht zulassen, dass ein Verrückter uns aus unserem Haus vertreibt.«

Grover zog sie wieder in seine Arme und drehte sich um, um aus dem Flur zu verschwinden. Er wollte nicht, dass Sierra Corys Leiche sah, auch wenn er vermutete, dass es sie nicht so sehr beunruhigen würde, wie es bei jemand anderem vielleicht der Fall wäre. Sie war durch die Hölle gegangen und wieder zurück. Er vermutete, dass sie in Zukunft nicht viel aus der Ruhe bringen würde.

»Wir haben noch stundenlange Besprechungen vor uns«, sagte er, als er sie zur Treppe begleitete. »Wir müssen nicht nur dem FBI und der Behörde für Alkohol, Tabak, Schusswaffen und Sprengstoffe alles mitteilen, was hier passiert ist, sondern auch meinem Kommandanten. Wir müssen Gillian und die anderen anrufen und sie wissen lassen, dass es uns gut geht. Wir müssen auch unsere Eltern anrufen. Ich muss mich mit einer Sicherheitsfirma in Verbindung setzen, die diesen Ort mit dem besten Zeug ausrüstet, das es gibt, und dann muss ich jemanden finden, der all diese Fensterscheiben ersetzt ...«

»Ich kümmere mich um die Fenster«, sagte Ghost und unterbrach ihn.

Sie waren jetzt unten an der Treppe angelangt, und Grover konnte kaum glauben, wie viele Menschen sich in seinem Haus befanden. Er hatte immer gedacht, es sei voll, wenn alle seine Teamkameraden und ihre Frauen zu Besuch waren, aber das war nichts im Vergleich zu den Personen, die sich im Moment darin drängten.

Grover nickte Ghost zu. »Das würde ich zu schätzen wissen. Danke, dass du hier bist.«

»Das ist ja wohl selbstverständlich.«

»Hey, wenigstens ist dein Haus nicht in die Luft geflogen wie meines«, scherzte Fletch.

Grover erinnerte sich an dieses Ereignis vor ein paar Jahren. Er konnte nur nicken. »Stimmt.« Er wandte sich wieder an Sierra. »Wie ich schon sagte, wir werden eine Weile beschäftigt sein. Aber wenn wir fertig sind, bringe ich dich in deine Wohnung und wir werden sie tagelang nicht mehr verlassen. Ich bin nicht dazu gekommen, dir das Abendessen zu kochen, das ich geplant hatte, und das macht mich wütend.«

Sie lächelte ihn an. »Dass du mir kein Essen kochst, macht dich wütend, aber nicht die Tatsache, dass in deinem Haus gerade ein verdammter Krieg getobt hat?«

»Oh, darüber bin ich ganz bestimmt stinksauer. Vor allem darüber, dass du mitten in diese verdammte Show eingedrungen bist. Und dass Cory dich geschlagen hat. Und dass diese dummen Jungs nicht gemerkt haben, was er mit ihnen vorhatte. Und ...«

Sierra griff nach oben und legte ihre Hand auf seinen Mund. »Ich habe es verstanden.«

Plötzlich wurde Grover von allem, was gerade passiert war, übermannt. Der Anblick von Cory, der Sierra eine Waffe an den Kopf hielt, ging ihm nicht mehr aus dem Kopf. Er schwankte auf seinen Füßen.

»Holt mir einen Stuhl«, rief Sierra laut. Alle um sie herum erstarrten, und sie schnippte ungeduldig mit den Fingern. »Sofort!«

Grover konnte sich ein leichtes Lächeln nicht verkneifen, als mehrere Leute eilig taten, was sie verlangte. Seine Frau war ein kleiner Dynamo. Sie war stärker als alle anderen, die er je getroffen hatte.

Er setzte sich und zog sie mit sich hinunter. Sierra schmiegte sich an ihn, als wäre es ihr egal, wer zuschaute. Und er nahm an, dass das auch der Fall war, denn ihm war es ganz sicher egal.

Während Männer und Frauen um sie herumwuselten, um herauszufinden, was zur Hölle passiert war und wie ein unscheinbarer Amerikaner eine verdammte Panzergranate in die Hand bekommen hatte, schloss Grover die Augen und hielt sich an der Frau fest, die er mehr liebte, als er je in Worte fassen konnte. Es war knapp gewesen, und das wussten sie beide. Aber jetzt ging es ihnen beiden gut. Und er würde dafür sorgen, dass das auch so blieb.

KAPITEL ZWEIUNDZWANZIG

Sierra blickte von ihrem Platz auf der Terrasse hinter dem Haus auf. Grover stand drinnen, und als spürte er ihren Blick, drehte er sich um, um ihrem Blick zu begegnen.

»Geht es dir gut?«, fragte er.

Sierra nickte und lächelte ihn an. Sie entspannte sich auf der Terrasse mit Devyn, Gillian und Aspen.

Die Woche, nachdem er als Geisel genommen und sein Haus gestürmt worden war, war der Wahnsinn gewesen. Sierras Eltern waren eingeflogen, um sich selbst davon zu überzeugen, dass es ihr gut ging. Auch Grovers Eltern waren aus Missouri angereist. Offenbar war es viel beängstigender, eine Bombe im Vorgarten ihres Sohnes explodieren zu sehen, als zu wissen, dass er sein Leben regelmäßig bei streng geheimen Missionen für die Armee riskierte.

Es stellte sich heraus, dass Trigger Cory angelogen hatte, als er ihm weismachen wollte, dass die Reporter nicht filmen. Dem hätten sie auf keinen Fall zugestimmt, und niemand konnte sie rechtlich am Filmen hindern. Sogar die Kameras am Ende der Einfahrt hatten die riesige schwarze Rauchwolke eingefangen, die nach dem Abfeuern der Panzerfaust in die Luft gestiegen war. Aber die Mitarbeiter des einen Nachrichtensenders, die in die Nähe des Hauses gekommen waren – wie sie das geschafft hatten, wussten Grover und der Rest des Teams immer noch nicht –, hatten natürlich alles live mitbekommen.

Dazu gehörte auch, dass die Scharfschützen der Polizei und des Militärs ins Leere geschossen hatten, um von den Delta-Teams abzulenken, damit diese in das Haus eindringen konnten.

Cory wollte vielleicht, dass sich das amerikanische Volk gegen das Militär wendet, aber das Gegenteil war der Fall. Dank des Nachrichtenmaterials schien die Unterstützung für die Streitkräfte größer denn je zu sein.

Grover war seit den Geschehnissen nicht mehr von Sierras Seite gewichen. Er schien alles, was passiert war, noch schwerer zu nehmen als sie selbst. Eines Abends war er völlig ausgerastet und hatte sie angeschrien, weil sie so leichtsinnig und dumm war. Sie hatte ihn schimpfen und toben lassen, weil sie wusste, dass er es loswerden musste, und als er sich endlich beruhigt hatte, lief sie in seine Arme und hielt ihn fest. »Ich hatte solche Angst um dich«, sagte sie zu ihm. »Ich konnte dich da drin nicht allein lassen.«

»Nie wieder«, hatte er zu ihr gesagt. »Es ist mir egal, dass du da warst und getan hast, was du getan hast, um uns zu retten. Mein Herz kann so etwas nie wieder ertragen.«

»Okay«, stimmte sie sofort zu. Es war ja nicht so, dass sie so etwas jemals wieder selbst durchmachen wollte.

Alle anderen Frauen waren während der letzten Woche gekommen, um sie persönlich zu besuchen. Es war für Sierra sehr bewegend zu sehen, wie sehr sich alle um sie sorgten. Sie war niemand, den sie seit Jahren kannten, aber Freundschaften beim Militär schienen stärker und unmittelbarer zu sein.

Apropos Freundschaft, das andere Delta-Force-Team, das in jener Nacht zu Hilfe gekommen war, hatte sich sehr bemüht, Grovers Haus wieder instand zu setzen. Alle Fensterscheiben waren an einem einzigen Tag ausgetauscht worden, und obwohl die Brandspuren von den Fahrzeugen, die Cory in die Luft gejagt hatte, im Vorgarten zurückblieben, war alles andere wieder so, wie es vorher gewesen war.

Sogar Tex hatte sich eingemischt und dafür gesorgt, dass am Ende von Grovers Einfahrt ein Sicherheitstor aufgestellt wurde. Die Milizionäre waren einfach bis zu seinem Haus vorgefahren, eingebrochen und hatten gewartet, bis er nach Hause kam. Grover hasste das Tor, und es war wahrscheinlich, dass er es in nicht allzu ferner Zukunft entfernen lassen würde, aber im Moment hielt es die Schaulustigen fern.

Unabhängig davon würde niemand mehr ohne sein Wissen auf Grovers Grundstück gelangen können, nicht mit der Menge an Sicherheitsausrüstung, die er jetzt besaß.

Aber Sierra machte das nichts aus. Sie konnte nicht leugnen, dass all die Geräte und der Schnickschnack einschüchternd waren, aber es gab ihnen ein Gefühl der Sicherheit zurück, das Cory und seine Anhänger fast zerstört hätten.

Die Männer, die sich Corys wahnwitzigem Plan angeschlossen hatten, waren alle noch im Gefängnis und würden es noch eine ganze Weile bleiben. Sie alle behaupteten, sie hätten nicht gewusst, dass Cory ein Selbstmordkommando geplant hatte. Sie dachten wirklich, sie würden nur für ein Durcheinander sorgen, eine Show für die Presse veranstalten und dann, wenn alles gesagt und getan war, einen Klaps auf die Hand bekommen.

Persönlich fand Sierra, dass sie alle verdammt dumm waren, aber sie nahm an, dass sie in ihrem Alter auch einige dumme Entscheidungen getroffen hatte. Nicht so dumm wie der Beitritt zu einer gesetzlosen Miliz, aber immerhin.

Die Dinge kehrten gerade erst zu einer gewissen Normalität zurück. Das Leben war jetzt so normal, wie es für zwei ehemalige Kriegsgefangene, die ins Rampenlicht gedrängt worden waren, nur sein konnte. Sierra nahm jeden Tag, wie er kam, und versuchte, sich nicht von der Tatsache überwältigen zu lassen, dass wieder einmal alle ein Interview wollten. Ember unterstützte sie dabei sehr, indem sie ihr Wissen und ihre Erfahrung nutzte, um ihr zu helfen, in den schwierigen Gewässern der Presse zu navigieren.

Heute hatten sich alle bei Grover versammelt, um das Überleben, die Freundschaft und einfach das Leben zu feiern. Und mit *alle* meinte Sierra wirklich *alle*. Grovers Team und deren Frauen, Ghosts Team und deren Familien, ihre Eltern, Grovers Eltern und Geschwister – abgesehen von Spencer, der wegen seiner Spielsucht immer noch in der Reha war. Sogar Kommandant Robinson war da, ebenso wie Aspen und Brains ältere Nachbarin Winnie sowie ihre Enkelin und deren Familie.

Gillian hatte alles irgendwie extrem kurzfristig arrangiert. Sie hatte eine Menge Gefallen eingefordert, aber Sierras Dank abgetan und gesagt, dass sie die Verbindungen, die sie geknüpft hatte, auch zu ihrem eigenen Vergnügen nutzen könnte.

Es gab Speisen auf jeder verfügbaren Fläche, und obwohl es nicht genügend Stühle für alle gab, schien es niemanden zu stören. Die Kinder liefen überall herum und es war das reinste Chaos ... und Sierra hätte nicht glücklicher sein können.

»Das ist verrückt«, sagte Devyn mit einem kleinen Lachen. »Ich meine, ernsthaft, wer sind all diese Leute?«

Obwohl Sierra Grover gesagt hatte, dass es ihr gut ginge, kam er dennoch nach draußen, um sich selbst ein Bild zu machen. Als er sich näherte, hörte er die Frage seiner Schwester. »Das sind meine Freunde«, sagte er und legte Sierra die Hand auf die Schulter.

»Du hast Freunde? Nein, das kann nicht wahr sein. Mein Bruder ist ein Einsiedler«, scherzte Devyn.

Alle lachten, und Sierra griff nach oben und drückte die Hand ihres Mannes.

Er beugte sich hinunter und flüsterte ihr ins Ohr: »Ich glaube, wir müssen zurück in *Die Zuflucht*. Weg von all diesen Leuten.«

Sie kicherte und neigte den Kopf, um zu ihm aufzuschauen. »Damit habe ich definitiv kein Problem. Aber vielleicht nicht in dieser Sekunde. Das wäre unhöflich.«

Aus dem Augenwinkel sah Sierra, wie Grovers Eltern auf sie zukamen. Grover richtete sich auf und grüßte sie. Dann sah sie, wie er grinste, bevor er sagte: »Also, Devyn ... wann werden du und Lucky heiraten?«

Sierra unterdrückte ein Lachen. Jeder wusste, dass sie und Lucky bereits verheiratet waren – jeder außer ihren Eltern. Sie hatten nicht wirklich vorgehabt, es vor ihnen geheim zu halten, aber es hatte sich einfach so ergeben. Lucky wollte heiraten, damit Devyn in den Genuss der Sozialleistungen kam, die die Armee ihr als Ehefrau eines Militärangehörigen bieten konnte, und Devyn hatte kein Problem damit, weil sie ihn so sehr liebte. Das Problem war nur, dass ihre Eltern eine große traditionelle Zeremonie in Missouri wollten. Sie wollte ihre Eltern nicht enttäuschen, indem sie ihnen erzählte, dass sie und Lucky sich bereits das Jawort gegeben hatten, und sie hatten bisher keine Zeit gehabt, die Details einer großen Hochzeit und eines Empfangs auszuarbeiten.

»Ooh, ja. Lass uns darüber reden, ja?«, sagte ihre Mutter und klatschte eifrig in die Hände.

Devyn blickte ihren Bruder kurz an. »Das werden wir, Mom.«

»Versprochen?«

»Versprochen«, sagte Devyn seufzend.

Sobald das ältere Paar sich entfernt hatte, warf Devyn ihrem Bruder eine zusammengeknüllte Serviette entgegen. »Das war gemein, Fred.«

Grover lächelte. »Ich weiß, tut mir leid. Aber ich musste etwas sagen, damit sie aufhört, über Sierra und mich herzufallen.«

»Du hast mich also den Wölfen zum Hochzeitsfraß vorgeworfen?«, fragte Devyn.

Grover zuckte mit den Schultern. »Es hat funktioniert. Außerdem, je eher du Mom die Zeremonie gibst, die sie sich so wünscht, desto eher wird sie dich in Ruhe lassen.«

»Ja, und dann wird sie mich bedrängen, Kinder zu bekommen«, sagte Devyn seufzend.

»Ist das etwas Schlechtes?«, fragte Sierra.

Devyn wurde rot und zuckte mit den Schultern. »Nicht wirklich.«

»Ich werde der beste Onkel aller Zeiten sein«, versprach Grover. »Ich werde deine Kinder mit Süßigkeiten vollstopfen und sie dann nach Hause schicken, damit du dich um sie kümmern kannst.«

Devyn lehnte sich grinsend in ihrem Stuhl zurück. »Das wirst du tatsächlich.«

»Allerdings.«

Sierra liebte das. Es war schwer zu glauben, dass ihr Leben vor nicht allzu langer Zeit noch so anders war. So trostlos. Und jetzt war sie hier, umgeben von Menschen, die sie behandelten, als würden sie sie schon ewig kennen. Die sich aufrichtig um ihr Wohlergehen sorgten.

»Hey, Aspen!«

Alle blickten auf und sahen einen Teenager, der auf sie zukam.

Sierra hatte sie bereits kennengelernt. Ihr Name war Annie, und sie war die Tochter von Emily und Fletch. Sie hatte schmutzig-blondes Haar und blaue Augen, und als Sierra ihr zum ersten Mal begegnet war, hatte sie ihr Haar für »toll« erklärt und gesagt, sie würde ihre Mutter fragen, ob sie ihres auch so tragen dürfe.

»Hallo, Annie«, sagte Aspen mit leiser Stimme, um den schlafenden Säugling an ihrer Brust nicht zu wecken.

»Könntest du mir später erklären, wie man Staubinden anlegt?«

Ohne zu zögern, nickte Aspen. »Sicher.«

»Toll! Danke!«, entgegnete Annie fröhlich und hüpfte davon.

»Was sollte das denn?«, fragte Sierra, als das Mädchen nicht mehr in Hörweite war.

»Annie möchte einmal Sanitäterin werden, wenn sie groß ist. Sie hat gehört, dass ich das gemacht habe, als ich in der Armee war, und jetzt möchte sie so viel wie möglich über medizinische Dinge lernen. Ich glaube, sie möchte ihre Prüfung zur Notfallsanitäterin ablegen, sobald sie alt genug ist.«

»Wow, das ist ehrgeizig«, sagte Sierra.

»Ja. Und sie wird es schaffen«, sagte Aspen mit einem kleinen Lächeln. »Sie ist eine von denen, die es auch durchziehen, wenn sie sich einmal entschieden haben, was sie wollen.«

»Allerdings«, fügte Grover hinzu. »Sie hat einen Freund, der in Kalifornien lebt und den sie kennengelernt hat, als sie erst sieben oder acht war. Sie sagt, sie wird ihn eines Tages heiraten. Und obwohl ich wahrscheinlich ausrasten würde, wenn meine Tochter mir das erzählen würde, wenn sie noch so jung ist, glaube ich, dass Fletch es liebt, weil es bedeutet, dass sie nicht daran interessiert ist, mit jemand anderem auszugehen.«

Alle begannen zu lachen.

»Irgendwie bin ich mir nicht sicher, ob Oz sehr glücklich darüber wäre, wenn Bria nach Hause käme und verkündete, dass sie den Jungen gefunden hat, den sie heiraten will«, sagte Gillian lachend.

»Nicht wahr? Oh mein Gott, auf keinen Fall«, stimmte Aspen zu.

»Gehst du ein Stück mit mir?«, fragte Grover Sierra leise, während die anderen darüber diskutierten, wie lustig Oz' Reaktion sein würde, wenn seine Nichte anfing, sich zu verabreden.

Sie nickte und stand auf. Grover nahm sofort ihre Hand. »Wir kommen wieder«, sagte er zu der Gruppe. Alle lächelten ihnen zu, als sie durch den Garten davonschlenderten.

Sierra brauchte nicht zu fragen, wohin sie gingen. Sie wusste es.

Grover führte sie in die Scheune, und sie grinste über die leeren Boxen, von denen eine bald gefüllt werden würde. Grover hatte sie gestern Abend überrascht, als er ihr erzählte, dass er dafür gesorgt hatte, dass eine Kuh in ihre Familie aufgenommen würde. Offenbar war sie vernachlässigt und gerettet worden, und der Tierschutzverein brauchte einen Platz für sie, an dem sie nichts als Liebe und so viel Gras wie möglich zu fressen hatte. Sierra hatte geweint, als er es ihr gesagt hatte.

Es schien, als weinte sie jetzt ständig. Die Tränen stiegen ihr sofort in die Augen. Wenn sie glücklich war. Wenn sie überrascht war. Wenn sie traurig war. Wenn sie verängstigt war. Sie war praktisch eine Heulsuse, aber überraschenderweise war das für Sierra völlig in Ordnung. Es bedeutete, dass sie die Schrecken, die sie im Nahen Osten erlebt hatte, hinter sich ließ.

Grover führte sie zur Treppe und folgte ihr dicht auf dem Weg hinauf zum Dachboden. Sierra war etwas erstaunt, dass sie allein waren. Dass ihnen niemand in die Scheune gefolgt war. Es schien, als gäbe es immer jemanden, der mit Grover sprechen wollte. Er wurde von fast jedem, den er traf, gemocht und respektiert.

Er führte sie zur Couch und sie setzte sich. Grover nahm direkt neben ihr Platz, und Sierra blinzelte überrascht. Normalerweise öffnete er hier oben als Erstes die großen

Türen vor ihnen, damit sie auf das Land oder den Sonnenuntergang hinausschauen konnten.

Aber heute nahm er ihre Hände in die seinen und starrte sie einen Moment lang einfach nur an.

»Geht es dir gut?«, fragte sie zaghaft.

»Ja«, antwortete er, ohne zu zögern. »Mir geht es großartig. Letzte Woche war ich eine Zeit lang nicht sicher, ob ich noch einmal die Gelegenheit bekommen würde, das hier zu tun. Hier mit dir zu sitzen und einfach nur zu existieren. Ich bin gut, aber selbst *ich* wusste, dass ich ein Dutzend Männer nicht überwältigen kann. Ich hatte mir vorgenommen, einfach abzuwarten und auf eine Gelegenheit zu warten, sollte sich eine ergeben, und ich tröstete mich mit der Tatsache, dass du irgendwo in Sicherheit warst, wenn ich hätte sterben sollen.«

»Und dann bin ich aufgetaucht.«

»Dann bist du aufgetaucht«, bestätigte er. »Ich war noch nie so verängstigt und doch so entschlossen zu leben wie in diesem Moment. Und dann hast du bewiesen, wie schlau du bist, obwohl ich das eigentlich schon immer wusste. Du hast Cory so manipuliert, dass er mich genau da hinbrachte, wo ich sein musste. Ich werde dich nie unterschätzen. Ich werde dich nie als selbstverständlich ansehen. Ich werde nie aufhören, dich zu lieben, Bean. Wir sind füreinander bestimmt, und ich kann es kaum erwarten, den Rest meines Lebens mit dir zu verbringen.«

Sierras Herz hörte fast auf zu schlagen. Wollte er damit sagen, was sie vermutete? Sie spürte wieder dieses Kribbeln in ihrem Hals, aber anstatt dass sie ihre Gefühle unterdrückte, kamen ihr sofort die Tränen.

Er lächelte ein wenig, als er sie sah. »Ich hätte nie gedacht, dass ich einmal in meinem Leben so froh sein würde, eine Frau weinen zu sehen«, sagte er leise. »Fürs Protokoll, ich habe kein Problem mit deinen Tränen, du kannst weinen, wann immer du willst.«

Sierra kicherte. »Ich weiß gar nicht, warum ich jetzt weine. Es ist wirklich lächerlich, aber ich nehme an, mein Körper weint nur endlich all die Tränen, die ich nach meiner Rettung nicht vergossen habe.«

»Nun, warum gebe ich dir dann nicht etwas, worüber du weinen kannst?«, fragte Grover sanft.

Sierra runzelte die Stirn. Sie wollte ihn gerade fragen, wovon er sprach, als er aufstand und auf die großen Türen zuging. Er schob erst eine Tür zurück, dann die andere, streckte ihr die Hand entgegen und wackelte mit den Fingern.

Sie stand auf und machte einen Schritt auf ihn zu, während sie den Blick auf die Fläche unter ihnen richtete und erstarrte.

Alle ihre Freunde und Familienmitglieder waren dort unten versammelt.

Sie hatten sich so hingestellt, dass ihre Körper die Worte HEIRATE MICH bildeten.

Als Sierra sich wieder zu Grover umdrehte, fand sie ihn auf dem staubigen Boden des Dachbodens kniend vor. Er hielt eine Ringschachtel geöffnet vor sich, aber sie schaute sie kaum an. »Grover«, krächzte sie, und die Tränen fielen bereits in Strömen.

»Ich weiß, es ist schnell. Und ich weiß, die Leute halten uns wahrscheinlich für verrückt. Aber ich wusste schon vor über einem Jahr, dass du die Richtige für mich bist. Ich weiß nicht wie, es war einfach ein Gefühl tief in meinem Inneren. Und als ich dich verlor, war ich am Boden zerstört. Ich musste so tun, als würde es mich nicht zerreißen, aber es war so. Als ich den Brief bekam, konnte mich nichts mehr von dir fernhalten. *Nichts.*

Heirate mich, Sierra Clarkson. Lass mich dich für den Rest unseres Lebens lieben. Ich weiß nicht, was auf uns zukommt, aber hoffentlich gehören dazu keine Milizionäre auf einer Selbstmordmission.«

Sie lächelte durch ihre Tränen hindurch. »Ja. Natürlich werde ich dich heiraten«, sagte sie leise zu ihm.

Grover stand auf und Sierra warf sich in seine Arme. Er ließ fast die Schachtel mit dem Ring fallen, als er sie auffangen wollte.

»Was hat sie gesagt?«, rief jemand von unten.

Sierra drehte den Kopf und sah, dass die Worte nun eher wie Kauderwelsch aussahen als wie die sorgfältig geplante Botschaft, die sie eben noch gewesen waren, als die Leute die Formation durchbrachen. Sie lachte, als die Eltern versuchten, ihre Kinder ohne Erfolg wieder in die richtige Position zu bringen. Gillian versuchte, alle dazu zu bringen, sie anzuschauen, damit sie ein Foto machen konnte, aber niemand schenkte ihr Beachtung. Die Szene war heimelig, und Sierra wusste, dass sie diesen Tag nie vergessen würde, solange sie lebte.

Sie spürte, wie Grover den Ring auf ihren Finger schob. Sie schaute nach unten – und keuchte.

»Oh mein Gott, Grover! Wie hast du …«

»Es ist nicht der Ring deiner Großmutter«, sagte er schnell. »Als Shahzada ihn dir weggenommen hat, ist er leider für immer verschwunden. Ich habe diesen hier aber noch ein bisschen verzieren lassen, ich hoffe, das ist in Ordnung.«

Es war mehr als in Ordnung. Er hatte die schlichte Fassung des Originalrings ihrer Großmutter mit einem Diamanten im Smaragdschliff ergänzen lassen. Das Alte und das Neue zusammen ergaben einen einzigartigen Look, der perfekt zu ihr passte. »Hast du das in nur einer Woche geschafft?«, fragte sie.

Grover zuckte mit den Schultern und sagte: »Nein. Ich habe den Goldschmied damit beauftragt, bevor wir uns in New Mexico getroffen haben. Ich habe mit deinem Vater telefoniert und ihm von meinem Vorhaben erzählt. Er hat mit deiner Mutter gesprochen, und sie haben mir ein paar

Fotos von dem Originalring geschickt, und ich habe jemanden gefunden, der ihn nachmachen konnte.«

Sierra konnte ihn nur schockiert anstarren. »Ernsthaft?«

»Ja. Ich wusste schon zu dem Zeitpunkt, dass ich für immer mit dir zusammen sein will. Wie könnte ich auch nicht? Du bist alles, was ich mir je von einer Frau gewünscht habe. Schon in der Sekunde, in der du mir in der Höhle angeboten hast, meine Hand zu halten, war ich hin und weg.«

»Verdammt«, hauchte sie. Dann schlang sie ihre Arme um seinen Hals und stellte sich auf die Zehenspitzen, ohne die Zwischenrufe zu beachten, die die Jungs Grover von unten zuwarfen.

»Ich liebe dich, Fred Groves. Mit allem, was ich bin. Ich weiß, ich bin ein Wrack. Ich habe eine Wohnung mit meinen Sachen drin, in der ich nur einmal geschlafen habe, ich habe keinen Job, und ich habe dich irgendwie überredet, uns eine Kuh zu besorgen, obwohl keiner von uns eine Ahnung hat, wie man sich um sie kümmert ... aber ich werde alles tun, um dir eine gute Partnerin zu sein.«

»Ich weiß, dass du das tun wirst, genauso wie ich es für dich tun werde«, antwortete Grover. »Deine Wohnung interessiert mich nicht und du musst keinen Tag mehr arbeiten, wenn du nicht willst. Wir werden die Sache mit der Kuh schon gemeinsam regeln. Alles, was ich will, bist du. Dass du meine Hand hältst, an meiner Seite bist. Wir werden mit allem fertig werden, was das Leben uns vor die Füße wirft.«

»Abgemacht.«

»Abgemacht«, erwiderte er und beugte sich hinunter, um ihre Lippen mit seinen eigenen zu bedecken.

Während ihre Freunde und Familie von unten jubelten, küsste Sierra den Mann ihrer Träume. Den Mann, den sie liebte.

EPILOG

Fünf Monate später

»Wessen Idee war das noch mal?«, beschwerte sich Grover, während er an der Krawatte um seinen Hals zerrte.

»Deine«, sagte Lucky lachend.

»Nun, das war dumm«, brummte Grover.

Ihr gesamtes Team lachte.

Sie saßen alle in einem Hinterzimmer der Kirche, in die seine Eltern gingen, seit sie nach St. Louis gezogen waren. Eines Nachts, als Grover und Lucky mitten in einer Mission in Sibirien im Dreck lagen und darauf warteten, dass ein Mann, den sie beobachteten, endlich zuschlug, merkte Lucky an, dass Grovers Mutter Devyn in den Wahnsinn trieb, weil sie ständig fragte, wann sie denn heiraten würde.

Grover wusste genau, wie aufdringlich seine Mutter sein konnte, und er hatte beiläufig den Vorschlag gemacht, dass er und Sierra vielleicht eine Doppelzeremonie mit Lucky und Devyn durchführen könnten.

Er hatte es auch Devyn gegenüber erwähnt, und sie

hatte es ihrer Mutter gegenüber erwähnt ... und jetzt waren sie hier. In St. Louis. Sie warteten auf das Signal, vor den Pfarrer zu treten und ihre Bräute zum Altar schreiten zu sehen.

Das war nicht Grovers Ding. Und er glaubte auch nicht, dass es Sierra sonderlich gefiel. Aber sie hatten sich beide damit abgefunden, weil seine Mutter so begeistert war. Und Sierras Eltern waren es auch. Ehe sie sichs versahen, hatten die beiden Mütter schon alles geplant. Sie waren alle nach Missouri geflogen, und jetzt würden sie heiraten.

»Ich wette, du wünschst dir, du wärst einfach zum Standesamt gegangen, so wie Gillian und ich, was?«, fragte Trigger.

Grover knurrte seinen Freund an. Er hatte schlechte Laune. Und ihm war warm. Und er hatte Sierra den ganzen Tag noch nicht gesehen. Seine Mutter hatte darauf bestanden, dass es Tradition sei, aber er vermisste sie furchtbar.

»Hey, ich *bin* einfach zum Standesamt gegangen«, erinnerte Lucky sie.

»Die Sache wird sich lohnen, sobald du sie siehst«, sagte Lefty, ignorierte Lucky und klopfte Grover auf den Rücken.

»Und wenn wir später zur Party ... äh ... zum Empfang kommen«, fügte Lucky hinzu.

Grover nickte. Er war des Wartens müde. Er wollte es tun. Er konnte nicht mehr warten, bis Sierra auch ganz legal ihm gehörte. Sie gehörte ihm bereits, und zwar in jeder Hinsicht, auf die es ankam.

Schließlich war es an der Zeit, dass sie die Kirche betraten. Das gesamte Team stellte sich vorn auf und wartete auf den Beginn der Musik.

Als es so weit war, war Grover zunächst verwirrt. Denn statt des Hochzeitsmarsches, den er erwartet hatte, dröhnte »Let's Get It On« von Marvin Gaye aus den Lautsprechern in den Wänden im Inneren der Kirche.

Er hörte Trigger als Erstes schnauben. Dann stimmte Lefty mit ein. Grover konnte sein Lachen nicht unterdrücken. Dann lachten alle in der Kirche so laut, dass man die Musik kaum noch hören konnte.

Nachdem Gillian, Kinley, Aspen, Riley und Ember den Gang entlanggegangen waren, kamen Devyn und Sierra Arm in Arm auf sie zu. Sie trugen beide bodenlange weiße Kleider und hatten jeweils einen großen Blumenstrauß in der Hand. Grover hatte keine Ahnung, um welche Art von Blumen es sich handelte; er hatte nur Augen für seine Frau.

In ihrem Pixie-Haarschnitt – zumindest nannte sie es so – war eine Blume an der Seite festgesteckt, und sie sah absolut strahlend aus. Sie hatte eine gesunde Menge an Gewicht zugelegt und ihre Wangen waren rosig, entweder weil es in der Kirche etwas warm war oder weil sie mit den Mädchen ein paar Mimosa getrunken hatte. Aber vor allem sah sie glücklich aus.

So verdammt glücklich.

Grover erinnerte sich daran, wie sie sich ihm zugewandt und diese drei Worte gesagt hatte. *Ich bin glücklich.* Das war alles, was er für sie wollte. Er würde alles tun, damit es für den Rest ihres Lebens so blieb.

Er konnte es kaum erwarten, ihr das Hochzeitsgeschenk zu zeigen, das in Killeen auf sie wartete. Er hatte zwei Miniatur-Esel gefunden, die ein Zuhause brauchten. Sie würden zu ihrem wachsenden Bauernhof mit einer Kuh, zwei Ziegen und unzähligen Hühnern hinzukommen.

»Verdammt, ich war noch nie so glücklich wie in dieser Sekunde«, murmelte Lucky.

Grover hätte dem nicht mehr zustimmen können.

Anstatt zu warten, bis Sierra den ganzen Weg zum Altar zurückgelegt hatte, joggte Grover auf sie zu. Er hörte noch mehr Gelächter um sich herum, aber er wandte den Blick nicht von Sierra ab.

»Hallo«, sagte sie, als er vor ihr stand.

»Hallo«, erwiderte er.

Dann streckte sie eine Hand nach ihm aus, und in der Sekunde, in der Grover seine Finger um ihre schloss, atmete er erleichtert auf. Das war es, was er brauchte. Seine Liebe an seiner Seite, ihre Hand in seiner. Mit ihr war alles auf der Welt in Ordnung.

Lucky war ihm gefolgt, und sie gingen zu viert zurück zum Altar, um sich vor den Pfarrer zu stellen.

»Wir haben uns heute hier versammelt ...«

Er blendete die Worte aus, als er auf Sierra hinunterblickte. Sie drückte seine Hand, und er lächelte. Dann sah er zu seiner Schwester und Lucky hinüber. Und an ihnen vorbei zu Trigger, Lefty, Brain, Oz und Doc. Als er nach links blickte, sah er Gillian, Kinley, Aspen, Riley und Ember. Er war von den wichtigsten Menschen in seinem Leben umgeben ...

Grover war glücklich.

Lucky ging mit der Mango-Margarita, um die sie ihn gebeten hatte, zu seiner Frau zurück. Seiner *Frau*. Obwohl sie schon eine Weile verheiratet waren, wurde ihm plötzlich klar, dass sie wirklich ihm gehörte, nicht nur im Geheimen. Er war ein verdammter Glückspilz.

Das Lächeln auf seinem Gesicht verblasste schnell, als er Devyn nicht finden konnte. Sie saß nicht mehr an dem Tisch, an dem er sie zurückgelassen hatte.

Lucky sah sich um und runzelte die Stirn, als er sie nicht sofort entdeckte.

Nachdem er ihren Drink abgestellt hatte, wanderte Lucky durch den Raum und suchte nach ihr, wollte sie an seiner Seite haben. Sie sah in ihrem Hochzeitskleid umwerfend aus, und so sehr ihm diese schicke Feier auch auf die Nerven ging, er hätte Devyn nichts abschlagen können. Wenn er sah, wie glücklich ihre Eltern und Geschwister waren, war es das alles wert.

Der einzige Wermutstropfen an diesem Tag war ihr nicht anwesender Bruder. Lucky hatte Spencer nicht einladen wollen, nicht nach allem, was er Devyn angetan hatte, aber seine Frau, die so mitfühlend und vergebend war, hatte darauf bestanden.

Aber zu Luckys Erleichterung hatte Spencer nicht auf die Einladung reagiert. Er hatte die Reha beendet und nach Aussage von Devyns Eltern ging es ihm besser ... aber Lucky war noch nicht bereit, dem Mann zu verzeihen.

»Hast du deine Frau schon verloren?«, scherzte ein älterer Herr, als er an Lucky vorbeiging.

»Verlegt, nicht verloren«, entgegnete Lucky mit einem Lächeln.

»Nun, ich habe sie vor etwa fünf Minuten zur Tür hinausgehen sehen«, informierte ihn der Mann.

»Danke«, sagte Lucky und ging zum Eingang des Ballsaals. Er hatte keine Ahnung, warum sie den Empfang verlassen haben könnte. Zu diesem Zeitpunkt war er nur ein bisschen neugierig, aber wenn etwas nicht stimmte, wollte er für seine Frau da sein.

Lucky nickte einigen Gästen im Vorbeigehen zu und machte sich auf den Weg zum vorderen Teil des Hotels. Er war erleichtert, als er Devyn direkt vor den Drehtüren stehen sah – doch seine Erleichterung wandelte sich schnell in Unbehagen, als er sah, mit wem sie sprach.

Seine Schritte beschleunigten sich, als er sich bemühte, schnell nach draußen zu gelangen. Er schob sich durch die Drehtüren und fluchte innerlich, als sie sich nicht so schnell bewegten, wie er es wollte.

Er öffnete den Mund, um zu fragen, was zum Teufel

Spencer dort zu suchen hatte, als Devyn an ihren Bruder herantrat und ihn umarmte.

Lucky blieb stehen. Er wollte Devyn am liebsten von dem Mann wegziehen, der ihr so viel Schmerz zugefügt hatte, aber er hielt sich zurück und blieb hinter den Geschwistern stehen, während sie sich umarmten.

Devyn löste sich von Spencer, drehte dann, als sie Lucky hinter sich bemerkte, den Kopf und schenkte ihm ein kleines Lächeln.

Spencer trat einen Schritt zurück und steckte die Hände in die Taschen. Er nickte Lucky einmal zu und wandte sich dann zum Gehen.

Lucky schlang sofort einen Arm um Devyns Taille und zog sie an sich. »Bist du in Ordnung?«, fragte er.

Sie nickte. »Ja. Er hat mir eine SMS geschickt und gesagt, dass er hier draußen ist. Er hat mich gefragt, ob ich kurz zu ihm kommen könnte.«

»Und?«, fragte Lucky, als sie nicht weitersprach.

Devyn drehte sich in seiner Umarmung und schlang ihre Arme um seinen Hals. »Es geht ihm wirklich gut«, erklärte sie ihm. »Er fühlt sich schrecklich wegen allem, was passiert ist ... und ich glaube ihm, wenn er sagt, dass er sich geändert hat. Er wollte mir nur gratulieren.«

Lucky wusste, dass er und Spencer nie Freunde sein würden, aber Devyn liebte ihren Bruder und wollte ihre Beziehung wiederherstellen. Er würde ihre Entscheidung respektieren.

»Das ist gut, Dev.«

»Ja«, stimmte sie zu.

»Ich habe dir deinen Drink besorgt«, sagte er zu ihr, bereit, das Thema zu wechseln. Ausgerechnet heute über Spencer nachzudenken stand nicht auf seiner Liste der Dinge, die er tun wollte.

»Ach ja?«

»Ja. Aber weißt du was, ich habe eine bessere Idee.«

»Und die wäre?«

»Wir könnten auf unser Zimmer gehen und beim Zimmerservice eine Flasche Champagner bestellen.«

Devyn lachte und schüttelte den Kopf, aber er konnte das Verlangen in ihren Augen sehen.

»Das können wir nicht«, entgegnete sie. »Wir müssen noch die Torte anschneiden. Und den ersten Tanz tanzen. Meine Eltern wären so enttäuscht, wenn sie von all dem keine Fotos bekämen.«

Lucky seufzte dramatisch, dann grinste er. Er wusste, dass sie das sagen würde, aber sie konnte es ihm nicht verübeln, dass er es versuchte.

Sie stellte sich auf die Zehenspitzen und küsste ihn. »Ich liebe dich, Ehemann.«

»Und ich liebe dich, Ehefrau«, erwiderte er.

Als sie die Eingangshalle des Hotels betraten, um zurück zur Hochzeitsfeier zu gehen, drehte Lucky sich um und sah in die Richtung, in die Spencer gegangen war.

Devyns Bruder stand draußen, den Blick auf seine Schwester gerichtet. Als ihre Blicke sich trafen, senkte Spencer respektvoll das Kinn.

Lucky erwiderte die Geste und sah zu, wie Spencer um die Ecke verschwand.

»Danke, dass du nicht ausgeflippt bist«, sagte Devyn leise.

Lucky beugte sich hinunter und küsste ihre Schläfe. »Er hat es versaut. Und zwar gewaltig. Aber er liebt dich, und ich kann ihm nicht verübeln, dass er dich an deinem Hochzeitstag sehen will.«

»Und das ist einer der Millionen Gründe, warum ich dich so sehr liebe«, sagte Devyn mit Tränen in den Augen.

»Komm schon. Bringen wir dich wieder rein, bevor deine Eltern ausflippen«, sagte Lucky.

»So lange war ich gar nicht weg«, protestierte Devyn.

Kaum hatten sie den Ballsaal betreten, stürzte Devyns Mutter auf sie zu und rief: »Da seid ihr ja! Der Fotograf bereitet gerade die Torte für die Fotos vor!«

Lucky sah zu seiner Frau hinunter und hob eine Augenbraue.

Sie brach in Gelächter aus. »Okay, du hattest recht.«

Lucky küsste sie noch einmal. »Geh schon. Ich bin gleich da.«

Devyn nickte und ging in Begleitung ihrer Mutter auf den Tisch mit der Hochzeitstorte zu. In der Nähe befand sich ein weiterer Tisch mit Grovers und Sierras Torte. Es fühlte sich richtig an, diesen Moment mit seinem Teamkameraden zu teilen. Lucky hätte sich vielleicht nicht für einen großen Empfang entschieden, aber es war ein kleiner Preis, um das Glück in Devyns Augen zu sehen.

Das Leben war nicht immer eitel Sonnenschein, aber Momente wie diese, die man mit geliebten Menschen verbrachte, ließen die schlechten Dinge irgendwie verblassen. Lucky konnte es kaum erwarten, jede Sekunde seines Lebens mit Devyn zu verbringen. Dies war nur der Anfang.

Zwei Jahre später

»Nie wieder!«, knirschte Riley zwischen zusammengebissenen Zähnen.

»Okay«, beschwichtigte Oz sie.

Als eine weitere Wehe sie überkam, knurrte Riley. Sie knurrte regelrecht. »Ich meine es ernst, Porter. Ich kann das nicht noch einmal tuuuunnnn!«

Das letzte Wort war mehr ein Wehklagen als ein wirkliches Wort.

Um ehrlich zu sein, Oz hasste das. Nicht dass sie sein

Baby bekam – das er verdammt noch mal liebte. Aber er hasste es, dass sie Schmerzen hatte. Millionen von Babys wurden jedes Jahr geboren, aber zu sehen, wie Riley sich abmühte, ihr Kind auf die Welt zu bringen, war eine Qual.

Er konnte jedoch nicht leugnen, dass er Kinder liebte. Er liebte alles an ihnen. Das Chaos in ihrem Haus. Die schlaflosen Nächte. Die warmen Kuscheleinheiten. Aber er wusste, dass es für Riley überwältigend war, drei Babys in ebenso vielen Jahren zu bekommen. Ganz zu schweigen davon, dass Logan und Bria noch dazukamen. Sie waren alle brave Kinder, aber vier waren trotzdem eine Menge. Fünf würden noch schwieriger werden.

»Okay, keine weiteren Kinder«, beruhigte er seine Frau.

»Sagst du das nur, weil ich mitten in den Wehen liege und du weißt, dass ich dir ernsthaft wehtun werde, wenn du auch nur davon sprichst, mich wieder zu schwängern?«, wütete sie.

Oz wusste, dass er nicht lachen sollte. »Nein. Wir hätten warten sollen, bevor wir unser drittes Kind bekommen.«

»Jetzt ist es zu spät«, stöhnte sie.

Das war es. Und Oz konnte es kaum erwarten, seinen Sohn kennenzulernen. Riley hatte ihm Amalia geschenkt, dann Brittney. Jetzt war Charlie an der Reihe.

Die Diskussion darüber, ob sie noch mehr Kinder bekommen sollten oder nicht, wurde unterbrochen, als der Arzt kam und Riley mitteilte, dass der »gute Teil« gleich passieren würde.

Drei Stunden später hielt Riley ihren Sohn in den Armen. Sie war verschwitzt und erschöpft, aber Oz fand immer noch, dass sie die schönste Frau war, die er je gesehen hatte. Umso mehr, als sie ihm gerade ein weiteres Kind geschenkt hatte.

Oz vergaß ihr Gespräch über zukünftige Kinder, weil er zu sehr damit beschäftigt war, seinen anderen Kindern ihren neuen Bruder vorzustellen. Dann feierte er mit seinem Delta-Force-Team. Danach war es an der Zeit, Gillian und Trigger in letzter Minute Anweisungen zu geben, was Amalia vor dem Schlafengehen sehen durfte, wie viel Brittney zum Abendessen bekommen sollte, um wie viel Uhr Logan am nächsten Tag beim Baseballtraining sein musste und dass die Mutter von Brias Freundin sie nach dem Tanztraining nach Hause fahren würde.

Sein Leben war hektisch, und Oz hatte keine Sekunde Zeit, sich zu entspannen, aber er wollte es auch nicht anders haben. Er hatte vor, die Nacht mit Riley und Charlie im Krankenhaus zu verbringen. Die Armee zwang ihn öfter, als ihm lieb war, weg zu sein, also wollte er keine einzige Nacht verschwenden, auch wenn Riley im Krankenhaus lag.

Es war inzwischen dunkel draußen und er saß direkt neben ihrem Bett, während sie fernsahen.

»Porter?«

»Ja, Ri?«

»Ich habe es ernst gemeint. Ich kann das nicht noch einmal machen. Drei sind genug für diesen Körper.«

»Und ich habe gesagt, ich bin einverstanden«, erinnerte Oz sie.

»Aber das bedeutet nicht unbedingt, dass ich keine weiteren Kinder möchte ...«

Oz drehte sich um und schenkte ihr seine volle Aufmerksamkeit.

»Ich liebe unsere Kinder. Unser Leben ist verrückt, aber ich hätte nie gedacht, dass ich so glücklich sein könnte. Ich mag das Chaos, auch wenn es mich manchmal in den Wahnsinn treibt. Ich sage nicht jetzt und wahrscheinlich auch nicht in ein paar Jahren, aber ich hätte nichts dagegen, mich als Pflegefamilie zu bewerben, mit der Option, eventuell zu adoptieren.«

Oz' Herz schwoll in seiner Brust an. Scheiße, er liebte diese Frau.

»Sag etwas«, drängte sie mit besorgtem Blick.

Oz stand auf und setzte sich auf den Rand ihres Bettes. Er legte sich sanft auf die Seite und nahm seine Frau so behutsam wie möglich in den Arm. Auf keinen Fall wollte er ihr Schmerzen bereiten. Er schmiegte sich eng an sie und seufzte. »Die Vorstellung gefällt mir.«

Keiner von beiden sagte etwas anderes. Sie hatten eine Menge Zeit, um sich über alles klar zu werden. Der Tag der Geburt ihres Sohnes war nicht der richtige Zeitpunkt, um zu planen, wann sie noch mehr Menschen in ihr ohnehin schon verrücktes Leben einbeziehen würden, aber er war trotzdem begeistert von der Idee. Nichts war für Oz so befriedigend, wie wenn sich seine Kinder an ihn wandten und ihn um Rat, Hilfe und Schutz baten. Es war berauschend, gebraucht zu werden, derjenige zu sein, der ihnen den Weg wies, und er konnte sich sein Leben ohne mindestens ein Kind nicht vorstellen.

»Irgendwann in der Zukunft«, betonte Riley, als wüsste sie, was er dachte.

»Also gut. Ich liebe dich, Ri. Du hast mich glücklicher gemacht, als ich es je für möglich gehalten hätte. Und mit jedem Tag wächst mein Glück exponentiell.« Er wusste, dass das kitschig klang, aber wenn er am Tag der Geburt seines Sohnes nicht rührselig sein durfte, wann dann?

»Das kann ich nur zurückgeben«, sagte Riley und gähnte herzhaft.

»Schlaf ein wenig«, befahl er.

»Weck mich, wenn die Schwester Charlie herbringt«, murmelte sie.

Oz lächelte. Natürlich würde er das. Es war ja nicht so, dass *er* ihr Kind stillen könnte. Aber anstatt sie aufzuziehen, stimmte er einfach zu. »Das werde ich.«

Als seine Frau in seinen Armen einschlief, schloss Oz zufrieden die Augen. Wenn ihm vor einigen Jahren jemand gesagt hätte, dass er in naher Zukunft fünf Kinder haben würde, hätte er sich kaputtgelacht. Jetzt konnte er sich sein Leben nicht mehr anders vorstellen.

———

Drei Jahre später

»Ich kann nicht glauben, dass du dich endlich von mir hast überreden lassen, mich zu heiraten«, sagte Doc zu Ember. Sie waren in Los Angeles in der Flitterwochensuite des Hotels Vier Jahreszeiten. Jemila, ihre kleine Tochter, die nun gerade ein Jahr alt war, wurde von ihren Großeltern verwöhnt. So sehr Doc sein Kind auch liebte, er war definitiv bereit, etwas Zeit mit seiner Frau allein zu verbringen.

Ember war eine der am härtesten arbeitenden Frauen, die Doc kannte. Ihr Fitnessstudio, *The Modern Kid*, wurde inzwischen von über vierhundert Kindern besucht. Die Kurse fanden von acht Uhr morgens bis neun Uhr abends statt. Und obwohl Ember nicht alle trainierte, bestand sie darauf, einen Großteil ihrer Zeit im Studio zu verbringen.

Einer ihrer größten Erfolge war, dass sich einer ihrer älteren Schüler, ein afroamerikanischer Junge, der vor drei Jahren, kurz nach der Eröffnung des Studios, bei ihr zu trainieren begonnen hatte, für die nationalen Meisterschaften der Junioren im modernen Fünfkampf qualifizierte. Ember war so stolz darauf, wie viel er gelernt und wie sehr er sich verbessert hatte.

Sie hatte ihren Ruhm für das Gute genutzt, wie sie es versprochen hatte. Ihre Profile in den sozialen Medien waren jetzt nicht für Selfies oder für das Anpreisen von Produkten berühmt, sondern für die Hilfestellung bei der Suche nach vermissten Personen. Die Presse schrieb ihren Beiträgen zu, dass bisher schon dreiundfünfzig Menschen

gesagt nie träumen lassen, dass ich jemals so glücklich sein würde, wie ich es heute bin.«

Ihr Leben war definitiv kein Zuckerschlecken gewesen. Nach der Geburt von Dominic hatte sie mit postpartalen Depressionen zu kämpfen ... und es gab sogar Zeiten, in denen Lefty dachte, er käme von der Arbeit nach Hause, um festzustellen, dass die Depression sie überwältigt hatte. Aber sie hatte hart dafür gekämpft, sie zu überwinden, und mit einer Therapie und den richtigen Medikamenten hatte sie es schließlich geschafft.

»Ich liebe dich, Kins.«

»Ich liebe dich auch«, erklärte sie ihm mit einem zufriedenen Seufzer.

Mehrere Minuten lang standen sie dort inmitten des Chaos von Touristen und Einheimischen gleichermaßen. Schließlich wandte seine Mutter sich von dem Turm ab und sagte: »Zeit zum Mittagessen! Wo ist dein Vater?«

Lefty lachte leise. »Das weiß man nie so genau, Mom.«

»Verdammt, dieser Mann. Er hat Dom auf ein weiteres Abenteuer mitgenommen, nicht wahr?«

»Allerdings.«

Lefty machte sich keine Sorgen um die Sicherheit seines Sohnes, wenn dieser bei seinem Großvater war. Kaden Haskins war sogar noch beschützerischer in Bezug auf das Kleinkind, als seine Eltern es waren.

»Ich werde ihn suchen. Bleibt hier«, befahl seine Mutter.

Kinley kicherte, als seine Mutter davonstapfte.

»Sie sind Nervensägen«, murmelte Lefty.

»Sie sind fantastisch«, konterte Kinley. Sie schob ihre Hände unter den Bund seiner Hose und Lefty spürte, wie sie mit den Fingern über seinen Hintern strich.

»Pass bloß auf, Frau«, warnte er sie.

»Dies ist die Stadt der Liebe, weißt du«, flüsterte sie grinsend.

Lefty fiel es schwer zu glauben, dass seine Frau bei

ihrem Kennenlernen noch Jungfrau gewesen war. Jetzt war sie abenteuerlustig und fast unersättlich. Und er liebte es verdammt noch mal. Lefty beugte sich zu ihr hinunter und nahm ihre Lippen mit einem langen, langsamen Kuss, um ihr ohne Worte zu sagen, wie sehr er sie schätzte, liebte und bewunderte.

Als er sich zurückzog, war er stolz auf den glasigen Ausdruck in ihren Augen. Das hatte er zustande gebracht. Er fühlte sich selbst ein wenig benommen.

»Das war gemein«, sagte Kinley nach einem Moment.

»Nicht gemeiner, als mich in der Öffentlichkeit zu betatschen«, erwiderte er.

»Weißt du, ich hätte nie gedacht, dass ich hierher zurückkehren könnte. Nicht nach allem, was passiert ist. Aber jetzt glaube ich, dass dies mein zweitliebster Ort auf der Welt ist«, sagte sie leise.

»Was ist denn dein liebster Ort?«, fragte Lefty.

»Wo immer du bist.«

Lefty schloss die Augen und seufzte zufrieden.

»Mommy, Kacka!«

In diesem Moment riss Lefty die Augen auf und er blickte nach unten, um zu sehen, wie Dominic mit seinem unsicheren, wackeligen Gang auf ihn zulief.

»So viel zu Romantik«, scherzte Kinley.

»Du bist auch mein Lieblingsort«, sagte Lefty zu ihr. Dann küsste er sie fest und schnell, bevor er sich hinunterbeugte, um sich ihren Sohn zu schnappen, der zu ihnen hinlief.

Das Leben war nicht langweilig, so viel war sicher. Und Lefty störte das nicht im Geringsten.

Fünf Jahre später

. . .

Brain beobachtete mit Stolz, wie sein Sohn den Hindernisparcours auf dem Armeestützpunkt meisterte. Mit seinen fast sechs Jahren war er sehr anstrengend. Von dem Frühchen, das er einmal war, hatte er sich weit entfernt. Er war aufgeschlossen und energiegeladen und hielt sowohl ihn als auch Aspen von morgens bis abends auf Trab.

Den Hindernisparcours zu durchlaufen war eine der Lieblingsbeschäftigungen seines Sohnes, und da er von seinem Lehrer eine Auszeichnung als »Helfer der Woche« erhalten hatte, dachte Brain, er sollte ihn belohnen.

Da er wusste, dass seine Frau etwas Besonderes vorhatte, verabredete er sich auch mit Annie Fletcher, um sich dort mit ihr zu treffen. Die junge Frau hatte gerade ihren Highschool-Abschluss gemacht und würde in etwa einem Monat aufs College gehen. Sie hatte sich dem Reserveoffiziers-Ausbildungskorps angeschlossen und plante, in die Fußstapfen ihres Vaters zu treten und nach dem College zur Armee zu gehen.

Annie hatte Chance während der letzten Jahre ziemlich gut kennengelernt, und sie hatten sich aufgrund ihrer Liebe zum Hindernisparcours zusammengetan.

Aspen hatte mit Brain über ihr Vorhaben gesprochen, und er war damit einverstanden.

In diesem Moment half Annie Chance, sich an den Ringen entlangzuhangeln, und beide lachten.

»Sie wird fantastisch sein«, sagte Aspen, den Blick auf Annie gerichtet. »Ich weiß es einfach.«

»Das wird sie«, stimmte Brain zu. »Fletch sagte mir, dass sie ein Auge auf die Green Berets geworfen hat.«

»Ich habe keinen Zweifel, dass sie es schaffen wird«, sagte Aspen.

»Habt ihr mich gesehen?«, schrie Chance, als er auf sie zulief. »Ich habe es geschafft! Ich habe mich an den Ringen entlanggehangelt!«

»Ich habe es gesehen«, sagte Brain zu seinem Sohn.

Annie folgte Chance mit einem Lächeln im Gesicht.

»Ich habe etwas für dich«, platzte Aspen heraus.

»Für mich?«, fragte Annie sichtlich überrascht.

»Ja. Ich wollte, dass du das hier bekommst.« Aspen hielt ihr etwas hin, und Annie hob die Hand, um es anzunehmen. Sie sah auf die Brosche hinunter, die seine Frau ihr in die Hand gedrückt hatte, und runzelte verwirrt die Stirn.

»Das ist meine Ranger-Anstecknadel«, erklärte Aspen. »Sie ist nicht ganz so cool wie ein SEAL-Dreizack, aber für mich bedeutete es die Welt, als ich sie endlich tragen durfte. Ich war eine der ersten Sanitäterinnen, die einer Ranger-Einheit zugeteilt wurden. Die meisten Leute dachten, ich würde es nicht schaffen. Einige *wollten* sogar, dass ich versage. Aber das habe ich nicht. Ich weiß, dass du bald aufs College gehst, also wollte ich, dass du das hier hast. Damit du es dir ansehen kannst, wenn es schwierig wird. Wenn die Leute dir sagen, dass du etwas nicht schaffst. Wenn sie auf dich herabsehen, nur weil du eine Frau bist. Sieh es dir an, und du weißt, dass du es schaffen kannst. Dass du stark und klug genug bist.«

Annies Augen füllten sich mit Tränen. »Ich kann das nicht annehmen. Es bedeutet dir etwas.«

»Es würde mir mehr bedeuten, wenn du es hättest. Wenn es dich dazu inspiriert, besser zu sein. In meine Fußstapfen zu treten«, sagte Aspen schlicht.

Annie nickte, während sich ihre Finger um die Nadel krümmten. »Danke.«

Aspen lächelte.

»Darf ich mal sehen?«, fragte Chance und zerrte an Annies Hemd.

Sie lachte und kniete sich hin, um dem kleinen Jungen zu zeigen, was seine Mutter ihr gegeben hatte. Dann verlor er schnell das Interesse an der alten Nadel und flehte Annie an, ihm noch ein bisschen auf dem Hindernisparcours zu helfen.

»Nur noch einmal«, sagte Brain zu seinem Sohn, »dann müssen wir zu deinem Sprachunterricht gehen.«

»Okay!«, entgegnete Chance fröhlich. Er war nicht ganz so begabt wie sein Vater, was das Erlernen von Fremdsprachen anging, aber er war nahe dran. Jeden zweiten Tag verbrachte er dreißig Minuten mit verschiedenen Lehrern, um die Grundlagen verschiedener Sprachen zu lernen. Brain und Aspen hatten das besprochen, und solange ihr Sohn Spaß und Freude an den Stunden hatte, würden sie sie fortsetzen.

Brain küsste Aspens Schläfe, nachdem Annie und Chance weggegangen waren. »Du bist unglaublich«, sagte er zu ihr.

Aspen zuckte mit den Schultern. »Es wird nicht leicht für sie sein, das weiß ich aus erster Hand. Aber ich glaube fest daran, dass sie es schaffen kann. Sie muss hart bleiben und sich daran erinnern, dass wir auf ihrer Seite sind. Denn wenn man angeschrien wird und einem gesagt wird, dass man es nie schaffen wird, weil man eine Frau ist, braucht man jede Ermutigung, die man bekommen kann.«

»Sie wird es schaffen«, sagte Brain voller Zuversicht. »Nach allem, was ich von Fletch und allen in seinem Team über sie gehört habe, schafft sie alles, was sie sich in den Kopf gesetzt hat. Dazu gehört auch, dass sie sich mit ihrem Frankie verlobt, so wie sie es immer gesagt hat.«

»Und verdammt, wenn sie ihm nicht hundertprozentig treu geblieben ist, selbst nach all den Jahren«, fügte Aspen hinzu. »Glaubst du, sie halten das durch? Das College kann die Menschen wirklich verändern. Ganz zu schweigen von der Tatsache, dass sie zur Armee gehen will. Das wird ihre Beziehung auf die Probe stellen.«

Brain drehte sie um und schmiegte sich von hinten an sie. Er stützte sein Kinn auf ihre Schulter, während sie ihren

Sohn und die besagte junge Frau auf dem Hindernisparcours beobachteten. »Weißt du was? Ich glaube, das werden sie. Wenn man den Richtigen trifft, weiß man es manchmal einfach tief im Inneren. Ich glaube, so ist es bei ihnen gewesen.«

»Und bei uns«, sagte sie.

»Und bei uns«, stimmte Brain zu.

»Ich denke, wenn jemand es schaffen kann, dann Annie«, sagte Aspen nach einem Moment. »Sie ist reif und hat mit ihren Eltern und alle anderen im Team ihres Vaters die besten Vorbilder dafür, wie gute Beziehungen funktionieren. Ich drücke ihr und ihrem jungen Mann die Daumen.«

»Ich auch«, sagte Brain.

»Ich liebe dich«, sagte Aspen.

»Nicht mehr als ich dich liebe«, erwiderte Brain.

Acht Jahre später

Trigger war nervös. Er und Gillian waren schon so viele Male enttäuscht worden. Er fühlte sich wie ein Versager, weil er seiner Frau nicht das geben konnte, was sie sich am meisten auf der Welt wünschte.

Als sie frisch verheiratet waren, wollte keiner von ihnen Kinder, sie waren glücklich und zufrieden nur mit der Gegenwart des anderen. Doch vor vier Jahren hatten sie sich darauf geeinigt, dass es an der Zeit war.

Aber es war nicht geschehen.

Zuerst war es lustig gewesen, nach Hause zu rasen, um mit seiner Frau zu schlafen, während sie ihren Eisprung hatte. Aufregend. Unanständig. Aber als ein Monat nach dem anderen verging und sie immer noch nicht schwanger wurde, begannen sie, sich Gedanken zu machen.

Jetzt waren vier lange Jahre vergangen, und Trigger machte sich Sorgen, dass es *zu* spät war. Er wusste, dass es andere Möglichkeiten gab, Kinder zu bekommen ... Adoption, Pflegefamilie, sogar Leihmutterschaft, wenn alle Stricke rissen ... aber Gillian wollte unbedingt ein leibliches Kind haben.

Sie waren beide getestet worden, und die Ärzte hatten gesagt, es sei unwahrscheinlich, dass Gillian auf natürlichem Wege schwanger werden würde. Damit hatten die Fahrten zur Kinderwunschklinik begonnen. Und jedes Mal, wenn eine Befruchtung fehlschlug, musste Trigger mit ansehen, wie die Welt seiner Frau ein Stückchen mehr zusammenbrach.

Sie hatten sich darauf geeinigt, dass dies ihr letzter Versuch sein würde. Trigger konnte nicht länger mit ansehen, wie die Hoffnung seiner Frau bei jeder künstlichen Befruchtung aufkeimte, nur damit sie dann die quälende Enttäuschung erlebte, wenn die Embryonen nicht lebensfähig waren.

Heute würden sie herausfinden, ob die letzte und endgültige Behandlung funktioniert hatte. Ob sich eine der implantierten Eizellen eingenistet hatte.

»Atme, Di«, sagte Trigger.

Gillian hielt seine Hand so fest, dass ihre Finger weiß wurden.

Sie atmete scharf ein und nickte. Sie befanden sich in einem kleinen Wartezimmer in der Kinderwunschklinik. An den Wänden hingen Bilder von Blumen und Fotos von lächelnden Babys und Kindern. Als ihnen das letzte Mal gesagt worden war, dass der Eingriff fehlgeschlagen war, hatte Trigger das Gefühl, dass diese Bilder ein schmerzhafter Schlag ins Gesicht waren.

»Wenn ich nicht schwanger bin, ist es okay«, sagte

Gillian leise und sah zu ihm auf. »Ich habe kein Problem damit, dass wir für den Rest unseres Lebens nur noch wir sind. Ich liebe dich, und ich weiß, dass ich großes Glück habe. Ich habe tolle Freundinnen und einen noch besseren Ehemann.«

Scheiße, Trigger liebte sie so sehr. Er sehnte sich danach, ihr das Baby zu schenken, das sie sich seit so vielen Jahren wünschte. »Ich liebe dich auch«, sagte er leise. Er konnte nichts anderes sagen. Er war zu nervös. Zu aufgeregt. Zu sehr fürchtete er sich vor der Enttäuschung, von der er ahnte, dass sie kommen würde. Gillian würde ein tapferes Gesicht aufsetzen und so tun, als wäre sie nicht völlig am Boden zerstört. Das, was Trigger auf der Welt am meisten hasste, war, seine Frau leiden zu sehen.

Die Tür wurde aufgestoßen und die Ärztin trat ein. Trigger musterte ihr Gesicht und versuchte, einen Hinweis darauf zu finden, was der Schwangerschaftstest ergeben hatte, aber ihr Gesichtsausdruck war völlig neutral.

»Wie geht es Ihnen beiden heute?«

»Uns geht es gut«, sagte Gillian. »Wie geht es Ihnen?«

»Gut, danke.«

Trigger biss die Zähne zusammen. Er musste das einfach hinter sich bringen. Er musste es wissen, egal wie das Ergebnis aussah.

»Ich will Sie nicht länger auf die Folter spannen«, sagte die Ärztin. »Ich weiß, dass dies ein langer, harter Weg für Sie beide war. Bei einer künstlichen Befruchtung gibt es nie eine Garantie, und der Körper ist eine seltsame und wunderbare Sache. Wie Sie wissen, haben wir wie jedes Mal fünf Eizellen eingepflanzt, in der Hoffnung, dass eine davon lebensfähig ist.«

Trigger hielt den Atem an und spürte, wie Gillian seine Finger noch fester zusammendrückte. Er fühlte sich, als befände er sich in einem langen Tunnel und beobachtete die Ärztin vom anderen Ende aus. Ihre Stimme schien durch den Raum zu hallen und er machte sich bereit, seine Frau ein letztes Mal zu trösten.

»Ich habe es doppelt und dreifach geprüft. Im Moment sieht es so aus, als seien zwei der Eizellen lebensfähig. Herzlichen Glückwunsch – Sie sind mit Zwillingen schwanger.«

Triggers Atem kam als ein langes, schmerzhaftes Zischen heraus. Er starrte die Ärztin ungläubig an.

»Was?«, fragte Gillian offensichtlich genauso verblüfft wie er.

Die Ärztin hatte ein breites Lächeln im Gesicht. Ich sagte: »Sie sind schwanger. Es hat geklappt! Es wächst nicht nur ein Kind, sondern zwei in Ihnen.«

»Oh mein Gott ...«, flüsterte Gillian.

Triggers Augen füllten sich mit Tränen. Sie hatten es geschafft.

»Ich muss Sie allerdings warnen, es handelt sich bei Ihnen um eine Risikoschwangerschaft. Sie müssen es ruhig angehen lassen. Ich kann im Moment noch nicht versprechen, dass beide Babys es schaffen werden ... aber im Augenblick scheinen die Embryos auf dem richtigen Weg zu sein.«

Trigger nickte. Er würde dafür sorgen, dass Gillian es ruhig angehen ließ. Sie würde in den nächsten Monaten keinen Finger krumm machen.

Er drehte sich zu seiner Frau um und sah auf ihrem Gesicht denselben Ausdruck von Ehrfurcht und Aufregung, den er auch auf seinem eigenen hatte.

Sie griff nach oben und wischte ihm die Tränen von den Wangen. »Wir haben es geschafft«, sagte sie leise.

Vorsichtig nahm Trigger Gillian in die Arme und vergrub sein Gesicht in ihrem Nacken. »Wir haben es geschafft«, hauchte er.

Er hörte vage, wie sich die Tür hinter der Ärztin leise schloss, rührte sich aber nicht von der Stelle. Trigger wusste, dass er später eine Million Fragen haben würde und dass der Schock, nicht nur ein, sondern zwei Babys zu bekommen, ihn treffen würde, aber im Moment musste er seine Frau im Arm halten.

Es war ein langer, harter Weg bis hierher, wie die Ärztin gesagt hatte. Aber Trigger hätte nicht glücklicher sein können. Er zog sich zurück und legte seine Hände an Gillians Wangen.

»Du wirst immer meine Wonder Woman sein«, sagte er zu ihr.

Sie schüttelte den Kopf und lächelte ihn an. »Und du wirst immer mein Steve Trevor sein.«

»Ich liebe dich, Di.«

»Ich liebe dich auch.«

Zwanzig Jahre später

»Ich kann nicht glauben, dass wir hier sind«, sagte Riley aufgeregt.

»Und dass wir in einer Privatloge sitzen«, stimmte Devyn zu.

»Oder dass Shin-Soo Choo gleich da drüben sitzt«, flüsterte Aspen laut.

Oz hörte zu, wie seine Frau und ihre Freundinnen fröhlich plauderten. Er selbst konnte den Blick nicht von dem Feld vor ihm abwenden. Sein Herz fühlte sich an, als würde es ihm aus der Brust springen.

Logan hatte es geschafft.

Er hatte sich in der Highschool den Arsch aufgerissen und ein Stipendium für eine Universität der zweiten Liga erhalten. Dort war ein Talentsucher auf ihn aufmerksam geworden, und er hatte einige Jahre in der unteren Liga gespielt, bevor er in die obere Liga berufen wurde.

Und jetzt waren sie hier. Bei den Olympischen Spielen.

Logan war gebeten worden, für das Team der Vereinigten Staaten zu spielen, und er hatte alle eingeladen, ihn spielen zu sehen. Die Olympischen Spiele fanden in Dallas statt, und sie waren alle angereist, um zu sehen, wie die Träume ihres Lieblings-Baseballspielers wahr wurden.

Gillian, Trigger, ihr Sohn und ihre Tochter waren da. Mit fast zwölf Jahren waren die Zwillinge so unterschiedlich wie Tag und Nacht. Joe war sportlich und freute sich, bei den Olympischen Spielen dabei zu sein. Josie hingegen war mehr daran interessiert, die Leute zu beobachten und zu sehen, was sie trugen.

Kinley und Lefty waren gekommen, ebenso wie ihr Sohn Dominic.

Aspen, Brain und Chance waren da, obwohl Chance gerade bei Shin-Soo und seiner Familie saß und sich auf Koreanisch unterhielt. Brains Sohn beherrschte zwar nicht ganz so viele Sprachen wie sein Vater, aber er war nahe dran.

Devyn und Lucky saßen zu seiner Linken. Sie hatten aus freien Stücken keine Kinder und waren glücklich, wenn sie die Kinder der anderen verwöhnen konnten.

Ember, Doc und Jemila saßen direkt hinter Oz. Jemilas Augen waren groß, als sie die Menschenmenge betrachtete. Sie stand kurz vor ihrem Schulabschluss. Sie war wunderschön, und obwohl alle Ember immer wieder ermutigten, ihre Tochter als Model arbeiten zu lassen, weigerte sie sich. Jemila war ohnehin nicht an so etwas interessiert. Sie war eben einfach die Tochter ihrer Mutter und hatte schon seit Jahren Erfolg im modernen Fünfkampf. Oz wäre nicht überrascht, wenn sie alle bei einer zukünftigen Olympiade auf der Tribüne säßen und ihr beim Wettkampf zusähen.

Sierra und Grover vervollständigten die Gruppe. Sie hatten nie eigene Kinder bekommen, aber mindestens zwei Dutzend Pflegekindern ein vorübergehendes Zuhause gegeben. Meistens handelte es sich um Teenager, die einen sicheren Ort brauchten, bis sie ihr Leben zu Hause in den Griff bekamen. Irgendwann zogen sie alle weiter, aber fast alle blieben in Kontakt mit dem Paar, das ihnen in den verwirrenden und unsicheren Zeiten ihres Lebens bedingungslose Liebe gegeben hatte.

Außerdem hatten sie ihr Anwesen mit misshandelten und vernachlässigten Tieren gefüllt. Grover hatte seine Scheune erweitert und weitere Gebäude hinzugefügt, und das Paar beherbergte nun über vier Dutzend Pferde, Kühe, Esel, Ziegen ... und sogar ein paar Schweine. Oz hatte noch nie zwei Menschen gesehen, die so gut mit Tieren umgehen konnten wie seine Freunde. Im Laufe der Jahre waren sie definitiv zum Lieblingsort für jedermanns Kinder mutiert. Und warum auch nicht? Sie hatten praktisch ihren eigenen Streichelzoo, den sie besuchen konnten, wann immer sie wollten.

Oz richtete die Aufmerksamkeit auf seine eigene Familie. Amalia und Brittney sahen fast wie Zwillinge aus. Sie waren nur ein Jahr auseinander und standen sich so nahe, wie beste Freundinnen und Schwestern es nur tun konnten. Sie unterhielten gerade die beiden Pflegekinder, die im Moment bei ihnen lebten.

Im Laufe der Jahre hatten Oz und Riley selbst mehr als sechsundvierzig Kinder aufgenommen, gelegentlich zwei, drei ... sogar vier auf einmal. Manche blieben nur einen Monat oder so, andere viel länger. Sie hatten keinen ihrer Schützlinge adoptiert, was auch in Ordnung war. Oz war jedes Mal sehr stolz, wenn ein Kind zu Familienmitgliedern zurückkehren konnte, die es liebten.

Aber niemals empfand er so großen Stolz wie für den jungen Mann, zu dem sich sein Sohn Charlie entwickelt hatte. Er war groß und gut aussehend, klug und freundlich, und er wirkte im Moment ziemlich erwachsen, als er mit Grover über etwas diskutierte.

Bria war jetzt selbst Mutter. Sie hatte einen Mann vom Militär kennengelernt und geheiratet, was Oz anfangs nicht sonderlich glücklich gemacht hatte, weil er wusste, wie hart dieses Leben war. Aber sie und ihr Mann schienen überglücklich zu sein, und sie hatten ihn letztes Jahr zum Großvater gemacht.

Der Lärm aus der Menge brachte Oz dazu, sich umzudrehen. Die Spieler liefen auf das Spielfeld, und als er Logan in den Farben Rot, Weiß und Blau sah, wurden Oz' Augen ganz feucht.

Er hatte es geschafft. Nach allem, was er durchgemacht hatte. Nach dem schwierigen Start in sein Leben hatte er sich seine größten Träume erfüllt.

Es spielte keine Rolle, ob die USA dieses Spiel gewannen oder verloren. Logan hatte es geschafft.

Ein Arm schlang sich um seine Taille, und Oz wusste sofort, dass es seine Frau war. Sie war so klein im Vergleich zu ihm, und er würde ihre Berührung überall erkennen. Trotzdem ließ er den Blick nicht von Logan ab. Er wollte nicht eine Sekunde verpassen.

Riley stützte ihren Kopf auf seinen Arm und sagte: »Er hat es geschafft.«

Oz war nicht überrascht, dass sie ähnliche Gedanken hatte wie er. »Ja, das hat er.«

»Es war nett von Shin-Soo, mit seiner Familie zu kommen«, fuhr Riley fort. »Ich weiß, dass es Logan sehr viel bedeutet, dass er hier ist. Erinnerst du dich daran, wie er ihn das erste Mal getroffen hat? Gott, ich dachte, Logan wird ohnmächtig. Und jetzt sind sie Freunde. Es ist irgendwie verrückt.«

Das war es. Das war es wirklich. Ember hatte dieses erste Treffen ermöglicht, und es war eine lebenslange Freundschaft zwischen dem ehemaligen und dem aufstrebenden Spieler entstanden. Es war genauso unwahrscheinlich wie die Tatsache, dass Oz vor zwanzig Jahren Vater eines zehnjährigen Jungen wurde. Aber hier waren sie nun.

Drei Stunden später war Oz noch genauso begeistert wie zu Beginn des Spiels. Die USA hatten verloren, aber Logan hatte einen unglaublichen Flyball gefangen und seine Mannschaft bis auf einen Lauf an den Sieg herangeführt. Es würde noch weitere Spiele geben, und die Zeit würde zeigen, ob Logan und sein Team eine Medaille gewinnen würden, aber im Moment war Oz so stolz, wie er nur sein konnte.

Die ganze Gruppe wartete vor den Toren auf Logan, um ihn zu begrüßen, bevor er mit seinen Mannschaftskameraden ins olympische Dorf zurückkehrte und alle anderen sich auf den Heimweg machten. Oz wartete geduldig, als Logan endlich herauskam, um alle zu begrüßen.

Als er endlich an der Reihe war, war er völlig sprachlos. Er erinnerte sich an die Zeit, als Logan noch ein ängstliches Kind war. Wie er sich jedes Mal aufgeregt hatte, wenn seine Würfe danebengingen. Wie glücklich er gewesen war, als er seinen ersten Flyball in einem Spiel gefangen hatte. Logan war jetzt ein erwachsener Mann in einer ernsthaften Beziehung, und Oz hatte das Gefühl, dass er früher oder später eine Schwiegertochter bekommen würde. Aber Logan würde immer sein kleiner Junge bleiben.

Er umarmte Logan fest und hielt ihn an sich gedrückt, während er versuchte, die richtigen Worte zu finden, um diesem Mann zu sagen, wie stolz er auf ihn war.

Aber er brauchte nichts zu sagen, Logan wusste das. Er zog sich zurück und streckte seinem Onkel die Hand entgegen. Darin befand sich ein Baseball.

»Es ist der letzte, den ich gefangen habe«, sagte Logan. »Ich dachte, du willst ihn vielleicht haben.«

Oz lachte leise. Er hatte über ein Dutzend Baseballs zu Hause gesammelt. Seinen ersten Homerun-Ball. Den Ball, den er bei seinem Highschool-Meisterschaftsspiel gefangen und mit dem sein Team den Titel gewonnen hatte. Einen von seinem ersten College-Spiel und ein halbes Dutzend andere von wichtigen Spielen in Logans Leben. Und jetzt hatte er diesen einen, den letzten Ball, den Logan in seinem ersten olympischen Spiel gefangen hatte. »Danke«, stieß Oz hervor.

»Du warst unglaublich«, sagte Riley, drängte sich zwischen die beiden und umarmte Logan heftig. Er überragte sie, aber keiner der beiden schien ihren Größenunterschied zu bemerken.

»Nicht schlecht für einen nervtötenden Bruder«, sagte Bria und stieß zu der Gruppe hinzu.

Oz schlang seine Arme um alle drei. Er hörte, wie sich alle im Hintergrund unterhielten, aber dieser Moment war kostbar für die vier. »Eure Mutter wäre so stolz gewesen«, sagte Oz leise.

Logan und Bria nickten beide.

»Der schönste Tag in meinem Leben war, als ihr beide ein Teil meines Lebens wurdet«, sagte Oz. »Ich gebe zu, dass ich nicht darauf vorbereitet war, Vater zu werden, aber als ich mich erst einmal daran gewöhnt hatte, konnte ich mir nichts Besseres vorstellen.«

»Du meinst, nachdem du Riley am ersten Morgen um etwas Junkfood für mich angefleht hast«, scherzte Logan.

»Ja. Ohne sie wäre ich verloren gewesen«, stimmte Oz bereitwillig zu.

Am liebsten wäre er für immer bei seinen Kindern geblieben und hätte den Moment genossen, aber jemand rief Logans Namen. Er entschuldigte sich und sagte, er müsse los, und schon sah Oz ihm dabei zu, wie er zu seinen Teamkameraden joggte. Bria umarmte ihn und sagte, sie müsse ihr Baby nach Hause bringen, da es schon spät sei. Langsam machten sich alle auf den Weg zum Parkplatz, aber Oz stand immer noch da, wo er war, und beobachtete, wohin Logan verschwunden war.

»Es ist kaum zu glauben, wie weit wir gekommen sind, nicht wahr?«, fragte Trigger, als er neben ihm auftauchte.

»Wie zum Teufel konnten wir nur so viel Glück haben?«, fragte Lefty.

»Ich weiß, wie *ich* Glück hatte«, sagte Lucky lachend. »Es steckt alles im Namen.«

»Wie auch immer«, erwiderte Doc und rollte mit den Augen.

»Heute war es unglaublich«, fügte Grover hinzu.

»Ich glaube, Shin-Soo hat meinem Sohn einen Job in der Multimillionen-Dollar-Firma seines Schwiegersohns in Südkorea versprochen«, sagte Brain. »Jetzt muss ich mir Sorgen machen, dass der Junge um die halbe Welt reist und ich ihn nicht mehr so oft sehen werde.«

Alle lachten. Oz wandte den Blick von der Stelle, an der Logan verschwunden war, zu den Männern an seiner Seite. Aus dem Augenwinkel sah er, dass alle ihre Familien in einiger Entfernung warteten.

Es war schon eine Weile her, dass sie aus der Armee ausgeschieden waren, aber er stand diesen Männern noch genauso nahe wie vor zwanzig Jahren, vielleicht sogar noch näher. Sie waren zusammen durch die Hölle und wieder zurück gegangen, und dies war ihre Belohnung.

»Auf die Gefahr hin, kitschig zu klingen: Ich liebe euch«, sagte Oz.

Keiner seiner Freunde machte sich über ihn lustig.

»Ich empfinde genauso«, stimmte Trigger zu.

»Ich wüsste nicht, was ich ohne euch alle machen würde«, erklärte Doc.

»Ich kann mir nicht vorstellen, keinen von euch in meinem Leben zu haben«, sagte Lucky.

»Beste Freunde sind das Beste«, sagte Brain mit einem Grinsen.

»Ich liebe euch auch«, fügte Lefty hinzu.

»Wir sind heute Abend alle alberne alte Männer. Aber

wen kümmert das schon? Ihr seid alle die besten Freunde, die ich je hatte«, sagte Grover.

Dann hatte auf dem Parkplatz hinter ihnen ein Wagen eine Fehlzündung und der Moment war vorbei. Alle sieben liefen gemeinsam auf ihre Frauen und Kinder zu, um sie vor dem Bösen zu beschützen, das in der Dunkelheit lauerte, auch wenn es nur ein Fahrzeug war, das dringend gewartet werden musste.

Das Leben war voller Irrungen und Wirrungen, aber Oz wusste, dass seine Freunde genauso dachten wie er ... sie würden nichts von dem ändern, was ihnen widerfahren war. Nichts, was sie gesehen oder getan hatten, wenn es bedeutete, am Ende genau hier und jetzt zu stehen, mit ihren Frauen und Familien an ihrer Seite.

**

Ich hoffe, die Reihe »Delta Team Zwei« hat Ihnen gefallen.
Und für den Fall, dass Sie sich über die Jungs in
der *Zuflucht* wundern ... JA! Die bekommen alle ihre eigene
Geschichte!
Die ersten beiden Bücher sind bereits erhältlich.
Zuflucht für Alaska
Zuflucht für Henley

Und ... ich weiß, dass Sie schon alle ganz gespannt auf die
Geschichte der süßen Annie Fletcher sind. Finden Sie
heraus, ob sie es geschafft hat, ein Green Beret zu werden,
und ob sie immer noch mit Frankie zusammen ist in *Die
Rettung von Annie*

Und für den Fall, dass Sie meine andere Serie noch nicht
kennen, in der ehemalige Militärangehörige ihr eigenes

Such- und Bergungsteam gründen, sollten Sie das hier lesen.

Buch 1: *Ein Retter für Lilly*
Buch 2: *Ein Retter für Elsie*
Buch 3: *Ein Retter für Bristol*

BÜCHER VON SUSAN STOKER

Delta Team Zwei
Ein Held für Gillian
Ein Held für Kinley
Ein Held für Aspen
Ein Held für Jayme
Ein Held für Riley
Ein Held für Devyn
Ein Held für Ember
Ein Held für Sierra

Das Bergungsteam vom Eagle Point
Ein Retter für Lilly
Ein Retter für Elsie
Ein Retter für Bristol
Ein Retter für Caryn
Ein Retter für Finley
Ein Retter für Heather
Ein Retter für Khloe

Die Zuflucht in den Bergen
Zuflucht für Alaska

Zuflucht für Henley
Zuflucht für Reese
Zuflucht für Cora
Zuflucht für Lara
Zuflucht für Maisy
Zuflucht für Ryleigh

Die SEALs von Hawaii:

Die Suche nach Elodie
Die Suche nach Lexie
Die Suche nach Kenna
Die Suche nach Monica
Die Suche nach Carly
Die Suche nach Ashlyn
Die Suche nach Jodelle

Die Delta Force Heroes:

Die Rettung von Rayne
Die Rettung von Emily
Die Rettung von Harley
Die Hochzeit von Emily
Die Rettung von Kassie
Die Rettung von Bryn
Die Rettung von Casey
Die Rettung von Wendy
Die Rettung von Sadie
Die Rettung von Mary
Die Rettung von Macie
Die Rettung von Annie

Mountain Mercenaries:

Die Befreiung von Allye
Die Befreiung von Chloe
Die Befreiung von Morgan
Die Befreiung von Harlow

Die Befreiung von Everly
Die Befreiung von Zara
Die Befreiung von Raven

Ace Security Reihe:
Anspruch auf Grace
Anspruch auf Alexis
Anspruch auf Bailey
Anspruch auf Felicity
Anspruch auf Sarah

SEALs of Protection:
Schutz für Caroline
Schutz für Alabama
Schutz für Fiona
Die Hochzeit von Caroline
Schutz für Summer
Schutz für Cheyenne
Schutz für Jessyka
Schutz für Julie
Schutz für Melody
Schutz für die Zukunft
Schutz für Kiera
Schutz für Alabamas Kinder
Schutz für Dakota

Eine Sammlung von Kurzgeschichten
Ein langer kurzer Augenblick

BIOGRAFIE

Susan Stoker ist die New York Times, USA Today und Wall Street Journal Bestsellerautorin der Buchreihen »Badge of Honor: Texas Heroes«, »SEAL of Protection«, »Die Delta Force Heroes« und einigen mehr. Stoker ist mit einem pensionierten Unteroffizier der US-Armee verheiratet und hat in ihrem Leben schon überall in den Vereinigten Staaten gelebt – von Missouri über Kalifornien bis hin zu Colorado. Zurzeit nennt sie die Region unter dem großen Himmel von Tennessee ihr Zuhause. Sie glaubt ganz und gar an Happy Ends und hat großen Spaß daran, Geschichten zu schreiben, in denen Romantik zu Liebe wird.

Besuchen Sie Susan im Netz!
www.stokeraces.com
facebook.com/authorsusanstoker
twitter.com/Susan_Stoker
bookbub.com/authors/susan-stoker
instagram.com/authorsusanstoker
Email: Susan@StokerAces.com